로라*에게

옛 추억을 그리며

---

* 로라 프리처드는 몽고메리가 16~17살에 걸쳐 아버지가 계신 서스캐치원주 프린스앨버트에서 지낼 때의 벗.

최순영
연세대학교 영어영문학과·국어국문학과 졸업. 옮긴 책으로 데이비드 그레이버 《가능성들》(공역), 이철수 판화집 《네가 그 봄꽃 소식 해라》, Prime Dharma Master Kyongsan 《The Shore of Freedom》, 《The Path to Awaken to and Cultivate the Mind》, 메리 E. 윌킨스 프리먼 《뉴잉글랜드 수녀》 등이 있다.

앤5
신혼의 앤

지은이	루시 모드 몽고메리
옮긴이	최순영
디자인	홍동원 김도형
발행일	1판 1쇄 2025. 6. 1
펴낸이	고윤주
펴낸곳	동서문화사
창업	1956. 12. 12. 등록 16-3799
주소	서울 중구 마른내로 144 동서빌딩 3층
홈페이지	www.dongsuhbook.com
전화	546-0331~2 팩스 545-0331
ISBN	978-89-497-1976-4 04840
	978-89-497-1971-9(전8권)

이 책은 저작권법에 의해 보호를 받는 저작물이므로 무단전재와 무단복제를 금합니다.
잘못된 책은 구입하신 서점에서 바꿔 드립니다. 책값은 뒤표지에 있습니다.

앤 ANNE 5
Anne's House of Dreams
신혼의 앤
루시 모드 몽고메리/최순영 옮김

우리의 친족들은
제 손으로 사원을 세우고, 그 안에서
우리가 아는 신들께 기도하며,
사랑스러운 작은 집들에 사노라.

—루퍼트 브룩*

---

*영국 시인 루퍼트 초너 브룩(1887~1915)의 시 〈순례자들의 노래〉에서 따옴.

차례

지붕 밑 다락방…13

꿈의 집…21

꿈같은 시간…29

그린게이블즈의 첫 신부…40

너와 나의 집으로…46

짐 선장…51

학교 선생님의 신부…60

미스 코닐리아 브라이언트의 방문…75

포윈즈 등대…93

레슬리 무어…109

지난날의 이야기…120

레슬리의 방문…135

안개 낀 밤…140

11월의 나날…147

포윈즈의 크리스마스 … 152
등대와 새해 전야 … 164
포윈즈의 겨울 … 172
새봄이 오다 … 181
새벽에서 황혼으로 … 192
짐 선장의 로맨스 … 201
허물어진 벽 … 206
미스 코닐리아의 주선 … 217
오언 포드 … 225
짐 선장의 인생록 … 232
시작된 집필 활동 … 243
오언 포드의 고백 … 248
모래톱의 밤 … 256
자잘한 이야기 … 265

의사 길버트 … 276

레슬리의 결의 … 285

진실과 자유 … 294

딕 무어의 미스터리 … 300

레슬리의 귀향 … 306

꿈의 배, 항구에 … 313

남자와 정치 … 321

재 대신에 화관을 … 331

뜻밖의 소식 … 343

빨강 장미 … 350

짐 선장의 출항 … 358

꿈의 집이여, 안녕 … 363

신혼의 앤

지붕 밑 다락방

"고맙게도 이제 기하는 배우는 것도 가르치는 것도 영영 안녕이야."

앤 셜리는 진저리 난 듯한 투로 말하며 너덜너덜해진 유클리드 기하학 교과서를 커다란 책 상자에 던져 넣고 기세 좋게 뚜껑을 닫았다. 그러고는 그 위에 털썩 올라앉아 새벽하늘과도 같은 잿빛 눈으로 다이애나 라이트를 바라보았다. 두 사람은 그린게이블즈의 지붕 밑 다락방에서 마주 보고 있었다.

다락방이 으레 그렇듯 이 방도 어둠침침했으며 많은 기억과 상상을 품은 즐거운 곳이었다. 앤이 앉아 있는 자리 옆 창문에서는 상쾌한 8월의 오후 햇볕으로 따뜻하고 나른해진 공기가 향긋한 내음을 싣고 흘러들고 밖에서는 포플러 가지가 바람에 서걱거리며 춤추고 있었다. 그 너머에는 '연인의 오솔길'이 사람들의 마음을 매혹하듯 꾸불꾸불 숲 안쪽으로 이어지고 지금껏 불그스름한 열매를 주렁주렁 달고 있는 오랜 사과나무 과수원이 보였다. 파아란 남쪽 하늘에는 눈처럼 새하얀 구름이 커다란 산맥처럼 솟아 있었다.

또 한쪽 창문으로는 하얗게 파도가 부서지는 파란 바다가 아득히 보였다. 아름다운 세인트로렌스만이다. 그 만에 보석처럼 떠 있는 '아버그위트'. 프린스에드워드섬이라는 산문적인 명칭이 붙여지면서 이 부드럽고도 아름다운 아메리카 원주민식 이름이 버려진 뒤에도, 섬은 그 아름다움을 간직한 채 오랜 세월 자리를 지켜왔다.

다이애나 라이트는 요전번에 우리가 그녀를 보았을 때로부터 3년이나 흐른 지금 얼마쯤 주부다운 성숙함이 더해져 있었다. 그러나 앤 셜리와 둘이 '언덕의 과수원' 뜰에서 영원한 우정을 맹세한 옛날과 다름없이 까만 눈은 반짝반짝 빛나고 볼은 장밋빛으로 발그스름했으며 옴폭 들어간 보조개는 매력적이었다.

품에 안긴 검은 고수머리의 작은 아기는 쌔근쌔근 잠들어 있었다. 이 아이는 애번리 일대에 '작은 앤 코딜리아'로 알려진 지 행복한 2년이 지난 그녀의 딸아이였다. 애번리 사람들은 다이애나가 어째서 이 아이를 앤이라고 이름 붙였는지는 물론 알고 있었지만 코딜리아라고 한 데는 어리둥절해했다. 시집인 라이트 집안에도 친정인 배리 집안에도 코딜리아라고 불린 여자는 한 사람도 없었다.

하먼 앤드루스 부인은 말했다.

"다이애나가 어느 삼류소설에서 찾아냈겠지. 프레드도 참 속없는 사람이지, 그런 이름을 짓게 그냥 놔두다니."

그런 말을 들어도 다이애나와 앤은 얼굴을 마주 보며 말없이 미소를 지을 뿐이었다. 둘 다 작은 앤 코딜리아가 어떻게 해서 그 이름을 갖게 되었는지 잘 알고 있기 때문이었다.

"너는 전부터 기하라면 질색이었잖니."

다이애나는 어린 시절을 떠올리며 미소를 띠었다.

"그리고 어쨌든 더 이상 아이들을 가르치지 않게 되었으니, 좋겠네."

"어머나, 가르치는 건 싫지 않아. 기하만 빼고. 서머사이드 고등학교에서 보낸 3년은 정말 즐거웠어. 집에 돌아왔을 때 하먼 앤드루스 부인은 결혼 생활이 고등학교 선생 노릇보다 내가 기대한 만큼 썩 마음에 들지는 않을 거라고 하시더라. 하면 부인은 모르는 불행에 뛰어들기보다 현재의 고생을 짊어지고 있는 편이 낫다는 햄릿의 의견에 완전히 동감하는 입장인가 봐."

옛날과 다름없이 쾌활하고¹⁾ 거리낌 없는 앤의 웃음소리는 부드러움과 원숙함이 더해져 지붕 밑 다락방에 울려 퍼졌다. 아래층 부엌에서 자두잼을 만들고 있던 마릴라는 그 웃음소리를 듣고 미소 짓다가, 이제 앞으로는 저 정겨운 웃음소리가 그린게이블즈에 울려 퍼질 일도 드물겠지 하는 생각에 한숨을 내쉬었다. 마릴라의 일생에서 앤이 길버트 블라이드와 결혼한다는 것을 알게 되었을 때처럼 기뻤던 순간은 없었다. 그러나 기쁨의 빛 뒤에는 반드시 작은 슬픔의 그림자가 뒤따르는 법이었다. 서머사이드에서 지낸 3년 동안 앤은 방학 때는 물론이고 주말에도 자주 집에 돌아왔지만, 앞으로는 고작 1년에 두 번밖에 돌아올 수 없으리라.

다이애나는 주부 생활 4년의 여유와 위엄을 보이며 위로했다.

"하면 부인 말에 신경 쓸 것 없어. 물론 결혼 생활에는 좋은 일도 있지만 나쁜 점도 있지. 모든 일이 다 잘되리라고 생각해서는 안 돼. 하지만 앤, 결혼이 행복한 삶을 가져다준다는 것만은 확실해, 자신에게 잘 맞는 상대만 선택한다면."

앤은 떠오르는 미소를 억눌렀다. 다이애나가 엄청난 인생 경험을 축적한 양 말할 때면 앤은 항상 조금은 웃음이 났다.

앤은 생각했다.

'나도 결혼하고 4년쯤 지나면 저런 얼굴을 하게 될지도 모르지. 그래도 나에

---

1) 여기서 '쾌활한'을 뜻하는 단어로 쓰인 'blithe'는 앤의 약혼자인 길버트의 성 '블라이드(Blythe)'와 발음이 같음.

겐 유머가 있으니까 내가 그렇게 되는 걸 막을 수도 있지 않을까.'

"살 곳은 정했니?"

다이애나는 어린 앤 코딜리아를 도저히 흉내 낼 수 없는 어머니만의 몸짓으로 꼭 껴안았다. 그것을 보면 앤은 말로는 표현할 수 없는 달콤한 꿈과 부푼 희망으로 가슴이 뿌듯해지면서 순수한 기쁨을 느끼는 한편으로, 정체를 알 수 없는 미묘한 아픔도 느꼈다.

"정했어. 그 이야기를 하고 싶어서 오늘 와달라고 전화했어. 그러고 보니 애번리에 전화가 들어왔다는 게 아무래도 믿어지지 않아. 이 한가롭고 예스러운 마을에 전화라니. 어울리지 않게 앞서나가고 현대식이라 생각할 때마다 깜짝깜짝 놀란다니까."

"그 점에서는 애번리 마을개선회에 감사해야 해. 개선회가 이 안건을 채택해서 실행에 옮기지 않았다면 전화 같은 건 꿈도 꾸지 못했을 테니까.

어떤 모임이든 뭔가 새로운 것을 시도하려고 하면 꼭 트집을 잡는 사람들이 있기 마련인데, 아무튼 개선회는 꺾이지 않고 관철했어. 그 모임을 처음 창립한 너는 애번리를 위해 정말 훌륭한 일을 한 거야, 앤. 우리 그 모임 하면서 얼마나 재미있는 일들이 많았니! 그 공회당 파란 페인트칠 사건이며 저드슨 파커 씨가 자기네 농장 울타리에 제약회사 광고를 더덕더덕 칠할 뻔했던 일은 결코 잊을 수 없어."

"나는 전화 문제에 관해서만큼은 진심으로 개선회에 감사할 수 있을지 어떨지 아직 모르겠어. 물론 편리한 건 사실이야. 우리 둘이 촛불로 서로 신호를 보냈던 것보다도 훨씬! '애번리도 행렬에서 뒤처져서는 안 되지.'라는 린드 아주머니의 말도 일리가 있고.

하지만 나는 애번리가—해리슨 씨가 재치를 발휘할 때면 쓰는 표현처럼—

'근대적 불편'으로 인해 훼손되지 않으면 좋겠다는 생각을 하거든. 언제까지나 저 그리운 옛날 모습 그대로 남겨두고 싶달까.

그런 생각하는 게 어리석고······너무 감상적이고 못 말리는 일이라는 거 알아. 그러니까 나는 즉시 현명하고 실질적이고, 말이 통하는 사람이 되기로 하겠어. 전화는 해리슨 씨도 한발 물러나서 인정한 것처럼 '대단한 물건'이야. 비록 호기심 많은 사람들 여섯쯤이 내 통화 내용을 흥미진진하게 엿듣고 있다는 걸 알더라도 말이야."

다이애나는 한숨을 쉬었다.

"그건 정말 너무해. 누군가에게 전화를 걸 때마다 여러 군데서 한꺼번에 수화기 드는 소리가 들려오니 정말 거슬려. 하면 앤드루스 부인은 전화벨이 울리면 다른 집 통화 내용도 들으면서 식사 준비를 할 수 있도록 자기네 전화를 아예 부엌에 설치해달라고 고집했다지 뭐니.

오늘 너에게서 전화가 걸려 왔을 때 파이네의 그 괴상한 시계 소리가 똑똑히 들렸어. 조지나 거티가 듣고 있었을 게 뻔해."

"아, 그래서 '그린게이블즈에서 새 시계를 샀니?'라고 물었구나. 나는 그게 무슨 뜻인가 했어. 네가 그렇게 말하자마자 곧 시끄러운 찰카닥 소리 같은 게 들렸는데 파이네에서 수화기를 요란하게 내려놓는 소리였구나.

하지만 파이네 따위는 신경 쓰지 말자. 린드 아주머니의 말씀처럼, '지금까지도, 앞으로도, 세상이 계속되는 한 파이네는 파이네일지어다, 아멘.' 아니겠니.

그보다 지금은 좀 더 유쾌한 이야기를 하고 싶어. 나 말이야, 새로운 가정을 꾸릴 곳이 완전히 정해졌어."

"어머나, 앤, 어디니? 여기서 가까운 곳이라면 정말 좋겠다."

"결코 가깝지 않아. 그게 유일한 단점이야. 길버트는 포윈즈 항구에 자리 잡기로 결정했어. 여기서 60마일 떨어진 곳이야."

다이애나는 한숨을 쉬었다.

"60마일(약 96킬로미터)이라고? 그럼 나한테는 600마일이나 마찬가지인데. 지금 나로서는 샬럿타운보다 먼 곳으로는 여행할 엄두가 안 나거든."

"포윈즈에 꼭 와야 해. 프린스에드워드섬에서 가장 아름다운 항구야. 그 항구 끄트머리 쪽에 글렌세인트메리라는 작은 마을이 있는데, 거기서 데이비드 블라이드 선생님이 50년 동안이나 병원을 운영하고 계셔. 그 의사 선생님은 길버트의 작은할아버지인데, 이제 은퇴하실 생각이라 길버트가 그 뒤를 잇게 되었지.

하지만 사시던 집은 블라이드 선생님이 그대로 쓰시니까 우리들은 이제부터 우리가 지낼 집을 구해야 해. 어떤 집인지, 어디에 있을지, 실제로는 아직 아무것도 모르지만 내 상상 속에는 가구까지 모두 갖추어진 아담한 꿈의 집이 완성되어 있어……사랑스럽고 멋진 스페인 성이."

"신혼여행은 어디로 가니?"

"아무 데도 안 가려고. 그렇게 놀랄 것 없어, 다이애나. 그런 얼굴을 하니까 하먼 앤드루스 부인이 떠오르잖아. 하먼 부인은 자못 이해심 많은 어른처럼 신혼여행을 갈 형편이 안 되는 사람은 무리하지 않는 것도 현명한 행동이라고 하겠지. 물론 그다음에 제인은 유럽에 다녀왔다고 상기시켜주겠지만. 난 '나의' 허니문을 포윈즈에 있는 내 소중한 꿈의 집에서 보내고 싶어."

"그리고 결혼식은 들러리 없이 하기로 했다면서?"

"할 만한 사람이 없잖아. 너도 필도 프리실라도 제인도 모두 나보다 먼저 결혼해버렸고, 스텔라는 밴쿠버에서 교편을 잡고 있어. 너희들을 빼고 나면 나에게는 달리 '닮은꼴 영혼'이 없는걸. 그리고 '닮은꼴 영혼'이 아닌 사람을 들러리로 세우고 싶지는 않고."

다이애나는 걱정스러운 듯 물었다.

"그래도 베일은 쓸 거지?"

"쓰고말고. 베일이 없으면 신부 같은 기분이 들지 않을 거야. 매슈가 나를 그린게이블즈에 데려온 날 저녁때 '이렇게 못생겼으니 아무도 나와 결혼하고 싶어 하지 않겠죠. 외국으로 가는 선교사 말고는요.'라고 이야기했던 게 생각나. 그 무렵 나는 외국으로 가는 선교사는 식인종들이 사는 나라로 목숨을 걸고 기꺼이 따라가줄 용감한 아가씨를 원할 테니 외모를 까다롭게 따질 형편은 아닐 거라고 생각했거든.

그랬는데 어땠는 줄 아니? 프리실라와 결혼한 선교사를 네가 봤어야 했는데. 우리 둘이 전부터 결혼 상대로 공상하던 인물 그대로, 그윽한 눈빛의 미남이었어, 다이애나. 난 그만큼 옷 잘 입고 세련된 남자는 본 적이 없는 데다, 그분은 프리실라의 '천사 같은 금발 미녀의 아름다움'을 열렬히 찬탄하던걸. 게다가 그분과 프리실라가 선교를 떠난 일본에 식인종 같은 건 전혀 안 살기도 하고."

"어쨌든 네 웨딩드레스는 꿈꿔온 드레스 그대로더라."

다이애나는 황홀한 기분에 젖어 있었다.

"그걸 입으면 넌 정말 여왕처럼 보일 거야. 키가 크고 호리호리하잖니. 앤, 어떻게 하면 그렇게 날씬할 수 있니? 나는 전보다 더 뚱뚱해졌어. 이러다 머지않아 허리마저 아주 없어지고 말 거야."

"살찌는 것도 마르는 것도 신이 미리 정해주시는 것 같아. 어쨌든 넌 내가 서머사이드에서 돌아왔을 때 하면 앤드루스 부인이 나에게 한 그런 말을 들을 일은 절대로 없을걸. 날 보니 대뜸 '아니, 앤, 넌 어쩌면 아직도 뼈와 가죽뿐이냐.'라고 하는 게 아니겠니. '호리호리하다'고 하면 낭만적으로 들리지만 '뼈와 가죽뿐'이라는 말은 전혀 느낌이 다르잖아."

"하먼 부인이 네 결혼식 드레스에 대해서도 말하더라. 제인이 입었던 드레스 못지않게 훌륭하다고 인정했어. 제인은 백만장자와 결혼했는데, 너는 '자기 명의로 된 재산이라고는 땡전 한 푼도 없는 가난뱅이 젊은 의사'한테 시집간다고 덧붙이는 걸 잊지 않았지만."

앤은 웃었다.

"내 웨딩드레스는 확실히 멋지지. 난 예쁜 것을 좋아하니까. 처음으로 입었던 예쁜 드레스를 지금도 기억하고 있어…… 우리 학교 콘서트 때 매슈가 사준 갈색 글로리아 비단 드레스였지. 그때까지 내 옷은 모두 초라한 것들뿐이었잖아. 그날 밤 나는 새로운 세계로 발을 내디딘 느낌이었어."

"그날 밤 길버트가 〈라인 강변의 빙겐〉을 읊으며 '그리고 또 한 여자가 있습니다. 누이는 아닙니다.' 하는 대목에서 널 바라보았지. 길버트가 얇은 핑크빛 종이로 만든 네 장미를 가슴 주머니에 꽂았다고 내가 말해줬더니, 네가 나한테 몹시 화냈었잖니! 그와 결혼까지 할 줄 그 무렵의 넌 상상도 못 했을 거야."

"아, 그것도 신께서 미리 정해놓으신 것들 가운데 하나란다."

앤은 이렇게 말하고 다이애나와 함께 지붕 밑 다락방의 층계를 내려가면서 웃었다.

꿈의 집

그린게이블즈에서는 이 집의 역사가 시작된 이래 비할 데 없이 큰 기쁨과 설렘이 흘러넘치고 있었다. 마릴라조차 몹시 흥분하여 그것이 얼굴에까지 나타나 있었다. 거의 기적에 가까운 일이 아닐 수 없었다.

마릴라는 레이철 린드 부인에게 변명 비슷하게 말했다.

"이 집에서는 결혼식이 한 번도 없었잖아요. 내가 어렸을 때 어떤 나이 든 목사님께서 집이란 출생과 결혼과 죽음에 의해 축성(祝聖)되지 않으면 진정한 집이라고 할 수 없다고 말씀하신 것을 들었어요.

이 집에서 죽음은 있었죠. 부모님과 매슈 오라버니가 여기서 세상을 떠났으니까요. 그리고 출생도 있었어요. 오래전 우리 가족이 이 집으로 이사하고 얼마 안 돼서 아주 잠시 동안, 결혼한 남자 고용인을 둔 일이 있는데, 그 아내가 여기서 아기를 낳았답니다. 그렇지만 결혼만은 지금까지 한 번도 없었어요.

앤이 결혼한다고 생각하니까 마음이 이상해요. 아직도 나에게는 14년 전 매슈 오라버니가 이곳에 데려왔던 어린 여자아이로밖에 보이지 않거든요. 그 애가 이렇듯 다 커서 어른이 되었다니 믿어지지가 않아요.

매슈 오라버니가 '여자아이'를 데리고 들어오는 걸 보았을 때 들었던 심정은 영원히 잊지 못할 거예요. 그때 착오가 일어나 그린게이블즈로 오지 않게 된 남자아이는 어떻게 되었을까요? 그 애는 어떤 운명을 걸어갔을지 한 번쯤은 생각하게 돼요."

린드 부인이 말했다.

"정말이지 아주 운 좋은 실수였죠. 하기야 난 그렇게 생각하지 않았던 시기도 있었지만요. 내가 앤을 처음 보러 왔었던 그날, 앤이 엄청난 소동을 일으켜서 내가 곤욕을 톡톡히 치렀었죠. 그 뒤로 정말 많은 일들이 있었네요."

린드 부인은 한숨을 내쉬었지만, 금세 기운을 바짝 차렸다. 결혼 준비가 눈앞에 닥쳤을 때면 린드 부인은 '죽은 과거는 죽은 채로 묻어두고서'[1] 툭툭 털고 자기 할 일을 하는 사람이었다.

"앤에게 무명실로 뜬 침대보[2]를 두 장 줄 작정이에요. 담배 줄무늬로 된 것 한 장하고 사과잎 무늬 한 장, 이렇게요. 앤 말로는 그게 다시 유행한다더라고요. 하지만 유행하든 않든 손님방 침대에 아름다운 사과잎 무늬 침대보만큼 잘 어울리는 것은 없죠. 우선은 햇볕에 잘 말려 뽀얀 색이 좀 돌아오게 해두어야 하지만요. 토머스가 죽고 나서부터 무명자루 속에 넣어둔 채로 꺼낸 적이 없어서 아마도 색깔이 형편없이 누리끼리해졌을 거예요. 하지만 아직 한 달이나 남았으니 이슬을 맞히고 볕을 쬐면 몰라보게 깨끗해지겠지요."

겨우 한 달! 마릴라는 한숨을 쉬었지만 곧 자랑스러운 듯 어깨를 펴고 말했다.

"나는 다락방에 놓아둔 손으로 엮은 깔개 여섯 장을 주기로 했어요. 그 애가 설마 그것을 달랄 줄은 생각지도 못했어요. 그건 워낙 구식인 데다, 요즘 사람

---

[1] 미국의 시인 헨리 롱펠로(1807~1882)의 〈인생찬가〉에서 따옴.
[2] 흰 무명실로 직접 뜬 모티브를 이어 붙인 침대보로, 19세기 말 프린스에드워드섬에서는 이런 형태의 침대보가 패치워크 퀼트만큼이나 널리 쓰였음.

들은 털실로 무늬를 짜 넣은 양탄자를 좋아하잖아요.

그런데도 앤은 그것을 달라고 하지 않겠어요. 자기네 집 바닥에 다른 어떤 것보다도 그것을 깔고 싶대요. 그게 참 예쁘기는 하죠. 특별히 예쁜 천조각을 모아다가 줄무늬를 넣어 정성 들여 엮은 거니까요. 요 몇 년 동안 겨우내 참 쓸모 있게 잘 썼죠.

그리고 잼 찬장에 1년 치를 쟁여둬도 될 만큼 자두잼을 만들어줄 작정이에요. 정말 이상해요. 그 자두나무는 3년째 꽃 하나 피우지 않아서 그만 베어내버릴까 했는데 올봄에 새하얗게 꽃이 피더니 내가 기억하는 한 가장 풍성하게 열매가 주렁주렁 열렸으니까요."

"정말이지 앤과 길버트가 결혼하게 되어 잘됐어요. 나는 언제나 그렇게 되도록 기도드렸죠."

린드 부인의 그 말속에는 자신의 기도가 큰 도움이 되었을 것이라는 자신감이 묻어났다.

"어쨌거나 앤이 그 킹스포트의 청년과 정말로 결혼할 마음은 아니라는 것을 알고 얼마나 마음을 놓았는지 몰라요. 물론 그 청년은 부자고 길버트는 가난해요. 어쨌든 시작은 그래요. 하지만 누가 뭐래도 길버트는 이 섬 사람이니까요."

마릴라는 흐뭇한 듯이 말했다.

"뭐니 뭐니 해도 그 애는 길버트 블라이드니까요."

길버트를 어린 시절부터 볼 때마다 자기 마음 한구석에 어떤 생각이 떠올랐는지 입 밖에 낼 바엔 마릴라는 차라리 죽는 편을 택했을 것이다. 그 생각이란, 만일 오래전에 자신이 철부지 같은 자존심에 휘둘리지만 않았더라면 길버트는 바로 '자기' 아들이 되었을지도 모른다는 것이었다. 이상하게도 길버트가 앤과 결혼함으로써 그 옛날 자신이 저지른 실수를 바로잡게 된 것 같은 느낌이 들었다. 해묵은 원망이 낳은 불행 속에서 마침내 기쁨이 피어난 것이다.

앤 자신은 어떠한가. 지나친 행복에 외려 두려워질 정도였다. 옛 미신에 의하면, 신들은 너무 행복에 겨운 사람을 시기한다고들 하니까. 신까지는 몰라도 사람 가운데에는 틀림없이 그런 사람이 있었다.

하늘이 짙은 보랏빛으로 물든 어느 저물녘, 그 부류에 속하는 두 사람이 앤에게 다가와 무지갯빛으로 빛나는 비눗방울 같은 앤의 행복을 찔러 터뜨리려 했다. 그들은 앤이 혹시라도 젊은 나이에 의사가 된 블라이드 선생을 붙잡은 것을 무슨 대단한 상이라도 탄 양 생각한다거나, 블라이드 선생이 철부지 학생 시절에 그랬던 것처럼 지금도 앤에게 푹 빠져 있다고 생각한다면, 앤이 다른 각도에서 현실을 제대로 바라볼 수 있게 해주는 것이 자신들의 의무라 여겼다.

그렇다고 이 일에 팔을 걷어붙이고 나선 훌륭한 여성분들이 앤의 적인 것은 아니었다. 그렇기는커녕 오히려 앤을 진심으로 좋아했으며, 만약 누가 앤을 공격하려 한다면 자기 어린 딸처럼 나서서 지키려 했을 것이다. 다만 사람의 본성이라는 것이 언제나 한결같을 수는 없는 법이었다.

잉글리스 부인—《데일리엔터프라이즈》 신문의 표현을 빌리면 앤드루스 집안의 영애였던 제인 앤드루스—이 친정어머니와 재스퍼 벨 부인과 셋이서 그린게이블즈에 찾아왔다. 제인의 경우, 그 인간적인 따뜻함이 여러 해에 걸친 결혼 생활의 다사다난함 가운데서도 메마르는 일 없이 알맞게 유지되고 있었다. 레이철 린드 부인의 말을 따라하자면, 비록 백만장자와 결혼하고도 제인은 행복했다. 부자가 되었다고 제인이 변하는 일은 일어나지 않았다.

옛날 4인조 단짝 친구 시절 그대로 제인은 차분하고 온순하고 볼이 발그레한 모습으로, 어린 날의 소꿉친구의 행복을 함께 기뻐하며 앤이 입을 신부 의상의 세세한 부분에까지 관심을 보이며, 마치 그 옷이 보석을 아로새긴 자기의 호화로운 웨딩드레스와 다를 바 없다는 듯 칭찬했다. 제인은 뛰어나게 머리가 좋지도 않았고, 남이 귀담아들을 만한 가치 있는 말을 한 적도 없었다. 그러면서 남에게 상처를 주는 말도 결코 하지 않았다. 그것은 소극적이긴 하나 드물고 부러워할 만한 재능이다.

"결국 길버트가 너를 놔두고 딴마음을 먹지는 않았구나."

하면 앤드루스 부인은 말투에서 뜻밖이라는 느낌을 교묘하게 풍기려는 의도로 말했다.

"그야 물론 블라이드 집안사람들은 대개 일단 약속한 일은 어떤 일이 있더라도 지키는 편이지만. 그런데 너는 스물다섯이지, 앤? 내가 젊었을 때는 스물다섯이 살면서 처음으로 젊음이 한번 꺾이는 한고비였는데. 그래도 너는 아주 젊어 보이는구나. 빨강머리인 사람들이 보통 그렇긴 하지."

"요즘은 빨강머리가 무척 유행하고 있어요."

앤은 미소 지으려 했지만 말은 다소 쌀쌀맞게 나왔다. 앤의 유머 감각은 살아가면서 부딪치는 여러 가지 곤란을 긍정적으로 바라보며 극복하는 데 도움이 되었다. 하지만 아직도 머리색에 대한 얘기만 나오면 자기도 모르게 냉담해져버리고 말았다.

앤드루스 부인이 마지못해 한발 양보한다는 듯이 말했다.

"그래……그렇다더구나. 별 희한한 것도 다 유행이 되는 세상이니까. 앤, 네 혼수는 정말 예쁘구나. 네 처지에 장만하기에도 알맞은 것들이고. 그렇잖니, 제인? 행복하게 잘 살아야 할 텐데. 나는 진심으로 네가 행복하길 바라고 있단다. 약혼을 길게 끌다 보면 일이 어그러지는 경우도 곧잘 있으니까 말이야. 하지만 물론 너의 경우에야 어쩔 수 없는 일이었지."

재스퍼 벨 부인이 어두운 표정으로 이야기했다.

"길버트는 의사치고는 너무 젊어 보여서 사람들로부터 그리 신뢰를 받지 못하는 게 아닐까 걱정이에요."

그러고는 마침내 할 말을 다하여 자기 양심에 조금의 거리낌도 없이 떳떳하다는 듯 입을 꾹 다물었다. 벨 부인은 언제나 모자에는 너덜너덜한 검은 깃털을 꽂고 헝클어진 머리칼이 목 뒤로 흘러내린, 그런 부류의 사람이었다.

아름다운 혼수에 대한 앤의 기쁨은 겉으로는 잠시 흐려졌지만 마음속에 고이 간직된 행복은 이 같은 일로 흔들리지 않았다. 앤드루스 부인과 벨 부인한테서 받은 작은 상처는 나중에 길버트가 왔을 즈음에는 모두 잊어버렸다. 그리고 앤은 길버트와 둘이서 시냇가 자작나무숲으로 걸어갔다. 이 자작나무도 앤이 그린게이블즈에 처음 왔을 때에는 어린나무였었는데 지금은 황혼과 별들이 사는 요정 나라 궁전의 엄청나게 높은 상아색 기둥이 되어 있었다. 그 나무 그늘에서 앤과 길버트는 자기들이 꾸릴 새로운 가정이며 새 생활에 대해 다정하게 이야기 나누었다.

"우리들이 꿈꾼 보금자리를 찾았어, 앤."

"어머나, 어딘데? 마을 한복판은 아닐 테지. 그렇다면 난 마음에 들지 않을지도 몰라."

"아니, 읍내에는 우리가 살 만한 집이 하나도 없었어. 내가 찾은 집은 항구 기슭에 있는 작고 하얀 집이야. 글렌세인트메리 마을과 포윈즈곶 중간에 있어. 마을에서 좀 떨어진 곳이지만 전화를 놓으면 그리 문제 되지 않을 거야.

집 둘레가 아름다워. 저녁노을이 보이는 쪽이고, 항구 앞 푸른 바다가 눈앞에 펼쳐져 있어. 모래 언덕도 멀지 않은 곳에 있는 데다 바닷바람이 불어와서 물보라가 모래 언덕을 적셔주고 있어."

"집은 어때, 길버트? 우리가 처음으로 살 집은? 어떻게 생겼어?"

"그리 크지는 않지만 두 식구가 살기에는 충분할 거야. 아래층에 벽난로가 놓인 훌륭한 거실이 있고, 항구를 굽어볼 수 있는 식당과 내 진찰실로 쓰기에 적당한 작은 방이 있어.

60년쯤 됐는데, 포윈즈에서는 가장 오래된 집이지만 관리를 잘 해왔고 15년쯤 전에 완전히 수리를 한번 했대. 지붕을 새로 이고, 칠을 하고, 바닥도 새로 싹 바꾸었어. 처음부터 단단하게 지어진 것 같고.

이 집이 처음 지어졌을 때 무언가 낭만적인 이야기가 있었던 모양인데, 나한테 집을 빌려준 사람은 자세히 모르나 봐. 지금은 그 오래된 이야기의 실타래를 풀 수 있는 사람은 짐 선장님뿐이라고 했어."

"짐 선장님이 누구야?"

"포윈즈곶에 있는 등대의 등대지기. 그 포윈즈의 등대가 앤의 마음에 들 거야. 사방을 빙 돌아가며 비추는 그런 형태의 등대인데, 저물녘 어스름 속에 보면 꼭 커다란 별처럼 반짝거려. 거실 창문이랑 정문 현관에서도 그 불빛이 보이지."

"집주인은 누군데?"

"지금은 글렌세인트메리의 장로교회 소유로 되어 있어서 관리위원회에서 빌렸어. 하지만 얼마 전까지 미스 엘리자베스 러셀이라는 노부인의 소유였다고 해. 그분이 올봄에 돌아가셨는데 가까운 친척이 없어서 전 재산을 글렌세인트메리 교회에 남겼대.

그분이 쓰던 가구들도 아직 고스란히 집 안에 남아 있었는데, 내가 그 대부분을 아주 헐값에 샀어. 워낙 구식이라 관리위원회에서는 안 팔릴 거라 생각해서 애물단지로 여기고 있었거든. 아마 그곳 사람들은 요새 유행하는 금실이나 은실이 들어간 화려한 양단 천을 씌운 의자라든가, 거울과 장식이 많이 붙어 있는 그릇장을 좋아하나 봐. 하지만 미스 러셀의 가구는 아주 좋은 것이고, 틀림없이 앤의 마음에도 들 거야."

앤은 승인의 의미로 조심스럽게 고개를 끄덕였다.

"거기까지는 좋아. 하지만 길버트, 사람은 가구만으로 살 수는 없잖아. 가장 중요한 것을 아직 얘기하지 않았어. 그 집 둘레에 나무는 있어?"

"엄청나게 많이 있나이다, 오, 나무의 요정 드리아스이시여!

뒤꼍에 커다란 전나무숲이 있는가 하면 오솔길 양쪽에는 양버들이 두 줄로 늘어서 있고 아담한 뜰을 흰 자작나무가 둘러싸고 있어.

뜰로 바로 들어갈 수 있게 되어 있는 대문도 있지만, 입구가 또 하나 있어. 두 그루 전나무 사이에 작은 나무문이 있거든. 경첩이 한쪽 나무의 기둥에 달려 있고 다른 쪽 나무의 기둥에 쇠고리를 걸게 되어 있어. 그 두 나무의 나뭇가지가 머리 위에서 아치를 이루고 있지."

"어머, 너무 좋다! 나는 나무가 없는 곳에서는 살지 못해. 내 안에 있는 뭔가 엄청 중요한 것이 채워지지 않는 허기를 느낄 테니까. 이제 가까이에 시냇물이 있는지 없는지 하는 건 물어볼 필요도 없어. 그러면 너무 욕심내는 게 되니까."

"그런데 '시냇물도' 있어. 게다가 뜰 한구석을 가로질러 흐르고 있지."

"그렇다면 자기가 찾아낸 그 집이야말로 틀림없는 내 꿈의 집이야."

앤은 꿈결 같은 표정으로 만족스러운 한숨을 내쉬었다.

꿈같은 시간

"결혼식에 초대할 손님은 결정했니, 앤? 격식에 얽매이지 않는 초대라 해도 이제 청첩장을 보낼 때가 됐어."

레이철 린드 부인은 테이블 냅킨의 가선에 부지런히 자수를 놓고 있었다.

"너무 많이 부르지 않을 작정이에요. 우리를 진심으로 아껴서 결혼식을 꼭 보고 싶어하는 사람들만 초대하고 싶어요. 길버트의 친지들과 앨런 목사님 부부와 해리슨 씨 부부요."

마릴라가 무뚝뚝하게 물었다.

"해리슨 씨를 네 절친한 친구 속에 끼워줄 생각이 전혀 없었던 시절도 있었 잖니?"

"네, 그래요. 처음 만났을 때에는 썩 마음이 갔다고 할 수 없었죠."

앤은 그때의 일이 생각나서 샐쭉 웃으며 인정하고는 덧붙였다.

"하지만 해리슨 씨는 알아갈수록 점점 좋아졌어요. 게다가 해리슨 부인은 정말 사랑스러운 사람이고요. 그리고 물론 미스 라벤더와 폴도 초대해야죠."

"그 가족들이 올여름 섬으로 온다니? 유럽에 가는 줄 알았는데."

"내가 결혼식을 올린다고 편지에 써서 보냈더니 계획을 바꾼 거예요. 오늘 폴에게서 답장이 왔어요. 유럽에서 무슨 일이 있든 내 결혼식에는 '꼭' 온다고요."
린드 부인이 말했다.
"그 아이는 예전부터 너를 여신처럼 숭배하고 있으니까."
"그 '아이'도 지금은 19살이나 된 어엿한 젊은이예요, 아주머니."
"세월이 참 쏜살같이 빠르기도 하구나!"라는 것이 린드 부인이 할 수 있는 '기발하고 독창적인' 대답이었다.
"샤를로타 4세도 함께 올지 몰라요. 남편이 허락해주면 가겠다고 폴에게 알려왔대요. 지금도 여전히 그 큰 파란 나비 리본을 매고 있을지, 남편은 그녀를 샤를로타라고 부를지, 아니면 리어노라라고 부를지, 참 궁금하네요.
내 결혼식에 샤를로타가 와주면 정말 기쁠 거예요. 샤를로타와 나는 옛날에 결혼식을 함께 준비한 인연으로 맺어진 사이니까요. 그 '메아리집' 식구들은 다음 주에 올 거예요. 그리고 필과 조 목사도 있고……."
린드 부인이 엄하게 타일렀다.
"앤, 목사님을 조라고 부르다니 귀에 거슬리는구나."
"필도 그렇게 부르는걸요."
"그렇다면 필도 남편의 성직을 좀 더 경건하게 대할 필요가 있어."
앤은 놀랐다.
"아주머니도 목사님들에 대해 꽤 호되게 말씀하셨던 걸로 기억하는데요."
"그건 그렇지만, 나는 어디까지나 경건한 마음가짐으로 했어. 목사님을 애칭으로 부르지는 않았다."
앤은 억지로 웃음을 참고 말했다.
"그다음으로 다이애나와 프레드, 프레드 2세와 작은 앤 코딜리아, 또 제인 앤드루스가 있어요. 스테이시 선생님과 제임시나 아주머니와 프리실라와 스텔도 왔으면 했어요. 하지만 스텔라는 밴쿠버에 있고, 프리실라는 일본에 갔고, 스테이시 선생님은 결혼해서 캘리포니아에 계시고, 제임시나 아주머니는 뱀을 그렇게 싫어하면서도 따님의 전도지(傳道地)를 보러 인도에 가 계세요. 이렇게 모두들 온 세계에 뿔뿔이 흩어져 있다니 참 아쉬워요."

린드 부인이 그 방면에 권위자라도 된 듯 말했다.

"주님의 뜻이 그런 건 아니란다. 내가 젊었을 무렵에는 사람은 누구나 자기가 태어난 고장이나 또는 그 언저리에서 자라고 결혼해서 자리 잡고 살았어. 네가 섬을 떠나지 않아서 천만다행이다, 앤. 길버트가 대학을 마치고서 세계의 끝까지 날아가겠다고 우기며 너를 함께 끌고 가지나 않을까 걱정이었으니까."

"모든 사람이 태어난 고장에서만 살게 된다면 그곳들은 곧 꽉 차고 말걸요, 아주머니."

"나는 너와 말싸움할 생각은 없다, 앤. 난 대학을 나와서 학사를 딴 사람이 아니니까. 식은 몇 시에 올릴 거니?"

"정오에 하기로 했어요. 신문 사교계란에 자주 나오는 '정각 12시'요. 그러면 글렌세인트메리행 저녁 기차를 탈 수 있거든요."

"그래, 결혼식장은 응접실이니?"

"아뇨. 비가 내리지 않는 한, 식은 과수원에서 올릴 작정이에요. 머리 위로 푸른 하늘을 이고 찬란한 햇살을 받으면서요.

할 수만 있다면 내가 언제 어디서 결혼식을 올리고 싶은지 아세요? 바로 동틀 녘이에요. 장엄하게 해가 떠오르고 뜰에 핀 장미가 향긋한, 6월의 동틀 녘이요. 나는 살며시 집을 빠져나와 길버트와 만나 손을 잡고 단둘이 너도밤나무숲 깊숙이 헤치고 들어가, 장엄한 대성당 같은 푸른 아치 아래에서 결혼식을 올리는 거예요."

마릴라는 기가 막히다는 듯 콧방귀를 뀌었고, 린드 부인은 충격으로 어안이 벙벙한 표정이었다.

"너무도 해괴한 생각이구나, 앤. 그렇게 한다면 법적으로도 문제가 있을 것 같고 하면 앤드루스 부인은 또 뭐라고 하겠니?"

앤은 한숨을 쉬었다.

"아, 어김없이 또 나왔네요. 하면 앤드루스 부인한테 무슨 말을 들을까 무서워서 할 수 없는 일이 인생에는 참 많아요. '그것은 사실이어서 유감이며, 유감이지만 사실입니다.'[1] 앤드루스 부인이 뭐라고 하지만 않는다면 즐거운 일들을 훨씬 많이 할 수 있을 텐데!"

린드 부인은 넋두리를 했다.

"앤, 나는 때때로 너를 통 모르겠다는 느낌이 드는구나."

마릴라가 편들며 말했다.

"앤이 원래 좀 낭만적이잖아요."

그러자 린드 부인이 안심이 된다는 듯 말했다.

"아무튼 결혼 생활을 하다 보면 그 낭만 타령하는 병도 차차 낫겠죠."

앤은 아이 같은 웃음소리를 남기고 집에서 나와 '연인의 오솔길'로 갔다. 그때 길버트가 앤을 찾아왔다. 두 사람은 결혼하고 나면 낭만이 사라져버릴 거라는 걱정—혹은 기대—도 하지 않았다.

'메아리집' 사람들은 그다음 주에 도착했고 그린게이블즈는 그들이 안고 온 설렘으로 들썩들썩했다. 미스 라벤더는 너무도 달라진 데가 없어, 마지막으로 섬을 방문한 지 3년이 지났건만 바로 엊그제 일처럼 여겨졌다. 반면 폴을 보고

---

1) 셰익스피어의 《햄릿》 2막 2장에서 따옴.

앤은 놀라움에 찬 동그란 눈을 크게 떴다. 키가 6피트(약 183센티미터)가 넘는 이 헌칠한 젊은이가 애버리 초등학교 시절의 그 작은 폴이란 말인가?

"폴을 보니 새삼 내가 나이 먹었다는 게 실감이 나네. 어머나, 이젠 이렇게 올려다봐야 하잖아!"

"선생님은 언제까지나 나이 들지 않으실 거예요. 선생님은 '청춘의 샘'을 발견하고 그것을 마신 운 좋은 사람 가운데 하나인걸요. 라벤더 어머니도 마찬가지고요. 아, 그리고 한 가지! 저는 선생님이 결혼하시더라도 결코 블라이드 부인이라고 부르지 않겠습니다. 제게 선생님은 언제까지나 '선생님'이니까요. 제가 이제까지 배운 여러 선생님들 가운데 가장 좋은 것을 가르쳐주신 선생님이죠. 그런데 선생님께 보여드리고 싶은 게 있어요."

'보여드리고 싶은 것'이란 시를 가득 적어 놓은 수첩이었다. 폴은 마음에 떠오르는 아름다운 상상을 시로 펼쳐내곤 했는데 이미 까다로운 잡지 편집자들 눈에도 인정받아 몇 편은 활자화된 적도 있다고 했다. 앤은 기쁜 마음으로 폴의 시를 읽었다. 마음을 사로잡는 매력과 시인으로서의 전도유망한 가능성이 잘 드러나 있었다.

"폴은 틀림없이 유명해질 거야. 나는 한 사람이라도 좋으니 유명한 제자를 갖고 싶다는 꿈을 꾸곤 했었지. 그때는 대학 총장도 나쁘지 않다고 생각했지만 대시인이라면 더욱 좋지.

머지않아 유명한 폴 어빙을 채찍질해가며 가르쳤다고 자랑할 수 있는 날이 오겠다. 하지만 나는 폴에게 채찍질한 적이 없잖아? 아, 아까운 일인걸! 그래도 쉬는 시간에 교실 밖에 나가 놀지 못하게 한 일은 있었지."

"선생님이야말로 유명해지실 거예요. 지난 3년 동안 선생님의 작품을 꽤 많이 읽었는걸요."

"아니, 나는 내 한계를 알고 있어. 물론 시를 쓸 수는 있어. 그리고 아이들이 사랑하며 읽어주고 편집자가 기꺼이 원고료로 수표를 보내줄 정도의 약간 공상적인 단편은 쓸 수 있어. 하지만 큰 작품은 쓰지 못해. 내가 이 세상에서 불멸의 이름을 남길 기회가 있다면, 그건 아마 폴이 쓴 회고록의 한구석이나 차지하는 일일 거야."

샤를로타 4세는 머리에 파란 나비 리본을 매고 있지는 않았지만, 주근깨는 그리 줄어들지 않은 것 같았다.

"설마 내가 양키와 결혼하게 될 줄은 꿈에도 생각지 못했어요, 셜리 아가씨. 하지만 사람의 앞일이란 알 수가 없는 거니까요. 그리고 양키로 태어난 게 뭐 그 사람 탓도 아니고요. 어쩌다 보니 거기서 태어났을 뿐인걸요."

"양키와 결혼했으니 샤를로타도 양키가 된 거야."

"아뇨, 절대 아니에요! 양키 한 다스하고 결혼한다 해도 난 양키는 절대 되지 않을 거예요.

톰은 좋은 사람이에요. 그리고 남편 고르는 데 너무 까다롭게 굴지 않는 편이 낫겠다고 생각했어요. 다시는 기회가 없을지도 모르니까요. 톰은 술도 안 마시고 투덜대지도 않아요. 밥 먹는 시간 빼고는 눈을 뜨고 있는 동안에는 부지런히 일을 해야만 하니까요. 이러니저러니 해도 나는 이 정도면 됐다고 생각해요, 셜리 아가씨."

앤은 물었다.

"남편이 리어노라라고 부르니?"

"아이고, 천만에요, 셜리 아가씨. 그렇게 부르면 전 저를 부르는지도 모를 거예요. 물론 결혼식 때는 톰도 나는 '그대, 리어노라를 아내로 맞아'라고 말을 했죠. 그랬더니 그 뒤부터 톰이 말한 상대가 내가 아닌 것만 같아서, 내가 어쩌면 정식으로 결혼하지 않았을지 모른다는 무서운 느낌이 들지 뭐예요.

아, 셜리 아가씨도 드디어 결혼을 하시는군요. 실은 나는 예전부터 의사 선생님한테 시집가고 싶었어요. 아이들이 홍역이나 크루프[2]에 걸렸을 때 얼마나 편리하겠어요.

톰은 보잘것없는 벽돌공에 지나지 않지만, 마음씨가 정말 좋은 사람이에요. '톰, 나 셜리 아가씨의 결혼식에 갔다 와도 될까요? 어차피 갈 작정이지만 그래도 당신이 동의를 해주면 더 좋겠어요.'라고 했더니 톰은 이렇게 말했을 뿐이에요. '당신 마음 편한 대로 해요, 샤를로타. 나도 그편이 좋으니까.' 늘 그런 식이에요. 남편으로서 이보다 더 마음 편하게 해주는 사람은 없답니다, 셜리 아가씨."

필리파와 그녀의 조 목사는 결혼식 전날 그린게이블즈에 도착했다. 앤과 필리파는 열광적으로 재회의 기쁨을 나눈 뒤, 단둘이서 고즈넉이 지난 일들과 앞으로의 계획에 대해 이야기를 나누었다.

"앤 여왕님, 너는 여전히 우아한 여왕 같구나. 나는 아이들이 태어나고 나서부터 무섭도록 살이 빠져버렸어. 예전에 비하면 반만큼도 아름답지 못하지만, 조는 지금이 마음에 드는 모양이야. 둘이 나란히 있어도 그리 차이가 나지 않기 때문이지 싶어.

아, 네가 길버트와 결혼하다니 정말 멋져, 앤. 로이 가드너와는 어울리지 않았어. 나도 이제는 그걸 알겠어. 그때는 아주 실망했었지만 말이야. 앤, 그렇지만 그때 넌 로이에게 참 몹쓸 짓을 했어."

앤은 미소 지었다.

---

[2] 어린이의 후두나 기관지에 가막이 생기는 급성 염증.

"그래도 이젠 로이도 다 잊은 것 같던데?"

"그야 그렇지. 그 사람 결혼했거든. 부인은 무척 귀여운 사람이고, 둘 다 더할 나위 없이 행복해. '모든 것이 협력하여 선을 이루느니라!'[3] 조도 성서도 다 그렇게 말하고 있지. 어느 쪽이나 꽤 믿을 수 있는 권위를 지니고 있잖니."

"너를 따라다니던 앨릭과 앨런조는 결혼했니?"

"앨릭은 했어. 하지만 앨런조는 아직 안 했어. 너와 이야기하고 있으니 그리운 '패티의 집' 시절이 되살아나."

"요즘 '패티의 집'에 가봤니?"

"응, 나는 곧잘 가. 미스 패티와 미스 마리아는 지금도 난롯가에 앉아 뜨개질을 하고 있어. 아 참, 그러고 보니 생각났는데 그 두 사람에게서 네 결혼축하 선물을 부탁받아 가지고 왔어. 앤, 뭔지 알아맞혀봐."

"모르겠어. 내가 결혼하는 것은 어떻게 아셨지?"

"어머나, 내가 얘기했지. 지난주에 거기 갔었거든. 두 분 다 아주 흥미를 보이더구나. 그러더니 그저께 미스 패티로부터 '패티의 집'에 한번 들러줬으면 하는 편지가 왔어. 가보니 미스 패티가 네게 선물을 전해달라는 거야. '패티의 집'에 있던 물건들 중에서 넌 무엇을 가장 갖고 싶니, 앤?"

"설마 미스 패티가 그 귀여운 도자기 개를 주신 건 아니겠지?"

"맞아. 지금 이 순간 내 트렁크 속에 들어 있단다. 그리고 편지도 있어. 잠깐 기다려. 가지고 올게."

미스 패티의 편지에는 다음과 같이 씌어 있었다.

---

3) 《신약성서》〈로마서〉 8장 28절.

미스 셜리에게

곧 결혼한다는 소식을 듣고 마리아와 나는 무척 기뻤어요. 진심으로 행복을 빌겠어요. 마리아도 나도 결혼한 적은 없지만, 다른 사람들이 결혼하는 데 조금도 이의는 없답니다.

미스 셜리에게 도자기 개를 선물로 보내요. 사실 나는 이것을 미스 셜리에게 유산으로 남기도록 유언장에 써둘 생각이었어요. 진심으로 이 개들에게 애정을 가진 듯싶었으니까요. 하지만 마리아도 나도—하느님의 뜻에 어긋나지 않는 한—앞으로 당분간은 더 살 작정인지라, 미스 셜리가 아직 젊을 때 이 개를 주기로 했어요. '고그'가 오른쪽, '매고그'가 왼쪽을 향하고 있다는 것을 잊지는 않았겠지요.

앤은 뛸 듯이 기뻤다.

"이 아름답고 그리운 두 마리 개가 내 꿈의 집 난롯가에 앉아 있는 모습을 좀 생각해봐. 이렇게 좋은 선물일 줄은 생각지도 못했어."

그날 저녁 그린게이블즈는 다음 날 결혼 준비로 무척 소란스러웠다. 그러나 앤은 해 질 무렵 살며시 집을 빠져나왔다. 앤에게는 처녀 시절의 마지막 날에 꼭 참배해야 할 성지가 있었다. 그것도 혼자서. 비록 말로 한 적은 없었지만 마음속에 간직했던 오랜 추억과 영원한 사랑의 약속을 지키기 위해, 앤은 포플러가 그늘을 드리운 작은 애번리의 묘지에 있는 매슈의 무덤에 찾아가서 그를 만났다.

앤은 속삭였다.

"매슈 아저씨가 계셨으면 내일 얼마나 기뻐해주셨을까요. 하지만 매슈 아저씨는 벌써 다 알고 흐뭇해하고 계실 테죠—어딘가 다른 곳에서. 어떤 책에서 읽었는데, '우리에게 잊히지 않는 한 죽은 이들은 영원히 죽지 않는다'[4]고 씌어 있었어요. 내가 매슈 아저씨를 잊는 일은 결코 없을 테니, 나에게 아저씨는 언제까지나 살아있을 거예요."

가져온 꽃을 매슈의 무덤에 바치고, 앤은 긴 언덕을 천천히 내려갔다. 기분 좋은 빛과 그림자가 어우러진 축복이 넘치는 저물녘이었다. 서쪽 하늘에는 비늘구름이 떠 있었다. 진홍빛과 호박색으로 물든 그 구름 사이로 풋사과의 초록빛을 띤 하늘이 긴 띠처럼 가로지르고 있었다. 하늘 아래에는 저녁놀에 물든 바다가 반짝이고, 쉴 새 없이 밀려오는 파도가 누런 모래밭에 와서 부딪치는 소리가 들려왔다. 오랫동안 알고 지내며 사랑해온 언덕이며 들이며 숲이 순수하고 아름다운 전원의 정적 속에서 앤을 둘러싸고 있었다.

블라이드네 문 앞을 지나갈 때 길버트가 나오면서 말했다.

"역시 역사는 되풀이되는 법인가. 이 언덕을 둘이서 처음 거닐었던 때의 일 기억나니, 앤? 우리가 단둘이 함께 걸었던 건 그게 처음이었을 거야."

"그날 난 황혼 속에 매슈의 무덤에서 돌아오는 길이었어. 길버트가 마침 문에서 나왔고, 나는 몇 년 동안 고집스럽게 세웠던 자존심을 굽히고 자기에게 말을 걸었지."

길버트가 뒤를 이어받았다.

"그로써 내 앞에 천국이 활짝 열린 셈이었지. 그 순간부터 나는 내일이라는 날을 기다리고 기다려왔어. 그날 밤 앤을 그린게이블즈 문까지 바래다주고 돌아왔을 때 나는 온 세상에서 가장 행복한 남자였어. 마침내 앤이 나를 용서해주었으니까."

---

[4] 영국의 작가 조지 엘리엇(1819~1880)의 소설 《애덤 비드》에서 따옴.

"용서를 받아야 할 사람은 바로 나였어. 나는 참 은혜도 모르는 못된 여자아이였지. 호수에서 자기가 내 목숨을 구해준 그날 이후에도 쭉 그랬잖아. 처음에는 자기에게 목숨을 빚졌다는 그 사실이 얼마나 싫었는지 몰라! 생각해보면 나는 이 행복을 받을 자격이 없어."

길버트는 웃으며 자기가 선물한 반지를 낀 앤의 가녀린 손을 더 꼭 잡았다. 앤의 약혼반지는 진주가 촘촘히 박힌 것이었다. 앤은 다이아몬드 반지는 싫다고 했다.

"내가 상상했던 아름다운 보랏빛이 아닌 것을 알고 나서부터 나는 다이아몬드가 싫어졌어. 다이아몬드 반지를 끼면, 실망했던 그날의 아픈 기억이 언제까지나 떠오를 거야."

길버트는 처음에 반대했었다.

"하지만 진주를 하면 눈물을 흘린다고 옛말이 있잖아."

"그런 건 두렵지 않아. 눈물은 슬플 때만이 아니라 행복할 때도 흐르잖아. 내가 가장 기쁜 순간에는 언제나 내 눈에 눈물이 맺혀 있었어. 마릴라가 내게 그린게이블즈에서 살아도 좋다고 말했을 때, 매슈가 난생처음 예쁜 옷을 선물해줬을 때, 장티푸스에 걸려 살 가망이 없다던 자기가 한고비를 넘기고 살아났다고 들었을 때.

그러니 내게 진주 약혼반지를 껴줘, 길버트. 나는 인생의 기쁨과 더불어 슬픔도 기꺼이 받아들일 준비가 되어 있으니까."

그러나 오늘 밤만큼은 이 두 연인은 기쁨에 겨워 슬픔에 대해서는 생각지 않았다. 왜냐하면 내일은 두 사람의 결혼식날이고, 꿈의 집이 보랏빛으로 가물거리는 안개 낀 포윈즈 항구 바닷가에서 그들을 기다리고 있었기 때문이다.

그린게이블즈의 첫 신부

결혼식날 아침 앤이 눈을 뜨니 지붕 밑 작은 창문으로 아침 햇살이 비쳐들고 9월의 산들바람이 커튼에 살랑거리며 장난을 치고 있었다. 앤은 행복감에 싸였다.

"오늘 같은 날 햇빛이 나를 비춰준다니 정말 기뻐."

그리고 앤은 이 작은 지붕 밑 방에서 처음으로 단잠에서 깨어났을 때를 떠올렸다. 햇빛은 바람에 눈이 날려와 쌓인 듯한 '눈의 여왕'의 흐드러진 벚꽃송이들 틈으로 쏟아져 들어와 앤에게 살포시 닿았다. 하지만 그날 아침에는 행복하지 않았다. 잠에서 깨어난 순간, 전날 밤의 쓰디쓴 실망이 되살아났기 때문이었다.

그러나 그 뒤로 이 작은 방은 행복한 어린 시절의 꿈과 청춘의 공상에 의해 오랫동안 사랑을 받으며 새롭게 태어났다. 한동안 방을 떠나 있다가도 언제나 기뻐서 춤추듯 이 방으로 돌아왔다. 길버트가 죽어가고 있다고 믿었던 쓰라린 고뇌의 밤을 이 창가에서 무릎 꿇고 지새웠으며, 오랜 방황 끝에 마침내 길버트와 결혼을 약속한 날 밤에도 이루 말할 수 없이 행복한 마음으로 이 창가에 앉아 있었다. 이 방에서 기쁨에 겨워 잠을 이루지 못하며 지새운 숱한 밤도, 슬픔으로 뒤척이며 잠들지 못했던 밤도 있었다.

그런데 앤은 오늘 이 방을 영원히 떠나야만 하는 것이다. 이제부터 이 방은 더 이상 앤의 것이 아니고, 앤이 떠나고 난 뒤 15살인 도라가 물려받게 된다. 물론 앤도 그것으로 충분히 만족했다. 이 작은 방에 고스란히 간직된 소중한 소녀 시절과 청춘이라는 과거는 이제 덮고, 아내로서의 삶이라는 새로운 책장을 펼치게 되는 것이다.

그날 오전 그린게이블즈는 바빴지만 기쁨에 넘쳐 있었다. 다이애나는 어린 프레드와 앤 코딜리아를 데리고 일찍부터 도우러 왔다. 그린게이블즈의 쌍둥이 데이비와 도라가 어느새 나타나 아이들을 뜰로 데리고 나갔다.

다이애나는 걱정스러운 듯 주의를 주었다.

"작은 앤 코딜리아가 옷을 더럽히지 않도록 조심해줘."

마릴라가 말했다.

"도라에게 맡겨두면 염려 안 해도 돼. 그 애는 내가 아는 어지간한 엄마들보다 훨씬 분별 있고 조심성이 많으니까. 어떨 때는 놀라울 정도야. 내가 키운 또다른 못 말리는 덤벙이 여자아이와는 아주 딴판이지."

마릴라는 닭고기 샐러드를 만들며 앤을 보고 미소 지었다. 그 얼굴로 보아 말은 그렇게 해도 마릴라는 그 못 말리는 덤벙이 쪽을 더 좋아하는 것 같았다.

쌍둥이에게 들리지 않는 것을 확인하고 나서 린드 부인이 말했다.

"저 쌍둥이는 정말이지 착하게 잘 컸어요. 도라는 성격은 참한 데다 집안일도 척척 잘 돕고, 데이비는 저렇게 영리한 아이가 되었으니 말예요. 저 애는 옛날처럼 사고뭉치 말썽꾸러기가 아니에요."

마릴라는 말했다.

"내가 살다 살다 그 애가 이곳에 온 처음 반 년만큼 정신이 없었던 적은 다시 없을 거예요. 그러고 나서는 오히려 내가 그 애에게 길들여졌나 봐요. 요즘 데이비는 부쩍 밭일에 흥미를 가지더니 내년에는 자기에게 농장을 맡겨달라고 하지 뭐예요. 그렇게 해도 괜찮을 것 같아요. 배리 씨가 우리 농장을 앞으로 그리 오래 빌릴 생각이 없다고 해서 무언가 새로운 대책을 세워야만 하던 참이니까요."

다이애나가 비단옷 위에 커다란 앞치마를 두르면서 말했다.

"아, 정말 네 결혼식날 날씨가 좋아서 다행이야, 앤. 이튼 백화점에 미리 주문을 했어도 이 정도로 맑은 날씨는 못 사왔을 것 같은데."

그러자 린드 부인이 화난다는 듯 말했다.

"정말이지 그 백화점에 이 섬의 돈이 너무 많이 흘러 들어간다니까."

린드 부인은 여기저기 지점을 내며 문어발식으로 뻗어 가고 있는 이튼 백화점에 대해 강력히 비판적인 의견을 가지고 있었으며 그 견해를 펼칠 기회라면 놓치는 법이 없었다.

"게다가 거기서 나오는 카탈로그가 요즘 애번리 아가씨들에게는 정말이지 성서가 따로 없잖니. 다들 일요일에 성서를 읽을 생각을 안 하고 그 카탈로그에 코를 빠뜨리고 있으니, 원."

"하지만 아이들하고 재미있게 놀아주는 데는 그 카탈로그만 한 게 없어요. 프레드와 작은 앤은 그 속에 있는 그림을 몇 시간이고 들여다보고 있는걸요."

린드 부인은 단호히 말했다.

"내가 애들 키울 때는 이튼의 카탈로그 신세를 지지 않고도 열이나 되는 아이들하고 놀아줘가며 다 키웠어."

앤이 명랑하게 말렸다.

"자, 여러분, 이튼의 카탈로그 때문에 다투지는 말자고요. 오늘은 내 일생에 단 한 번뿐인 날이잖아요. 내가 너무나 행복해서 다른 사람들도 모두 행복해주었으면 해요."

"네 행복이 앞으로 영원히 이어지기를 진심으로 바란다, 앤."

린드 부인은 한숨을 쉬었다. 린드 부인은 진심으로 그렇게 되기를 바라고 또 믿었지만, 행복을 너무 호들갑스럽게 내세우면 행여 신의 섭리에 거스르는 게 되지 않을까 걱정스러웠다. 앤 자신을 위해서 좀 삼가도록 할 필요가 있었다.

그러나 그 9월 오후, 손으로 짠 카펫을 깔아놓은 낡은 층계를 사뿐사뿐 내려온 신부는 더없이 행복하고 아름다워 보였다. 안개같이 엷은 베일을 쓰고 양팔 가득 장미를 안고서 눈을 빛내는 그 가녀린 자태의 여인은 그린게이블즈의 첫 신부였다.

아래층 현관홀에서 기다리고 있던 길버트는 숭배하는 눈길로 앤을 올려다보았다. 오랫동안 갈구해왔으나 잡힐 듯 잡히지 않던 앤이 여러 해 동안의 간절한 기다림 끝에 마침내 자기 사람이 된 것이다. 그 앤이, 사랑하는 사람에게 모든 것을 기꺼이 내줄 준비가 된 신부의 모습으로 지금 자신을 향해 내려오고 있었다.

나는 이 신부에게 어울리는 사람일까? 나는 과연 내 바람만큼 앤을 행복하게 해줄 수 있을까? 만일 이 신부에게 걸맞는 그런 남자의 기준에 부합하지 못해 그녀를 실망시키고 만다면? 온갖 의문과 불안이 요동치며 고개를 들던 바로 그때 앤이 손을 내밀었다. 두 사람의 눈이 마주치자 의심과 불안은 기쁨이 넘치는 확신 속에 모조리 사라져버렸다. 두 사람은 서로의 것이었다. 앞으로 어떤 인생이 기다리고 있다 해도 그 사실을 바꿀 수는 없었다. 두 사람의 행복은 서로의 가슴속에 고이 간직되어 있었기 때문에 아무것도 두렵지 않았다.

오래된 과수원에서 따사로운 햇살을 받으며 두 사람은 오랫동안 친밀하게 지내온 사람들의 다정한 얼굴에 둘러싸여 사랑이 넘치는 결혼식을 올렸다. 앨런 목사가 두 사람의 결혼식을 주례했고, 조 목사는 린드 부인이 나중에 비평한 바에 의하면 이제까지 들어본 가운데 가장 아름다운 결혼 축복기도를 드렸다.

9월에는 보통 새가 그리 지저귀지 않지만, 길버트와 앤이 죽음도 갈라놓을 수 없는 영원한 사랑을 맹세하는 혼인 서약을 하는 내내 어느 가지 위에서 새 한 마리가 모습을 감춘 채 아름답게 노래하고 있었다. 앤은 그 노랫소리를 듣고 황홀한 설렘을 느꼈다. 길버트는 그것을 들으며, 어째서 온 세계의 새들이 일제히 환희의 노래를 지저귀지 않는 것일까 생각했다. 폴은 그것을 듣고 나중에 한 편의 서정시를 썼으며, 그것은 그의 시집 속에서 가장 칭송받은 작품 가운데 하나가 되었다. 샤를로타 4세는 그 새소리를 듣고서 이것은 숭배하는 셜리 아가씨의 행운을 뜻하는 거라며 더없이 기뻐했다. 새는 식이 끝날 때까지 노래하다가 마지막으로 소리 높이 짤막하게 한번 더 지저귀고서야 그쳤다.

과수원에 둘러싸인 이 낡은 초록 지붕 집에서 이만큼 즐겁고 유쾌한 오후는 일찍이 없었다. 에덴 이래 무수히 많은 결혼식에서 이미 제 몫을 다했을 오래된 농담과 경구가 재탕이 되었지만, 마치 지금껏 한 번도 입에 올려진 적 없었던 기발하고 재치 있는 말인 양 새삼스레 사람들의 웃음을 자아냈다. 웃음과 기쁨이 자기 세상인 듯 난무했다.

카모디발 기차를 타기 위해 앤과 길버트가 폴이 모는 마차를 타고 역으로 출발할 때, 쌍둥이는 얼른 쌀과 헌 구두를 대령했고 그것을 던지는 데는 샤를로타 4세와 해리슨 씨가 눈부시게 활약했다.

마릴라는 대문가에 서서 앤을 태운 마차가 가을의 미역취꽃이 길가에 띠를 이룬 듯 피어난 긴 오솔길을 따라 달려 내려가서 더 이상 보이지 않을 때까지 바라보았다. 오솔길 끄트머리에서 앤은 마지막으로 뒤돌아보며 작별의 손을 흔들었다. 앤은 가버렸다. 그린게이블즈는 이미 앤의 집이 아니었다. 앤이 없는 집으로 돌아간 마릴라는 몹시 초췌하고 부쩍 나이 들어 보였다. 이 집에서 앤은 14년 동안 지내며, 비록 이곳에 없을 때에도 그곳을 빛과 활기로 가득 채워왔던 것이다.

다이애나와 아이들, '메아리집' 사람들, 앨런 목사 부부가 남아, 앤을 떠나보내고 한없이 적적할 두 노부인의 첫날 저녁을 함께 보내주었다. 모두들 평온한 가운데 즐겁게 저녁 식사를 들었으며, 오랫동안 식탁에 둘러앉아 그날의 소소한 사건들에 대해 이야기꽃을 피웠다.

사람들이 이렇듯 식탁에 앉아 있는 동안 앤과 길버트는 글렌세인트메리에 도착해 기차에서 내리고 있었다.

너와 나의 집으로

데이비드 블라이드 선생은 자기의 이륜마차를 역으로 마중 보내두었다. 마차를 몰고 온 소년은 두 사람의 마음을 자못 이해한다는 듯 싱긋 웃더니 금세 어디론가 사라져버려, 앤과 길버트는 빛나는 저녁 한때에 단둘이 마차를 몰아 새집으로 향하는 즐거움을 마음껏 누렸다.

앤은 마을 뒤의 언덕을 넘었을 때 두 사람 앞에 펼쳐진 아름다운 광경을 언제까지나 잊을 수 없었다. 그들의 새로운 집은 아직 보이지 않았다. 그러나 앤의 눈앞에는 포윈즈 항구가 장밋빛과 은빛으로 반짝이는 커다란 거울처럼 가로놓여 있었다. 멀리 눈 아래로 한쪽에는 길게 뻗은 모래톱, 다른 쪽에는 험준하게 깎아지른 높은 붉은 사암 벼랑을 사이에 둔 항구 입구가 보였다. 모래톱 저편에는 깊은 잠에 빠져 기척조차 없는 듯한 바다가 저녁놀 속에 고요히 가로누워 있었다.

길쭉한 모래톱이 항구 기슭과 만나는 곳에 후미가 있고, 그 후미에 안긴 작은 어촌은 저녁의 이내 속에서 커다란 오팔처럼 보였다. 두 사람 머리 위 하늘은 흡사 저녁 어스름이 주르르 쏟아져 나오는, 보석이 촘촘히 박힌 성배 같았다. 톡 쏘는 듯한 짙은 바다 내음이 실려오는 공기는 상쾌하게 느껴졌고 풍경 전체에 바닷가 해 질 녘의 신비로운 분위기가 녹아들고 있었다.

어둑발이 내려오는, 전나무가 빼곡한 항구 기슭을 따라 범선 서너 척이 희미하게 보였다. 저 멀리 작고 흰 교회 탑에서 종소리가 울려 퍼지고 있었다. 종소리는 그윽한 꿈처럼 아름답게 바다의 중얼거림과 뒤섞여 물 위를 가만가만 건너왔다.

해협의 벼랑 위에 있는 커다란 등대가 맑디맑은 북쪽 하늘 아래에서 한 바퀴씩 돌 때마다 따뜻한 황금색 불빛이 눈부시게 빛났다. 그것은 마치 희망의 별이 기쁨으로 온몸을 떨고 있는 것 같았다. 아득한 수평선에는 지나가는 증기선의 연기가 잿빛 리본처럼 나부끼고 있었다.

앤은 중얼거렸다.

"아아, 아름답다. 너무도 아름다워. 난 포윈즈가 아주 좋아질 거야, 길버트. 우리가 살 집은 어디에 있어?"

"아직 보이지 않아. 저 작은 후미에서부터 띠처럼 이어져 있는 자작나무숲에 가려져 있어. 글렌세인트메리에서 집까지는 2마일(약 3.2킬로미터)쯤이고 집에서 등대까지는 다시 1마일을 더 가야 돼. 우리가 살 곳에는 이웃이 많지 않아. 우리 집 가까이에는 집이 딱 한 채뿐이고, 어떤 사람이 사는지도 아직 몰라. 내가 없는 동안 당신이 쓸쓸하지 않을까? 어떻게 생각해, 앤?"

"저 등대의 불빛과 아름다운 경치가 있는 한 외로울 리 없어. 저 집에는 누가 살고 있을까, 길버트?"

"몰라. 얼핏 봐서는—아무래도—'닮은꼴 영혼'이 살고 있을 것 같지는 않지?"

그 집은 크고 단단한 건물로, 너무나 뚜렷한 녹색으로 칠해져 있어 그것에 비하면 경치마저 빛바래 보였다. 집 뒤꼍에는 과수원이 자리 잡고 앞쪽에는 잘 손질된 잔디밭이 있었지만 어딘지 싸늘한 느낌이 감돌고 있었다. 아마 너무도 완벽하게 정돈되어 있기 때문인지도 모른다. 저택 전체―집, 헛간, 과수원, 정원, 잔디밭, 오솔길에 이르기까지 살풍경하리만치 너무나 깔끔했다.

"저런 색 페인트를 칠하는 취향을 가진 사람은 아무래도 '닮은꼴 영혼'일 것 같지는 않아. 실수로 그렇게 되지 않았다면 말이야. 우리들의 파란 공회당처럼.

적어도 저 집에는 아이가 없는 게 확실해. 토리 가도에 있는 그 콥 자매네보다 더 잘 정돈되어 있는 것 보니까. 나는 그 집보다 더 깨끗하게 정돈된 집은 없을 거라고 생각했는데."

항구 기슭을 따라 구불구불 이어지는 축축하고 붉은 황톳길을 달리는 동안 두 사람은 아무도 마주치지 않았다. 그러나 두 사람의 집을 숨기고 있는 자작나무숲으로 접어들기 직전에, 앤은 오른편의 벨벳 같은 초록빛 언덕마루에서 새하얀 거위 떼를 몰고 가고 있는 한 소녀를 보았다. 언덕 위에는 커다란 전나무가 듬성듬성 서 있고 그 전나무 사이로 노랗게 익은 밭과 반짝이는 금빛 모래 언덕과 푸른 바다가 언뜻언뜻 보였다.

소녀는 키가 컸고 옅은 파란색으로 물들인 옷을 입었으며, 통통 튀어오르는 듯한 걸음으로 등을 꼿꼿이 세운 채 걷고 있었다. 앤과 길버트가 지나갈 때 소녀와 거위 떼는 언덕 기슭에 다다라 울타리문으로 막 빠져나오는 참이었다. 소녀는 울타리문의 쇠고리에 한 손을 걸치고 두 사람을 뚫어져라 바라보았는데, 관심은커녕 호기심조차 비친다고 할 수 없는 무뚝뚝한 표정 속에 왠지 모를 적의가 숨겨져 있는 것을 앤은 순간적으로 느꼈다.

하지만 앤이 자기도 모르게 숨을 삼킨 것은 무엇보다 소녀의 아름다움 때문이었다. 어디에 있어도 눈에 띌 만큼 두드러지게 아름다웠다. 모자를 쓰고 있지 않았는데, 잘 익은 밀 빛깔의 윤기 나는 머리칼을 굵게 땋아 보석관이라도 쓴 것처럼 머리에 둘둘 감아올렸다. 푸른 눈은 별처럼 반짝였다. 검소한 날염

옷을 입고 있어도 맵시가 났다. 입술은 벨트에 꽂은 피처럼 붉은 양귀비 꽃다발만큼이나 새빨간 빛깔이었다.

앤은 나직한 목소리로 물었다.

"길버트, 지금 지나친 그 아가씨는 누구야?"

"아가씨라니, 난 아무도 못 봤는데."

길버트에게는 자기 신부 말고는 아무도 눈에 들어오지 않았다.

"저 울타리문에 서 있었어. 어머나, 뒤돌아보지는 말고. 아직도 우리 쪽을 보고 있어. 저토록 아름다운 얼굴은 본 적이 없어."

"이곳에 와서 특별히 아름다운 아가씨를 본 기억은 없는데. 글렌세인트메리에 예쁜 아가씨가 몇 있긴 하지만 첫눈에 반할 정도는 아니야."

"지금 본 아가씨는 달라. 자기는 본 적 없나 봐. 봤다면 기억하고 있었을 거야. 누구도 잊을 수 없을 얼굴이거든. 그토록 아름다운 얼굴은 그림에서나 보았어. 게다가 그 머릿결! 브라우닝의 '황금 밧줄'과 '현란한 뱀'[1]이 딱 떠오르는 그런 머리였어!"

"아마 다른 곳에서 포윈즈로 온 여행객이겠지. 이를테면 항구 건너편 큰 호텔로 피서 온 사람이라든가."

"흰 앞치마를 두르고 거위 떼를 몰고 있었는데?"

"재미 삼아 한번 해 본 건지도 모르지. 저기 좀 봐, 앤. 저기가 우리 집이야."

앤은 길버트가 가리키는 곳을 바라보았다. 그리고 원망의 빛이 서린 아름다운 눈을 한 소녀에 대해서는 잠시 잊어버렸다. 둘만의 새집은 첫눈에 앤의 눈도 마음도 흡족케 하는 모양새였다. 흡사 파도에 밀려 항구의 기슭까지 올라

---

1) 영국의 시인·극작가 로버트 브라우닝(1812~1889)의 시 〈곤돌라 안에서〉에서 따온 표현들.

온 커다란 크림색 조개껍질처럼 보였다.

집으로 접어드는 오솔길을 따라 늘어선 키 큰 양버들이 하늘을 바탕으로 보랏빛의 위풍당당한 실루엣을 그리고 있었다. 그 뒤쪽으로는 울창한 전나무 숲이 병풍처럼 둘러져 강한 바닷바람으로부터 뜰을 보호하고 있었다. 바람이 불어올 때면 숲은 뇌리에서 쉬이 지워지지 않는 갖가지 기기묘묘한 음악을 연주했다. 모든 숲이 그러하듯 이곳도 그 깊숙이 비밀을 품고 있는 것처럼 보였다. 그 비밀에 감춰진 기묘한 매력은 숲을 헤치고 들어가 참을성 있게 그 매력을 구하는 자만이 찾아낼 수 있는 것이다. 겉으로 볼 때는, 단순한 호기심이나 냉담한 눈으로 접근하려는 이들이 그 신성함을 범하지 못하도록 나무들이 짙은 녹색 팔로 그 비밀을 감싼 채 굳게 지키고 있었다.

모래톱 저편에서는 밤바람이 거칠게 불기 시작했고, 앤과 길버트가 양버들이 늘어선 오솔길로 마차를 몰고 들어갔을 무렵에는 항구 건너편 작은 바닷마을의 불빛이 보석을 아로새긴 듯 반짝이고 있었다. 작은 집의 현관문이 열리고 따뜻한 벽난로 불빛이 저녁 어스름 속에 어른어른 비쳤다.

앤을 마차에서 안아 내린 길버트는 그녀의 손을 잡고 우듬지가 불그레해진 두 그루 전나무 사이의 작은 울타리문을 지나 뜰로 들어간 뒤, 잘 손질된 붉은 오솔길을 걸어 사암 층계를 올라갔다.

"어서 와, 우리들의 집에."

길버트는 속삭였고, 두 사람은 손을 맞잡고 문턱을 넘어 그들이 살 꿈의 집으로 들어갔다.

짐 선장

포윈즈의 의사인 데이비드 선생과 그 부인이 신랑, 신부를 맞기 위해 이 작은 집에 와 있었다. 데이비드 선생은 몸집이 크고 흰 구레나룻을 기른 명랑한 노인이었다. 부인은 자그마한 체구의 단정하고 볼이 발그레한 은발의 노부인이었는데 앤을 보자마자, 말 그대로나 비유적으로나, 따뜻하게 맞아주었다.

"어서들 오너라. 얼마나들 고단하니. 간단한 식사 준비를 해놓았단다. 짐 선장님이 너희 주라며 송어를 가지고 오셨지. 짐 선장님, 어디 계세요? 아, 말을 챙기러 잠깐 나가신 모양이네. 그럼 그 사이에 2층에 올라가서 모자랑 장갑을 벗어놓고 오자꾸나."

앤은 감사와 감탄의 마음으로 눈을 빛내며 주위를 둘러보면서 데이비드 부인의 뒤를 따라 2층으로 올라갔다. 새로운 보금자리가 된 이 집이 아주 마음에 들었다. 이곳에는 그린게이블즈에서 느꼈던 분위기와 오랜 전통의 향기가 풍기는 듯했다.

앤은 방에 혼자 남게 되자 조그맣게 중얼거렸다.

"미스 엘리자베스 러셀은 틀림없이 나와 '닮은꼴 영혼'이었을 거야."

방에는 창문이 두 개 있고 그 가운데 하나에서는 아래쪽 항구와 모래톱과 포윈즈의 등대가 보였다.

앤은 조용히 시구를 읊조렸다.

"'쓸쓸한 요정의 나라속 위험한 바다,
그 물보라를 향해 열리는 마법의 창문.'[1]"

또 다른 창문에서는 가을빛으로 물든 작은 골짜기 사이로 개울이 흐르는 풍경이 보였다. 개울 상류 쪽으로 반 마일(800미터)쯤 올라간 곳에 그 주변에서 볼 수 있는 단 한 채의 집이 보였다. 이리저리 뻗어 나가듯 마구잡이식으로 지어진 것 같은 낡은 잿빛 집으로, 커다란 버드나무에 둘러싸여 있어, 그 사이로 빼꼼히 보이는 창문은 마치 수줍음 많은 사람이 몰래 숨어서 보고 있는 눈길처럼 저녁 어스름을 내다보고 있었다.

저기에 누가 살고 있을까 앤은 생각했다. 가장 가까운 이웃이니까 좋은 사람들이기를 바랐다. 그러다 갑자기 앤은 문득 자기도 모르게 흰 거위 떼를 몰고 가던 아름다운 소녀에 대해 생각하고 있음을 깨달았다.

'길버트는 그 아가씨가 이 고장 사람이 아닐 거라고 했지만, 내 생각엔 그렇지 않아. 그 아가씨에게는 어딘가 이 바다와 하늘과 항구의 일부라고 느껴지는 구석이 있었어. 포윈즈의 기운이 틀림없이 그 핏속에 흐르고 있어.'

앤이 아래층으로 내려갔을 때 길버트는 벽난로 앞에 서서 낯선 사람과 이야기를 나누고 있었다. 앤이 들어가자 두 사람 모두 뒤돌아보았다.

"앤, 이쪽은 보이드 선장님이셔. 보이드 선장님, 제 아내입니다."

길버트가 앤 아닌 사람에게 '제 아내'라고 말한 것은 이번이 처음이었다. 그

---

[1] 영국의 낭만주의 시인 존 키츠(1795~1821)의 〈나이팅게일에게 부치는 송시〉에서 따옴.

말을 하면서 길버트는 자랑스러움으로 가슴이 터질 것만 같았다. 노선장은 심줄이 돋은 손을 앤에게 내밀었다. 두 사람은 미소를 주고받았고, 그 순간부터 곧바로 친구가 되었다. '닮은꼴 영혼'들끼리 한눈에 서로를 알아보았던 것이다.

"만나서 정말 반갑군요. 블라이드 사모님. 이곳에 왔던 첫 신부처럼 행복하기를 바랍니다. 그것이 내가 사모님에게 건넬 수 있는 최고의 인사말일 거요.

그런데 방금 남편께서 나를 소개한 이름은 아주 정확하다고 할 수 없어요. 사람들은 보통 나를 '짐 선장'으로 부르거든요. 부인도 결국에는 그렇게 부르게 될 테니 차라리 처음부터 그렇게 부르는 게 낫지 싶네요.

그런데 정말 사랑스러운 신부군요, 블라이드 사모님. 사모님을 보고 있으니 꼭 내가 장가를 든 것처럼 설레는 기분이 드는데요."

웃음이 와락 터진 가운데, 데이비드 부인은 짐 선장에게 저녁 식사를 함께 들고 가도록 권했다.

"거참 고마운 말씀이네요. 정말이지 영광입니다, 의사 선생님 사모님. 나는 대개 맞은편 거울에 비치는 늙고 못난 제 낯짝이나 마주 보며 혼자 밥을 먹어야만 하니까요. 이토록 친절하고 어여쁜 부인 두 분하고 같이 자리할 기회는 좀처럼 없지요."

짐 선장의 찬사는 글로 적어놓은 것을 보면 자못 노골적으로 느껴질지 모르지만, 워낙 부드럽고 정중한 말투와 표정으로 이야기했기에 그 말을 들은 두 부인은 왕으로부터 찬사를 들은 왕비와 같은 기분을 느꼈다.

짐 선장은 고결한 성품의 소박한 노인으로, 눈에도 마음에도 영원한 젊음이 깃들어 있었다. 키는 컸으나 허리가 좀 굽었고 그다지 체격이 좋지는 않았는데, 그래도 비상한 힘과 끈질긴 근성이 느껴졌다. 수염을 말끔히 깎은 얼굴에는 주름살이 깊이 패어 있고 구릿빛으로 그을려 있었다. 굵고 숱 많은 잿빛 머리칼은 어깨까지 드리워졌고, 움푹 들어간 파란 눈이 때로는 기쁜 듯 반짝이고 때로는 꿈꾸는 듯 아련했으며 또 때로는 잃어버린 귀중한 무언가를 찾는 듯 그립고 애절하게 바다 쪽을 바라보기도 했다. 이 짐 선장이 무엇을 그리 찾고 있는지 앤은 나중에 가서야 알게 되었다.

사실, 짐 선장이 못생긴 사나이라는 것은 부정할 수 없었다. 빈약한 턱이며 투박한 입매며 넓적한 이마는 미적 기준으로 보아서는 결코 아름답다고 할 수 없었다. 그리고 이제까지 겪어온 숱한 고난과 슬픔이 지나간 자취가 마음과 마찬가지로 몸에도 새겨져 있었다. 그래서 앤도 짐 선장을 처음 보았을 때는 못생겼다고 생각했으나 그 뒤로는 한 번도 그렇게 여긴 적이 없었다. 그 거칠고 투박한 육체에서 빛이 나듯 새어나오는 정신이 모든 것을 아름답게 바꾸었기 때문이다.

모두들 유쾌하게 식탁에 둘러앉았다. 난롯불이 9월 초저녁의 싸늘한 기운을 몰아냈지만 열린 식당 창문으로 바닷바람이 스스럼없이 불어 들어왔다. 항구며 그 너머 야트막한 보랏빛 언덕이 굽어보이는 창밖의 경치는 참으로 장대했다.

식탁에는 데이비드 부인이 만든 먹음직스러운 요리가 산더미처럼 푸짐하게 차려져 있었는데, 그 가운데서도 백미는 단연 큰 접시에 담긴 송어였다.

짐 선장이 설명했다.

"먼 길 오느라 고생한 끝에는 이게 맛있을 거라고 생각해서 가져왔습니다. 블라이드 사모님도 이렇게 싱싱한 송어는 아마 먹어보지 못했을걸요. 두 시간 전만 해도 글렌 연못을 헤엄쳐 다니던 녀석이니까요."

데이비드 선생이 물었다.

"오늘 밤은 누가 등대지기를 하고 있나요, 짐 선장님?"

"조카 녀석 앨릭이 하고 있습니다. 등대에 대해서는 나 못지않게 잘 아니까요. 그나저나 저녁 식사에 청해주셔서 살았습니다. 무척 배가 고팠던 참이었거든요. 점심에도 끼니다운 끼니를 못 먹어서요."

데이비드 부인이 나무라듯 말했다.

"그 등대에서 매일같이 굶고 계시는 거 아니에요? 제대로 된 음식을 만들어 먹는 게 귀찮으신 거죠."

"아뇨, 만들어 먹습니다, 사모님. 만들고말고요. 평소에 난 임금님도 부럽지 않게 잘 먹습니다. 어젯밤에도 글렌 읍내에 가서 스테이크용 고기를 2파운드(약 900그램)나 사 가지고 왔는걸요. 오늘 점심때 푸짐하게 한 끼 먹을 요량으로 말이죠."

"그런데 그 고기에 무슨 일이 생겼나요? 오는 길에 잃어버리기라도 하셨어요?"

짐 선장은 겸연쩍은 표정을 지었다.

"아니요. 마침 잠자리에 들려는데 불쌍하게 생긴 볼품없는 개 한 마리가 하룻밤 재워달라고 불쑥 들어오는 게 아니겠습니까. 바닷가 어느 어부의 개인 듯싶었죠.

어쨌거나 그 가엾은 녀석을 쫓아낼 수는 없었습니다. 보니까 다리 한 짝을 다쳤더라고요. 그래서 현관 안으로 들이고 헌 자루를 깔아 자도록 해준 뒤 나도 잠자리에 들었지요. 그런데 웬일인지 잠이 와야지요. 그러다 생각해보니 문득 그 개가 굶주려 보이던 게 생각났죠."

데이비드 부인이 그러면 그렇지 하는 얼굴로 선장을 몰아세웠다.

"그래서 선장님은 일어나 그 개에게 그 고기를 주셨겠죠. 덩어리째 '몽땅'!"

짐 선장은 부인을 달래듯 말했다.

"뭐, 달리 줄 게 아무것도 없었어요…… 어쨌든 개가 좋아할 만한 것은요. 확실히 배가 고팠던 모양인지, 아주 두 입에 꿀떡 먹어치우더라니까요. 그러고 났더니 밤새 푹 잘 수 있었지만 오늘 점심에 내가 먹을 게 좀 모자랐죠. 감자밖에 없어서 그거 먹고 손가락이나 빠는 수밖에요. 개는 오늘 아침에 일어나더니 알아서 제집을 찾아갔습니다. 녀석이 채식주의자가 아닌 것만은 틀림없더군요."

데이비드 부인이 놀렸다.

"아무 쓸모없는 개 때문에 자기는 쫄쫄 굶다니, 원."

짐 선장이 항변이라도 하듯 대답했다.

"어떤 사람에게는 아주 소중한 개일지도 모르지요. 보기에 별스럽지는 않았지만 겉만 봐서야 알 수 있나요. 나처럼 좋은 점을 안에다 꽁꽁 숨기고 있는 녀석인지도 모르는걸요. 우리 집의 '일등항해사' 녀석은 그 개에게 썩 호감이 가지 않았던 모양인지 소리를 지르며 쫓아내버리더군요. 그렇지만 '일등항해사'야 편견을 가지고 있었겠죠. 고양이가 개를 어떻게 생각하는지는 뻔한 것 아닙니까?

어쨌든 그래서 내 점심은 날아갔는데, 이런 훌륭한 분들과 유쾌한 자리에 함께 앉아 이렇듯 훌륭한 진수성찬을 먹게 되다니 정말 기쁩니다. 좋은 이웃을 갖는다는 건 매우 좋군요."

앤이 물었다.

"개울 위쪽 저 버드나무에 둘러싸인 집에는 어떤 분이 살고 있나요?"

"딕 무어 부인이요…… 그 남편하고 같이."

짐 선장은 잊었던 존재가 퍼뜩 생각난 듯 나중에 덧붙였다.

앤은 미소 지으며 짐 선장의 말투에서 딕 무어 부인의 모습을 그려보았다. 분명 제2의 레이철 린드 부인이 틀림없었다.

짐 선장은 이야기를 이어갔다.

"이웃이 그리 많지 않아요, 블라이드 사모님. 항구 이편은 사람 사는 집이 아주 뜨문뜨문해서요. 토지는 대부분 글렌 저편에 사는 하워드 씨의 소유인데, 주로 목장으로 빌려주고 있거든요.

그런가 하면 항구 윗동네는 지금 사람이 아주 바글바글하죠. 특히 매컬리스터 집안사람들로 말이지요. 매컬리스터 일족이 어찌나 많이 모여 사는지 그냥 걸어가다가도 발길에 차일 정도라니까요.

지난번에 리언 블래콰이어 노인하고 얘기하는데—노인은 여름 내내 항구에서 일하고 있거든요—이렇게 말합디다.

'저 건너편은 죄 매컬리스터 집안사람뿐이야. 닐 매컬리스터 있지, 샌디 매컬리스터, 윌리엄 매컬리스터도 있지, 거기다 앨릭 매컬리스터, 앵거스 매컬리스터까지. 그러니 잘 찾아보면 분명 악마 매컬리스터도 있을걸.'"

한바탕 웃음이 좀 가라앉자 데이비드 선생이 말했다.

"엘리엇 집안과 크로퍼드 집안사람들도 그 못지않게 많아요. 길버트, 여기 포윈즈 이쪽 편에 사는 사람들에게는 옛날부터 전해오는 말이 하나 있어. '주님, 부디 우리들을 엘리엇가의 자만심과, 매컬리스터가의 자존심과, 크로퍼드가의 허영으로부터 구원하소서.'라고."

짐 선장이 인자한 얼굴로 말했다.

"하지만 개중에는 훌륭한 사람들도 제법 있소. 나는 여러 해 동안 윌리엄 크로퍼드와 함께 배를 탔는데, 용기와 참을성과 진실함에서 그 친구와 어깨를 겨룰 만한 이가 없었지요.

포윈즈 저쪽 편 사람들은 머리가 좋소. 그래서 이쪽 편 사람들이 그 사람들 흉을 보는지도 모르지요. 거참 이상하게도 인간이란 자기보다 조금이라도 똑똑하게 태어난 사람에 대해서는 꼭 억울해하더군요."

항구 윗동네 사람들과 40년 동안 껄끄럽게 지내온 데이비드 선생도 웃으며 물러섰다.

길버트가 물었다.

"여기서 반 마일쯤 떨어진 곳에 있는 그 선명한 에메랄드빛 집에는 누가 살고 있습니까?"

짐 선장은 유쾌한 듯 웃었다.

"코닐리아 브라이언트요. 곧 이곳에 찾아올 거요. 여러분이 장로교 신도라는 걸 알았으니 말이죠. 만일 감리교파라면 결코 오지 않았을 거요. 코닐리아는 감리교파라면 치를 떨며 싫어하니까요."

데이비드 의사가 껄껄 웃었다.

"정말 특이한 사람이지. 예전부터 남자라면 펄펄 뛰며 싫어하니까!"

길버트는 웃으면서 물었다.

"어차피 못 가질 것 같으니 신 포도 취급하는 건가요?"

짐 선장이 진지한 얼굴로 설명했다.

"아니, 못 가져서가 아니오. 코닐리아는 젊었을 때는 마음만 있으면 얼마든지 남자를 고를 수 있었소. 지금도 오라고 말 한마디만 하면 한달음에 달려올 나이 지긋한 홀아비들이 숱할걸요. 그냥 날 때부터 남자들과 감리교파에 대해 깊은 원한을 품고 태어난 것 같아요.

코닐리아는 포원즈에서 둘째가라면 서러울 독설과 친절한 마음을 한꺼번에 갖고 있소. 뭐든 걱정거리가 있는 곳이라면 어디든 찾아가서 할 수 있는 모든 일을 해가며 세상 다정하게 도와주죠. 독설도 여자를 상대로는 절대로 하지 않아요. 우리 애꿎은 남자들만 몰아세우기 좋아하는데 우리는 낯가죽이 두꺼워서 거뜬히 견뎌내고 있지요."

 데이비드 부인이 말했다.

"그래도 미스 코닐리아가 선장님은 언제나 좋게 말하던걸요."

"그런가 보더군요, 하지만 썩 달갑지는 않아요. 내게 어딘가 여느 사람하고 별난 점이 있나 보다 하는 느낌이 드니까요."

학교 선생님의 신부

"짐 선장님, 이 집에 왔던 첫 신부란 누구죠?"

저녁 식사 뒤 모두들 난로 주변에 둘러앉았을 때 앤이 물었다.

그 질문을 듣고 길버트도 뭔가 떠오른 듯 덧붙였다.

"이 집에 얽힌 이야기가 있다고 들었는데 그 첫 신부라는 사람도 그 이야기의 일부분입니까, 선장님? 그 이야기를 아는 건 선장님뿐이라고 누가 말하던데요."

"그래요, 내가 잘 알고 있지요. 학교 선생님의 신부가 섬에 왔을 때 일을 기억하는 사람은 지금 포윈즈에서 나 혼자뿐일 거요. 그 사람이 세상을 떠난 지도 어느덧 30년이나 되었지만, 언제까지나 잊히지 않는 그런 사람이지요."

앤이 졸랐다.

"그 이야기 좀 해주세요. 저보다 앞서 이 집에 살았던 여성들에 대해 빠짐없이 알고 싶어요."

"그래 봐야 딱 세 사람이오—엘리자베스 러셀, 네드 러셀 부인, 그리고 학교 선생님의 신부. 엘리자베스 러셀은 호감 가는 똑똑한 사람이었고, 네드 부인도 좋은 사람이었소. 그렇지만 학교 선생님 신부와는 비교도 안 되죠.

학교 선생님의 이름은 존 셀윈이었는데, 내가 16살이었을 때 영국 본토에서 글렌에 있는 초등학교로 왔었죠.

그즈음 프린스에드워드섬에 학교 선생으로 오는 사람은 대개 가르치는 일은 뒷전인 게으름뱅이들뿐이었는데, 이 사람은 그렇지 않았소. 다른 선생들은 대개 머리는 좋지만 술주정꾼들이어서, 술을 안 먹고 멀쩡할 때는 아이들에게 읽기, 쓰기, 산수를 열심히 가르치지만 술에 취했다 하면 아이들을 마구 야단만 치면서 공부는 안 가르치는 그런 식이었죠.

하지만 존 셀윈 선생은 멋있고 훌륭한 분이었소. 우리 집에서 하숙했는데 선생이 나보다 나이는 열 살이나 위였지만 나하고 친구처럼 아주 친하게 지냈어요. 같이 책도 읽고 산책도 하며 이야기도 엄청 많이 나눴죠.

내가 보기에 존 선생은 지구상에 쓰인 시라는 시는 모두 알고 있는 것 같았소. 그래서 저녁이면 바닷가를 거닐면서 나에게 곧잘 읊어주곤 했지요. 우리 부친은 그런 일은 쓸데없는 시간 낭비라고 생각했지만, 혹시 그러다 내가 뱃사람이 되려는 생각을 버릴지도 모른다고 여겨 꾹 참으셨지 싶어요. 하지만 소용없었죠. 어머니가 대대로 뱃일하는 집안 출신이어서 내 속에도 그 피가 흐르고 있었으니까요. 그래도 나는 존 선생이 책을 읽어주거나 시를 읊는 게 참으로 좋았소. 60년이 다 돼가는 옛날 일이지만, 존 선생에게 배운 시를 지금도 줄줄 암송할 수가 있소. 거의 60년이 지났는데도 말이오!"

짐 선장은 잠시 옛일을 생각하는 듯 불타오르는 장작을 묵묵히 지켜보고 있더니 이윽고 한숨과 더불어 다시 이야기를 이어갔다.

"지금도 기억나는데, 어느 봄날 저녁에 나는 모래 언덕에서 존 선생과 마주쳤소. 그는 아주 들떠 있었소. 꼭 오늘 밤 부인을 데리고 왔을 때의 블라이드 선생처럼. 선생을 본 순간 존 선생이 떠올랐을 정도니까. 존 선생은 고향에 애인을 남겨두고 왔는데 그녀가 섬으로 온다는 소식을 나에게 알려주었어요.

나는 그리 기쁘지 않았소. 내 생각만 하는 철딱서니 없는 녀석이라 그랬지요. 그 애인이 오면 존 선생과 지금까지처럼 친한 친구로 지낼 수 없게 되리라고 생각했으니까요. 그래도 그런 마음을 존 선생에게 티 내지 않을 만큼의 예의는 알고 있었소.

존은 자기 약혼녀에 대해 모조리 이야기해주었소. 이름은 퍼시스 리이고, 원래는 존과 함께 올 예정이었는데 나이 든 삼촌이 있어서 오지 못했던 것이었소. 삼촌은 병석에 누워 있었는데, 퍼시스 부모님이 돌아가셨을 때부터 그녀를 돌봐준 고마운 분이라 도저히 혼자 남겨두고 올 수가 없었던 거였소. 그러다 그 삼촌이 세상을 떠나서 약혼자인 존 셀윈과 결혼을 하러 섬으로 올 수 있게 되었죠.

그 무렵 여자가 혼자 여행을 하기란 결코 쉬운 일이 아니었죠. 증기선 같은 것도 없었다는 걸 생각해봐요.

나는 물었소. '언제쯤 오십니까?'

그러자 존 선생은 대답했소.

'6월 20일에 '로열윌리엄호'를 타고 떠난다니까 7월 중순쯤엔 이곳에 닿겠지. 목수인 존슨에게 부탁해서 퍼시스하고 같이 살 집을 한 채 지어달라고 해야겠어. 그녀가 쓴 편지는 오늘 왔어. 겉봉을 뜯기 전부터 나는 좋은 소식이라는 걸 알고 있었지. 며칠 전 밤에 그녀를 보았으니까.'

나는 그게 무슨 소린지 알 수가 없었소. 그래서 존 선생이 설명해주었죠. 설명을 듣고도 나로선 여전히 알 수 없었지만요. 그에게는 어떤 재능이라고 할까, 또는 저주라고 할까, 그런 게 있다는 것이었소. 존 선생이 했던 말 그대로예요, 블라이드 사모님. '재능이라고 할까, 저주라고 할까'라는 그 말이요. 자기도 어느 쪽인지 잘 모르겠다고 했어요. 존 선생의 고조할머니가 그 재능을 지니고 있었는데, 그 때문에 마녀로 몰려 불에 태워져 죽었다고 했거든요. 선생은 이따금 기묘한 마법이나 최면에 걸린 것 같은—아마 '가수(假睡) 상태'라는 말을 썼던 것 같은데—아무튼, 뭐, 그런 상태에 빠져든다는 것이었소. 그런 것이 있소, 의사 선생?"

길버트가 말했다.

"확실히 가수 상태에 빠지기 쉬운 사람이 있지요. 그것은 의학보다는 심령학에서 다룰 만한 문제입니다. 그 존 셀원인가 하는 사람의 가수 상태는 어떠한 것이었습니까?"

그러자 노의사가 의심스럽다는 말투로 끼어들었다.

"꿈 같은 것이었겠지."

짐 선장이 내키지 않는다는 듯 느릿느릿 말했다.

"그 상태에 빠지면 여러 가지가 보인다고 말했어요. 미리 말해두는데, 나는 '존 선생'이 한 말을 그대로 옮기는 것뿐이오. 어쨌든 그 상태에서는 지금 일어나고 있는 일……이제부터 '일어나려 하는' 일이 보인다고 그는 말했어요. 그 때문에 때로는 위안을 받고 때로는 무서운 생각을 하게 된다고 했는데, 그 나흘 전 밤에도 앉아서 난롯불을 바라보고 있는 동안 그 일이 일어났었다고 했어요. 선생은 영국 본토에 있는 낯익은 낡은 방을 보았다고 했소. 그 방에서 퍼시스 리가 기쁜 듯 존 선생 쪽으로 다정하게 손을 내밀었고. 그래서 그는 퍼시스로부터 좋은 소식이 오리라고 알았던 것이었소."

노의사는 비웃었다.

"꿈이야, 꿈."

짐 선장은 말했다.

"맞아요, 그랬을 수도 있죠. 그때는 나도 그렇게 말했지요. 그렇게 생각하는 편이 훨씬 마음이 편했으니까요. 존 선생이 그런 식으로 앞일을 본다는 걸 믿고 싶지 않았죠. 어쩐지 기분이 으스스했으니까요.

그런데 존 선생은 말했어요.

'아니, 꿈이 아닐세. 하지만 이 이야기는 두 번 다시 않기로 하지. 자네가 이 일을 진지하게 생각하기 시작하면 우리는 이제까지처럼 친구로 지낼 수 없게 되니까.'

그래서 나는 무슨 일이 있어도 존 선생과 사이가 벌어지는 일은 없을 거라고 대답했소.

그 말에 존은 고개를 저으며 말했소.

'나는 겪어봐서 아네. 전에도 그 때문에 친구를 잃은 일이 있거든. 나는 그 사람들을 탓할 생각은 없네. 때로는 이 일 때문에 나조차 내가 싫어질 때가 있으니까. 이런 능력을 흔히 신이 내렸다고 하지. 하지만 좋은 신인지 나쁜 신인지 누가 알겠나? 신이든 악마든 너무 밀접하게 관련되는 일이면 우리 인간은 겁이 나 뒷걸음질 치게 되지.'

이 모든 말들을 마치 바로 어제 일인 양 뚜렷이 기억하고 있소. 하기야 그때는 무슨 뜻인지 몰랐지만 말이오. 무슨 의미였을까요, 의사 선생?"

데이비드 선생은 짜증스럽게 말했다.

"자기도 무슨 뜻인지도 모르고 한 소리 아니었겠소."

앤이 소곤거렸다.

"나는 알 것 같아요."

앤은 옛날부터 그랬듯이 입을 꼭 다물고 눈을 빛내며 이야기에 귀 기울이고 있었다.

짐 선장은 기쁜 듯 밝은 미소를 앤에게 보내며 이야기를 이어 나갔다.

"어쨌든 머지않아 학교 선생의 신부가 온다는 말이 글렌과 포윈즈 사람들 사이에 자자하게 퍼졌소. 모두들 선생을 존경해서 무척이나 기뻐했지요. 그리고 선생이 새롭게 짓는 집에도 다들 관심이 쏠렸던 거요. 바로 이 집이오. 존 선생이 직접 이 터를 골랐지. 항구가 훤히 바라보이고 바닷소리가 들리는 곳이라서요.

존 선생은 신부를 위해 집 앞에 뜰을 꾸몄는데, 양버들은 그가 심지 않았소. 그것을 심은 건 바로 네드 러셀의 부인이었소. 하지만 두 줄로 나란히 심어진 장미는 글렌 초등학교 여자아이들이 와서 선생의 부인을 위해 심은 것이오. 존 선생은 분홍 장미는 퍼시스의 볼을, 흰 장미는 퍼시스의 이마를, 빨간 장미는 퍼시스의 입술을 나타낸다고 했었는데 아무래도 시를 너무 많이 읽다 보니 평소에도 시를 읊듯 말했던 것 같소.

집을 꾸미는 데 도움을 주려고 거의 한 사람도 빠짐없이 무엇인가 작은 선물을 주었소. 러셀 부부가 이사 왔을 때에는 여유 있는 형편이라 여러분들이 보는 바와 같은 훌륭한 가구를 들여놓았지만, 이 집에 처음 놓인 가구들은 검소한 것이었죠. 그러나 이 작은 집에는 사랑이 넘치고 있었소. 부인들은 침구며 식탁보며 수건을 보내왔고, 신부를 위해서 누구는 옷장을 짜서 보내고, 누구는 탁자를 만들어 오는 식이었소. 눈이 멀었던 마거릿 보이드 아주머니까지도 모래 언덕에서 나는 향기 좋은 풀을 엮어 작은 바구니를 만들어서 주었죠. 존 선생 부인은 거기에다 오랫동안 손수건을 담아두고 썼다오.

마침내 모든 게 준비되었소. 커다란 벽난로에 언제라도 불을 붙일 수 있도록 장작까지 다 채워두었죠. 위치는 같지만 이 난로와 똑같지는 않았소. 이건 미스 엘리자베스가 15년 전 이 집을 수리할 때 고쳐 만든 거니까요. 그전에는 소를 한 마리 통째로 구울 수 있을 정도로 커다란 옛날풍 난로가 놓여 있었소.

오늘 밤처럼 이 자리에 앉아 이야기보따리를 풀어놓은 날이 얼마나 많았는지 모르오."

다시 침묵이 찾아오더니, 짐 선장은 한순간 앤과 길버트의 눈에는 보이지 않는 방문자와 옛정을 나누고 있었다. 그 사람들은 사라져간 세월 속에서 짐 선장과 함께 저 난롯가에 앉아 신혼의 기쁨으로 즐겁게 눈을 빛내고 있었다. 이미 오래전에 그 눈을 영영 감은 채 교회 묘지의 잔디 밑이며 몇 마일이나 이어지는 바다의 하얀 파도 밑에 몸을 누이고 잠들어 있었지만 말이다. 지난 세월 밤이면 아이들은 이곳에서 까르르 웃어댔다. 겨울 저녁에는 친한 사람들이 모여 춤추고 음악을 연주하며 농담을 주고받곤 했다. 여기서 젊은이들이 꿈을 꾸었다. 이 작은 집에는 짐 선장의 기억에 매달려 부디 잊지 말아 달라는 환영(幻影)의 무리가 살고 있는 것이었다.

"집이 완성된 것은 7월 1일이었소. 그 무렵이 되자 선생은 하루하루 날짜를 꼽아가며 신부가 도착하는 날을 헤아렸소. 우리는 선생이 바닷가를 걷는 모습을 곧잘 보고 '이제 곧 신부가 도착할 거야'라고 이야기하곤 했었소.

신부는 7월 중순에 와야 했는데, 그때가 되어도 오지 않았소. 아무도 걱정하지 않았지요. 그때는 며칠이나 몇 주일 정도 배가 늦어지는 일이 심심치 않게 있었으니 말이오. 그런데 로열윌리엄호는 1주일이 지나고 2주일이 지나고, 심지어 3주일이 지나도 오지 않았소. 그래서 마침내 우리들도 슬슬 걱정하기 시작했는데 근심은 날이 갈수록 커질 뿐이었소. 나중에는 나도 존 셀윈의 눈을 차마 쳐다보기가 어려웠지요, 블라이드 사모님……."

짐 선장은 거기서 목소리를 낮추었다.

"존 선생의 고조할머니가 마녀로 몰려 불에 타 죽을 때 꼭 그런 눈을 했으리라는 생각이 들었기 때문이었죠. 선생은 아무 말도 하지 않았지만 학교에선

꿈속을 헤매는 사람처럼 가르치고, 수업이 끝나면 부리나케 바닷가로 가곤 했소. 선생이 거기서 날이 저물 때부터 새벽까지 몇 번이나 밤을 새웠는지 헤아릴 수 없을 정도였지요. 머리가 돌기 시작했다는 소문도 났소.

모두들 희망을 버렸죠. 8주가 지났는데도 로열윌리엄호가 오지 않았으니까요. 9월도 반이나 지났는데 신부는 오지 않았던 거요. 오지 않을 거라고 우리들은 생각했소.

그러던 중에 그 무렵 태풍이 불어오더니 사흘이나 이어졌소. 폭풍이 멎은 저녁때, 나는 바닷가에 가보았소. 존 선생이 팔짱을 끼고 큰 바위에 기대 바다를 지그시 바라보고 있었소.

내가 말을 걸었으나 선생은 대답하지 않았소. 눈은 무엇인가 내가 보지 못한 것을 보는 듯싶었소. 얼굴이 송장처럼 굳어져 있었지요.

'존……존.' 하고 나는 마치……마치……겁먹은 어린아이처럼 큰 소리를 질렀소. '정신 차려요! 정신 차리라고요!'

그러다 그 기묘하고도 무서운 표정이 존 선생의 눈에서 사라져가는 듯싶었소. 선생은 고개를 돌려 나를 보았소. 그 얼굴을 나는 결코 잊지 못할 거요. 내가 이 세상을 하직하는 마지막 항해를 떠날 때까지 잊을 수 없을 거요.

선생은 말했소.

'이제 안심이야. 로열윌리엄호가 이스트곶을 돌아오는 것이 보였어. 그녀는 새벽녘이 되면 이곳에 닿을 거야. 내일 밤 나는 내 집 난롯가에 나의 신부와 함께 앉아 있을 거야.'"

그러더니 느닷없이 짐 선장은 물었다.

"존 선생은 정말로 그것을 본 걸까요?"

길버트가 조용히 말했다.

"신만이 아실 일이겠지요. 위대한 사랑과 엄청난 고통이 어떤 기적을 일으킬지 우리들로선 헤아려 알 수는 없으니까요."

앤이 진지한 목소리로 말했다.

"틀림없이 보았을 거라고 나는 믿어요."

"말도 안 되는 소리."

데이비드 선생이 말했지만 아까처럼 자신 있는 말투는 아니었다.

짐 선장은 엄숙히 말했다.

"아마도 그렇겠지요? 그런데 로열윌리엄호가 이튿날 새벽 포윈즈 항구로 들어왔소. 글렌이며 바닷가 사람들은 하나도 빠짐없이 신부를 마중하러 낡은 선창으로 나갔지요. 존 선생은 밤새도록 거기서 지키고 있었고요. 배가 해협에 들어오는 것을 보고 우리가 얼마나 환성을 질렀던지."

짐 선장의 눈이 빛났다. 그 눈은 파손된 낡은 배가 찬란한 해돋이 속에 들어오는 60년 전 포윈즈 항구를 응시하고 있었다.

앤이 물었다.

"퍼시스 리는 그 배에 타고 있었나요?"

"그렇소. 퍼시스와 선장 부인이 타고 왔죠. 끔찍한 항해였다고 했소. 폭풍이 하나 지나가는가 하면 또 다른 폭풍이 불어닥치고, 식량도 바닥이 나 있었소. 그렇지만 끝내 닿았던 겁니다.

퍼시스 리가 낡은 선창에 내리자 존 셀윈은 퍼시스를 끌어안았소. 그때는 모두들 환성을 멈추고 눈물을 흘리기 시작했소. 나도 울었죠. 하기야 내가 울었다는 걸 인정한 것은 몇 년이나 지난 뒤였지만요. 도대체 사내아이가 우는 것을 그토록 부끄럽게 생각하는 이유는 뭘까요?"

앤이 물었다.

"퍼시스 리는 아름다운 사람이었나요?"

짐 선장은 생각하면서 대답했다.

"글쎄요, 미인이라고 할 수 있을지 어떨지…… 글쎄…… 나로선 모르겠소. 어쨌든 딱히 얼굴이 예쁜지 아닌지 고민할 여지를 주지 않는 사람이었어요. 그런 건 이미 문제가 아니었달까. 그런 것을 다 떠나 그냥 상냥하고 사람을 끄는 매력이 있어서 호감을 갖지 않을 수 없는 사람이었지요. 분명 인상이 좋은 사람이기는 했소. 크고 맑은 담갈색 눈에 윤기 흐르는 다갈색 머리가 풍성했고 그야말로 영국인다운 하얀 피부를 하고 있었지요.

그날 밤 촛불을 켤 무렵 존 선생과 신부는 우리 집에서 결혼식을 올렸소. 멀리 살든 가까이 살든 모두 몰려와 결혼식을 지켜보았고, 결혼식 뒤 두 사람을 이곳까지 배웅해주었죠. 셀윈 부인이 장작으로 불을 지피고, 우리들은 존 선생이 환상 속에서 보았던 대로 난로 앞에 앉아 있는 두 사람을 남기고 물러 나왔소. 신기한 일이지요. 참으로 신기한 일이오! 하기야 나는 이제까지 그것 말고도 신기한 일을 많이 보았소만."

짐 선장은 현자처럼 고개를 끄덕였다.

앤이 말했다.

"아름다운 이야기군요."

그녀는 이때 로맨스를 한껏 만끽한 느낌이었다.

"그분들은 여기에 얼마쯤 살았죠?"

"15년이요. 둘이 결혼하고 얼마 뒤 나는 바다로 나갔소. 그때는 젊었으니까요. 하지만 항해에서 돌아올 때마다 우리 집보다 먼저 이곳에 들러서 셀윈 부인에게 항해에서 겪었던 일들을 모두 이야기하곤 했었지요.

행복한 15년이었소! 그 두 사람 다 행복하게 사는 재능 같은 것을 지니고 있없소. 가만히 살펴보면 세상에는 그런 사람들이 있지요. 무슨 일이 있든 그 두 사람은 오랫동안 불행에 빠져 있거나 하지 않았소.

한두 번 싸움을 한 적이야 있었소. 둘 다 원기왕성한 사람들이었으니까. 그런데 언젠가 셀윈 부인이 그 귀염성 있는 웃음을 웃으며 내게 이런 말을 한 일이 있었소.

'존과 싸웠을 때에는 견딜 수 없이 괴롭지만 그래도 마음속으로는 행복해요. 나에게 싸움을 하고 나서 화해를 할 수 있는 근사한 남편이 있다는 것이 기뻐서요.'

그러다가 두 사람은 샬럿타운으로 이사 갔고 네드 러셀이 이 집을 사서 신부를 데려왔소. 내가 기억하기에 그들은 명랑한 젊은 부부였지요.

미스 엘리자베스 러셀은 네드의 누이동생이었는데 1, 2년 뒤에 이 부부에게로 와서 살게 되었소. 그녀 또한 재미있는 사람이었소. 이 집 벽에는 행복한 웃음소리와 즐거운 나날이 곳곳에 배어 있을 거요. 사모님이 이 집에서 내가 본 세 번째 신부요, 블라이드 사모님, 그리고 가장 아름답고요."

짐 선장이 해바라기처럼 화려한 찬사를 제비꽃의 우아함으로 감싸서 바쳤기에 앤은 자랑스레 그것을 받았다.

그날 밤 앤의 볼은 신부답게 장밋빛으로 물들었고 눈에는 사랑이 빛났기에 두 번 다시 볼 수 없을 만큼 아름다웠다. 무뚝뚝한 데이비드 선생마저 은근한 감탄의 눈길을 보냈고, 돌아가는 길에 그는 마차를 달리며 길버트의 그 빨강머리 새색시는 꽤나 미인이라고 아내에게 말했을 정도였다.

짐 선장이 말했다.

"이제 등대로 돌아가야겠군요. 오늘 밤은 무척 즐거웠소."

앤이 말했다.

"자주 와주셔야 해요."

짐 선장은 놀리듯 말했다.

"내가 초대받는 걸 얼마나 좋아하는지 알고도 그렇게 말했을까요?"

앤은 미소 지었다.

"그 말씀은 제가 혹시 빈말로 초대하는 게 아니냐는 뜻이겠죠? 빈말이 아니에요. 어려서 학교 다닐 때 자주 말했듯이 '가슴에 손을 얹고' 맹세할 수 있어요."

"그렇다면 또다시 찾아뵙지요. 아무 때나 불쑥불쑥 찾아오는 통에 앞으로는 나를 귀찮게 여기게 될 거요. 그리고 사모님도 때때로 등대에 들러주신다면 영광으로 생각하겠소. 여느 때 나에게는 '일등항해사' 녀석 말고는 말벗이 아무도 없어서 말이오. 좋은 녀석이죠. 남의 얘기를 잘 들어주는 데다 듣자마자, 매컬리스터네 사람들 못지않게 금방 다 잊어버리니까요. 얘기하는 건 좀 서투르지만.

사모님은 젊고 나는 늙었지만 마음은 아무래도 또래인 것 같소. 우리는 둘 다 코닐리아 브라이언트의 말을 빌리면 '요셉을 아는 사람들'이니까 말이오."

앤은 어리둥절했다.

"요셉을 아는 사람들이라니요?"

"아, 코닐리아는 온 세계 사람들을 두 종류로 나눠 놓았소—요셉을 아는 사람과 모르는 사람. 만일 어떤 사람이 자신과 의견이 일치되고 사고방식이 거의 같고, 같은 농담에 웃는다면 그는 요셉을 아는 사람이라는 거지요."

"아, 알았어요."

소리치는 앤의 눈이 빛났다.

"그것은 제가 전에……실은 지금도 자주 쓰는 말로 '닮은꼴 영혼'이군요."

짐 선장은 동의했다.

"맞아요, 맞아. 우리가 바로 '그런 사람들'이오. 그걸 뭐라고 부르든. 사모님이 들어왔을 때 나는 스스로에게 말했지요, 블라이드 사모님. '그래, 이 분은 요셉을 아는 사람이야.'라고 말이오. 나는 기뻤소. 그렇지 않다면 서로 사귀어도 진심으로 만족을 얻을 수는 없을 테니까요. 요셉을 아는 사람은 이 땅의 소금, 즉 선량하고 고결한 사람들이오."

손님들을 배웅하러 앤과 길버트가 문밖으로 나가니 달이 막 떠오르는 참이었다. 포윈즈 항구는 뭔가 아스라한 꿈과 신비한 아름다움과 영혼을 사로잡는 마력에 감싸이기 시작하고 있었다. 그곳은 어떤 풍파로부터도 피난처가 되어주는, 마법에 걸린 정박소였다. 오솔길의 키 큰 양버들은 마치 신비로운 교단(敎團)의 수도사처럼 엄숙한 모습으로 늘어서 있고 우듬지가 은빛으로 빛나고 있었다.

짐 선장은 긴 팔을 그쪽으로 흔들어 보였다.

"언제나 양버들을 좋아했죠. 저건 왕녀의 나무요. 지금은 시대에 뒤떨어졌지만. 나무가 꼭대기부터 말라죽기에 부스스해져서 보기 싫다고들 하지요. 뭐, 그 말은 맞소. 해마다 봄에 목뼈가 부러지는 위험을 무릅쓰고 가느다란 사다리를 타고 올라가 꼭대기 쪽 가지를 손질해주지 않는다면 말이오.

이곳의 양버들은 내가 늘 미스 엘리자베스를 위해 손질을 했던 터라 한 번도 너덜너덜한 꼴이 되지 않았죠. 미스 엘리자베스는 특별히 양버들을 좋아했소. 그 기품과 어딘가 도도한 모습이 마음에 든다고요. 저것은 아무나 격의 없이 사귈 그런 나무가 아니오. 단풍이 동무끼리의 가벼운 교제라고 한다면 양버들은 사교계에서 여왕을 알현하는 것이라 할 만하지요, 블라이드 사모님."

데이비드 부인이 남편의 마차에 오르며 말했다.

"아름다운 밤이에요."

짐 선장이 말했다.

"밤이란 언제나 아름다운 법이지요. 그렇지만 포윈즈에 달빛이 내리는 광경을 바라보고 있으면, 나는 천국에 이것 이상의 어떠한 것이 남아 있을까 생각하곤 해요. 달은 나의 친구요, 블라이드 사모님. 내가 기억하는 한 늘 달이 좋았지요.

내가 8살 개구쟁이였을 때 어느 날 밤 뜰에서 잠이 들어버렸는데, 아무도 그걸 몰랐어요. 밤이 되어 나는 혼자서 잠이 깨어 무척 겁이 났었소. 그림자며 기묘한 소리가 가득 차 오싹오싹했었지요!

나는 꼼짝도 하지 못하고 옹송그려 떨고만 있었소. 온 세상에 나 말고는 아무도 없는 것처럼 여겨지고 더욱이 세계가 터무니없이 크게만 보였죠.

그러다가 문득 사과나무 가지 사이로 마치 오래된 친구처럼 나를 굽어보는 달을 보았소. 그러자 금방 용기가 솟았죠. 벌떡 일어나서 달을 바라보며 사자처럼 늠름하게 집으로 걸어갔었소.

이곳에서 멀리 떨어진 저 먼 바다에 나가서도 배 갑판에 서서 달을 바라본 밤이 수없이 많았소. 왜 여러분은 나한테 얼른 입 다물고 돌아가라고 말하지들 않지요?"

웃으면서 나누는 잘 자라는 인사 소리도 사라졌다.

앤과 길버트는 손에 손을 잡고 뜰을 거닐었다. 모퉁이를 가로지르는 시냇물은 자작나무 그늘 아래 쪽 들어가서 맑은 잔물결을 일으키며 흐르고 있었다. 냇가의 양귀비꽃은 달빛을 채운 얕은 찻잔 같았다. 학교 선생님의 신부의 손으로 심은 꽃은 신성한 과거의 아름다움을 지닌 채 축복처럼 달콤한 향기를 어둑한 공기 중에 퍼뜨리고 있었다.

앤은 어둠 속에 멈춰 서서 꽃내음을 맡았다.

"나는 어둠 속에서 꽃내음 맡는 것이 좋아. 그렇게 하면 꽃의 넋을 만날 수 있거든. 아, 길버트, 이 작은 집은 하나부터 열까지 내가 꿈속에 그렸던 그대로야. 그리고 우리가 이 집이 맞이한 첫 번째 신혼부부가 아니어서 정말 좋아!"

미스 코닐리아 브라이언트의 방문

그해 포윈즈 항구의 9월은 내내 황금빛 안개와 보랏빛 이내로 아른아른 둘러싸여 있었다. 낮에는 햇빛이 듬뿍 내리쬐고 밤에는 달빛으로 가득 차거나 별빛으로 반짝이는 한 달이었다. 그것을 해치는 폭풍도 없고 거친 바람조차 불지 않았다.

앤과 길버트는 사랑의 보금자리를 꾸미고, 바닷가를 거닐거나 항구로 배를 저어 나가거나, 포윈즈와 글렌의 거리는 물론, 항구 끝을 돌면 있는 숲을 꿰뚫고 풀고사리가 무성한 인적 드문 길을 마차로 달리기도 했다. 한마디로 온 세상에 있는 모든 연인들이 부러워할 밀월을 보냈던 것이다.

"만일 인생이 바로 지금 이 순간 끝나버린다 해도 이 4주일만으로 풍요롭고 가치 있는 삶이었다고 할 수 있지 않을까? 이처럼 더할 나위 없는 4주일은 두 번 다시 올 것 같지 않아. 그래도 우리는 한 번이라도 그런 4주일을 보냈어. 모든 것이—바람도 날씨도 사람도 꿈의 집도—한데 어우러져 우리들의 신혼을 달콤하게 해주었어. 우리가 이곳에 오고 나서 비가 주룩주룩 온 날조차 단 하루도 없었는걸."

길버트가 놀렸다.

"그리고 우리는 한 번도 다투지 않았지."

"그것이야말로 '미뤄두는 만큼 앞으로 더 커질 즐거움'이지. 신혼여행을 떠나는 대신 이곳에서 보내기로 하길 정말 잘했어. 신혼여행의 추억이 낯선 곳에 이리저리 흩어지지 않고 언제까지나 우리들의 꿈의 집과 함께 머물 테니까."

두 사람의 새 가정에는 앤이 애번리에서는 맛볼 수 없었던 로맨스와 모험의 알싸한 분위기가 감돌고 있었다. 애번리에서 앤은 바다가 보이는 곳에서 살았지만, 바다가 앤의 생활에 깊숙이 파고 들어오지는 않았었다. 그런데 포윈즈에서는 바다가 앤을 둘러싸고 끊임없이 손짓하고 있었다. 이 집에서는 어느 창문으로나 바다의 저마다 다른 면이 보였고, 그 속삭임이 그칠 줄 모르고 앤의 귓가에 들려왔다.

배는 날마다 항구로 들어와 글렌 부두에 닻을 내렸다가, 또 붉은 저녁놀을 헤치며 지구 반 바퀴를 돌아가야 닿을 머나먼 항구로 다시 떠나갔다. 흰 돛을 올린 고기잡이배는 아침에 해협을 통해 내려가서 저녁이면 고기를 가득 싣고 돌아왔다. 뱃사람이며 어부들은 아무 걱정 없는 만족한 모습으로 항구의 구불구불한 붉은 황톳길을 오갔다.

언제나 뭔가가 일어날 것만 같은, 모험이나 여행의 느낌이 감돌고 있었다. 포윈즈에서는 애번리처럼 모든 일이 차분하게 자리 잡히고 홈을 따라 흘러가듯 정해진 것이 아니었다. 바람은 변화를 불러왔고, 바다는 끊임없이 바닷가 사람들을 부르고 있었다. 그 때문에 바다의 부름에 응할 마음이 없는 이마저 가슴이 두근거리면서 설렘과 호기심에 사로잡혀 기대를 품게 되었다.

앤이 말했다.

"왜 뱃사람이 되지 않고는 못 견디는 사람이 있는지, 이제야 그 까닭을 알았어. 때때로 우리들 모두에게 찾아오는 욕망—'저녁 해 지는 저편까지 배를 띄워 떠나고 싶다'는 욕망—이 자신의 내부에 간절히 솟아오르기 시작하면 도저히 억누를 수 없는 게 분명해. 짐 선장님이 어째서 이끌려 갔는지 알겠어.

해협을 나가는 배며 모래톱 위로 날아오르는 갈매기를 볼 때마다 나도 저 배에 타고 있었으면, 나도 날개가 있었으면 하고 바라게 돼. 비둘기처럼 '날아가서 편히 쉬리로다'[1] 하는 게 아니라 갈매기처럼 폭풍의 한가운데에 뛰어드는 거지."

길버트가 나른한 목소리로 속삭였다.

"저기요, 앤 아가씨. 당신은 나와 함께 이곳에 있어야 해요. 나로부터 멀리 날아가 폭풍 한가운데로 뛰어들게 놔둘 수는 없어요."

황혼이 가까워질 무렵, 두 사람은 붉은 사암 층계에 앉아 있었다. 그 둘레는 육지도 바다도 하늘도 장엄한 정적 속에 싸여 있었다. 은빛으로 반짝이는 갈매기가 머리 위로 날아올랐다. 수평선에는 연분홍 구름이 하늘하늘한 레이스처럼 길게 펼쳐져 있었다. 모든 것이 숨죽인 듯한 공기 속에, 바람과 파도의 중얼거림만이 음유시인이 되풀이해서 노래하는 후렴구처럼 간간이 흘러들고 있었다. 두 사람이 앉은 곳과 항구 사이에 펼쳐진 메마른 목초지에는 빛바랜 과꽃이 엷은 이내에 싸여 가물거렸다.

앤은 다정하게 말했다.

"병자의 차도를 살피며 밤새 깨어 있어야 하는 의사 선생님은 그리 모험적인 기분에 젖지 않는 것도 당연해. 어젯밤 푹 자고 일어났다면 당신도 나처럼 공상의 날개를 펼쳐 날고 싶어할 텐데."

길버트는 나직이 말했다.

"앤, 나는 어젯밤 정말 귀중한 일을 했어. 신의 다스림 아래 한 사람의 목숨

---

1) 《구약성서》〈시편〉 55장 6절.

을 구했지. 내가 진심으로 그렇게 말할 수 있는 것은 이번이 처음이야. 지금까지는 누군가에게 손을 보탠 정도라고 할 수 있겠지. 하지만 앤, 만일 내가 어젯밤 앨런비네 집에 머물러 죽음과 맞서 싸우지 않았다면 부인은 새벽이 오기 전에 이미 숨졌을 거야.

난 이 포윈즈에서는 아직 한 번도 시도된 일이 없는 치료법을 실험해봤어. 큰 병원 이외의 곳에서는 아직 어디서도 해 본 일이 없을 거야. 지난겨울 킹스포트 병원에서 처음으로 시도된 방법이거든. 그 방법 말고는 절대로 살릴 수 없다는 확신이 없었다면 나도 해 볼 용기를 내지 못했었을 거야. 어쨌든 나는 위험을 무릅쓰고 도전했고, 끝내 성공했어. 그 결과 한 가정의 좋은 아내이자 어머니가 앞으로도 오랜 세월 행복하고 보람 있게 살아갈 수 있게 되었어.

오늘 아침 해가 항구 위로 떠오를 때, 집으로 마차를 달리며 나는 내가 이 직업을 택한 것을 하느님께 감사했어. 나는 최선을 다해 싸워 이긴 거야. 생각해봐, 앤. 저 거대한 파괴자인 '죽음'을 상대로 싸워서 이겼다니 말이야.

오래전 둘이서 인생에서 무엇을 하고 싶은가 이야기 나누었을 때 내가 꿈속에 그렸던 게 바로 이것이었어. 나의 꿈이 오늘 아침에서야 실현된 셈이지."

"당신의 꿈 가운데 실현된 건 그것뿐이야?"

앤은 길버트의 대답을 너무도 잘 알고 있었지만 다시 한번 듣고 싶었기에 물었다.

길버트는 앤의 눈을 보며 미소 지었다.

"앤 아가씨, 다 알고 있으면서."

그 순간 포윈즈 항구 바닷가의 조그만 하얀 집 층계에 앉아 있는 이 두 사람은 세상에서 가장 행복한 사람들이었다.

이윽고 길버트가 말투를 바꾸어 말했다.

"우리 집 오솔길로 장비를 완전히 갖추고 돛을 활짝 편 배 한 척이 들어오고 있는 게 보이는데?"

앤이 쳐다보더니 벌떡 일어섰다.

"아마 미스 코닐리아 브라이언트나 무어 부인일 거야."

"나는 진찰실로 들어갈게. 미스 코닐리아가 맞다면, 미리 말해두지만 나는 전부 엿들을 거야. 내 귀에 들려온 미스 코닐리아에 대한 소문으로 미루어 적어도 그분이 하는 이야기는 지루하지 않을 것 같으니까."

"그런데 무어 부인일지도 몰라."

"무어 부인은 저런 몸집이 아닌 것 같은데. 먼젓번에 부인이 뜰에서 일하는 걸 봤는데, 너무 멀어 확실히는 알 수 없었지만 가냘픈 사람으로 보였어. 지금까지 당신을 찾아오지 않은 걸 보니까 그리 사교적인 사람은 아닌 모양이야. 가장 가까운 이웃인데도 말이야."

"무어 부인은 결국 린드 아주머니와 닮지 않은 거네. 그랬다면 호기심 때문에 오지 않고는 못 배겼을 텐데. 저 손님은 미스 코닐리아 같아."

짐작한 대로 미스 코닐리아였다. 더욱이 미스 코닐리아는 신혼집에 잠시 들르는 사교적인 방문을 위해 온 것이 아니었다. 옆구리에 두툼한 꾸러미를 끼고 와서 앤이 천천히 놀다 가라고 하자 기다렸다는 듯 햇빛을 가리는 챙 넓은 모자를 벗었다.

그 모자는 조그맣게 틀어 올린 금발 아래 고무줄로 단단히 매어져 있어 무례한 9월 바람에도 끄떡없이 머리를 덮고 있었다. 멋만 잔뜩 부린 빈약한 모자핀은 미스 코닐리아에게 무용지물이었다! 그녀 어머니가 고무줄로 충분히 버텼기에 미스 코닐리아 또한 고무줄이면 그만이었던 것이다.

아직 생기가 느껴지는 뽀얗고 혈색이 좋은 둥근 얼굴에 명랑한 갈색 눈을 하고 있었다. 뻔한 노처녀다워 보이는 구석은 조금도 없었고, 그 표정에는 앤을 곧바로 사로잡는 무언가가 있었다. 사고방식은 어딘지 모르게 남달라 보였고, 옷차림은 분명히 색달랐다. 그러나 직감적으로 '닮은꼴 영혼'을 알아보는 힘을 발휘하여 앤은 미스 코닐리아를 좋아하게 될 것을 곧바로 알았다.

파랑과 하양 줄무늬 앞치마에 커다란 핑크 장미 무늬를 흩뿌린 초콜릿빛 실내복 같은 차림으로 남을 방문하는 사람은 미스 코닐리아 말고는 없으리라. 또 미스 코닐리아가 아니면 그런 차림이 어울릴 뿐만 아니라 당당하게 보이는 사람도 없으리라. 왕세자비를 만나러 궁전에 들어갔다 하더라도 미스 코닐리아는 지금처럼 전혀 주눅 들지 않고 그 자리를 압도했을 것이다. 미스 코닐리아라면 아무렇지 않은 얼굴로 장미꽃 무늬 옷자락을 대리석 바닥 위에 질질 끌면서 걸어가서, 침착하기 그지없는 태도로 왕세자비 전하를 향해, 왕세자든 농부든 상관없이, 남자 하나를 손에 넣었다고 해서 그리 뽐낼 것 없다는 생각이 들게 해주었을 것이다.

"나는 일감을 갖고 찾아왔어요, 블라이드 부인."

미스 코닐리아는 바느질감을 펼쳤다.

"서둘러 끝마무리해야 하거든요. 단 1분도 허비할 수가 없답니다."

미스 코닐리아가 살집 좋은 통통한 무릎 위에 펼쳐놓은 흰옷을 보고 앤은 조금 놀랐다. 그것은 의심할 바 없는 깜찍한 아기 옷이었고 나풀거리는 프릴과 접어 박은 주름으로 예쁘게 꾸며져 있었다.

미스 코닐리아는 안경을 고쳐 쓰고 멋진 솜씨로 아기자기한 수를 놓기 시작했다.

"이것을 글렌의 프레드 프록터 부인에게 줄 거예요. 여덟째 아이가 태어날 날이 오늘내일하는데 옷을 아직 한 벌도 마련해놓지 못했다고 해서요. 첫아이

때 만들었던 것을 나머지 여섯 아이들이 물려받아 넝마가 되었는데도 그 부인으로서는 더 이상 만들 틈도 기운도 여력도 없어요.

블라이드 부인, 프록터 부인이야말로 순교자가 따로 없어요. 정말이라니까요. 그녀가 프레드 프록터한데 시집갔을 때 나는 어떤 결말이 될지 뻔히 알고 있었죠. 프레드는 그 뱃속은 검으면서도 매력 있는 남자였으니까요. 그런데 결혼하자 매력은 내던지고 시커먼 속내만 드러내어 술을 퍼마시며 가족은 내팽개쳤어요.

남자란 원래 그렇게 형편없는 이들이잖아요? 이웃 사람들이 도와주지 않았다면 프록터 부인은 그 아이들에게 옷도 제대로 입히지 못했을 거예요."

앤이 나중에 안 일이지만 프록터네 아이들에게 변변한 옷을 입히려고 애쓴 이웃은 미스 코닐리아뿐이었다.

"여덟 번째 아기가 태어난다고 들었을 때 나는 그 아이에게 무엇이든 좀 만들어줘야겠다고 생각했어요. 이게 마지막 옷인데, 오늘 안으로 끝내고 싶어요."

"정말 예쁘네요. 나도 바느질감을 가져올 테니 오붓하게 둘이서 '바느질 모임'을 해요. 바느질 솜씨가 참 좋으시군요, 미스 브라이언트."

미스 코닐리아는 당연하다는 투로 말했다.

"그래요, 바느질 솜씨는 내가 이 일대에서 최고지요. 그럴 수밖에요! 그야말로 내 손으로 백 명도 넘는 아이들의 옷을 지었으니까요. 거짓말이 아니에요! 때로는 나 스스로도 미련한 노릇이라고 생각해요. 여덟째 아이를 위해 이 옷에다 수를 놓고 있다니.

하지만 블라이드 부인, 여덟 번째로 태어나는 게 그 아이 탓은 아니니까, 그 아이가 기대 속에 태어나는 셈치고 한 벌만은 예쁜 옷을 지어주고 싶었어요. 가엾게도 아무도 이 아이를 바라지 않았으니까요. 그래서 그 아이를 위해 유난스레 호들갑을 떨어가며 옷을 짓고 있지요."

앤은 미스 코닐리아가 더욱더 좋아지는 것을 느꼈다.

"어떤 아기라도 그 옷을 입으면 우쭐해질 거예요."

미스 코닐리아는 말을 이었다.

"내가 이 댁에 찾아올 마음이 없는 게 아닌가 생각했겠죠? 하지만 이 달은 추수 때문에 엄청 바빴어요. 여기저기서 모여든 뜨내기 일꾼이 우글대고 있는 데다 일한 이상으로 먹어대니까요. 남자라는 게 다 그렇죠, 뭐.

어제 오려고 했지만 로더릭 매컬리스터 부인 장례식에 갔었어요. 사실 어제는 머리가 너무 띵해서 가봤자 재미가 없을 거라고 생각했어요. 그래도 부인은 백 살이나 되었고 나는 전부터 부인의 장례식에는 꼭 가겠다고 마음먹고 있었거든요."

"성대한 장례식이었나요?"

묻고 나서 앤은 진찰실 문이 살짝 열려 있다는 사실을 눈치챘다.

"뭐라고 하셨죠? 아, 네! 물론 대단했어요. 워낙에 인맥이 넓으니까요. 장례 행렬에 마차가 120대도 넘게 이어졌죠. 한두 가지 재미있는 일도 있었어요. 신앙심이 없는 양반이라 평소에는 교회 문턱을 넘는 일도 없는 조 브래드쇼 노인이, 글쎄, 불같은 열성으로 힘차게 〈주 예수 넓은 품에〉를 노래하는 걸 보고 얼마나 우스웠는지 몰라요. 그 노인은 노래하는 자기 목소리를 자랑스럽게 여겨 장례식에는 빠짐없이 참석하죠.

딱하게도 브래드쇼 부인은 노래할 기력도 없었어요. 뼈 빠지게 일하느라 몸이고 마음이고 몹시 지쳐버렸거든요. 조 노인도 가끔은 부인에게 선물을 하나 사다주리라 마음먹고서 나가지만 결국 돌아올 때에는 무언가 새로운 농기구를 사들고 와요. 남자들이 하는 짓이란 게 뻔하지 않겠어요?

하지만 감리교회일지언정, 교회 근처에는 얼씬도 하지 않는 사람인데 뭘 바라겠어요? 나는 여기 젊은 의사 선생 부부가 첫 일요일에 장로교회에 나온 걸 보고, 아, 고맙기도 해라 하고 감사를 드렸지요. 나는 장로교 신도가 아닌 의사에게는 가지 않으니까요."

앤은 짓궂게 말했다.

"우리는 지난 일요일 저녁때는 감리교회에 갔었는걸요."

"그럼요, 블라이드 선생은 이따금 감리교회에도 가셔야겠지요. 그러지 않으면 감리교도 환자가 오지 않을 테니까요."

그러자 이번에 앤은 대담하게 말했다.

"저랑 남편은 설교가 무척 마음에 들었어요. 게다가 감리교회 목사님 기도는 내가 지금까지 들었던 가장 아름다운 기도 가운데 하나라고 생각했어요."

"네, 늙다리 사이먼 벤틀리 목사라면 흠잡을 데 없는 기도를 했겠지요. 나도 그 목사가 하는 기도보다 더 아름다운 기도는 들어본 적이 없어요. 하지만 늘 술에 취해 있지 않으면 술을 마시고 싶어하는데, 취하면 취할수록 더욱더 멋진 기도를 한답니다."

앤은 진찰실 문 안에 들리도록 말했다.

"그 감리교회 목사님은 꽤 미남이더군요."

미스 코닐리아도 찬성했다.

"교회의 장식물로서는 괜찮은 편이죠. 허영심 많은 여자 같은 데가 있어서 자기를 본 아가씨는 반드시 자기한테 반하는 줄 안다니까요. 마치 유대인처럼 이 교회 저 교회 떠돌아다니는 감리교회 목사가 뭐 그리 대단한 상이나 된다고 그런 착각을 하는지 모르겠어요!

내 충고를 받아들일 생각이라면 부인도 젊은 의사 선생도 감리교 신도와는 너무 가깝게 지내지 않는 게 좋아요. 나의 신조는 '장로교 신도라면 장로교 신도다워야 한다'는 거예요."

앤은 미소도 짓지 않고 진지하게 물었다.

"감리교 신도도 장로교 신도와 마찬가지로 천국에 가지 않을까요?"

미스 코닐리아는 엄숙히 딱 잘라 말했다.

"그것을 정하는 건 '우리'가 아니에요. 우리들보다 높으신 하느님의 뜻에 달렸죠. 그렇지만 나는 천국에서야 어떻게 되든 이 세상에서는 그 사람들과 사귀고 싶지 않아요.

지금 감리교회 목사는 아직 결혼하지 않았어요. 그 전 목사는 결혼한 사람이었는데 내가 살다 살다 그 아내처럼 주책없고 못 말리는 철부지에다 변덕이 심한 사람은 처음 봤다니까요. 내가 언젠가 그 목사에게 아내 될 사람이 좀 더 어른이 될 때까지 기다려서 결혼하지 그랬냐고 말했더니, 자기가 길들이고 싶었기 때문이라고 대답하는 게 아니겠어요. 남자가 생각하는 게 다 그렇죠, 뭐."

앤은 웃으며 말했다.

"사람이 언제부터 어른이 되는지 구분 짓기란 어렵겠죠."

"그래요. 사람에 따라 태어났을 때부터 어른인 이가 있는가 하면 그야말로 80살이 되어도 어른이 못 되는 이가 있으니까요. 정말이래도요. 아까 말한 로더릭 할머니도 어른이 되지 못한 사람이었죠. 백 살이 되어도 열 살 때와 마찬가지로 철이 없었어요."

"아마 그랬기 때문에 오래 살 수 있었던 게 아닐까요?"

"그랬을지도 모르죠. 하지만 나라면 철없이 백 년을 사느니 분별 있는 50년을 살고 싶어요."

"하지만 생각해보세요, 모두 다 분별 있는 사람뿐이라면 이 세상이 얼마나 재미없겠어요?"

미스 코닐리아는 가벼운 말장난으로 티격태격 다툼을 벌이는 데는 관심도 없었다.

"로더릭 할머니는 밀그레이브 집안 출신이에요. 밀그레이브 집안사람들은 모두 머리가 좀 어떻게 된 사람들이죠. 할머니의 조카인 에버니저 밀그레이브는 몇 년이나 미쳐 있었는데, 자기가 죽은 사람이라고 믿어서 아내더러 자기를 왜 땅에다 묻어주지 않느냐며 덤벼들었다지 뭐예요. 나라면 해달라는 대로 얼른 묻어버렸을 텐데."

미스 코닐리아가 결의의 빛을 띤 무시무시한 얼굴을 하고 있었으므로, 앤은 삽을 손에 쥐고 구덩이를 파는 그녀의 모습이 눈앞에 보이는 듯했다.

"그런데, 미스 브라이언트, 좋은 남편은 '한 번도' 본 일이 없나요?"

"물론 많이 있지요, 저기에."

미스 코닐리아는 열린 창문으로 항구 건너편 교회에 있는 작은 묘지 쪽으로 손을 흔들어 보였다.

앤이 집요하게 물었다.

"아니, 살아 있는 사람들 가운데, 살아서 돌아다니는 사람들 가운데 말예요."

미스 코닐리아는 마지못해 인정했다.

"네, 그야 어쩌다 한둘은 있어요. 신의 손으로 안 되는 일이란 없음을 보여주기 위해서지요. 확실히 어렸을 때 붙들고 제대로 길을 들이고, 엇나가기 전에 어머니가 엉덩이를 때려가며 엄하게 버릇을 가르친 사람은 제법 어엿한 인간이 될 수도 있어요. 이를테면, '부인의' 남편도, 내가 들은 바로 판단하건대, 남자치고 그리 나쁘지는 않겠더군요."

미스 코닐리아는 안경 너머로 날카롭게 앤을 보았다.

"온 세상에 내 남편 같은 사람은 둘도 없다고 여길 테지요, 틀림없이?"

앤은 망설이지 않고 대답했다.

"없고말고요."

미스 코닐리아는 한숨을 쉬었다.

"그럴 줄 알았어요. 훨씬 전에 다른 신부가 똑같은 말을 하는 걸 들은 적이 있어요. 제니 딘도 결혼했을 때 이 세상에 자기 남편 같은 사람은 어디에도 없다고 생각했죠. 그런데 진짜 그랬어요, 그런 사람은 없었어요! 그야말로 아주 훌륭한 위인이었어요, 정말이라니까요! 그 매정한 남편 덕분에 제니는 끔찍한 일생을 보냈죠. 그리고 제니가 죽어가고 있을 때 그 남편은 이미 두 번째 아내 될 여자에게 구혼을 하고 있었고요. 남자가 다 그렇죠, 뭐.

하지만 블라이드 부인, '부인의' 믿음만은 그런 식으로 배신당하는 일이 없기를 저도 바라고 있어요. 젊은 의사 선생은 이곳에서 무척 잘 자리를 잡아가고 있더군요. 처음에는 좀 어렵지 않을까 생각했어요. 이 동네 사람들은 여태 세상에 의사는 데이비드 선생 한 분밖에 없다고 생각하고 살아왔으니까요.

데이비드 선생은 확실히 그리 눈치가 있는 분이 아니어서, 목매달아 죽은 사람이 있는 집에 가서 목맬 때 쓰는 밧줄 이야기를 하시는 식이에요. 하지만 사람이란 막상 배가 아픈 일이 닥치면, 그전에 기분 나빴던 일은 싹 잊어버리고 말지요. 만일 데이비드 선생이 의사가 아니라 목사였다면 아무도 용서해주지 않았을 거예요. 영혼의 아픔은 위장의 아픔만큼 괴롭지 않으니까요.

우리 둘 다 장로교도이고 곁에 감리교회 신도도 없으니까 물어보겠는데, 솔직히 우리 목사님에 대해 어떻게 생각해요?"

앤은 망설였다.

"아……그게……저는……그러니까……."

미스 코닐리아는 고개를 끄덕거렸다.

"그렇지요. 나도 똑같은 의견이에요. 그 사람을 담임 목사로 부른 것은 우리들의 실수였어요. 얼굴은 마치 저기 묘지에 있는 좁고 긴 묘석하고 비슷하지 않아요? '누구누구를 기억하며'라고 이마에 꼭 적혀 있어야 할 것 같다니까요.

그 사람이 와서 처음으로 한 설교를 죽을 때까지 잊지 못할 거예요. 저마다 자신에게 가장 알맞은 일을 해야 한다는 주제였죠. 물론 주제는 매우 훌륭했어요. 그런데 그 인용한 예가 어떤 것이었는지 알아요? 이런 것이었어요.

'이를테면 여러분이 암소 한 마리와 사과나무 한 그루를 갖고 있다고 합시다. 그 사과나무를 외양간에 매놓고 암소는 앞다리를 위로 쳐들게 하여 과수원에 심었다고 생각해보십시오. 그 사과나무에서 얼마나 젖을 짤 수 있으며 소로부터 얼마나 사과를 거둬들일 수 있다고 생각하십니까?'

지금까지 살면서 이런 말을 들어본 적 있어요, 블라이드 부인? 그날 감리교파 사람들이 아무도 안 와 있었으니 망정이지, 와 있었다면 두고두고 그 일을 놀림감으로 여겼을 거예요.

그 목사에게서 가장 싫은 점, 누가 무슨 말을 해도 거기에 반대하지 않는다는 거예요. 만일 그 사람을 향해 '당신은 망나니야.'라는 말을 했다 하더라도 그는 그 속없는 웃음을 띤 얼굴로 '그렇습니다, 맞는 말씀이에요.'라고 할 거예요. 아니, 목사라면 좀 더 줏대가 있어야죠.

한마디로 말해서 나는 그 사람을 얼간이 목사라고 생각해요. 하지만 물론 이것은 부인과 나 사이에서만 하는 얘기예요. 감리교파가 듣는 곳에서는 그 사람에 대해 입에 침이 마르도록 칭찬하죠.

그 목사 부인의 옷차림이 지나치게 사치스럽다고 말하는 이도 있지만, 내 생각엔 그런 얼굴을 한 사람과 같이 살려면 무언가 기운 나게 해줄 만한 것이 필요하다고 봐요. 나는 절대로 옷차림 가지고 이러니저러니 하면서 여자를 나쁘게 말하지는 않아요. 오히려 그 사람 남편이 아내가 몸치장도 못 하게 할 만큼 꼴사나운 구두쇠가 아닌 것만도 고맙다고 생각하죠.

정작 나는 옷 입는 것에 그리 신경 쓰지는 않아요. 여자들은 남자들 마음에 들고 싶어 옷차림에 신경을 쓰지만 나는 그런 비굴한 짓은 하고 싶지 않으니까요. 나는 평생을 평온하고 편안하게 살아왔는데, 그건 남자들이 나를 어떻게 여길까 하는 생각은 털끝만큼도 한 일이 없기 때문이죠."

"어째서 남성을 그토록 미워하죠, 미스 브라이언트?"

"어머나, 미워하지는 않아요. 미워할 가치도 없는걸요. 다만 심하게 말하면 경멸한다고나 할까요? 하지만 부인의 남편은 이대로 처음과 똑같다면 앞으로 좋아할 수 있을 것 같아요. 부인의 남편을 빼고는, 이 세상에서 내가 괜찮다고 여기는 남자는 늙은 의사 선생과 짐 선장뿐이에요."

앤도 진심으로 동의했다.

"짐 선장님은 확실히 훌륭한 분이에요."

"짐 선장은 좋은 사람이지만, 때로는 짜증 나게 하는 점도 있죠. 무슨 짓을 해도 그 사람을 화나게 할 수가 없거든요.

내가 20년 동안이나 짐 선장이 불쾌한 표정을 짓게 해 보려 했지만 언제나 아무렇지도 않은 태연한 얼굴이에요. 그걸 보면 나는 약이 바짝바짝 오르더라고요. 그런데 짐 선장하고 결혼했을지도 모를 여자는 반대로 하루에 두 번씩 화를 버럭 내는 못된 남자한테 시집갔을 것 같지 않아요?"

"그 여자분은 누구였나요?"

"몰라요. 짐 선장이 여자한테 알랑거리는 걸 본 적이 없어요. 그는 내가 기억하고 있는 무렵부터 이미 나이 먹은 사람 축에 들었죠. 올해 76살이라니까요.

평생 독신으로 지내는 까닭은 들은 바가 없지만 뭔가 있을 게 분명해요. 정말 이래도요. 5년 전까지도 쭉 바다에서 지내온 사람이니, 그가 발을 들이지 않은 땅은 세상 어디에도 없을 정도예요.

 짐 선장과 엘리자베스 러셀은 평생 둘도 없이 친한 친구 사이였는데, 두 사람 모두 연애니 구혼이니 하는 생각은 조금도 갖고 있지 않았어요. 엘리자베스도 결혼을 안 했죠. 기회는 얼마든지 있었지만요. 젊었을 때는 소문난 미인이었거든요.

 영국의 왕세자 전하가 프린스에드워드섬에 오셨던 해에 엘리자베스는 샬럿타운에 있는 삼촌한테 가 있었는데, 그 삼촌이 그때 공직에 있었어서 엘리자베스도 왕세자가 참석하는 커다란 무도회에 초대되었어요. 수많은 여자들 가운데 엘리자베스가 가장 눈에 띄게 예뻐서 왕세자는 엘리자베스와 춤을 추었죠. 그래서 왕세자와 춤추지 못했던 나머지 숙녀들이 모두들 발끈했어요. 자기들이 지위가 더 높은데 무시당했다 이거죠.

 엘리자베스는 무도회에서 그 춤을 추었던 일을 늘 자랑스러워했어요. 짓궂은 사람들은 엘리자베스가 그래서 결혼하지 않는 거라고, 왕세자 전하와 춤춘 뒤부터 보통 남자는 눈에 차지 않은 거라고들 했어요.

 그런데 언젠가 그 까닭을 엘리자베스가 이야기해준 일이 있었어요. 자기는 무척 불같은 성질이 있어서 어떤 남자와도 원만히 살 수 없을 것 같다는 게 이유였죠. 실제로 성미가 보통이 아니었어요. 때로는 화를 누그러뜨리려면 2층에 올라가 옷장 안에 든 것을 마구 끄집어내서 찢지 않고는 못 배길 정도였어요.

 하지만 하고 싶은 마음만 있다면야, 그런 것은 결혼하지 않을 이유가 못 된다고 나는 말했지요. 뭐, 성질은 남자만 부려도 된다는 법이 있는 게 아니잖아요, 블라이드 부인?"

앤은 한숨을 쉬었다.

"나도 조금 고약한 성미가 있어요."

"그건 좋은 일이에요. 동네북이 될 걱정은 우선 덜 테니까요. 정말이래도요! 어머나, 삼잎국화가 꽃이 참 잘 피었네요! 이 집 뜰은 참 아름다워요. 엘리자베스는 언제나 열심히 뜰을 손질했어요."

"뜰이 아주 마음에 들어요. 고풍스러운 꽃이 잔뜩 있어서 좋아요. 뜰 손질 얘기가 나왔으니 말인데요, 전나무숲 저편에 있는 작은 빈터를 갈아엎어서 딸기밭으로 좀 만들어줄 사람이 필요해요. 길버트는 너무 바빠서 올가을에는 그럴 틈이 도저히 없을 것 같거든요. 누군가 할 만한 사람이 없을까요?"

"글쎄요, 그런 종류의 일이라면 글렌의 헨리 하먼드가 해요. 아마 그럭저럭 할 거예요. 언제나 일보다는 품삯 생각부터 하는 사람이지만, 남자가 다 그렇게 생겨먹은걸, 뭐 어쩌겠어요.

게다가 머리가 워낙 둔해서 5분이나 멍청하게 서 있다가 겨우 자기가 아무 일도 안 하고 서 있다는 걸 깨닫는 그런 사람이에요. 어렸을 때 아버지가 그에게 나무등걸을 집어 던졌대요. 아주 다정도 하죠? 남자한테 뭘 바라겠어요. 그래도 그 버릇은 역시 고쳐지지 않았지만. 그래도 내가 권할 만한 사람은 그 사람뿐이에요. 지난봄에 우리 집 페인트칠을 맡겼는데 정말 잘해놓았다고 생각하지 않아요?"

시계가 5시를 쳐서 앤은 겨우 위기를 모면할 수 있었다.

미스 코닐리아가 소리쳤다.

"어머나, 벌써 시간이 이렇게 되었군요! 즐거우면 시간이 어찌나 빨리 가는지! 자, 이제 그만 집에 가봐야겠어요."

"아니, 가시면 안 돼요! 함께 차를 들고 가세요."

앤은 열심히 권했다.

미스 코닐리아가 물었다.

"예의상 그렇게 말하는 건가요? 아니면 진심으로 하는 말인가요?"

"진심이에요."

"그렇다면 마시고 가죠. 부인도 요셉을 아는 사람이군요."

앤은 서로 믿는 이에게만 보내는 미소를 지어 보였다.

"우린 좋은 친구가 될 거라고 생각해요."

"그럼요, 물론이지요. 고맙게도 친구는 고를 수가 있으니까요. 핏줄은 태어난 대로 받아들이는 수밖에 도리가 없고 그 가운데 감방 신세 진 사람만이라도 없다면 감사할 따름이지요. 그렇다고 나한테 친척이 많이 있는 건 아니에요. 가장 가까운 이가 육촌이니까요. 나는 말하자면 홀몸이나 다름없는 외로운 처지랍니다, 블라이드 부인."

미스 코닐리아의 목소리에는 슬픈 울림이 있었다.

앤은 자기도 모르게 외쳤다.

"저를 앤이라고 불러주셨으면 해요. 그러는 편이 훨씬 가까운 느낌이 드니까요. 포윈즈에서는 남편 말고는 모두들 저를 블라이드 부인이라고 부르니까 이방인이 된 듯한 기분이 들어요. 사실 '코닐리아'라는 이름은 내가 어릴 때 동경하고 있었던 이름과 아주 비슷하다는 거 아세요? '앤'이라는 이름이 싫어서 공상 속에서 나를 '코딜리아'라고 불렀거든요."

"나는 앤이라는 이름을 좋아해요. 어머니 이름이 앤이었죠. 내 생각으로는 예스러운 이름이 가장 정겹고 좋아요.

그럼 차를 준비하는 동안 대화 상대로 젊은 의사 선생을 좀 불러주면 안 될까요? 내가 왔을 때부터 내내 진찰실 소파에 벌렁 누워서 내 말에 웃음을 참으며 배를 잡고 구르고 있으니 말예요."

미스 코닐리아가 초인적인 눈으로 꿰뚫어 본 듯이 하는 말에 너무 놀란 나머지 앤은 예의상 부인해야 하는 것조차 잊고 소리쳤다.

"어떻게 아셨어요?"

"내가 오솔길을 걸어오고 있을 때 두 사람이 나란히 앉아 있는 걸 보았고, 남자들이 하는 일이란 뻔할 뻔자니까요. 자, 아기 옷이 다 되었네요. 이제 여덟째 아이는 아무 때고 나오고 싶을 때 나오면 되겠어요."

포윈즈 등대

9월이 끝나갈 무렵에야 앤과 길버트는 약속했던 대로 포윈즈 등대를 방문했다. 몇 번이나 갈 계획을 세웠으나 그때마다 무언가 훼방 놓는 일이 생겼던 것이다. 그동안 짐 선장은 이 작은 새집에 몇 차례 '불쑥' 들렀다.

"나는 격식 차리는 걸 싫어해요, 블라이드 사모님. 이곳에 오는 것이 정말 즐거워서 사모님이 나를 찾아와주지 않는다고 해서 이 즐거움을 마다할 마음은 없어요. 요셉을 아는 사람들 사이에는 그렇게 재고 따지는 일이 필요할 리 없으니까요. 나는 내가 올 수 있을 때 오고, 사모님은 사모님이 올 수 있을 때 오면 되죠. 우리가 머리 맞대고 유쾌하게 대화할 수만 있다면 머리 위에 어떤 지붕을 이고 있든 문제가 안 됩니다."

짐 선장은 특히 고그와 매고그를 매우 마음에 들어했다. '패티의 집'에 있을 때와 변함없이 위엄과 침착성을 갖추고 고그와 매고그는 이 작은 집 벽난로의 운명을 주관하고 있었다.

"정말 귀여운 녀석들이군요."

짐 선장은 기쁜 듯 말하며, 이 집 주인들을 대하는 것과 마찬가지로 올 때와 돌아갈 때 그 도자기 개 두 마리에게도 인사하는 것을 잊지 않았다. 경의와 예의에 소홀하여 집 수호신의 비위를 거스르는 것은 짐 선장에게는 생각할 수도 없는 일이었다.

짐 선장은 앤에게 말했다.

"사모님의 솜씨로 이 작은 집이 몰라보게 훌륭해졌군요. 지금까지 이렇게 멋졌던 적은 한번도 없었소. 셀윈 사모님도 사모님과 취향이 비슷해서 그때도 놀랄 만큼 예뻤지요. 다만 그때는 요즘처럼 예쁜 커튼이며 그림이며 장식품들은 없었으니까요. 엘리자베스는 어땠는가 하면, 과거 속에서 사는 사람이었어요.

사모님은 이를테면 이 집에 미래를 가져온 거나 마찬가지죠. 나는 아마 우리가 서로 말을 전혀 못 한다 해도 이곳에 오기만 해도 진심으로 행복할 겁니다. 그저 가만히 앉아서 부인과 여기 있는 그림과 꽃을 바라보고만 있어도 충분히 즐거울 테니까요. 아름답소, 정말 아름답소."

짐 선장은 미(美)의 열렬한 숭배자였다. 이 세상에서 보고 듣는 모든 아름다운 것은 그에게 말할 수 없이 큰 기쁨을 주었고, 그것이 그의 생활에 밝은 빛이 되었다. 자기의 외모가 아름답지 못하다는 것을 짐 선장은 잘 알고 있어서 그것을 한탄하기도 했다.

어느 때인가 짐 선장은 농담 삼아 이렇게 말한 적도 있었다.

"사람들은 나를 좋은 사람이라고 하지만, 나는 때때로 신께서 나를 지금의 반쯤만 좋은 사람으로 만드시고 나머지 몫을 얼굴 생김새 쪽으로 신경 써주셨다면 좋았겠다는 생각을 해요. 하지만 신은 훌륭한 선장으로서 자신이 가야 할 길과 할 일을 낱낱이 잘 알고 계시죠. 세상에는 이처럼 못생긴 사람도 있어야 블라이드 사모님처럼 잘생긴 사람들이 더욱 돋보일 것 아니겠소?"

드디어 앤과 길버트는 어느 저녁때, 포윈즈 등대를 향해 집을 나섰다. 그날 아침은 잿빛 구름과 안개에 싸여 음울하게 시작되었지만 저녁에는 화려한 주홍빛과 황금빛 노을로 물들어 있었다. 서쪽 언덕 너머 항구 저편에 깊은 바닷물은 호박색으로, 얕은 물은 수정처럼 맑은 빛을 띠고 있었으며, 그 아래로 새빨간 불덩이 같은 저녁 해가 넘어가고 있었다. 북쪽 하늘엔 작은 금색 조각의 비늘구름으로 가득했다. 야자나무 우거진 남쪽 나라에 있는 항구를 향해 해협을 미끄러져 빠져나가는 배에 펴 올린 새하얀 돛에 타오를 듯 붉은 빛이 비쳤다. 배 저편에 보이는 풀 한 포기 없는 하얀 모래 언덕도 불그스름하게 물들었다.

오른쪽으로는 시냇물 상류의 버드나무로 둘러싸인 낡은 집에 저녁 해가 비추어, 아주 잠시 동안이나마 창이란 창은 모두 오래된 대성당에 있는 스테인드글라스보다도 더욱 화려한 모습을 연출했다. 칙칙한 껍질 속에 갇혀 있으면서도 활기를 잃지 않는 영혼 속에 고동치는 핏빛의 연모(戀慕)처럼, 그 창문들만이 잿빛 속에서 조용히 광채를 내뿜었다.

"저 개울 위쪽에 있는 낡은 집은 언제나 쓸쓸해 보여. 저기에 사람이 다녀가는 것을 본 일이 없어. 물론 저 집 오솔길은 윗길로 나가게 되어 있기도 하지만, 사람들이 거의 지나가지 않는 것 같아.

우리 집에서 걸어서 15분도 안 되는 곳에 있건만 무어 씨네 가족을 아직 한 번도 만난 적이 없다니 이상해. 물론 교회에서 마주쳤을지 모르지만, 얼굴을 모르니 그랬는지도 알 수가 없잖아. 저 집 사람들이 이 정도로 이웃 교제를 꺼리니 못내 아쉬워. 가까운 이웃이라고는 저기밖에 없는데."

길버트는 웃었다.

"확실히 그곳 사람들은 요셉을 아는 사람들이 아닌 모양이야. 그 아름답다던 아가씨는 누군지 알아냈어?"

"아니, 웬일인지 그 소녀에 대해 묻는 걸 까맣게 잊고 있었어. 하지만 그 뒤로는 못 봤으니 이웃 사람이 아닐지도 모르겠어. 어머나, 해가 방금 가라앉았어.

등대 불빛이 보인다."

저녁 어스름이 짙어짐에 따라 거대한 등댓불이 어둠을 가르며 들판과 항구, 모래톱과 만을 커다란 원을 그리면서 가로질렀다.

불빛이 두 사람을 광채 속으로 잠기게 했을 때 앤이 말했다.

"마치 저 불빛이 나를 가두어 바다 위 몇 마일이나 되는 곳으로 끌어내 갈 듯한 느낌이야."

두 사람이 곶 바로 옆에 이르러 그 눈부시게 빙빙 도는 섬광의 그늘 속으로 들어섰을 때 앤은 오히려 안심이 되었다.

들판을 가로질러 곶으로 이어지는 오솔길에 두 사람이 이르렀을 때, 길에서 나오는 남자와 마주쳤다. 너무도 눈에 띄는 모습을 하고 있어 순간 두 사람은 무례하다는 생각조차 할 새 없이 남자를 빤히 쳐다보았다.

분명 잘생긴 사람이었다. 키가 크고 어깨는 넓었으며 단정한 얼굴에 매부리코와 거리낌 없는 눈빛의 잿빛 눈을 하고 있었다. 부유한 농부가 교회에 갈 때 입을 법한 외출복 차림이었다. 여기까지는 포윈즈나 글렌의 주민다웠다. 그러나 가슴을 넘어서 무릎께까지 너풀너풀 물결치는 갈색 턱수염이 늘어뜨려져 있었다. 그리고 등에는 흔해빠진 펠트 모자 아래로 숱 많고 굽슬굽슬한 갈색 머리가 마찬가지로 폭포처럼 흐르고 있었다.

서로 목소리가 들리지 않을 만큼 떨어진 곳까지 이르자 길버트가 속삭였다.

"앤, 아까 집에서 나서기 전에 만들어준 레모네이드에다 혹시 데이비드 할아버지가 말하는 '알딸딸 한 모금'을 넣은 거 아니지?"

앤은 멀어지는 수수께끼의 인물에게 행여 들릴세라 웃음을 삼켰다.

"아니, 안 넣었어. 대체 저 사람은 누굴까?"

"모르겠어. 하지만 짐 선장이 이곳에 저런 유령이 어슬렁거리게 하고 있다면 여기 올 때에는 호신용으로 권총이라도 한 자루 챙겨 와야겠어. 뱃사람인 것 같지도 않던데. 뱃사람이라면 저런 색다른 풍채도 이해할 수 있겠지만. 항구 윗동네 사람이 틀림없어. 데이브 할아버지 말로는 그곳에 괴짜가 몇 사람 있다니까."

"데이브 할아버지는 편견이 좀 있으신 것 같아. 왜냐하면 글렌 교회에 오는 항구 윗동네 사람들은 모두 좋은 사람 같아 보였잖아? 오, 길버트, 너무 아름다워!"

포윈즈 등대는 만으로 뾰족이 튀어나온 붉은 사암 벼랑의 끄트머리에 있었다. 해협을 사이에 두고 한쪽에는 은빛 모래톱이 해협 쪽으로 뻗어 있었다. 그리고 다른 한쪽에는 물굽이를 따라 펼쳐진 조약돌 깔린 후미에서 깎아지른 듯이 솟은 험준한 붉은 벼랑이 완만하게 구부러진 긴 해안선을 이루고 있었다.

그것은 폭풍과 별이 빚어내는 신비로운 마법을 알고 있는 바닷가였다. 그러한 바닷가는 언제나 고요히 고독 속에 머물러 있는 법이다. 숲은 결코 고독하지 않다. 속삭이거나 손짓해 부르는 애정 넘치는 생명으로 가득하다. 그러나 바다는 다른 누군가에게 나눠줄 수 없는 자기만의 큰 슬픔으로 쉴 새 없이 신음하며 자기 안에 스스로를 영원히 유폐시키는 하나의 거대한 영혼이다. 우리는 그 무한한 신비를 밝힐 수 없다. 그 언저리만을 서성이며 외경스러움을 느끼며 매혹될 뿐이다. 숲은 수백, 수천의 목소리로 우리들을 부르지만 바다의 목소리는 오직 하나, 그 장중한 음악으로 우리의 영혼을 사로잡아버리는 강력한 소리다. 숲은 인간적이지만 바다는 대천사들을 벗하는 세계다.

앤과 길버트가 등대에 도착해서 보니 짐 선장은 등대 밖 벤치에 앉아 모형 배에 마지막 손질을 하고 있던 참이었다. 돛을 전부 올리고 있는 멋진 범선이었다. 짐 선장은 일어나 두 사람을 환영했는데, 무의식 속에서 우러나오는 그 부드럽고 예의 바른 태도가 자못 그다웠다.

"블라이드 사모님, 오늘은 하루 종일 좋은 날이었는데 특히 마지막에 가장 좋은 선물까지 갖다주네요. 햇빛이 조금이라도 남아 있는 동안 잠깐 이곳에 앉지 않겠소? 방금 글렌에 있는 어린 종손자 녀석에게 주려고 이 조촐한 장난감을 완성한 참이었소.

이것을 만들어준다고 조에게 약속하고 나서 곧 후회했어요. 애 엄마가 여간 심란해하는 게 아니라서 말이오. 조가 나중에 커서 뱃사람이 되고 싶어하지 않을까 걱정하며, 그런 생각을 부추기면 난처하다는 것이었소.

하지만 어쩔 수 없지 않겠소, 블라이드 사모님? 나는 그 아이에게 약속했으니까요. 어린아이와 약속한 것을 깨뜨리는 건 참으로 비열한 일이잖소. 자, 앉아요. 여기 있다 보면 한 시간쯤은 후딱 지나가니까."

바람은 앞바다 쪽으로 불면서 잔잔한 수면에 긴 은빛 잔물결만을 일으키고 있었다. 그리하여 크고 작은 곶의 모든 바위 끄트머리로부터 내려온 빛나는 그림자가 투명한 날개처럼 그 위로 스르르 스쳐갔다. 갈매기가 떼 지어 날아드는 모래 언덕이며 갑 위에, 저녁 어스름이 희미한 보랏빛 커튼을 드리우고 있었다. 하늘에는 비단 스카프처럼 흐르는 실구름이 살포시 덮여 있었다. 구름 함대가 수평선에 닻을 내리고 머물러 있고 저녁 별이 하나 모래톱 위에서 반짝 지켜보고 있었다.

"이 경치는 참 바라볼 만한 가치가 있지 않소?"

짐 선장은 풍경이 자기 것이기라도 한 듯 자애로움이 깃든 자랑스러운 태도로 말을 이어갔다.

"시장과 멀찍이 떨어져 있어서 좋지 않습니까? 여기서는 팔든가 사든가 남겨먹든가 할 것이 없어요. 무엇 하나 돈을 치를 필요가 없소. 저 드넓은 바다도 하늘도 모두 공짜지요. '돈 없이, 값 없이'[1] 와서 얼마든지 볼 수 있는 것이오.

이제 곧 달돋이도 볼 수 있소. 나는 저 바위며 바다며 항구 위에 달이 떠오르는 모습은 아무리 보아도 싫증이 나지 않아요. 매번 놀라움의 연속이거든.”

곧 달이 떠올랐다. 세상일이며 서로에 대한 궁금증은 모두 잊힌 침묵 속에서 마법처럼 경이로운 그 광경을 바라보았다. 그런 뒤 세 사람은 등대 위로 올라갔으며, 짐 선장은 거대한 등불을 보여주며 그 구조를 설명했다. 이윽고 그들은 식당으로 들어갔다. 식당 벽난로에서는 바다 위에 떠서 흘러온 유목(流木)을 태우는 불길이 아른거리며 바다를 품은 빛깔을 아롱아롱 짜내고 있었다.

“이 난로는 내 손으로 만든 것입니다. 정부는 등대지기에게 이런 호사는 허락하지 않아서 말이죠. 저 장작불이 내는 빛깔을 봐요. 사모님 집의 난로에도 유목을 장작으로 써보고 싶다면 내가 언제 한 묶음 갖다드리겠소, 블라이드 사모님. 자, 앉아요. 차를 한 잔 대접할 테니.”

짐 선장은 앤에게 의자를 권했으나 그 전에 먼저 거기 놓여 있던 귤색 털의 고양이와 신문을 치웠다.

“어이, '항해사'. 그만 내려가. 네 자리는 저 소파잖아. 이 신문은 안전한 곳에 잘 치워놔야 돼요. 아직 거기 실린 소설을 다 못 읽었거든요. 《열렬한 사랑》이라는 소설인데, 딱히 좋아하는 종류의 소설은 아니지만, 이 여성 작가가 도대체 언제까지 이야기를 짜낼 수 있을지 궁금해서 계속 읽고 있어요. 지금 62장까지 왔는데, 내 보기에, 주인공들 결혼식이 아직도 한참 멀기로는 처음 시작

---

[1] 《구약성서》〈이사야서〉 55장 1절.

할 때나 매한가지예요.

조 녀석이 왔을 때에는 해적 이야기를 읽어줘야 합니다. 천진난만한 어린애들한테 피에 굶주린 이야기를 즐기는 취미가 있다는 건 참 희한하지 않소?"

앤이 웃으며 말했다.

"우리 집에 있는 데이비도 마찬가지예요. 피냄새가 코를 찌르는 무시무시한 이야기를 좋아한다니까요."

짐 선장이 준 차는 신들이 마시는 술처럼 향기로웠다. 앤이 칭찬하자 짐 선장은 어린아이처럼 기뻤지만 아무렇지도 않은 척 무심함을 가장했다.

짐 선장은 대수롭지 않다는 듯 설명했다.

"비법은 크림을 아끼지 않는 것이오."

짐 선장이 살아오면서 올리버 웬델 홈즈[2]는 이름조차 들은 일이 없더라도 '위대한 인물은 작은 크림 그릇을 좋아하지 않는다.'라는 이 작가의 격언에는 동의하는 것이 분명했다.

길버트가 차를 마시며 물었다.

"여기로 오는 오솔길에서 꽤나 기묘한 모습을 한 사람을 마주쳤습니다. 누구인가요?"

짐 선장은 이를 드러내며 씩 웃었다.

"마셜 엘리엇이지요. 좋은 사람이지만, 바보스러운 점이 딱 한 가지 있소. 도대체 무슨 목적으로 싸구려 박물관 진열장에나 집어넣어야 할 것 같은 모습을 하고 있을까 궁금들 했겠죠."

앤이 물었다.

---

[2] 미국의 의사이자 시인, 1809~1894.

"현대판 나사렛 수도자인가요, 아니면 살아남은 고대 헤브라이의 예언자?"

"물론 둘 다 아닙니다. 그런 괴상망측한 모습을 하는 이유는 한마디로 정치 때문이에요. 엘리엇 집안도 크로퍼드 집안도 매컬리스터 집안도 모두 골수까지 정치에 죽고 사는 사람들이오. 집안마다 자유당이든 보수당이든 정해진 채로 태어나 그 당원으로 살다가, 죽을 때도 그 당원으로서 죽는 거요. 그 사람들이 만약 정치가 필요 없는 천국에 간다면 무엇을 할 작정인지 나로서는 알 수가 없소.

마셜 엘리엇은 태어나면서부터 자유당이오. 나도 자유당이긴 하지만 난 정도껏 하는 편인데, 마셜에게는 정도껏이라는 게 없어요.

15년 전 특히 치열한 총선거가 있었는데, 마셜은 자기 당을 위해 필사적으로 싸웠소. 자유당이 이길 거라고 굳게 믿고 있었지. 너무 믿은 나머지 어떤 공개석상에서 벌떡 일어나 자유당이 정권을 잡을 때까지 수염도 머리도 깎지 않겠다고 맹세했었소.

그런데 자유당이 여당이 되지 못했고 그게 지금까지 온 거요. 그리고 그 결과를 오늘 두 분이 보신 거고. 마셜은 자기 말을 끝까지 지키고 있거든요."

앤이 물었다.

"그 사람의 부인은 어떻게 생각하나요?"

"독신이오. 그렇지만 아내가 있다 해도 그에게 그 맹세를 깨뜨리도록 할 수는 없을 거요. 엘리엇 집안사람들은 여간 고집이 세지 않거든요.

마셜의 형 알렉산더는 아주아주 아끼던 개가 죽었을 때 '다른 크리스천들과 마찬가지로' 묘지에 묻고 싶다고 주장했어요. 물론 그것은 허락받지 못했지요. 그랬더니 알렉산더는 개를 묘지의 나무 울타리 밖에 묻고 두 번 다시 교회 문턱을 넘지 않았소. 하지만 일요일에 가족을 마차로 교회까지 데려다주고 예배

보는 동안 자기는 개 무덤 옆에 앉아 성서를 읽었다오.

그는 죽기 전에 아내에게 자기가 죽으면 개 옆에 묻어달라고 했다고 해요. 그의 아내는 온순한 여자였으나, 그 말에는 발끈해서 '나는 개와 함께 묻힐 생각이 털끝만큼도 없으니까, 당신이 마지막 쉴 곳으로 나보다도 개 옆을 원한다면 그렇게 하세요!'라고 했다더군요. 알렉산더는 나귀처럼 고집 센 사람이었지만 아내는 좋아했기 때문에 마침내 고집을 꺾었소.

그리고 임종 때 이렇게 말했지요.

'그럼 내 묻힐 자리는 당신 마음대로 해요. 하지만 두고 봐요. 가브리엘 대천사가 나팔을 부는 심판의 날에는 나의 개도 다른 이들과 함께 되살아날 게요. 그 녀석은 으스대며 돌아다니는 그 어떤 엘리엇이나 크로퍼드나 매컬리스터 집안의 녀석 못지않게 영혼을 갖고 있으니까.'

우리들은 모두 마셜에게 익숙해져 있지만, 처음 보는 사람한테는 무척 기이하게 보일 거요. 나는 마셜을 10살 때부터 알고 지냈고—지금은 50살쯤 되었는데—어쨌든 좋은 사람이오. 오늘은 둘이서 대구 낚시를 갔었지요.

이제 내가 할 수 있는 일은 그런 정도요. 소일거리 삼아 어쩌다 대구나 송어를 낚으러 가는 정도. 하지만 전에는 그렇지 않았어요. 아무렴, 전혀 안 그랬죠! 여러 가지 일을 했어요. 내 인생록을 보면 알 수 있겠지만."

그 인생록이란 무엇이냐고 앤이 물으려 했을 때 '일등항해사'가 짐 선장의 무릎으로 뛰어올랐기에 이야기가 끊어졌다. '일등항해사'는 멋지고 당당한 수고양이로 얼굴이 보름달처럼 둥글고 눈은 반짝반짝 빛나는 녹색에 발톱이 여느 고양이들보다 많아 넓적한 하얀 발을 갖고 있었다. 짐 선장은 그 벨벳 같은 등을 부드럽게 쓰다듬었다.

"이놈을 발견하기 전까지 나는 고양이를 그리 좋아하지 않았었죠."

짐 선장의 말에 녀석은 커다랗게 가르랑거리는 반주를 넣었다.

"나는 이 녀석의 목숨을 구했는데 동물을 살려내면 사랑하지 않을 수 없는 법이죠. 목숨을 주는 것에 버금가는 일이 아닌가 싶어요.

세상에는 아주 생각 없는 사람도 있어요, 블라이드 사모님. 항구 윗동네에 여름 별장을 가진 도회지 사람 가운데 생각 없이 잔혹한 짓을 하는 패들이 있소. 세상의 잔혹한 일 가운데서도 그게 가장 비열해요. 생각을 안 하는 데서 나오는 잔혹함 말이오. 그런 짓거리에는 도저히 미리 알고 손쓸 도리가 없으니까요.

그들은 여름철에 거기서 고양이를 기르는데, 먹을 것을 주고 귀여워하며 리본과 목걸이를 매주며 잔뜩 꾸며놓죠. 그러다 가을이 되면 고양이야 굶어 죽든 얼어 죽든 나 몰라라 내버려두고 도시로 돌아갑니다. 그런 걸 보면 나는 화가 나서 온몸의 피가 거꾸로 치솟는 것 같아요, 블라이드 사모님.

지난겨울 어느 날, 나는 바닷가에서 뼈와 가죽밖에 안 남은 새끼 고양이 세 마리의 몸을 감싼 채 죽어 있는 가엾은 어미 고양이를 보았소. 제 몸에 남은 온기로 새끼를 품어주다가 죽었던 거요. 새끼들을 안은 발이 가엾게도 그대로 굳어 있었죠. 아, 그 모습을 보는데 눈물이 흘렀소. 그리고 더러운 욕을 마구 퍼부었지요.

그 뒤 가엾은 새끼 고양이들을 집에 데려와 먹을 것을 주고 나서 길러줄 사람을 찾아주었죠. 그 고양이를 버리고 간 여자가 누구인지 알고 있었어요. 그래서 올여름 그 여자가 또다시 돌아왔을 때 항구 건너편으로 가서 내 생각을 똑똑히 말해주었죠. 남의 일에 괜한 참견일 수 있지만, 그래도 좋은 목적을 위해서라면 나는 기꺼이 간섭도 합니다."

길버트가 물었다.

"그 여자는 뭐라고 하던가요?"

"울면서 그렇게 될 줄은 생각지 못했다고 하더군요. 그래서 말해줬죠. '당신은 마지막 심판의 날 그 가엾은 어미 고양이의 목숨에 대해 설명하도록 요구받았을 때, 그것으로 충분한 설명이 된다고 여깁니까? 생각하기 위해 쓰지 않는다면 내가 네게 무엇 때문에 머리를 주었겠느냐고 신께서 물으실 거요.'라고 말이오. 그 정도 했으니 이제 두 번 다시 고양이를 버리고 가거나 굶어 죽게 내버려두지 않겠지요."

"'일등항해사'도 버려졌던 고양이 가운데 한 마리인가요?"

앤이 그렇게 물으면서 손을 뻗자 '일등항해사'는 큰 선심이라도 쓰는 듯 거들먹거리며 응했다.

"그래요. 이 녀석은 어느 추운 겨울날 목에 묶어놓은 우스꽝스러운 리본이 나뭇가지에 걸려 꼼짝 못 하고 있는 것을 발견했어요. 하마터면 굶어 죽을 참이었지요. 그때 이 놈의 눈을 보았다면, 블라이드 사모님! 새끼 고양이 때 버려지고는 그날 나무에 매달려 꼼짝 못 하게 되기 전까지는 겨우 그럭저럭 살아왔던 모양이오.

내가 풀어주었더니 조그맣고 빨간 혓바닥으로 애처롭게 내 손을 핥았소. 그 무렵엔 지금처럼 뛰어난 선원은 아니었지요. 꽤 겁쟁이였어요. 그것도 이미 9년이나 지난 옛날 일이오. 고양이치고는 오래 살고 있지요. 이 '일등항해사'는 나에게 좋은 동료요."

"개를 기르실 줄로 알았습니다."

길버트가 말하자 짐 선장은 고개를 저었다.

"전에는 길렀었죠. 아주 귀여워했는데 그놈이 죽어버리자 다른 개를 그 녀석 대신 기른다는 건 생각도 할 수 없었어요. 우리는 둘도 없는 '친구'였으니까요.

블라이드 사모님, 사모님은 알겠지요? '일등항해사'는 말하자면 '동료'죠. 이놈도 좋아하긴 좋아해요. 좀 악마적이라고 해야 할까, 못된 구석이 있어 더 좋아하지요. 고양이는 모두 그렇소만.

하지만 나는 그 개를 사랑했소. 그래서 알렉산더 엘리엇이 개에 대해 품은 마음에 은근히 공감했지요. 좋은 개에게는 악마적인 데가 없어요. 그러니까 고양이보다 개한테 훨씬 사랑이 가죠. 유감스럽게도 기르는 재미는 고양이만 못하지만.

내가 또 너무 지껄이는군요. 왜 말리지 않소? 사람에게 이야기할 기회만 생기면 난 도통 멈춰야 할 때를 몰라요. 차를 다 드셨으면 두어 가지 보여드릴 게 있소. 예전에 여기저기 쏘다닌 나라에서 손에 넣은 것들이오."

짐 선장의 '두어 가지 보여드릴 것'이란 몹시 흥미로운 골동품 컬렉션으로, 등골 오싹해지는 것, 고풍스러운 것, 아름다운 것 등 여러 가지가 있었다. 그리고 그 하나하나마다 사연이 있었다.

달 밝은 그날 밤, 유목이 타고 있는 매혹적인 난롯불 옆에서 그러한 옛이야기를 듣던 즐거움을 앤은 오래도록 잊지 못했다. 은빛 바다는 열린 창문을 통해 그들에게 말을 걸어오며 아래쪽 바위에 기대어 흐느끼고 있었다.

짐 선장은 결코 자랑하는 말을 하지 않았으나 그가 옛날에 어떤 영웅이었는지 저절로 알 수 있었다. 용감하고 진실하고 기지가 넘치며 사사로운 욕심이 없는 이였다. 짐 선장은 자기의 작은 방에 앉아, 듣는 사람들에게 여러 가지 일들이 되살아나게 만들었다. 눈썹을 치켜올리든가 입술을 일그러뜨리든가 손짓 발짓이며 한두 마디 말을 곁들여 장면 전체와 인물을 눈앞에서 생생하게 보고 있는 것처럼 느끼게 했다.

짐 선장의 모험 가운데에는 너무나 믿기 어려운 이야기도 있어서, 앤과 길버트는 자기들이 솔깃하게 듣는 것이 재미있어 짐 선장이 허풍을 살짝 섞는 게 아닐까 은근히 의심했을 정도였다. 하지만 이런 의심을 했다는 것만으로도 짐 선장에게 미안해야 할 일이라는 게 나중에야 밝혀졌다. 그의 이야기는 글자 그대로 모두 사실이었던 것이다. 짐 선장에게는 천부적인 이야기꾼의 재능이 있어 '먼 옛날, 아득한 곳에서의 불행한 일들'[3]을 그때 그대로의 느낌으로 듣는 사람 앞에 생생하게 펼쳐놓을 줄 알았다.

이야기를 들으면서 앤과 길버트는 웃기도 하고 몸서리도 쳤고, 한번은 앤이 그만 눈물을 흘렸다.

짐 선장은 앤의 눈물을 보고 기쁜 듯 눈을 빛냈다.

"그렇게 눈물을 흘리는 것을 보면 감동했다는 뜻인 것 같아 칭찬으로 느껴져요. 그래도 내가 본 것과 겪은 것을 제대로 얘기한 건 아니오. 모든 일들은 내 인생록에 다 적어두었는데, 글 쓰는 재주가 없어서 말이오. 꼭 들어맞는 글귀가 떠올라 종이에 그것을 잘 옮기기만 하면 굉장한 책이 될 수 있을 텐데 말입니다.《열렬한 사랑》에 지지 않을 것이고, 조도 해적 이야기 못지않게 마음에 들어할 텐데.

어쨌든 나도 한창때는 이런저런 모험을 했어요. 그리고 지금도 모험에 대한 동경을 품고 있지요, 블라이드 사모님. 그래요, 이렇게 늙고 쓸모없는 사람이 되었어도 때때로 배를 타고 바다로 나가고 싶은 간절한 심정에 사로잡혀요. 멀리 아주 멀리……끝없이 말이오."

앤은 꿈꾸듯 말했다.

"율리시스처럼 짐 선장님도 '별들이 목욕하는 그곳으로, 죽는 그날까지 배

---

[3] 영국 낭만주의 시인 윌리엄 워즈워스(1770~1850)의 시 〈외로이 추수하는 아가씨〉에서 따옴.

타고 가겠노라'[4]는 심정이군요."

"율리시스? 책에서 읽은 적이 있어요. 그렇소, 바로 그런 심정이오…… 우리 늙은 뱃사람들은 모두 그런 심정일 거요. 마침내 나는 뭍에서 죽게 되겠지만요. 뭐, 일어날 일은 일어나는 법이니 그렇다 해도 할 수 없는 일이지요.

글렌의 윌리엄 포드 영감은 빠져 죽을까 무서워 한 번도 바다에 나간 일이 없소. 점쟁이로부터 물에 빠져 죽는다고 들어서 말이지요. 그런데 어느 날 정신을 잃고 쓰러져 헛간에 있는 여물통에 머리를 처박아 그 물에 빠져 죽고 말았소.

벌써 돌아가시려고? 그럼 앞으로 또 자주자주 오시오. 이다음 번에는 의사 선생의 이야기를 들려주시오. 내가 알고 싶은 것을 많이 알고 계시니까. 여기선 때때로 외로울 때가 있지요. 엘리자베스 러셀이 죽고 나서부터 한층 더 적적해졌어요. 우린 둘도 없는 친구였거든요."

짐 선장의 말투에는 아무리 손을 뻗어봐도 붙들 수 없는 곳으로 오랜 친구가 하나둘 사라져가는 것을 지켜본 노인의 비애가 깃들어 있었다. 그러한 벗들의 빈자리는 비록 요셉을 아는 사람이라 하더라도 젊은 세대의 벗으로선 채워질 수 없는 것이다. 앤과 길버트는 자주 찾아올 것을 약속했다.

돌아오는 길에 길버트는 말했다.

"참 보기 드문 노인이야."

앤은 고개를 갸우뚱했다.

"그 소박하고 친절한 인품과 이제까지 살아온 거친 모험적 삶은 도무지 어울리지 않는 것 같은데, 어떻게 같이 갈 수 있는지 참 알다가도 모르겠어."

---

[4] 영국 빅토리아 시대 계관시인 앨프리드 테니슨 경(1809~1892)의 시 〈율리시스〉에서 따옴.

"요전번 어촌에서 짐 선장을 보았다면 당신도 수긍이 갔을 거야. 피터 고티어의 뱃꾼 하나가 바닷가에 살고 있는 어떤 아가씨에 대해 지저분한 소리를 했어. 그랬더니 짐 선장의 눈이 번갯불처럼 번쩍이면서 가련한 그 남자를 그야말로 태워 죽일 것만 같더라고. 별다른 말은 안 했지만 그 말투라니! 입 한번 잘못 놀린 그 남자의 뼈에서 살을 벗겨내는 듯싶었다니까. 짐 선장은 자기 앞에서 어떤 여자에 대한 욕설이나 비난도 용서치 않는 사람이래."

"왜 결혼하지 않았을까. 그랬다면 지금쯤 자기 배를 타고 바다로 나가는 아들들이며 무릎에 올라앉아 얘기해달라고 조르는 밤톨만 한 손자들이 있었을 텐데. 짐 선장님은 그런 삶이 어울릴 분 같은데. 그런데 저 훌륭한 고양이 말고는 아무것도 없잖아."

그러나 그것은 앤의 잘못된 생각이었다. 짐 선장이 가진 것은 그뿐이 아니었다. 그에게는 지워지지 않는 하나의 추억이 있었다.

레슬리 무어

 10월 어느 저녁때, 앤은 고그와 매고그에게 말했다.
 "오늘 밤은 꼭 먼 바닷가에 다녀오겠어."
 달리 이야기할 상대는 아무도 없었다. 길버트가 항구 윗동네로 왕진을 갔기 때문이었다. 앤은 깔끔한 마릴라 커스버트의 손에 자란 이답게 자기의 작은 영토를 먼지 하나 없이 깨끗하게 정돈하였다. 그런 뒤에야 앤은 양심에 아무 거리낌 없는 후련한 마음으로 바닷가까지 거닐어도 되겠다고 생각했다.
 앤은 포윈즈에 살면서 바닷가로 몇 번이나 즐거운 산책을 나갔었다. 길버트와 함께 가거나 짐 선장과 함께 간 적도 있었고, 때로는 홀로 길을 나서 혼자만의 생각에 빠지거나 인생을 무지갯빛으로 물들이기 시작한 새롭고 가슴에 일 만큼 아름다운 꿈만을 길벗으로 삼은 일도 있었다.
 앤은 안개 낀 포근한 항구 기슭이며 바람이 살랑거리는 은빛 모래 해변도 좋았지만, 가장 좋아하는 것은 바위 해변이었다. 그곳에는 벼랑과 동굴도 있고, 파도에 씻기고 닳은 큰 바위 더미도 있었으며, 작은 물굽이에는 얕은 물속에서 조약돌이 반짝반짝 빛나고 있었다. 오늘 저녁에도 앤은 그 바닷가로 서둘러 갔다.
 거친 가을 폭풍우가 사흘 동안이나 이어진 뒤였다. 집채만 한 파도가 바위에 부딪쳐 부서지며 천둥 같은 소리를 질렀고, 하얀 물보라와 물거품이 모래톱에 거칠게 쏟아져 내렸다. 늘 잔잔했던 푸른 포윈즈 항구는 안개에 휘감긴 채 고뇌와 격정에 몸부림치듯 사납게 미쳐 날뛰었다.

지금은 그것도 끝나 폭풍이 지나간 바닷가는 모든 것이 깨끗이 씻겨 있었다. 바람은 미동도 하지 않았지만 파도는 아직도 모래톱이며 바위에 제법 밀어닥쳐 새하얀 물보라를 일으키고 있었다. 그것만이 세상을 덮고 있는 정적과 평온 속에서 끊임없이 뒤스르는 유일한 것이었다.

"아, 이런 순간을 맞이할 수 있다면 몇 주일이고 폭풍과 긴장을 견뎌내며 지낼 만한 보람이 있어."

앤은 벼랑 위에 서서 굽이치는 파도 저편으로 기쁨이 어린 눈길을 멀리 던지며 이렇게 소리쳤다. 이내 앤은 가파른 바윗길을 조심조심 디뎌가며 내려가 아래에 있는 작은 후미에 닿았다. 후미에 서니 바위와 바다와 하늘만이 앤을 에워싸고 있었다.

앤은 혼잣말을 했다.

"춤추고 노래해야겠다. 보는 사람은 아무도 없고, 갈매기는 보았더라도 어디 가서 말을 퍼뜨리지 않을 테니까, 마음껏 하고 싶은 대로 할 거야."

앤은 치마를 들어올리고 단단한 모래땅에 한쪽 발로 서서 발끝으로 빙글빙글 돌았다. 하얀 거품이 되어 부서지는 파도에 발목이 붙잡힐 것 같았다. 아이처럼 웃고 빙그르르 돌고 또 돌면서 후미 동쪽의 뾰족하게 튀어나온 곶의 끄트머리에 이르렀다.

그때 갑자기 앤은 얼굴이 새빨개져 우뚝 멈춰 섰다. 앤은 혼자가 아니었던 것이다. 앤이 춤추고 웃는 모습을 지켜보던 이가 있었다. 황금빛 머리칼과 바다처럼 파란 눈을 가진 '그 소녀'가 튀어나온 바위에 반쯤 가려진 채 곶 끄트머리의 넓적한 돌 위에 앉아 있었다. 똑바로 앤 쪽을 바라보는 얼굴에 기묘한 표정이 떠올라 있었다. 신기함, 공감, 그리고 한편으로는—설마?—부러움이 뒤섞인 듯한 표정이었다.

모자는 쓰지 않았고 그 어느 때보다 브라우닝 시 속의 '현란한 뱀'이라는 구절을 떠오르게 하는 멋진 금발을 머리에 감아올려 새빨간 리본으로 묶었다. 칙칙한 옷감으로 지은 밋밋한 옷을 걸치고 있었지만, 아름다운 곡선을 그린 허리에는 선명하게 붉은 비단 띠를 두르고 있었다. 무릎 위로 깍지 낀 손은 햇볕에 그을려 거칠었지만 목과 볼의 피부는 희디흰 우윳빛이었다. 서쪽 하늘에 낮게 드리워진 구름 사이로 잠깐 비춘 저녁 햇살이 소녀의 머리칼에 떨어지자 한순간 그녀는 바다 님프(요정)의 화신인 듯싶었다. 바다 님프의 신비, 정열, 쉬이 알 길 없는 매력을 모두 갖추고 있었다.

앤이 더듬거리며 입을 뗐다.

"나……나를 미친 여자라고 생각했겠지요?"

앤은 침착함을 되찾으려고 애썼다. 이 여왕 같은 위엄을 갖춘 소녀에게 그런 철없는 어린아이 같은 모습을 보이다니. 의사 선생의 부인이고 한 집안의 현숙한 주부답게 점잖은 태도를 지녀야 할 블라이드 부인이 이런 모습이나 보이다니, 이게 무슨 창피람!

"아뇨, 그렇게 생각하지 않아요."

소녀는 그 이상 아무 말도 하지 않았다. 그 목소리는 무덤덤했고 사람을 가까이하지 않으려는 태도마저 느껴졌다. 그러나 눈에는 열렬하면서도 수줍어하는, 도전적이면서도 애원하는 듯한 무엇인가가 어려 있었으며, 그것이 얼른 그 자리를 피해 돌아서려던 앤의 발길을 붙잡았다. 앤은 소녀와 나란히 넓적한 돌에 앉았다.

앤은 그때까지 신뢰와 우정을 얻는 데 실패한 적이 없는 미소를 지었다.

"우리, 자기 소개를 하죠. 나는 블라이드 부인이에요. 항구 기슭에 있는 저 작고 하얀 집에 살고 있어요."

"네, 알아요. 나는 레슬리 무어예요. 딕 무어의 아내죠."

소녀는 마지막 말을 무뚝뚝하게 덧붙였다.

앤은 너무 놀라서 잠시 무슨 말을 해야 할지 몰라 입을 열지 못했다. 이 소녀가 결혼했으리라고는 생각지도 못했으며 누군가의 아내 같은 구석이 그 어디에도 보이지 않았기 때문이다. 더욱이 앤이 평범한 포윈즈의 주부로서 머리에 그리고 있었던 바로 그 이웃일 줄이야! 그 간극이 너무 컸기에 앤은 혼란스러워진 머릿속을 금방 수습할 수가 없었다.

앤은 더듬댔다.

"그럼……그럼 그 개울 위쪽 잿빛 집에 살고 있겠군요?"

"네, 맞아요. 좀 더 빨리 찾아뵈었어야 했지만……."

소녀는 방문하지 않은 이유도 말하지 않고 변명도 하지 않았다.

앤은 가까스로 침착을 되찾아 말했다.

"우리 집에 꼭 놀러 오세요. 우리는 서로 가장 가까이 사는 이웃이니 친구가 되면 좋지 않을까요. 포윈즈의 단 한 가지 결점이 바로 그거예요. 이웃이 그리 많지 않다는 거. 그 점만 빼면 정말 나무랄 데 없는 곳이죠."

"이곳을 좋아하세요?"

"좋아하느냐고요? 완전히 사랑에 빠졌죠. 이렇게 아름다운 곳은 본 적이 없어요."

레슬리 무어는 천천히 말했다.

"나는 그리 많은 곳을 보지는 못했지만, 전부터 이곳은 무척 아름답다고 생각하고 있어요. 나도……나도 무척 좋아해요.".

레슬리 무어는 겉보기와 마찬가지로 수줍어하면서도 열심히 이야기했다. 앤은 왠지 이 특이한 소녀─'소녀'라는 인상이 아무래도 떠나지 않았다─는 마음만 먹으면 얼마든지 이야기가 끊이지 않을 거라는 느낌을 받았다.

레슬리 무어가 나직이 말했다.

"나는 바닷가에 자주 와요."

"나도 그래요. 지금까지 만나지 못했던 게 이상하군요."

"아마 나보다도 저녁 일찍 오기 때문일 거예요. 내가 오는 건 대개 늦게……거의 어두워지고 나서거든요. 게다가 태풍이 지나간 바로 뒤에 와보는 걸 아주 좋아해요……오늘처럼. 바다가 잔잔하고 조용할 때에는 그리 좋아하지 않아요. 거칠게 파도치는 바다가 좋아요. 그리고 바위에 와서 부딪쳐 하얀 포말이 마구 부서지고 흩어지는 바다나 큰 소리를 지르는 바다도."

"나는 바다가 어떤 기분일 때든지 다 좋아요. 포윈즈의 바다는 나한테 고향에 있는 '연인의 오솔길' 같거든요. 오늘 밤은 바다가 너무나 자유롭고, 길들여지지 않은 야성을 그대로 드러내서 내 안에 있는 무언가도 해방되어 버린 것 같아요. 그래서 미친 사람처럼 바닷가에서 춤을 추었던 거예요.

설마 누군가가 보고 있다고는 생각지도 못했어요. 만일 미스 코닐리아 브라이언트가 보았다면 가엾은 젊은 블라이드 선생 앞에 펼쳐진 미래가 암담하다고 예언했을 거예요."

"미스 코닐리아를 알고 계시군요?"

레슬리는 말하면서 웃었다. 무어라 표현하기 어려운 아름다운 웃음이었다. 별안간 뜻하지 않게 솟아올랐으며 갓난아기 웃음과 같은 상쾌한 울림을 가지고 있었다. 앤도 따라 웃었다.

"네, 그럼요. 우리 '꿈의 집'에 몇 번 오셨는걸요."

"'꿈의 집'이라고요?"

"아, 그것은 길버트와 내가 우리 집에 붙인 정겹고 우스꽝스러운 이름이에요. 우리끼리만 그렇게 부르고 있는데 미처 생각하기 전에 그만 입에서 나와버렸네요."

"그렇다면 미스 러셀의 작고 하얀 집이 '당신'이 그려온 꿈의 집이라는 거군요."

레슬리는 의아하게 여기는 듯했다.

"나도 전에 '꿈의 집'을 가지고 있었어요. 하지만 그것은 궁전이었죠."

그녀는 웃으면서 이렇게 덧붙였는데, 그 아름다운 웃음은 그 속에 섞인 씁쓸한 조롱의 빛 때문에 퇴색되고 말았다.

"어머나, 나도 궁전을 꿈꾼 적 있어요. 소녀 시절에는 누구나 그러지 않을까요. 그러다 방 여덟 개짜리 평범한 집에 만족하면서 들어앉게 되지요. 그 집이 마음속에 품은 모든 바람을 채워준다는 생각을 하면서요. 그곳에는 각자 저마다의 왕자님이 있으니까요.

그렇지만 당신이라면 궁전의 꿈도 얼마든지 실현시킬 수 있었을 텐데요. 왜냐하면……당신은 굉장히 아름다우니까요. 너무 대놓고 말해버렸나요? 하지만 도저히 말을 하지 않을 수 없어요. 나는 너무도 감탄한 나머지 가슴이 터져버릴 것만 같은걸. 당신처럼 아름다운 사람은 본 일이 없어요, 무어 부인."

"친구가 되어주겠다면 레슬리라고 불러주세요."

그녀의 말속에는 뜻밖에 격렬함이 깃들어 있었다.

"물론 그러죠. 내 친구들은 나를 앤이라고 불러요."

"그래요, 내가 생각해도 나는 아름답긴 해요."

레슬리는 바다 저편에 폭풍 같은 시선을 던지며 말을 이어갔다.

"나는 이 아름다움이 싫어요. 차라리 저 어촌 어딘가에 있는 가장 살결이 검은 못생긴 처녀였다면 좋았을 거라고 생각해요. 그런데 미스 코닐리아에 대해 어떻게 생각하세요?"

갑자기 화제를 바꾸어버려서 더 이상 깊이 들어갈 수 없게 되었다.

"미스 코닐리아는 정이 많은 분 같아요. 지난주에 길버트와 둘이서 그분의 집으로 초대받았어요. 상다리가 부러진다는 표현 들으신 일이 있겠죠?"

레슬리는 미소 지었다.

"신문에 실린 결혼식 기사에서 그런 표현을 읽은 것도 같네요."

"미스 코닐리아 집에 있는 식탁이 상다리가 부러질 지경이었어요. 적어도 휘어지기는 했죠. 어쨌거나 두 사람 먹으라고 그토록 많은 요리를 만들었다는 게 도무지 믿어지지 않을 정도였어요. 파이란 파이는 종류별로 다 만드신 거 있죠. 단 레몬파이만 빼고요. 10년 전 샬럿타운에서 열린 공진회에서 레몬파이로 상을 탔는데, 그 뒤로는 평판을 떨어뜨리는 게 두려워 만들지 않게 되었대요."

"미스 코닐리아가 만족할 만큼 파이를 드셨나요?"

"나는 그러지 못했어요. 길버트는 미스 코닐리아를 감탄하게 했지요. 몇 개 먹었는지는 말씀드리지 않겠어요. 성서를 파이보다 더 좋아하는 남자는 아직까지 본 적이 없다고 미스 코닐리아가 말하더라고요. 저, 나는 미스 코닐리아가 아주 좋아요."

"나도요. 이 세상에서 가장 좋은 친구예요."

그게 사실이라면 왜 이제까지 미스 코닐리아는 딕 무어 부인에 대해서 아무 말도 하지 않았을까 하는 의아함이 앤의 마음속에 슬그머니 고개를 들었다. 지금까지 미스 코닐리아는 포윈즈 또는 그 언저리 사람들에 대해서라면 거침없이 다 말해주지 않았던가.

레슬리는 두 사람의 등 뒤 바위 틈새로 한 줄기 빛이 아래쪽 짙은 초록빛 물웅덩이에 떨어지는 아름다운 모습을 손가락으로 가리켰다.

"아름답죠? 이곳에 와서 다른 건 아무것도 못 보고 저것만 봐도 나는 만족하고 집에 돌아가요."

앤도 동의했다.

"빛과 그림자가 이 바닷가에 자아내는 풍경은 정말이지 너무도 훌륭해요. 내가 바느질을 하는 작은 방은 항구를 굽어보고 있거든요. 거기 창가에 앉아 바깥을 내다보면 눈을 위한 향연이 따로 없어요. 색깔이든 그림자든 2분 이상 똑같이 이어지는 걸 본 적이 없어요."

갑자기 레슬리가 물었다.

"외롭다고 생각하는 일은 없나요? 조금도? ······혼자 있을 때?"

"네······ 지금까지 살면서 진정으로 외롭다고 생각한 일은 한 번도 없었던 것 같아요. 혼자 있을 때도 좋은 친구가 있는걸요. 꿈이나 공상이나 나 아닌 다른 누군가 되었다는 생각 같은 것들요.

때로는 혼자 있고 싶을 때도 있어요. 이런저런 일들을 홀로 곱씹고 음미하기 위해서죠. 하지만 친구도 아주 좋아해요. 사람들과 만나 즐겁고 유쾌하게 시간을 보내며 우정을 쌓아가는 일을 사랑하죠. 아, 우리 집에 가끔 놀러 와줘요. 나를 알아가다 보면······."

앤은 웃으며 덧붙였다.

"틀림없이 나를 좋아하게 될 거라고 생각해요."

레슬리는 진지한 얼굴로 말했다.

"그쪽이 나를 좋아하게 될지 어떨지 모르지요."

아니라는 말을 듣고 싶어서 짐짓 그런 말을 하는 것 같지는 않았다. 달빛을 받은 거품 꽃관을 쓰기 시작한 파도를 바라보고 있는 레슬리의 눈에 어두운 그림자가 깃들어 있었다.

"좋아하게 되고말고요. 그리고 내가 해 저무는 바닷가에서 춤추고 있었던 걸 보았다고 해서 나를 주책없는 사람으로 여기지는 말아줘요. 얼마쯤 지나면 나도 차분해지고 어느 정도 품위도 생기겠죠. 아무튼 결혼한 지 아직 얼마 되지 않아서 지금도 여전히 처녀 같은 기분이에요. 때로는 어린아이 같은 느낌이 들 때도 있다니까요."

레슬리는 말했다.

"나는 결혼한 지 12년 되었어요."

이 또한 믿어지지 않는 일이었다.

앤은 소리쳤다.

"어머나, 틀림없이 나보다 손아래일 텐데요! 결혼했을 때는 아주 어렸겠네요."

"16살이었어요."

레슬리는 곁에 놓아둔 모자와 웃옷을 집어들며 일어섰다.

"지금은 28살이랍니다. 이제 그만 가봐야겠네요."

"나도요. 길버트가 돌아올 때가 됐어요. 그래도 오늘 밤 이 바닷가에 와서 이렇게 만난 것이 정말 기뻐요."

레슬리가 아무 말도 하지 않았으므로 앤은 조금 맥 빠진 기분이었다. 마음을 열고 우정의 손길을 뻗쳤건만 상대가 기뻐하기는커녕, 차마 매몰차게 거절할 수 없어 뜨뜻미지근하게 받아들이는 듯했기 때문이다.

두 사람은 말없이 벼랑을 올라가 목초지를 가로질러 갔다. 목장에는 빛바랜 깃털 같은 들풀이 달빛을 받아 우윳빛 벨벳 카펫을 깔아놓은 것 같았다. 바닷가 오솔길에 다다랐을 때 레슬리는 앤을 보았다.

"나는 이쪽으로 가요, 블라이드 부인. 언젠가 우리 집에 찾아와주지 않겠어요?"

앤은 이 초대가 어쩐지 자기에게 건네졌다기보다는 던져진 듯한 느낌이 들었다. 레슬리 무어가 마지못해 말을 꺼냈다는 인상을 받은 것이다.

앤은 좀 싸늘한 투로 대답했다.

"진심으로 그렇게 말씀하시는 거라면 찾아뵙죠."

레슬리는 억누르고 있던 자제심을 깨고 터져나온 듯한 열의로 간절히 외쳤다.

"오, 진심이에요. 진심이에요."

"그렇다면 찾아뵐게요. 잘 가요, 레슬리."

"안녕히 가세요, 블라이드 부인."

앤은 골똘히 생각에 잠겨 집으로 돌아와서 길버트에게 그날의 예기치 않은 만남을 쏟아놓았다.

길버트는 놀리듯 말했다.

"그렇다면 딕 무어 부인은 요셉을 아는 사람들의 일족이 아니었던 모양이군."

"으으응, 그런 셈이지. 하지만 뭐랄까…… 전에는 같은 일족이었는데 스스로 떠나서 은둔했든가 아니면 유배를 갔든가 하는 느낌이 들어.

확실히 이 부근에 있는 다른 부인들과는 몹시 달랐어. 그 앞에서는 달걀이니 버터니 하는 이야기는 할 수 없겠던걸. 그런 사람을 난 여태 제2의 린드 부인으로 상상했으니! 딕 무어를 본 적이 있어, 길버트?"

"아니. 그 집 밭에서 남자 여럿이 일하는 건 보았지만 누가 무어인지는 모르겠어."

"레슬리는 딕에 대해서 한 마디도 하지 않았어. 행복하지 않은 게 분명해."

"당신 이야기로 미루어보건대, 무어 부인은 자기 마음을 알 만한 나이가 되기도 전에 결혼해서 실수를 깨달았을 때에는 이미 때가 늦었던 게 아닐까. 흔히 있는 비극이지. 똑똑한 여자라면 그런 가운데서도 잘 살아낼 텐데 무어 부인은 그저 그 점을 번민하며 원망하고 있을 뿐인 것 같아."

"확실히 알 때까지는 그렇게 단정하지 말기로 해. 왠지 그런 흔해빠진 경우가 아닌 느낌이야. 그 사람을 만나보면 당신도 그 매력을 알 수 있을 거야, 길버트. 뭐랄까, 그 겉모습에 드러난 아름다움과는 전혀 상관없는 어떤 거야.

레슬리에게는 아주 깊고 풍부한 무언가가 있어. 그 속으로 발을 들일 수 있는 친구는 왕국으로 들어가는 것과 마찬가지일 거라고 생각해. 그렇지만 어떤 까닭에선지 사람을 모두 몰아내고 자기가 지닌 가능성을 모조리 안에 꽁꽁 가둬두고만 있어서 그것이 뻗어 나갈 수도 꽃을 피울 수도 없는 거야.

아까 헤어지고 나서 내내 그 사람에 대해 생각한 끝에 겨우 다다른 결론이야. 그다음은 미스 코닐리아에게 물어봐야겠어."

지난날의 이야기

"여덟째 아이는 보름 전에 태어났어요."

어느 쌀쌀한 10월 오후, 미스 코닐리아는 작은 집의 난로 앞에 놓인 흔들의자에 앉아 있었다.

"여자아이였어요. 프레드는 성질을 내면서 고래고래 소리를 질렀어요. 사내아이를 원했다지 뭐예요. 사실은 어느 쪽도 바라지 않았으면서. 만약 사내아이였다면 여자아이가 아니라며 성을 냈을 거예요. 이미 딸 넷에 아들 셋이라 이번 아기가 어느 쪽이든 별 상관도 없을 텐데 그저 심통을 부리는 거죠. 남자들이란 다 그렇죠, 뭐.

아기는 작고 예쁜 옷을 입혀놓은 모습이 정말 귀여워요. 눈은 까맣고 초롱초롱하고 고사리 같은 손은 깨물어주고 싶을 만큼 사랑스럽더군요."

"보러 가야겠네요. 전 아기를 무척 좋아하거든요."

앤은 말로 하기에는 너무나 소중하고 신성한 어떤 생각이 떠올라 혼자 미소 지었다.

미스 코닐리아가 말했다.

"나도 아기가 귀엽지 않은 건 아니에요. 하지만 정말이지 필요 이상으로 많이 갖는 사람도 있어요. 정말이라니까요. 글렌에 있는 내 사촌 동생 플로라는 아이가 열한 명이나 되어, 불쌍하게도 죽도록 일만 하고 있답니다! 남편은 3년 전에 자살해버렸고요. 사내들이 하는 짓이 뻔하지요!"

많이 놀란 앤이 물었다.

"어째서 자살했죠?"

"무언가 마음대로 안 되는 일이 있어서 우물에 뛰어들어버렸어요. 솔직히 앓던 이가 빠진 거 같았죠! 그 남편 천성이 폭군이었거든요. 우물은 물론 못쓰게 되었지만요. 가엾은 플로라는 그 우물을 두 번 다시 쓸 생각이 들지 않았거든요. 그래서 돈을 엄청 들여서 새로 팠지만 물이 어찌나 눈곱만큼 나오는지, 원.

아니, 기어이 물에 뛰어들고 싶으면 항구에 갈 것이지. 거기에 가면 물이야 얼마든지 넘쳐나잖아요? 그런 무책임한 남자를 나는 참을 수가 없어요. 내가 기억하기에 포윈즈에서는 자살이 두 번 있었어요. 또 하나는 프랭크 웨스트……레슬리 무어의 아버지죠. 그런데 레슬리가 이 집에 찾아왔던가요?"

앤은 귀를 쫑긋 세우며 대답했다.

"아뇨. 하지만 며칠 전 저녁때 바닷가에서 우연히 만나 인사 정도는 나누는 사이가 되었어요."

미스 코닐리아는 고개를 끄덕였다.

"그거 잘됐군요. 앤이 레슬리와 가까워졌으면 했거든요. 레슬리를 어떻게 생각하나요?"

"무척 아름다운 사람이라고 생각했어요."

"아, 물론이죠. 아름다움으로는 레슬리와 견줄 사람이 포윈즈에는 단 한 명도 없었지요. 그 머릿결을 보셨나요? 늘어뜨리면 발까지 닿아요. 하지만 내가 말하는 건 레슬리에 대해 좋게 생각했느냐는 거예요."

앤은 천천히 말했다.

"레슬리가 마음을 열어준다면 몹시 좋아하게 될 것 같아요."

"그런데 그렇게 하지 않을 거예요. 앤에게 곁을 주지 않으려고 여태도 가까이 하지 않았던 것이거든요. 가엾은 레슬리! 그 신세 이야기를 듣는다면 앤도 그 마음을 이해할 거예요. 참으로 비극이지요……비극이에요."

미스 코닐리아는 목소리에 힘주어 마지막 말을 되풀이했다.

"레슬리에 대해 모두 얘기해주실 수 있나요? 비밀을 지키기로 한 약속을 저버리는 게 되지 않는다면요."

"어머나, 불쌍한 레슬리에 대한 얘기라면 포윈즈에는 모르는 사람이 없어요. 비밀이 아니니까요……어쨌든 겉으로는요. 속사정은 레슬리 말고는 아무도 모르고, 레슬리는 남에게 쉽게 속내를 털어놓을 사람이 아니라서요. 레슬리와 가장 친한 사람이라면 나 정도지만, 나에게조차도 넋두리 한번 한 적이 없거든요. 딕 무어는 봤나요?"

"아뇨."

"그렇다면 처음부터 차근차근 다 이야기해야겠군요. 그래야 제대로 이해가 될 테니까요. 조금 전에 말한 대로 레슬리의 아버지는 프랭크 웨스트예요. 머리는 좋지만 몹시 게으른 사람이었어요. 사내들이란 다 그렇죠, 뭐. 그래도 머리는 엄청 좋았어요. 그런데 그게 도움이 되기는커녕, 대학에 들어간 지 2년 만에 몸이 다 망가져버렸어요. 웨스트 집안은 모두 폐병에 잘 걸리는 체질이에요.

프랭크는 집으로 돌아와 농사꾼이 되었어요. 항구 윗마을의 로즈 엘리엇을 아내로 맞았죠. 로즈는 포윈즈 으뜸가는 미녀로 일컬어지고 있었어요. 레슬리의 외모는 어머니를 닮은 거예요. 하지만 기개와 활력은 로즈의 열 갑절이나 되는 데다 몸매도 로즈보다 훨씬 매력적이지요.

어쨌든 앤도 알다시피 나는 우리 여자들은 서로 힘을 합쳐 도우면서 살아야 한다고 생각해요. 하느님께서도 아실 테지만, 여자란 남자들 손아귀에서 평생 참고 견뎌야 하는 처지니 여자들끼리 서로 물어뜯어서는 안 될 일이에요. 그래서 나는 다른 여자를 깎아내리는 말은 되도록이면 하지 않는답니다.

하지만 로즈 엘리엇만큼은 나도 말을 안 하려야 안 할 수가 없어요. 우선 로즈는 그야말로 도저히 못 봐줄 정도로 응석받이로 자랐어요. 정말이라니까요. 게다가 또 얼마나 게으르고 자기밖에 모르는 데다 불평불만은 많은지.

프랭크가 일을 손 놓고 있다시피 해서 그 식구들은 찢어지게 가난했어요. 가난도 가난도 그런 가난은 없을 거예요! 정말이지 밥상에 감자밖에 안 올라오는 날이 허다했으니까요.

아이는 둘 있었답니다. 레슬리와 케네스예요. 레슬리는 어머니의 미모와 아버지의 머리를 물려받았고 부모가 갖지 못한 것까지도 지니고 있었어요. 웨스트 할머니를 닮았던 건데, 아주 훌륭한 할머니였어요. 어렸을 때 레슬리는 누구보다 똑똑하고 상냥하고 명랑한 아이였어요, 앤. 누구에게나 귀염을 받았지요. 아버지의 사랑을 독차지했을 뿐 아니라 레슬리도 아버지를 무척 따랐어요. 레슬리는 아버지와 자기는 '단짝'이라고 입버릇처럼 말하곤 했었지요. 아버지가 가진 결점을 조금도 보지 못했던 거죠. 적어도 프랭크는 사람을 끄는 매력이 있는 남자였으니까요.

그런데 레슬리가 12살 때, 첫 번째 비극이 일어났어요. 레슬리는 어린 남동생 케네스를 다시없을 만치 사랑했죠. 레슬리보다 네 살 어렸는데 정말 귀여운 아이였어요. 그런데 그 케네스가 어느 날 죽어버린 거예요. 헛간으로 들어가던 마른풀을 실은 짐수레에서 굴러떨어져 바퀴에 케네스의 작은 몸이 치이고 만 거예요.

그런데, 앤, 레슬리가 그것을 보고 있었어요. 헛간 2층 창문에서 아래를 내려다보고 있었거든요. 외마디 비명을 질렀는데—그 집 일꾼 말이 그런 끔찍한 소리는 들어본 적이 없었다고 했어요—심판의 날 가브리엘 대천사의 나팔 소리가 들려와 그 소리를 몰아낼 때까지 귓가에 쟁쟁 울릴 거라고 하더군요.

하지만 레슬리는 그 일에 대해 두 번 다시 비명을 지르지도 울지도 않았어요. 헛간 2층에서 마른풀 더미로, 거기서 다시 바닥에 뛰어내려 아직 따뜻했지만 이미 숨이 끊어진, 피가 흐르는 작은 몸뚱이를 안아 올렸어요. 앤, 레슬리가 아이를 붙들고 내려놓지 않아서 모두들 억지로 레슬리에게서 시신을 떼어놓아야 했답니다. 사람들이 나를 부르러 왔는데…… 아, 더 이상 얘기 못 하겠어요.”

미스 코닐리아는 다정한 다갈색 눈에 어린 눈물을 닦아내고 쓰라린 기억으로 잠시 말없이 바느질감의 바늘을 놀렸다.

“어쨌든 모든 게 정리되고 어린 케네스는 항구 윗마을 묘지에 묻혔어요. 얼마 뒤 레슬리는 학교로 돌아가 공부를 계속했지요. 레슬리는 다시는 케네스의 이름을 입에 올리지 않았어요. 그날부터 지금까지 단 한 번도 케네스의 이름을 말하는 걸 들은 일이 없답니다. 그 옛날에 겪었던 아픔이 여태까지도 때때로 불에 데는 듯한 고통을 주는 게 아닐까 하고 짐작만 해요.

하지만 앤, 그때 레슬리는 아직 어렸고 시간이란 아이에게 정말 친절한 것이니까요. 얼마쯤 지나자 레슬리도 다시 웃게 되었어요. 다른 사람은 흉내 낼 수 없는 어여쁜 웃음소리였죠. 지금은 그리 자주 들을 수 없지만요.”

앤이 말했다.

“요전번에 밤에 만났을 때 나도 한 번 들었어요. 정말 아름다운 웃음소리더군요.”

“케네스가 죽은 뒤, 프랭크 웨스트는 점차 무너지기 시작했어요. 원래도 강인한 사람은 못 되었던 데다 충격이 워낙 컸기 때문이었죠. 아까 말한 대로 레슬리를 특별히 사랑했지만 케네스도 진심으로 아꼈으니까요. 멍하니 비탄에 빠져 지내면서 일을 못 했을 뿐만 아니라 아예 할 생각도 하지 않게 되었어요.

그러던 어느 날—레슬리가 14살 때였는데—목을 매고 말았어요. 그것도 자기 집 응접실에서요, 앤. 응접실 천장 한가운데에 있는 램프 고리에다 말이에요. 사내들이 하는 짓이란! 그날은 프랭크의 결혼기념일이기도 했어요. 날을 골라도 하필 아주 멋진 날을 골랐죠?

가엾게도 그것을 맨 처음 발견한 게 레슬리였답니다. 그날 아침 레슬리는 꽃병에 새 꽃을 꽂으려고 콧노래를 부르며 응접실에 들어갔는데, 아버지가 석탄처럼 새까만 얼굴로 천장에 매달려 있는 게 눈에 들어온 거예요. 정말 무섭지 않았겠어요!"

앤은 몸서리쳤다.

"어머나, 너무 끔찍한 일이에요. 그 어린 나이에, 가엾어라!"

"레슬리는 케네스 때와 마찬가지로 아버지 장례식 때에도 울지 않았어요. 로즈는 두 사람 몫을 다해 목놓아 울부짖었고, 레슬리는 열심히 어머니를 달래며 위로했죠. 그때 정말이지 나는 로즈에게 정나미가 다 떨어졌고 다른 사람들도 마찬가지였어요.

하지만 레슬리는 인내심을 잃은 적이 없었죠. 그 애는 어머니를 사랑했어요. 레슬리는 가족에 대해 무조건적인 면이 있어요. 가족이 어떤 짓을 하든 결코 나쁘게 보지 않아요.

프랭크 웨스트를 케네스 옆에 묻고 로즈는 프랭크를 위해 엄청나게 큰 비석을 세웠어요. 프랭크란 인물의 사람됨에 비하면 너무 과분한 비석이었죠. 정말이지! 로즈의 주머니 사정에 비해서도 너무 컸지요. 그 돈 댄다고 농장까지 저당 잡혔으니까요.

그러다 얼마 안 되어 레슬리의 할머니인 웨스트 할머니가 돌아가시면서 돈을 조금 남겨주었어요. 퀸즈아카데미에서 1년 공부할 만큼은 되는 돈이었죠. 레슬리는 될 수 있으면 교사자격증을 따서 학비를 벌어 레드먼드 대학을 졸업할 생각이었어요. 그것은 그 애 아버지가 품었던 계획이기도 했죠. 자기가 이루지 못한 꿈을 레슬리가 이루어주길 바랐거든요.

레슬리는 포부도 있었고, 머리도 놀랄 만큼 좋았어요. 퀸즈아카데미에 들어가 2년 걸리는 공부를 1년에 끝내고 일급교사자격증을 땄지요. 집에 돌아오자 글렌 초등학교에 취직할 수 있었어요. 그녀는 행복했고 희망과 생기와 열의에 넘쳤어요. 그즈음 레슬리와 지금의 레슬리를 비교하면 정말이지…… 남자가 아주 몹쓸 것이라니까요!"

미스 코닐리아는 폭군 네로처럼, 일격에 사람의 목을 자르는 듯한 기세로 바느질실을 싹둑 끊었다.

"그해 여름, 딕 무어가 레슬리의 인생에 끼어든 거예요. 딕의 아버지 애브너 무어는 글렌에서 가게를 운영하고 있었는데, 딕에게는 외가 쪽 뱃사람 피가 흐르고 있었어요. 여름이면 배를 타고 나가고, 겨울에는 아버지 가게에서 점원 일을 하며 지냈어요.

몸집이 크고 얼굴은 잘생겼지만 마음은 좁고 못된 사내였어요. 늘 무엇인가 손에 들어오기 전까지는 탐내고, 일단 손에 들어오면 관심이 없어졌지요. 사내들이란 게 다 그렇죠, 뭐. 날씨가 좋을 때에는 날씨에 대해 투덜거리지 않듯이 모든 일이 잘될 때에는 대체로 붙임성도 제법 있고 사람들한테도 잘했죠.

하지만 심한 술꾼인 데다 어촌의 한 아가씨하고 얽힌 좋지 않은 소문도 돌았답니다. 한마디로 말해 딕은 레슬리의 발깔개로 쓰기에도 시원찮은 인간이었어요. 더구나 감리교파였다니까요!

 그는 레슬리에게 홀딱 반해 있었어요. 첫째로 그녀가 아름답다는 것과 둘째로 레슬리가 그하고 말도 섞으려 들지 않아서였지요. 딕은 무슨 일이 있어도 레슬리를 자기 것으로 만들겠다고 공언했고…… 그리고 정말 그렇게 하고 말았어요!"

"대체 무슨 수로 그렇게 한 건가요?"

"정말 비열한 술수를 써서요! 나는 로즈 웨스트를 영원히 용서하지 않을 거예요. 웨스트네 농장은 애브너 무어가 저당 잡아 돈을 빌려주었는데 그 이자가 몇 년째 밀렸었죠.

 딕은 로즈한테 가서 만일 레슬리가 자기와 결혼해주지 않으면 아버지에게 말해 저당 잡힌 농장을 빼앗아버리겠다고 했어요. 로즈는 한바탕 소동을 피웠죠. 까무러치고 울고불고하면서 레슬리에게 이 어미가 이 집에서 내쫓기는 일만은 막아달라고 애원했어요. 새신부로 시집온 집에서 쫓겨나다니, 그런 슬픈 일이 어디 있겠느냐면서요.

 로즈가 한탄하는 것까지는 이해할 수 있어요. 하지만 그것 때문에 자기 자식에게 희생을 강요하다니, 그렇게 자기밖에 모르는 어미가 또 어디 있겠어요? 그런데 로즈가 바로 그런 여자였답니다. 어쩔 수 없이 레슬리는 뜻을 꺾고 말았죠. 레슬리는 어머니를 괴로움에서 구하기 위해서라면 어떤 짓이라도 할 만큼 어머니를 끔찍이 생각했으니까요.

 그렇게 해서 레슬리는 결국 딕 무어와 결혼했어요. 그 무렵에는 그녀가 왜 그런 결정을 했는지 아무도 그 까닭을 몰랐었죠. 제 어미의 강요에 의해 하는 수 없이 결혼했다는 걸 내가 안 건 훨씬 나중 일이었어요. 하기야 나도 무언가 잘못되었다고는 생각하고 있었어요. 레슬리가 평소에 딕을 거들떠보지도 않았기에 그처럼 손바닥 뒤집는 짓을 하는 건 정말 레슬리답지 않았거든요. 게다가 딕이 아무리 미끈하게 잘생기고 매력적으로 굴어도 결단코 레슬리가 좋아할 타입의 남자가 아니라는 것도 잘 알고 있었으니까요.

물론 결혼식다운 결혼식은 올리지도 않았지만 로즈는 내게 두 사람의 결혼식에 와달라고 했어요. 나는 갔지만 이내 간 것을 후회했어요. 레슬리의 동생과 아버지의 장례식을 치를 때도 레슬리의 얼굴을 보았지만, 이번에는 자기의 장례식을 치르는 것 같은 얼굴을 하고 있었기 때문이에요. 그런데 로즈는 무슨 신나는 일이라도 있는 것처럼 내내 생글거리는 거예요, 내 정말 기가 막혀서!

레슬리와 딕은 웨스트네 집에다 살림을 차렸어요. 로즈가 딸하고 절대 떨어져 살 수 없다고 해서! 거기서 한 해 겨울을 함께 지냈어요. 봄이 되어 로즈는 폐렴에 걸려 세상을 떠났지요. 죽을 거면 1년 먼저 죽을 것이지! 레슬리는 어머니의 죽음으로 비탄에 빠졌어요. 이 세상에 사랑받을 가치가 없는 사람이 사랑받고, 한편 자격 있는 사람들이 제대로 사랑을 누리지 못하는 일이 있다는 것이 너무 끔찍하지 않아요?

딕은 어땠는가 하면 조용한 결혼 생활이 금세 지겨워지고 말았어요. 사내란 다 그따위죠, 뭐. 딕은 집을 나가 노바스코샤의 친척에게 가서—아버지가 노바스코샤 출신이거든요—사촌 동생인 조지 무어가 쿠바의 수도 아바나로 항해를 떠나는데 자기도 함께 가겠다는 편지를 레슬리에게 보냈어요. 배 이름은 '포시스터즈호'로, 두 사람은 9주일쯤 항해할 예정이었어요.

아마 레슬리는 한숨 돌렸을 게 분명해요. 아무 말도 하지 않았지만요. 결혼한 그날부터 레슬리는 줄곧 지금 보이는 모습 그대로예요. 나 말고는 아무에게도 곁을 주지 않는, 자존심 강하고 차가운 사람이 되어버렸던 거예요. 하지만 나는 곁을 주지 않는다고 물러나지 않으니까요, 정말 그래요! 어떤 일이 있어도 나는 레슬리에게 달라붙어 떨어지지 않았죠."

앤은 말했다.

"미스 코닐리아가 자기에게 가장 소중한 친구라고 말하더군요."

미스 코닐리아는 기쁜 듯 소리쳤다.

"그래요? 그 말을 들으니 한결 좋네요. 때로는 내가 곁에 있어주기를 바라는 것인지 어떤지 나조차 궁금할 때가 있거든요. 레슬리는 결코 어떤 식으로든 그런 내색을 하지 않으니까요. 레슬리가 그런 말까지 한 걸 보면 앤이 스스로 생각하고 있는 이상으로 그 애의 마음을 연 게 틀림없어요. 아, 가엾기 그지없는 아이 같으니! 나는 딕 무어를 볼 때마다 칼로 푹 찌르고 싶다는 생각을 한답니다."

미스 코닐리아는 다시금 눈물을 닦고 그 잔인한 말을 내뱉은 것만으로도 기분이 조금 나아졌는지 이야기를 계속했다.

"아무튼 그동안 레슬리는 저 집에 혼자 남겨졌어요. 떠나기 전에 딕이 씨를 뿌렸고 나머지 농사일은 애브너 노인이 보살펴주었지요. 여름이 지났지만 '포시스터즈호'는 돌아오지 않았어요. 노바스코샤의 무어 집안에 물어보니까 '포시스터즈호'는 아바나에 닿아 짐을 내리고 또 다른 짐을 실은 뒤 고향으로 향했다는 것이었어요. 알아낸 건 그뿐이었죠.

그 뒤로 사람들은 점차 딕이 죽었다고 여기게 되었고, 거의 모든 사람이 그런 게 틀림없다고 믿었어요. 하기야 확실히 그렇다고는 아무도 말할 수 없었지만요. 이 항구에서는 남자들이 몇 년이나 집을 비웠다가 불쑥 돌아오는 일이 종종 있으니까요. 레슬리는 한 번도 딕이 죽었다고 여기지 않았어요. 그 생각이 맞았죠. 참으로 유감스럽게도 말예요!

그다음 해 여름, 짐 선장이 아바나에 갔어요. 물론 배 타는 걸 그만두기 전의 일이었어요. 짐 선장은 여기저기 소식을 좀 알아보려고 생각을 했던가 봐요. 짐 선장도 참 끼지 않아도 될 일에까지 참견하기를 좋아한다니까요. 사내들이 다 그렇죠, 뭐. 그래서 뱃사람을 상대하는 여관을 찾아다니며 '포시스터즈호' 선원에 대해 알아보았어요.

내 생각에는 잠자고 있는 개는 굳이 건드리지 않는 게 좋았을 텐데. 어쨌든 어떤 후미진 곳까지 갔다가 한 사내를 찾아냈는데 한눈에 딕 무어인 줄 알아보았지요. 기다란 턱수염을 기르고 있었지만요. 그 수염을 깎아봤더니 의심할 여지없는 딕 무어였어요. 적어도 몸뚱아리는요. 딕의 정신은 거기에 있지 않았어요. 영혼이야 애초부터 없었으니 찾고 말고 할 것도 없고!"

"무슨 일이 있었나요?"

"진실은 아무도 몰라요. 그 하숙집 사람들 말로는 1년쯤 전 어느 날 아침, 그곳 입구 층계에 딕이 머리를 마구 얻어맞아 형편없는 몰골로 쓰러져 있는 걸 발견했대요. 술에 취해 싸움을 하다가 다쳤을 거라는 이야기인데, 아마도 그랬을 거예요.

그곳 사람들은 도저히 살아나지 못할 거라고 생각하면서도 어쨌든 집 안으로 옮겼대요. 그런데 딕은 되살아났던 거예요. 몸은 회복되었지만 기억도, 지능도, 판단력도 완전히 잃어버린 채 아이나 다름없는 상태였다고 해요. 딕이 누구인지 알아내려 했지만 알 수 없었어요. 딕은 자기 이름조차 말할 수 없었으니까요. 아주 간단한 말을 두세 마디 할 뿐이었대요. '딕에게'로 시작되어 '레슬리로부터'라고 끝나는 편지를 갖고 있었지만, 주소도 없고 봉투도 없었대요. 그 집 사람들은 딕을 그곳에 있게 해주었어요. 그리고 딕은 그 집에서 잡일을 조금씩 해낼 수 있게 되었어요.

그러다 짐 선장의 눈에 띄었던 거죠. 짐 선장은 딕을 집으로 데리고 돌아왔어요. 하지 않아도 될 일을 했다고 나는 언제나 말하곤 하죠. 하기야 짐 선장도 달리 어쩔 도리가 없었겠지만. 짐 선장은 딕이 고향에 돌아와 자기가 살던 환경이나 낯익은 얼굴을 보면 기억이 돌아올지도 모른다고 생각했던 거예요. 하지만 아무런 효과도 나타나지 않았어요.

딕은 그때부터 쭉 개울 위쪽 집에서 살고 있어요. 그는 어린아이나 다름없어요. 이따금 발작적으로 떼를 쓰기는 하지만, 대개는 멍청하고 기분 좋고 아무런 해도 끼치지 않아요. 다만 잘 지켜보지 않으면 달아나는 경우는 있지만.

그것이 11년 동안 레슬리가 짊어져온 무거운 짐이랍니다. 그것도 오로지 혼자서 말이에요. 애브너 노인은 딕이 집으로 돌아오고 나서 얼마 안 되어 죽었는데 막상 뚜껑을 열어보니 집안 형편이라는 것도 파산이나 다름없는 꼴이었죠. 모든 것을 정리하고 보니 레슬리와 딕에게는 웨스트 집안의 농장 말고는 아무것도 남지 않았어요.

레슬리는 농장을 존 워드에게 빌려주고 그 사용료만 받아 근근이 살고 있어요. 여름에는 하숙을 치는 일도 있지만, 피서객은 대개 호텔이나 별장이 있는 항구 윗마을을 더 좋아하죠. 레슬리 집은 해수욕할 수 있는 바닷가에서 너무 머니까요.

레슬리는 딕의 시중을 들며 11년 동안 그에게서 떠나지 못하고 있어요. 그 천치에게 일생이 묶여 있는 거예요. 한때는 그토록 큰 꿈이며 희망을 갖고 있었는데 말이에요! 레슬리에게 그게 어떤 세월이었을지 상상할 수 있겠죠, 앤? 그런 아름다움과 기개와 자존심과 똑똑한 머리를 갖고 있는 사람에게. 살아 있지만 죽은 거나 마찬가지인 인생이었죠."

"아, 세상에, 어쩜 그럴 수가!"

앤은 자기가 행복한 게 마음에 걸렸다. 그렇게 비참한 지경에 놓인 사람이 있는데 자기는 이렇게 행복해도 괜찮은 것일까?

미스 코닐리아가 물었다.

"지난번 바닷가에서 만났을 때 레슬리가 무슨 말을 하고 어떤 행동을 했는지 이야기해줄래요?"

미스 코닐리아는 열심히 듣고 있더니 만족스러운 듯 고개를 끄덕였다.

"앤, 레슬리가 무뚝뚝하고 쌀쌀맞았다고 생각했겠지만 그녀로서는 놀랄 만큼 마음을 열어 보였던 거예요. 앤에게 꽤 호감을 가졌던 게 분명해요. 다행이에요. 앤은 레슬리에게 힘이 되어 줄 수 있을 거예요.

이 집에 젊은 부부가 온다고 들었을 때 나는 고맙게 여겼지요. 레슬리의 좋은 친구가 되어줄지도 모른다고 생각되어서 말이에요. 특히 요셉을 아는 사람이라면 더욱더 그렇지요. 앤, 레슬리의 친구가 되어줄 거죠?"

앤은 타고난 다정함과 거침없는 진실함으로 말했다.

"그럼요, 레슬리가 저를 받아들여만 준다면."

미스 코닐리아는 단호히 말했다.

"아니, 레슬리가 받아주든 말든 앤 쪽에서 먼저 친구가 되어주어야 해요. 레슬리가 뻣뻣하고 서먹하게 구는 일이 있더라도 신경 쓰지 말아요. 그냥 모른 척해요. 레슬리가 여태껏 어떻게 살아왔는지, 지금은 어떻게 살아가고 있는지를 생각해봐 줘요. 그리고 어쩌면 앞으로도 언제까지나 이대로일지 몰라요. 딕 무어 같은 인간은 명줄도 질기니까요. 집에 돌아오고 나서 딕이 살이 얼마나 붙었는지 보여주고 싶을 정도예요. 원래는 마른 편이었는데 말예요.

어떻게든 레슬리를 친구로 만들어요. 앤이라면 그렇게 할 수 있어요. 사람의 마음을 여는 재주를 가지고 있으니까요. 다만 너무 예민하게 마음을 쓰지는 말아요. 레슬리가 앤이 자기 집에 오는 걸 달가워하지 않은 기색을 보여도 신경 쓸 것 없어요. 여자들 가운데 딕을 좋아하지 않는 사람이 있다는 것을 알고 있거든요. 그런 여자들은 딕을 보면 소름이 끼친다고 말하곤 하죠.

되도록 레슬리가 이 집으로 오게 해요. 물론 자주 올 수는 없을 거예요. 딕을 오랫동안 혼자 있게 할 수는 없으니까요. 그 인간이 무슨 짓을 저지를지 모르거든요. 집에 불을 질러 홀랑 태워버릴지도 모를 일이죠. 밤이 되어 딕이 잠들면, 그제야 레슬리가 자유로울 수 있는 시간이에요. 딕은 언제나 일찍 잠자리에 들어 죽은 듯이 아침까지 자니까요. 그래서 앤이 그날 바닷가에서 레슬리를 만났던 거예요. 거기에 자주 가거든요."

"그 사람을 위해서 할 수 있는 일이라면 다 해 볼게요."

앤은 약속했다. 레슬리 무어가 거위 떼를 몰아 언덕을 내려오는 모습을 본 뒤부터 줄곧 품고 있던 레슬리에 대한 관심이 미스 코닐리아의 이야기를 듣고 천 배나 강해졌다. 그녀에게 스며 있는 아름다움과 슬픔과 고독이 거역할 수 없는 매력으로 앤을 끌어당겼다. 앤은 지금까지 레슬리 같은 사람을 만난 적이 없었다. 그때까지 앤의 친구는 그녀와 마찬가지로 건강하고 명랑한 보통의 아가씨들이었고 그들의 꿈에 그늘을 드리운 것은 기껏해야 인간으로서 누구나 겪을 법한 걱정거리거나 가족의 상실 같은 시련이었다.

레슬리 무어는 인생에 배반당한 여인의 비극과 거부할 수 없는 매력을 안은 채 고립되어 홀로 서 있었다. 앤은 고독한 그 영혼의 왕국으로 들어갈 길을 찾아내기로 결심했다. 지금은 자기가 저지르지도 않은 잘못으로 인해 영혼이 잔혹한 족쇄를 차고 옥에 갇혀 있지만, 그렇지만 않다면 그 왕국 안에는 우정이 넘치고 있을 게 틀림없다. 앤은 그것을 손에 넣으리라 결심했다.

"앤, 그리고 이 점도 기억해둬요!"

미스 코닐리아는 아직도 완전히 마음을 놓지 못하고 있었다.
"레슬리가 거의 교회에 가지 않는다고 해서 그녀를 신앙심이 없는 사람으로 여기지는 말아요. 아니면 혹시 감리교파가 아닐까 하는 생각도요. 레슬리는 딕을 교회에 데려갈 형편이 아니라 그런 것뿐이에요. 하기야 건강했을 때에도 딕은 교회에 가지 않았지만요. 어쨌든 레슬리는 마음속으로는 열성적인 장로교 신도라는 것을 잊지 말아요, 앤."

레슬리의 방문

서리가 하얗게 내린 10월 어느 밤, 레슬리가 '꿈의 집'을 찾아왔다. 항구에 드리워진 짙은 안개가 달빛을 받아 은빛 비단 리본처럼 바다를 바라보는 골짜기를 따라 감겨 있는 밤이었다. 문 두드리는 소리를 듣고 길버트가 문을 열자 레슬리는 찾아온 것을 후회하는 듯한 기색을 보였다. 그러나 앤이 길버트를 앞질러 레슬리를 안으로 잡아끌었다.

앤은 반갑게 말했다.

"때마침 오늘 밤 와주다니 정말 잘됐네요. 오늘 오후에 맛있는 초콜릿 캐러멜을 만들었는데 너무 많이 만들어서 누구 같이 먹어줄 사람이 없나 하던 참이었거든요. 난로 앞에서 이야기를 하면서요. 아마 짐 선장님도 오실지 몰라요. 오늘 같은 밤에는 어김없이 오시니까요."

레슬리는 반쯤 싸움을 거는 듯한 말투로 대답했다.

"아니에요, 짐 선장님은 우리 집에 있어요. 짐 선장님이……그분이 나를 이곳에 보냈어요."

"다음에 뵙게 되면 짐 선장님에게 고맙다는 인사를 해야겠군요."

앤은 난롯불 앞으로 안락의자를 끌고 갔다.

레슬리는 얼굴을 살짝 붉히며 말했다.

"어머나, 오고 싶지 않았던 건 아니에요. 그게……오려고 생각하고 있었지만……나오는 게 좀처럼 쉽지가 않았어요."

"물론 무어 씨를 혼자 두고 오기는 쉽지 않겠죠."

앤은 다 이해한다는 듯이 아무렇지도 않은 일처럼 말해버렸다. 딕 무어에 대한 것은 모든 사람이 알고 있는 사실로서 공개적으로 얘기하는 게 좋다고 생각했다. 피하면 피할수록 얘기를 꺼내는 것이 점점 더 어려워지기 때문이다.

역시 앤의 생각은 옳았다. 레슬리의 어색한 태도가 별안간 사라져버렸던 것이다. 레슬리는 자기의 생활 상태를 앤이 얼마나 알고 있는지 궁금했는데, 아무것도 설명할 필요가 없다는 것을 알고 오히려 마음이 놓이는 모양이었다. 권하는 대로 모자와 웃옷을 벗고 매고그 옆 커다란 안락의자에 깊숙이 앉았다.

아름답게 공들여 차려입고 흰 목 언저리에 주홍색 제라늄을 꽂아 언제나처럼 한 줄기 붉은 빛깔을 더했다. 따뜻한 난롯불에 비친 아름다운 머리칼은 불길에 녹은 황금처럼 빛났다. 바다의 푸르름을 간직한 눈은 잔잔한 웃음과 매력이 흘러넘쳤다.

그 순간 작은 '꿈의 집'의 마법에 걸린 듯 레슬리는 자기도 모르게 다시 소녀로 되돌아갔다. 과거의 모든 괴로움을 잊은 소녀였다. 이 작은 집을 행복으로 채우고 있는 사랑스러운 분위기가 레슬리를 에워쌌다. 자기와 같은 세대의 건강하고 행복한 젊은 두 사람의 우정이 레슬리를 감싸고 있었다. 레슬리는 자기를 둘러싸는 마법의 힘을 느꼈고, 거기에 편안히 몸을 맡겼다. 미스 코닐리아와 짐 선장이 보았다면, 레슬리라고 알아보지 못했을 수도 있다. 앤도 이 사람이―정에 굶주린 영혼처럼 열심히 이야기하고 귀 기울이는 이 생기 넘치는 소녀가―바닷가에서 만난 쌀쌀하고 반응도 없었던 그 여자였다고 쉽사리 믿어지지 않았다. 게다가 레슬리는 창문과 창문 사이의 책꽂이를 얼마나 간절한 눈길로 뚫어져라 보고 있던지!

앤이 설명했다.

"책이 그리 많지 않지만 한 권 한 권이 모두 우리의 친구예요. 몇 년에 걸쳐 여기저기서 사 모은 것인데, 우선 읽어보고 그것이 요셉을 아는 사람에게 어울리는 책이라는 걸 알기 전에는 절대로 사지 않았죠."

레슬리가 활짝 웃었다. 그것은 지나간 세월 동안 이 작은 집에 메아리쳤을 것 같은 아름다운 웃음이었다.

"나한테는 아버지가 보시던 책이 좀 있지만, 그다지 많지는 않아요. 너무 읽어서 외워버릴 정도가 되었죠. 나는 책을 그리 사지 않아요. 글렌 상점에 순회문고(巡廻文庫)가 있는데, 파커 씨한테 책을 골라주는 위원들은 어느 책이 요셉을 아는 사람들의 것인지 모르는가 봐요…… 아니면 그런 것은 상관없다고 여기든가. 몇 번 빌려보다가 내가 읽고 싶은 책은 좀처럼 찾아볼 수 없어서 순회문고에서 책 빌려보는 건 포기했어요."

"우리 집 책꽂이를 레슬리 것이라 생각해줘요. 무슨 책이든 편하게 빌려 읽어요."

레슬리는 환히 웃으며 기뻐했다.

"마치 내 앞에 푸짐한 진수성찬이 차려진 기분이네요."

이윽고 시계가 10시를 치자 아쉬운 표정으로 레슬리는 일어섰다.

"돌아가야 해요. 미처 시간이 이렇게 된 줄 몰랐어요. 짐 선장님은 재미있게 이야기하다 보면 한 시간쯤 훌쩍 지나가버리는 건 일도 아니라고 언제나 말씀하시지만, 나는 두 시간이나 폐를 끼치고 말았네요. 그런데 무척 즐거웠어요."

레슬리는 마지막 말을 솔직한 마음으로 덧붙였다.

앤과 길버트가 한목소리로 말했다.

"자주 놀러 와요."

두 사람은 일어나 난로 불빛을 받으며 나란히 섰다. 레슬리는 두 사람을 바라보았다. 젊음과 희망이 넘치고 행복한, 레슬리로서는 얻을 수 없었고 앞으로도 영원히 손에 넣을 수 없을 모든 것을 상징하고 있는 두 사람이었다.

레슬리의 얼굴과 눈에서 빛이 사라졌다. 소녀의 모습도 사라졌다. 삶에 기만당한 슬픈 여인으로 돌아간 레슬리는 두 사람의 초대에 서먹하게 대답한 뒤 안쓰러울 만큼 황망하게 돌아갔다.

앤은 추위와 안개가 내린 밤의 어둠 속으로 걸어가는 레슬리의 모습이 보이지 않게 될 때까지 눈으로 배웅하고는, 무거운 걸음을 옮겨 환한 난롯가로 돌아왔다.

"아름다운 사람이지, 길버트? 그 머릿결은 황홀하기조차 해. 미스 코닐리아 말로는 풀면 발까지 닿는대. 루비 길리스도 아름다운 머릿결을 갖고 있었지만, 뭐랄까, 레슬리의 머리는 살아 있어. 한 올 한 올이 살아 있는 황금이야."

"엄청 아름답더군."

길버트도 동의했는데, 그 목소리에 너무 진심이 느껴진 나머지 앤은 그 정도까지 감탄하지는 않아도 될 텐데 하는 생각에 섭섭할 지경이었다.

앤은 애석한 듯 물었다.

"길버트, 내 머리도 레슬리 같았으면 좋겠어?"

"세상을 다 준대도 지금의 이 빛깔 말고는 싫어. 만일 금발이라면 앤이 아니니까. 어떤 색이라도 마찬가지야. 뭐가 됐든……."

길버트는 납득시키려는 듯 한두 번 고개를 끄덕여 보였다.

앤은 울적하지만 만족한다는 듯 말했다.

"빨강은 아니니까."

"그렇고말고. 빨강이라야만 해. 그 우유처럼 뽀얀 피부와 초록이 어린 잿빛 눈동자에 따뜻함을 주는 색이니 금발은 당신에게 어울리지 않아, 앤 여왕님, '나의' 앤 여왕님. 내 심장과 내 삶, 내 가정의 주인이신 여왕님."

앤은 너그럽게 말했다.

"그렇다면 레슬리의 머릿결에 얼마든지 감탄해도 좋아."

안개 낀 밤

그로부터 1주일 뒤 어느 날 저녁, 앤은 갑자기 들판을 달려가 개울 위쪽 집을 찾아가기로 했다. 만에서 스멀스멀 올라온 잿빛 안개가 항구를 뒤덮고 협곡이며 골짜기까지 밀려와 가을 목초지에 무겁게 깔린 해 질 녘이었다. 안개 속에서 바다는 흐느끼며 몸을 떨고 있었다. 포윈즈 항구는 앤이 지금까지 본 일 없는 새로운 모습을 드러냈다. 그것은 음산하고 신비로운 매력에 넘쳐 있었지만, 동시에 얼마쯤 쓸쓸함을 느끼게도 했다.

길버트는 샬럿타운에 있는 의사 모임에 참석해서 집을 비워 이튿날 아침까지 돌아오지 않을 예정이었다. 앤은 한 시간쯤 또래의 여자 친구와 함께 지내고 싶었다. 짐 선장도 미스 코닐리아도 저마다 '좋은 벗'이긴 하지만, 젊음은 젊음을 그리워하기도 하는 법이었다.

'만일 이런 날 다이애나나 필이나 프리실라나 스텔라가 불쑥 들 수 있다면 얼마나 즐거울까! 오늘 밤은 당장 유령이라도 나올 것처럼 으스스한 밤이잖아. 저 장막처럼 덮은 안개를 걷어내면 포윈즈에서 출항하여 죽음의 길로 항해를 떠났던 모든 배가 물에 빠져 죽은 선원들을 갑판에 태우고 항구로 들어오는 게 보일 것 같아. 저 안개는 도무지 풀리지 않는 숱한 불가사의를 감추고 있는 듯한 느낌이야. 마치 저 잿빛 베일 너머에서 옛날에 포윈즈에 살았던 사람들의 길 잃은 넋이 나를 둘러싸고 서서 이쪽을 기웃거리고 있는 그런 느낌…….

이 작은 집에서 죽은 여자들이 이곳을 다시 찾아온다면 꼭 이런 밤에 오지 않을까. 여기 계속 앉아 있다가는 맞은편 길버트의 의자에 앉아 있는 그 숙녀분들 가운데 하나랑 눈이 마주칠지 몰라. 오늘 밤은 이 집이 전혀 아늑하지가 않네. 고그와 매고그조차도 눈에 보이지 않는 손님의 발소리를 들으려 귀를 쫑긋거리는 듯하잖아.

옛날 '도깨비숲'에서처럼 내 상상력이 낳은 두려움에 떨게 되기 전에 당장 레슬리를 만나러 갔다 오자. 내 '꿈의 집'은 이 집에 살던 예전 거주자들을 다시 맞아들이도록 놔두고. 난롯불을 켜두었으니 그 사람들에 대한 내 호의로 받아주겠지. 내가 올 때쯤이면 그들도 돌아갔을 테고 이 집은 다시 내 것이 될 거야. 오늘 밤 이 집은 틀림없이 과거의 존재들의 회합 장소야.'

자기가 떠올린 상상에 앤은 살짝 웃음이 났지만, 그래도 여전히 등골이 조금 오싹한 느낌이었다. 그녀는 고그와 매고그에게 다정한 키스를 불어서 건넨 뒤 레슬리에게 보여줄 신간 잡지 몇 권을 챙겨 옆구리에 끼고 안개 속으로 나갔다.

미스 코닐리아가 말한 적이 있었다.

"레슬리는 책이나 잡지를 무척 좋아하지만 좀처럼 보지 못해요. 사거나 구독할 형편이 안 되거든요. 정말 애처로울 만큼 가난해요, 앤. 농장을 빌려주고 받는 쥐꼬리만 한 사용료로 어떻게 살아나갈까 싶을 정도예요.

그러면서도 가난한 처지를 한 번도 불평한 적이 없어요. 하지만 얼마나 힘든지 나는 알아요. 레슬리는 지금껏 가난에 시달려왔지만, 그래도 자유롭고 높은 포부를 지녔을 때는 조금도 개의치 않았죠. 그런데 지금은 그야말로 울화가 터질 게 틀림없어요.

레슬리가 이 집에 놀러온 날 밤, 그토록 밝고 명랑해 보였다니 정말 다행이에요. 짐 선장이 레슬리한테 모자와 외투를 씌우고 입혀 억지로 문밖으로 떠다밀다시피 해서 보냈다더군요. 너무 시간을 두지 말고 한번 찾아가봐 줘요. 너무 오래 있다 가면 레슬리는 앤이 딕을 만나는 걸 꺼려서라 해석하고 또 제 껍질 속에 틀어박히고 말 테니까요.

딕은 몸집만 커다랗지 아무런 해도 끼치지 않는 갓난아기나 다름없어요. 하지만 그 덜떨어진 모습으로 히죽거리거나 킬킬거리는 웃음이 신경에 거슬리는 사람도 있나 봐요. 다행히 나는 그런 신경은 무딘 편이죠. 오히려 나는 제정신인 때보다 지금의 딕이 차라리 더 좋아요. 하기야 제정신일 때 워낙 싫어했으니 그 정도는 별로 어려운 일도 아니지만요.

한번은 대청소할 때 그 집에 가서 레슬리를 도와주면서 나는 도넛을 튀기고 있었어요. 딕이 여느 때처럼 하나 얻어먹고 싶어 옆에서 얼쩡대고 있었는데, 기름에서 갓 꺼내 델 만큼 뜨거운 것을 하나 집어 들었다가는 저도 너무 뜨거운 나머지 고개를 수그리고 있던 내 뒷덜미에 떨어뜨린 거예요. 그러고는 낄낄 웃는 게 너무 어처구니가 없었어요. 정말이지 앤, 펄펄 끓는 기름 냄비를 그대로 딕의 머리에 쏟고 싶은 것을 신이 내려주신 자비심을 총동원하여 가까스로 참았죠."

어둠 속으로 걸음을 재촉하며 앤은 미스 코닐리아가 분개하던 모습을 떠올리고 웃었다. 그러나 웃음은 그날 밤과 어울리지 않았다. 버드나무에 둘러싸인 잿빛 집에 닿았을 때 앤은 이미 차분해져 있었다. 모든 게 고요하기만 했다. 집 정면은 어둡고 인기척이 없어서 앤은 옆문으로 슬쩍 돌아갔다. 그 문은 베란다에서 작은 거실로 통하고 있었다. 여기서 앤은 소리 내지 않고 멈춰 섰다.

문은 열려 있었다. 그 맞은편 어둠침침하게 불 켜진 거실에 레슬리 무어가 탁자에 두 손을 내던지고 엎드려 있었다. 레슬리는 처절하게 울고 있었다. 영혼의 고통이 레슬리의 몸 밖으로 나오려 몸부림치고 있는 듯 나직하고도 격렬하며 숨이 끊어질 것 같은 울음이었다. 그 곁에 늙은 검정 개가 레슬리 무릎에 콧잔등을 얹고 커다란 눈에 안쓰러운 동정심과 헌신적인 애정을 한껏 담은 채 소리 없이 앉아 있었다.

앤은 가슴이 철렁해서 물러났다. 이 고통에는 감히 자신이 끼어들 자리가 없다고 느꼈기 때문이었다. 이루 말할 수 없는 안타까움에 가슴이 아팠다. 그러나 지금 들어간다면 앞으로는 어떠한 도움이나 우정을 건넬 문도 영원히 닫힐 것 같았다. 절망에 몸을 내맡기고 있는 이 자존심 강하고 고뇌에 찬 여자는 갑자기 침입한 사람을 결코 용서하지 않으리라. 어떤 본능이 앤에게 그런 경고를 보내고 있었다.

앤은 소리 없이 베란다를 벗어나 뜰을 가로질러 되돌아 나갔다. 어둠 속에서 사람 목소리가 들리고 희미한 불빛이 보였다. 울타리 대문이 있는 곳에서 앤은 두 남자와 마주쳤다. 등불을 든 짐 선장과 또 한 사람은 딕 무어가 분명했다. 추하게 살찌고 넙데데하면서 둥글고 벌건 얼굴에 텅 빈 눈초리의 몸집 큰 남자였다. 어둠침침한 불빛 속에서도 앤은 딕의 눈동자에서 심상치 않은 느낌을 받았다.

"블라이드 사모님이었군요? 이런 밤에 혼자 쏘다니면 안 됩니다. 이런 안개 속에서는 길을 잃고 말 테니까요. 딕을 집 안으로 데려다주고 나올 테니 잠시만 기다려요. 내가 등불을 들고 안내하겠소.

블라이드 선생이 집에 돌아와서 사모님이 안개가 뒤덮인 르포스곶에서 발을 헛디뎌 떨어졌다는 소식을 전해 듣는 그런 불상사가 있어선 절대 안 되니까요. 40년 전에 정말 그런 부인이 있었어요."

짐 선장이 앤에게 되돌아와서 물었다.

"그러니까 레슬리를 만나러 왔던 모양이군요?"

"그런데 안에 들어가지는 않았어요."

앤이 본 대로 이야기하자 짐 선장은 한숨을 깊이 내쉬었다.

"딱하기도 하지! 레슬리는 웬만해선 잘 울지 않는 사람입니다, 블라이드 사모님. 아주 꿋꿋해서 말이오. 그러니 울고 있을 때는 견딜 수 없이 설움이 북받친 거지요. 이런 밤은 슬픔을 꾹꾹 누르고 사는 딱한 처지의 여인에게는 유독 쓰라릴 거요. 지금까지 겪어온 고통이나 두려움이 한꺼번에 터져나올 것 같은, 그런 밤이니까요."

앤은 몸서리쳤다.

"유령들이 잔뜩 나와 있어요. 실은 그래서 찾아왔어요. 사람 손을 꼭 잡고 사람 목소리를 듣고 싶어서요. 오늘 밤은 인간이 아닌 존재가 세상을 가득 채우고 있다는 느낌이 들어요. 소중한 우리 집조차도 그런 것들이 우글우글 모여있었어요. 내 집에서 유령에게 쫓겨나다시피 한 셈이죠. 그래서 나와 같은 사람이 있는 곳을 찾아 여기로 도망쳐 온 거예요."

"하지만 안으로 들어가지 않았던 것은 잘한 일입니다, 블라이드 사모님. 레슬리는 몹시 싫어했을 거요. 내가 딕하고 같이 들어갔어도 마찬가지로 싫어했을 거고요. 부인을 마주치지 않았다면 나도 그럴 참이었으니까요. 딕은 온종일 나한테 와 있었소. 되도록 딕을 붙들어둬서 레슬리를 조금이라도 쉴 수 있게 도와주고 싶어서요."

앤이 물었다.

"그런데 그 사람 눈이 좀 이상하던데요."

"눈치챘어요? 그렇소, 한쪽은 파랗고 또 한쪽은 엷은 갈색이오. 그의 아버지

눈이 그랬었소. 무어 집안에 내려오는 특징이지요. 쿠바에서 그를 보고 딕 무어인 줄 안 것도 바로 그 눈 때문이었소. 그 눈이 아니었다면 수염도 긴 데다 살까지 쪄 있어서 그인 줄도 몰랐을 거요.

이미 알고 있겠지만, 딕을 찾아내서 데리고 돌아온 사람은 나였어요. 미스 코닐리아에게 쓸데없는 짓을 했다고 지금까지도 줄곧 핀잔을 듣지만, 그 생각에는 찬성하지 않아요. 그렇게 하는 게 옳은 일이었고, 그렇다면 그 밖에 다른 길은 없었으니까요. 그 점에 대해선 내 마음에 한 치의 의심도 없소.

그렇다고는 해도 레슬리 일을 생각하면 내 이 늙고 둔한 마음조차 아파요. 이제 겨우 28살밖에 안 되었는데, 여느 부인이 80년 동안 겪었을 슬픔보다 더한 온갖 풍파를 다 겪었으니, 레슬리만큼 눈물 젖은 빵을 많이 먹은 사람은 없을 거요."

두 사람은 잠시 말없이 걸었다.

이윽고 앤이 말했다.

"짐 선장님, 나는 등불을 켜고 걷는 것을 그다지 좋아하지 않아요. 둥그런 불빛의 테두리 바로 바깥쪽 어딘가, 어둠 속에서 적의에 찬 눈으로 나를 은밀히 응시하는 불길한 무리에게 둘러싸여 있는 듯한 묘한 기분이 들거든요. 어릴 때부터 그런 느낌을 받았어요. 어째서일까요? 완전한 어둠 속에 있을 때에는 그런 마음이 들지 않는데. 어둠으로 빈틈없이 둘러싸여 있을 때에는 도리어 조금도 무섭지가 않아요."

"나도 그런 느낌이 들 때가 가끔 있어요. 우리에게 딱 달라붙어 있을 때에는 어둠은 친구요. 그런데 내 쪽에서 어둠을 밀어내려 하면—이를테면 등불의 불빛으로 어둠에서 벗어나려 하면—그 순간부터 적이 되는 듯하오.

아, 안개가 걷혀가고 있네요. 갈바람이 불기 시작한 게 느껴지나요? 집에 닿을 무렵에는 별이 보일 거요."

그 말대로 별들이 얼굴을 내밀었다. 앤이 다시 '꿈의 집'에 들어가보니 난로에서는 붉은 잉걸불이 아직도 타고 있었다. 유령은 모두 사라진 뒤였다.

11월의 나날

 항구 기슭을 몇 주일이나 물들였던 황홀한 빛깔이 서서히 부드러운 청회색으로 가라앉더니, 포윈즈 항구는 어느새 늦가을 언덕으로 변해갔다. 들판과 바닷가는 여러 날 동안 낮이면 부슬부슬 내리는 안개비로 흐릿하거나 서글픈 바닷바람의 차가운 숨결에 떨었고, 밤이 되면 비바람이 세차게 몰아쳤다. 그런 밤이면 때때로 앤은 잠에서 깨어 험난한 북해안에 가서 부딪치는 배가 없도록 기도했다. 아무리 어둠 속을 두려움 없이 두루 비춰주는 저 크고 충실한 등댓불이 있다 해도 그런 배는 안전한 항구로 인도할 수 없기 때문이었다.
 "11월이 되면 때때로 봄이 두 번 다시 오지 않을 듯한 느낌이 들어."
 앤은 한숨지으면서 서리를 맞아 젖고 꾀죄죄해진 화분이 손댈 엄두가 안 날 만큼 흉한 모습으로 변한 것을 안타까워했다. 학교 선생님의 신부가 가꾸던 아담하고 화사한 뜰도 지금은 쓸쓸히 버려진 모양새로 퇴락해 있었다. 양버들과 자작나무는 짐 선장의 말을 빌면 '돛을 내린 돛대'였다. 그러나 작은 집 뒤꼍의 전나무숲은 변함없이 푸릇푸릇하고 믿음직했다.
 11월이나 12월에도 햇빛이 빛나고 보랏빛 이내가 살포시 감싸는 기분 좋은 날이 있었다. 그런 날에는 항구가 한여름처럼 즐겁게 춤추며 반짝였고, 만은 부드럽고 푸르게 넘실거리면서 온화한 모습을 보였기에, 비바람과 센바람은 오래전 꿈속의 일처럼 생각되었다.

앤과 길버트는 가으내 수많은 밤을 등대에서 보냈다. 등대는 언제 가도 즐거운 곳이었다. 샛바람이 구슬픈 단조의 노래를 부르고 바다가 쥐죽은 듯 조용히 잿빛만 띨 때조차 남몰래 햇빛이 숨어 있는 것처럼 느껴졌다. 아마도 '일등항해사'가 늘 금색 털옷을 걸치고 돌아다니고 있는 탓인지도 몰랐다. '일등항해사'는 자못 크고 찬란하게 빛나는 자태를 자랑했으므로 해가 보이지 않더라도 아쉽지 않을 정도였고, 녀석이 가르랑거리는 소리는 등대의 난롯가에서 주고받는 유쾌한 담소에 반주 역할을 했다. 짐 선장과 길버트는 고양이가 알지도 못하는 일에 대해 오랫동안 토론을 벌이거나 진지한 이야기에 열중했다.

"나는 온갖 문제에 대해 곰곰이 생각해보는 걸 좋아해요. 해결책에 이르지 못하더라도요. 우리 아버지는 자기가 모르는 일은 이야기해선 안 된다고 말씀하셨소만 그렇게 되면 이야기 밑천이 아주 적어지지요, 선생.

우리가 떠들어대는 이야기를 듣고 신들이 배를 쥐고 웃을 일도 많겠죠. 하지만 어차피 우리가 그저 인간에 지나지 않는다는 것만 잊지 않고, 선악을 잘 분별하는 신이라고 착각하지 않는 이상 별 상관 없다고 생각해요. 우리가 이러쿵저러쿵한다고 해서 우리나 다른 누구에게 아무 해 될 것 없으니 오늘 밤도 어디 한번 이것저것 쑤석대볼까요, 의사 선생?"

두 사람이 '이것저것 쑤석대'보는 동안 앤은 그들의 대화를 듣든가 몽상에 잠기든가 했다. 때로는 레슬리도 등대에 함께 오는 일이 있었고, 앤은 레슬리와 어슬어슬한 해거름 녘 바닷가를 거닐거나 등대 아래 바위에 앉아 있다가 무거운 어둠에 쫓겨나 유목이 밝게 타오르는 난롯가로 돌아가곤 했다.

그러면 짐 선장이 사람들에게 차를 따라주고 "뭍과 바다에서 일어났던 이야기며, 기억에서 잊힌 거대한 바깥세계에서 벌어진 일"[1]을 이야기해주곤 했다.

레슬리는 언제나 이 유쾌한 등대 모임을 몹시 즐기는 듯했다. 그때만은 꽃이 활짝 핀 것처럼 재치 있는 농담을 하거나 아름다운 웃음소리를 내거나 또는 말없이 눈을 빛내고 있었다. 레슬리가 있으면 오가는 이야기에 톡 쏘는 맛이라든가 감칠맛이 더해졌고 그녀가 없을 때는 그것이 없어서 맥이 빠졌다. 그녀는 이야기에 가담하지 않을 때조차도 다른 이들에게 재치와 활기를 불어넣었다. 짐 선장은 여느 때보다도 더 재미있게 이야기했고, 길버트는 토론과 대답이 더욱 기발하고 거침없었으며, 앤은 레슬리가 지닌 감성에 영향을 받아 공상과 상상이 와락 솟구치거나 잔거품처럼 뽀글뽀글 올라오는 것을 느꼈다.

앤은 어느 날 밤 길버트와 집에 돌아오면서 이야기를 나누었다.

"레슬리는 포윈즈에서 멀리 떨어진 사교계나 지적인 집단의 중심인물이 되도록 태어난 사람인데. 그런 사람이 이런 곳에서 헛되게 인생을 보내고 있다니, 너무 안타까워."

"요전번 밤에 짐 선장님이랑 당신의 낭군이 그 주제에 대해 두루두루 토론을 벌이고 있었을 때 못 들었나 보네? 그날 우리는 조물주께서는 우리들만큼이나 우주의 운영 방식을 잘 알고 계실 게 틀림없고, 그러니 어떤 사람이 고의로 자신의 생애를 낭비하며 헛되이 하지 않는 이상 '헛된' 인생이란 없다는 긍정적인 결론에 도달했는데. 레슬리 무어가 일부러 일생을 헛되이 보내지 않았다는 거야 우리가 잘 알고 있고.

그리고 사람에 따라서는 편집자들로부터 인정받기 시작한, 레드먼드 대학 출신 문학사께서 포윈즈 같은 시골구석에서 가난뱅이 의사의 아내로 살고 있다는 것도 인생을 '헛되이' 낭비한다고 생각할지도 모르는 일 아니겠어."

---

1) 미국의 시인 헨리 롱펠로(1807~1882)의 시 〈난로 갈고리 매달기〉에서 따옴.

"길버트!"

길버트는 사정없이 말을 이었다.

"당신이 만일 로이 가드너와 결혼했다면 지금쯤 포윈즈에서 멀리 떨어진 사교계나 지적 집단의 중심인물이 되어 있었을지도 모르지."

"길버트 블라이드!"

"앤, 당신이 한동안 로이 가드너와 사랑에 빠졌었다는 건 당신도 알고 있잖아!"

"길버트, 너무해. 미스 코닐리아라면 '정말이지, 사람 속 긁어대는 게 참 남자가 하고도 남을 짓이지!'라고 했을 거야. 나는 한 번도 그 사람을 사랑했던 적이 없어. 다만 그렇게 착각했을 뿐이지. 당신도 다 알면서. 내가 궁전에서 사는 여왕이 되기보다 당신 아내가 되어 우리들의 꿈을 이룬 '꿈의 집'에 사는 편이 훨씬 좋다고 말할 것을 알고 있으면서 그러는 거지!"

길버트는 말로써 대답하지 않았다. 다만 그사이, 화려한 궁전도 아니고 소박한 꿈의 집도 아닌 초라한 집으로 외로운 발걸음을 재촉해 들판을 가로질러 가는 가엾은 레슬리는 두 사람에게서 잊힌 듯싶었다.

달은 슬픔과 어둠에 잠겨 있는 바다 위에 떠올라 그 모습을 바꾸어놓고 있었다. 달빛은 아직 항구까지 미치지 못하여 여전히 어둑한 후미와, 짙은 어둠 가운데 군데군데 보석처럼 반짝이는 빛들만이 보이는 항구 깊숙한 곳은 상상을 불러일으키는 그림자에 싸여 있었다.

"오늘 밤은 어둠 속에서 집들의 불빛이 유난히 밝게 빛나고 있네. 항구 윗마을에 죽 이어진 불빛들이 마치 목걸이 같아. 게다가 글렌 쪽은 눈이 부실 정도야! 어머나, 길버트, 저기 좀 봐. 우리 집 불빛도 보여. 켜놓고 나오기를 잘했다. 나는 어두운 집으로 돌아가는 게 정말 싫거든. '우리' 집 불빛이라니, 길버트!

멋지지 않아?"

"이 지구 위에 있는 몇백 만 채의 집 가운데 하나에 지나지 않겠지만, 앤 아가씨…… 분명 우리 집의 불빛이지…… '우리 거'…… '험난한 세상'에서 우리를 인도해주는 등대인 거야. 미천한 사내에게 집과 사랑스러운 빨강머리 아내만 있다면, 그 이상 인생에서 바랄 게 또 있을까?"

앤은 행복한 듯 속삭였다.

"'한 가지'쯤 더 바라도 괜찮지 않을까? 아, 길버트, 나는 봄이 너무너무 기다려져."

포윈즈의 크리스마스

처음에 앤과 길버트는 크리스마스를 보내러 애번리로 돌아갈까 하고 의논했다. 그러나 결국엔 포윈즈에 머물기로 했다.

앤이 마침내 칙령을 내렸다.

"우리 생애에서 처음으로 함께 지내는 크리스마스를 우리 집에서 보내고 싶어."

그래서 마릴라와 레이철 린드 부인과 쌍둥이가 크리스마스에 포윈즈로 오게 되었다. 마릴라는 배를 타고 지구를 한 바퀴 돌고 온 사람 같은 핼쑥한 얼굴을 해가지고 왔다. 이제까지 집에서 60마일 넘게 떨어진 곳에는 가본 일이 없고, 그린게이블즈 아닌 곳에서 크리스마스 만찬을 먹은 일도 없었던 것이다.

린드 부인은 엄청나게 큰 건과일 푸딩을 만들어 가지고 왔다. 대학을 나온 요즘 사람이 제대로 된 크리스마스 푸딩을 만들 줄 알 리 없다고 굳게 믿는 린드 부인의 고집을 꺾을 수 있는 사람은 아무도 없었다. 그러나 앤이 살고 있는 집에 대해서는 인정했다.

도착한 날 밤, 손님용 침실에서 린드 부인은 마릴라에게 말했다.

"앤은 훌륭한 주부예요. 나는 음식 찌꺼기통과 빵 보관함부터 들여다봤어요.

그걸 보면 주부의 살림 솜씨를 바로 알 수 있거든요. 찌꺼기통에는 버려서는 안 될 게 하나도 들어 있지 않았고, 빵 보관함에는 말라서 딱딱해진 빵은 하나도 없었어요. 물론 앤은 꼼꼼한 마릴라에게 살림을 배웠지만, 그 뒤 대학에 갔었잖아요.

이 침대에는 내 담배 줄무늬 침대보가 덮여 있고, 마릴라가 둥글게 엮은 커다란 깔개는 거실 난로 앞에 깔려 있더군요. 그걸 보자마자 마치 집에 있는 듯 마음이 푹 놓였어요."

자기 집에서 보낸 첫 크리스마스는 앤이 바랐던 대로 즐거웠다. 그날은 화창하게 개어 눈부신 날이었다. 크리스마스이브에는 첫눈이 소복이 내려 주위를 아름답게 장식했다. 항구는 아직 얼어붙지 않고 반짝반짝 빛나고 있었다.

짐 선장과 미스 코닐리아가 크리스마스 만찬에 초대되어서 왔다. 레슬리와 딕도 초대했으나 크리스마스는 언제나 아이작 웨스트 삼촌 집에서 보낸다면서 레슬리는 핑계를 대어 거절했다.

미스 코닐리아가 앤에게 말했다.

"그편이 마음이 편해서 그랬을 거예요. 모르는 사람이 있는 곳에 딕을 데려오는 게 레슬리에게는 가장 감당하기 어려운 일이에요. 크리스마스는 레슬리에게 특히 힘든 때죠. 레슬리와 아버지가 소중하게 생각했던 휴일이었으니까요."

미스 코닐리아와 린드 부인은 서로를 그리 마음에 들어하지는 않았다. '두 개의 태양이 한 하늘을 이고 있을 수는 없기' 때문이었다. 다행히 충돌은 하지 않았다. 린드 부인은 부엌으로 가서 앤과 마릴라의 부엌살림을 도왔고, 짐 선장과 미스 코닐리아의 접대는 길버트가 맡았다······라기보다 정작 길버트가 접대를 받는 쪽이 되었다. 왜냐하면 오랜 친구이자 앙숙이기도 한 두 사람 사이에 공놀이하듯 오가는 말을 가만히 듣고 있는 것만으로도 잠시도 지루할 틈이 없었기 때문이다.

"여기서 크리스마스 파티가 열리는 건 실로 몇 년 만입니다, 블라이드 사모님. 미스 러셀은 크리스마스 때면 늘 샬럿타운에 있는 친구들 집으로 가곤 했거든요.

그렇지만 나는 이 집에서 만든 첫 크리스마스 음식을 먹었었소. 학교 선생의 신부가 요리한 것을 말이죠. 지금으로부터 60년 전 바로 오늘의 일이네요, 블라이드 사모님. 그날도 날씨가 꼭 오늘 같았죠. 주위 언덕은 딱 알맞게 내린 눈으로 하얗게 장식되었고 항구는 6월의 바닷물처럼 물빛이 파랬소.

나는 아직 어려서 그때까지 한 번도 다른 집에 초대받은 일이 없어서 너무나 수줍어 그만 마음껏 먹지 못했어요. 이제 그런 부끄러움은 완전히 극복해서 오늘 식사는 아무 걱정 없소."

미스 코닐리아가 부지런히 바느질감의 바늘을 놀리면서 말했다.

"남자들은 대개 그렇지요."

비록 크리스마스라 할지라도 미스 코닐리아는 손을 쉬지 않았다. 아기란 휴일에 상관없이 태어나는 법이어서 글렌세인트메리의 어느 가난한 집에서 곧 새 생명이 태어날 예정이었다. 그 집 아이들이 먹을 수 있도록 이미 음식을 잔뜩 보냈기 때문에 미스 코닐리아도 아무런 양심의 거리낌 없이 앤의 집에서 크리스마스 만찬을 즐길 작정이었다.

"남자의 마음으로 통하는 길은 위주머니라고 하지 않소, 코닐리아."

짐 선장이 설명하자 미스 코닐리아는 대꾸했다.

"그럴 테죠. 뭐, 그것도 남자에게 정말 '마음'이 있을 때 얘기지만요. 어쨌든 그래서 그토록 많은 여자들이 뼈가 녹도록 요리를 하는 거겠죠. 가엾은 어밀리아 백스터처럼 말예요. 어밀리아는 지난해 크리스마스날 아침에 죽었는데, 결혼한 이래 크리스마스를 앞두고 스무 사람 몫의 음식을 한꺼번에 준비하지 않아도 되었던 건 그때가 처음이라고 하더군요. 어밀리아에게는 정말이지 반가운 변화였을 거예요. 아내가 죽은 지 1년이 되었으니, 이제 슬슬 호러스 백스터가 누군가에게 추파를 보낸다는 소리가 들려올 때도 됐겠네요."

짐 선장이 길버트에게 눈짓을 하며 말했다.

"그런 소문이라면 벌써 귀에 들어오던데. 얼마 전 일요일에 호러스 백스터가 상복에다 깨끗하게 세탁한 셔츠까지 갖춰 입고 당신을 찾아가지 않았소?"

"그럴 리가요. 어차피 오나 마나고요. 내가 그 사람을 원했다면 훨씬 옛날에 그가 젊었을 때 손에 넣었겠죠. 이제 와서 중고품은 필요 없답니다.

호러스 백스터는 작년 여름 재정란에 빠져 신에게 도와달라고 기도를 했었대요. 그러다 그해 겨울에 아내가 죽어 생명보험을 타게 되자 신이 자기 기도를 들어준 것이 틀림없다고 떠들어댔다더군요. 사내란 참 어쩜 그렇게 뻔하죠?"

"코닐리아, 호러스가 정말로 그렇게 말했다는 증거가 있소?"

"감리교 목사가 그렇게 말했어요. 그것도 증거라고 인정할 수 있다면요. 로버트 백스터도 똑같은 말을 나한테 했고요. 하지만 그것은 증거로 인정하기 어려울 수도 있겠네요. 로버트 백스터는 반드시 사실을 이야기하는 사람이라고 알려져 있지는 않으니까요."

"어허, 코닐리아, 로버트는 대개 사실을 말하는 사람이오. 단지 생각이 너무 자주 바뀌어서 때로는 거짓말하는 것처럼 보이는 것뿐이오."

"하지만 그렇다고 봐주기엔 그 빈도가 너무 잦은 것 아닐까요? 정말이지 한 남자를 변명해주려고 다른 남자의 말을 믿어줘야 하니, 원. 어쨌거나 나는 로버트 백스터의 말이라면 미덥지가 않아요.

그 사람이 왜 감리교회에 다니기 시작했는지 알아요? 자기가 결혼한 뒤 첫 주일에 마거릿과 둘이서 장로교회에 들어갔을 때 통로를 걸어가는데, 마침 성가대가 찬송가 〈보라, 신랑이 왔도다〉를 불렀기 때문이라는 거예요. 아니, 그러게 누가 교회에 지각하라고 했나! 로버트는 자기를 모욕하기 위해 성가대가 일부러 그랬다고 우겼는데, 설마 자기가 그 정도로 중요한 인물일 리가. 참 대단한 교만이죠.

하기야 그 집안사람들은 늘 자기들이 실제보다 잘난 줄 알고 살긴 해요. 로버트의 형 일라이펄릿은 악마가 늘 자기에게 들러붙어 떨어지지 않는다고 믿었어요. 하지만 나는 악마가 그런 남자를 따라다니느라 시간을 낭비할 만큼 한가할 리 없다고 생각했죠."

짐 선장은 깊은 생각에 잠겨 말했다.

"글쎄……어떨지. 일라이펄릿 백스터는 홀아비 생활을 너무 오래 했소. 개나 고양이도 기르지 않고 말이오. 그런 녀석들이라도 곁에 있어야 자기가 사람이라는 것을 좀 느끼고 살 텐데, 인간이란 혼자 살다 보면 악마와 사귀기 쉬운 법이죠. 하느님을 가까이하고 있다면 그다지 문제가 없겠지만. 아무튼 어느 쪽을 가까이할지는 스스로 선택하지 않으면 안 돼요. 악마가 일라이펄릿 백스터와 줄곧 함께 있었다고 한다면 그건 일라이펄릿이 원했기 때문이겠죠."

"남자가 다 그렇죠, 뭐."

그러고 나서 미스 코닐리아는 묵묵히 복잡한 옷주름을 잡는 데 열중하기 시작했다.

이윽고 짐 선장은 지나가는 말처럼 한마디 툭 던져서 일부러 미스 코닐리아를 자극했다.

"나는 요전번 일요일 아침에 감리교회에 갔다 왔소."

"그냥 집에서 성서를 읽는 편이 나았을 텐데 뭐 그런 쓸데없는 짓을 했어요."

"코닐리아, 자기 교회에서 설교가 없을 때 감리교회에 갔다고 해서 그리 나쁠 건 없다고 생각하오. 나는 지난 76년 동안 장로교회 신도로 살아왔고, 이 나이에 새삼 내 신앙이 닻을 올릴 리도 없소."

미스 코닐리아는 엄격하게 말했다.

"하지만 나쁜 본보기를 보이는 게 되니까요."

장난기가 발동한 짐 선장이 다시 짓궂게 말을 이었다.

"그리고 나는 좋은 성가를 듣고 싶기도 했소. 감리교회에는 좋은 성가대가 있으니 말이오. 우리 교회는 성가대가 분열된 뒤로 노래가 형편없어졌다는 건 코닐리아도 부정할 수 없을 테지요."

"성가대가 좀 서투르다고 해서 어떻다는 거죠? 모두들 최선을 다하고 있고, 하느님께서는 까마귀와 꾀꼬리 소리를 차별하시지 않아요."

짐 선장이 조금 말투를 누그러뜨렸다.

"아니, 코닐리아, 전능하신 신께서는 음악에 대해 그보다는 더 나은 귀를 가지고 있다고 생각하는데요."

아까부터 웃음을 참느라 애쓰고 있던 길버트가 슬쩍 끼어들어 물었다.

"우리 교회 성가대에 무슨 일이 있었습니까?"

"3년 전 새 교회를 짓게 되면서였소. 그 교회를 세우면서 아주 애를 먹었지요. 새 교회의 부지 문제로 말이오. 후보지였던 두 부지의 거리는 2백 야드(약 180미터)도 떨어져 있지 않았지만, 다툼이 하도 격렬해서 모르는 사람이 봤으면 어디 천 야드는 떨어져 있는 줄 알았을 거요.

우리는 세 파로 갈라졌소. 동쪽 부지 지지파와 남쪽 부지 지지파, 그리고 원래의 교회 터 지지파로 말이오. 잠자리에서도 식탁에서도 교회에서도 시장에서도 끝없이 다투었죠. 서로 깎아내리느라 3대 전에 있었던 추문까지 무덤에서 끌어내어 동네방네 떠들고 다니는 지경이었소. 이 다툼으로 세 쌍이나 혼담이 깨졌었죠.

그 문제를 담판 짓겠다고 우리가 회의는 또 얼마나 많이 했는지! 코닐리아, 루서 번즈 노인이 일어나서 연설했을 때 그 모임을 잊을 수 있겠어요? 그 양반 그날 자기 의견을 원 없이 다 발표하지 않았소?"

"그렇게 빙빙 돌려 말할 거 뭐 있어요, 선장님. 그 노인이 머리끝까지 화가 치밀어서 아주 펄펄 뛰면서 죄다 난장판을 만들어놨죠. 그런데 그럴 만도 했어요. 아무짝에도 쓸모없는 사람들만 모아놨으니까요. 하긴 남자들만 잔뜩 모아놓은 위원회에서 무슨 일을 하겠어요?

그 건축위원회는 회의를 스물일곱 번을 하고도, 스물일곱 번째 회의가 끝난 뒤에도 첫 회의 때나 마찬가지로 교회는 세워질 기미도 안 보였지요. 어디 그뿐이었나요? 일을 서둘러야 한다면서 별안간 헌 교회부터 때려 부순 바람에 우리는 공회당 말고는 예배 볼 장소마저 없었잖아요."

"감리교에서 자기네 교회를 쓰라고 했잖소, 코닐리아?"

미스 코닐리아는 짐 선장을 무시하고 말을 이었다.

"글렌세인트메리 교회는 오늘까지도 세워지지 못했을 거예요, 우리 여자들이 나서지 않았다면요. 남자들이 최후의 심판 날까지 저렇게 싸움을 계속할 작정이라면, 우리 여자들끼리 교회를 직접 짓자고 말했죠. 감리교회 사람들한테 웃음거리가 되는 것도 지긋지긋했고요.

우리는 회의를 딱 한 번 열어서 위원회를 꾸리고 기부금을 모으기 시작했어요. 기부금도 바로 걷혔죠. 남자들 중에 누군가가 우리들을 막아서려고 하면 이렇게 말해줬어요. 당신들이 2년이나 교회를 세우려 해왔으니 이번에는 우리 차례라고요.

우리들은 남자들이 입도 뻥끗 못 하게 했어요. 정말이래도요. 그렇게 해서 우리는 여섯 달 만에 교회를 지었죠. 여자들이 마음을 단단히 먹었다는 걸 알자 남자들도 그제서야 싸움을 관뒀죠. 그리고 이젠 어쩔 수 없고, 더 이상 잘 났다고 나서서 남들한테 이래라저래라 떠들기만 할 수 없게 된 걸 깨닫고 일을 하기 시작했죠. 남자란 그런 거예요. 네, 물론 여자는 설교도 못 하고 장로도 되지 못하죠. 하지만 교회를 짓고 그 비용을 마련할 수는 있는 건 바로 우리 여자들이에요."

짐 선장이 말했다.

"감리교회에서는 여자에게도 설교를 시키던데,"

미스 코닐리아는 짐 선장을 흘겨보았다.

"나는 감리교 사람들에게 상식이 없다는 말을 한 일은 없어요, 선장님. 내가 말하는 건 그들에게는 가장 중요한 신앙이 부족하다는 거예요."

길버트가 물었다.

"미스 코닐리아는 여성 참정권에 찬성일 테죠?"

미스 코닐리아는 경멸을 나타냈다.

"나는 선거권 같은 것을 갖고 싶어서 이러는 게 아니에요. 정말이래도요. 여자들은 남자들 뒤치다꺼리를 하는 게 어떠한 것인지 잘 알고 있으니까요. 하지만 남자들이 머지않아 자기들로서도 손을 쓸 수 없을 만큼 세상을 엉망으로 만들어버린 걸 알면, 자기들이 만들어놓은 골칫거리를 조용히 떠넘기려고 여성에게 기꺼이 선거권을 주겠죠. 그게 바로 남자들 꿍꿍이속이에요. 여자가 참을 성이 강해서 다행인 줄 알아야 돼요, 정말이지!"

짐 선장이 물었다.

"욥[1]은 어떻소?"

미스 코닐리아는 의기양양하게 면박을 주었다.

"아, 욥이요? 참을성 있는 남자가 얼마나 없으면 겨우 한 사람 찾아냈다고 그를 잊지 못하게 하려고 작정하고 덤볐겠어요. 어쨌든 미덕이 꼭 이름을 따라가는 것도 아니에요. 항구 윗마을 욥 테일러 노인만큼 성급한 남자는 없으니까요."

"하지만 코닐리아도 알잖소. 그 노인에게는 힘든 일들이 너무 많았어요. 코닐리아도 욥의 아내를 두둔할 수는 없을 거요. 그 아내의 장례식 때 윌리엄 매컬리스터 노인이 한 말을 나는 자주 생각하곤 하오. '기독교인이었음에는 틀림없지만 성질은 악마 같은 여자였어.'라고 했던 것 말이오."

미스 코닐리아도 마지못해 시인했다.

"그 부인이 확실히 끔찍한 사람이긴 했지만, 아무리 그래도 아내의 장례식 때 남편인 욥이 한 말은 용서받지 못할 것이었어요. 장례식이 끝나고 욥은 묘지에서 우리 아버지와 함께 마차를 타고 돌아왔어요. 집 가까이 올 때까지 욥은 한마디도 하지 않다가, 거의 다 왔을 때 땅이 꺼지도록 한숨을 내쉬며 이렇게 말했대요. '자네는 믿지 않을지 모르지만, 스티븐, 오늘은 내 생애에서 가장 행복한 날일세!' 남자라는 족속들은 다 그렇다니까요!"

"뭐, 불쌍한 욥의 아내가 남편을 어지간히 들들 볶기는 했지."

"하지만 인간으로서 최소한의 예의를 지키기 위해 할 말, 못 할 말이 있지 않겠어요? 마음속으로야 자기 아내가 죽은 게 아무리 기쁘더라도 그것을 동네

---

[1] 《구약성서》〈욥기〉의 주인공으로, 역경이 닥쳐도 신에 대한 신뢰를 저버리지 않았던 인물이라 여기에서는 참을성 강한 인물의 대명사로 쓰이고 있음.

방네 떠들 필요까지는 없죠. 게다가 아내가 죽어서 행복했는지 어땠는지는 몰라도 욥 테일러는 전 아내의 사망 신고서 잉크가 마르기도 전에 새장가를 들었잖아요.

두 번째 아내는 욥을 자기 손아귀에 쥐고 살았죠. 거의 목덜미를 잡아 질질 끌고 다니다시피 했으니까요, 안 그래요? 제일 먼저 한 일은 욥을 떠다밀어서 전 아내의 묘비를 세우게 한 것이었고요. 거기에 자기 이름을 넣을 자리도 떡하니 비워두고서 말예요. 자기가 죽고 나면 자기를 위해 비석을 세우도록 욥에게 시킬 사람은 아무도 없다면서요."

짐 선장이 길버트에게 물었다.

"테일러 집안사람 이야기가 나왔으니 말이오만, 선생, 글렌의 루이스 테일러 부인은 어떤 상태요?"

길버트가 대답했다.

"더디긴 하지만 차츰 좋아지고 있습니다. 그렇지만 테일러 부인은 너무 심하게 일하고 있어요."

미스 코닐리아가 말했다.

"그 남편도 일을 참 열심히 하죠. 품평회에 출품할 돼지를 기르느라고 말이에요. 그 사람은 훌륭한 돼지를 기르기로 이름나 있어요. 자식들보다도 돼지를 더 자랑스러워해요. 하기야 사실 그 집 돼지는 보란 듯이 잘 컸는데, 자식들 중에는 이렇다 할 자랑거리를 내세울 만한 아이가 없으니까요.

그렇지만 애초에 루이스 테일러가 아이들 어머니에게도 몹쓸 짓을 했죠. 아이를 배고 있을 때고 젖 먹이고 키울 때고 간에, 제대로 된 음식을 주지 않았으니까요. 글쎄, 돼지에게는 크림을 주고, 아이들에게는 탈지유를 줬어요."

"분하지만 때로는 당신 말에 찬성하지 않을 도리가 없을 때가 있어요, 코닐리

아. 루이스 테일러에 관해서는 당신 말이 다 맞소. 아이라면 마땅히 누려야 할 것을 하나도 받지 못하고 있는 그 가엾고 비참한 아이들을 보고 나면 나는 그 뒤 며칠 동안 음식이 목구멍으로 넘어가지를 않아요."

앤이 손짓해서 길버트는 일어나 부엌으로 갔다.

앤은 문을 닫고 길버트에게 설교를 했다.

"길버트, 자기랑 짐 선장님 둘이서 미스 코닐리아의 화 돋우면서 재미있어하는 거 그만 좀 해둬. 내가 다 듣고 있었어. 이 이상 하도록 내버려둘 수가 없어."

"앤, 미스 코닐리아도 충분히 즐기고 있어. 당신도 알잖아."

"그런 건 아무 상관 없어. 둘이서 그렇게 미스 코닐리아를 부추길 필요는 없잖아. 아무튼 이제 식사 준비도 다 됐어. 그리고 길버트, 린드 아주머니에게 거위를 자르게 하면 안 돼. 당신이 제대로 못할 거라 생각하고 아주머니가 나설 게 뻔해. 잘한다는 걸 보여드려."

"물론 잘할 수 있지. 요 한 달 동안 A–B–C–D로 칼질하는 순서가 적힌 그림을 봐가면서 공부했으니까, 앤. 단, 내가 칼질하고 있는 동안 나한테 말을 걸어선 안 돼. 내 머리에서 알파벳 순서가 엉켜버리면 당신이 옛날 기하 시간에 선생님이 기호를 바꾸어서 쩔쩔매던 때 이상으로 내가 궁지에 빠질 테니까."

길버트는 멋지게 거위를 잘랐다. 린드 부인마저 그것을 인정하지 않을 수 없었다. 모두들 푸짐하게 차려진 거위 요리를 배불리 맛있게 먹었다.

앤의 첫 크리스마스 만찬은 대성공을 거두었고 앤의 얼굴은 주부로서의 뿌듯함을 드러내며 한껏 빛났다. 즐거운 파티는 떠들썩하게 오랜 시간 이어졌다. 식사 뒤, 모두들 벌겋게 타오르는 난롯불을 둘러싸고 앉았다. 짐 선장이 이야기를 들려주는 동안 붉은 해가 포윈즈 항구로 가라앉기 시작했고. 양버들의 기다랗고 푸르스름한 그림자가 오솔길에 쌓인 눈 위로 길게 드리워졌다.

이윽고 짐 선장이 말했다.

"나는 이제 등대로 돌아가야겠군요. 지금 가야 해가 완전히 떨어지기 전에 간신히 도착하겠소. 아주 멋지고 즐거운 크리스마스를 보내게 되어 고마웠어요, 블라이드 사모님. 데이비가 돌아가기 전에 언제든 밤에 등대로 데리고 와요."

데이비는 신이 나서 말했다.

"난 그 돌의 신이라는 걸 보고 싶어요."

등대와 새해 전야

크리스마스가 지나자 그린게이블즈 사람들은 아쉬워하며 돌아갔다. 마릴라는 봄이 되면 다시 와서 한 달쯤 머무르겠다고 굳게 약속했다.

새해를 앞두고 다시 눈이 내리고 항구는 얼어붙었지만, 하얀 눈에 갇힌 설원 너머 세인트로렌스만은 아직 얼지 않았다. 묵은해의 마지막 날은 춥지만 햇살이 눈부신 하루였다. 다만 그 찬란하고 눈부신 광경으로 우리의 찬탄은 일으킬지언정 우리의 애정을 얻을 수는 없는 그런 날이었다.

하늘은 쨍 하며 깨어질 듯이 새파랬다. 다이아몬드 같은 눈은 강렬하게 빛났다. 벌거벗고도 부끄러움을 모르는 듯 우뚝 서 있는 나무들에서는 어떤 대담한 아름다움이 느껴졌다. 주변 언덕은 수정으로 된 창처럼 하늘을 향해 뾰족이 솟아 있었다. 그림자마저 날카롭고 딱딱하고 윤곽이 뚜렷해서 어쩐지 그림자답지가 않았다.

아름다운 것은 열 배나 아름다워 보였지만 눈부신 찬란함 속에서 오히려 그 매력은 퇴색하는 듯했다. 또한 추한 것도 열 배나 추해 보였고, 모든 것은 아름답든가 추하든가 둘 중 하나였다. 그 빈틈없이 휘황한 빛 앞에서는 부드러운 색의 섞임이라든가 다정스러운 아련함이라든가 신비로운 몽롱함은 하나도 없었다. 자기의 개성을 견고히 간직한 것은 오로지 전나무뿐이었다. 전나무는 신비와 그림자에 감싸인 나무이므로 무법자인 빛의 침입을 허락하지 않았다.

마침내 새해 전날도 자기가 나이 먹어가고 있음을 깨달았다. 그리하여 그 아름다움에 우수가 더해지며 아련해졌지만 아름다움 그 자체는 오히려 더 도드라졌다. 날카롭게 꺾인 직선들과 뾰족한 끄트머리 등이 보드라운 곡선과 매혹적이며 어슴푸레한 불빛으로 바뀌었다. 새하얀 항구는 부드러운 잿빛과 핑크빛 옷을 걸쳤고 아득한 저편 언덕은 자수정빛으로 물들었다.

앤이 말했다.

"묵은해가 아름답게 떠나가고 있네."

새해를 등대에서 맞으려고 짐 선장과 미리 계획했던 앤과 레슬리와 길버트는 포윈즈곶으로 가는 길이었다.

태양은 가라앉았고 서남쪽 하늘에는 금성이 자매 별인 지구에 한껏 다가서서, 신성한 금빛으로 반짝이고 있었다. 앤과 길버트는 이 찬연한 저녁샛별이 던지는 그림자를 처음으로 보았다. 그 아련하고 신비로운 그림자는 하얀 눈이 비춰질 때밖에 보이지 않을 뿐 아니라, 곁눈으로는 볼 수 있지만 똑바로 바라보면 어느새 달아나고 없었다.

앤이 속삭였다.

"꼭 그림자의 정령 같지 않아요? 앞쪽을 바라볼 때에는 바로 옆에 서성이는 게 뻔히 보이는데, 막상 그쪽을 돌아보면 사라져버리고 없잖아요."

레슬리가 설명했다.

"금성의 그림자는 일생에 한 번밖에 볼 수 없다나 봐요. 그리고 그것을 본 지 1년 안에 그 사람 생애에서 가장 멋진 선물을 받을 수 있대요."

그렇게 말하는 레슬리의 말투는 딱딱했다. 금성의 그림자조차도 자기에게는 인생 최고의 선물 같은 것은 가져다줄 수 없다고 생각했기 때문이리라. 부드러운 황혼 빛에 물든 앤은 살며시 미소 지었다. 그 신비로운 그림자가 자기에게 무엇을 약속해주었는지 똑똑히 알고 있었기 때문이다.

등대에 이르러보니 이미 마셜 엘리엇이 와 있었다. 처음에 앤은 친한 사람끼리 마련한 조촐한 모임에 이 긴 머리, 긴 수염의 괴짜 사나이가 끼는 것이 썩 반갑지 않았다. 그러나 마셜 엘리엇은 요셉을 아는 사람들의 일원이 될 자격이 있다는 것을 금세 증명해 보였다. 그는 재치 넘치고 지적이고 박학한 사람이었으며 재미있는 이야기를 하는 재주가 짐 선장 못지않았다. 마셜이 그날 밤 등대에서 그들과 함께 묵은해를 떠나보내기로 한 것을 모두들 기뻐하게 되었다.

짐 선장 조카딸의 아들인 어린 조가 할아버지하고 같이 새해를 맞고 싶어 등대에 묵으러 와 있었다. 소파에서 곤히 잠든 조의 발치에는 '일등항해사'가 커다란 황금색 공처럼 몸을 둥글게 만 채 웅크리고 있었다.

짐 선장은 자못 만족스러운 듯 바라보며 말했다.

"정말 귀여운 녀석이죠? 아이가 잠든 모습을 보는 건 아주 즐거운 일이죠, 블라이드 사모님. 세상에서 가장 아름다운 광경 아닙니까? 조는 여기 묵으러 오는 걸 무척 좋아합니다. 나하고 잘 수가 있으니까요. 집에서는 남동생 둘이랑 같이 자야 하는데 조는 그것이 마음에 들지 않는 거죠.

'왜 아버지하고 같이 자면 안 되죠, 짐 할아버지? 성서를 보면 다들 자기 아버지랑 자던데요.'라고 물어서 정말 난처했다고요. 이 애가 하는 질문들은 목사님이라도 대답하지 못할 것들투성이예요.

조는 오늘 밤 잠들기 전에도, '짐 할아버지, 내가 만일 내가 아니라면 나는 누구일까요?'라든가 '짐 할아버지, 만일 신께서 죽어버리면 무슨 일이 일어날까요?'라는 질문을 나한테 잇따라 쏘아댔소.

게다가 이 녀석이 상상하는 건, 나도 들어본 적 없는 희한한 것들이죠. 아주 놀랄 만한 이야기를 만들어내는 재주가 있어요. 엉뚱한 말을 지어냈다고 어머니가 벽장에 가두면, 그곳에 틀어박혀 또 새로운 이야기를 만들어내어서는, 밖으로 꺼내주자마자 또 이야기를 하는 거예요.

오늘 밤 이곳에 왔을 때 나에게도 하나 얘기해주었소. '짐 할아버지.' 하고 부르더니 묘석처럼 무서운 얼굴로 말을 꺼냈죠. '오늘 나는 글렌에서 모험을 하고 왔어요.'라고 말이오. '그래, 어떤 모험이었는데?' 내가 무엇인가 깜짝 놀랄 만한 일을 기대하며 물었더니, 글쎄 생각지도 못한, 세상 엉뚱한 대답을 하지 뭐겠소. '길에서 늑대를 만났어요. 엄청 큰 늑대인데 커다랗고 빨간 입에 무지무지 날카로운 이빨이 나 있었어요, 짐 할아버지.' 하고 말이오. '글렌에 늑대가 있는 줄은 몰랐구나.' 했더니 '응, 그 늑대는 멀고 먼 곳에서 온 거예요. 짐 할아버지, 난 늑대한테 잡아먹히는 줄 알았어요.'라더군요. 그래서 '무서웠니?' 하고 물었더니 '무섭지는 않았어요. 왜냐하면 나는 커다란 총을 갖고 있었는걸요. 그것으로 늑대를 탕! 쏘아 해치워버렸어요, 짐 할아버지. 완전히 죽여버렸어요. 그랬더니 늑대는 천국에 올라가 하느님을 앙 물었어요.'라고 합니다.

이런 식이라니까요, 블라이드 사모님. 정말이지 두 손 번쩍 들고 말았습니다."

시간이 지남에 따라, 유목을 지핀 난롯가가 점점 떠들썩해져갔다. 짐 선장은 이야기를 몇 가지 더 했고 마셜 엘리엇은 아름다운 테너로 옛 스코틀랜드 민요를 노래했다. 나중에는 짐 선장이 벽에 걸어두었던 바이올린을 내려 켜기 시작했다. 짐 선장의 바이올린 솜씨는 그럭저럭 들어줄 만해서 모두들 즐거워했지만 '일등항해사'만은 예외였다. 녀석은 마치 총에 맞기라도 한 것처럼 소파에서 펄쩍 뛰어오르더니 요란한 외마디 비명을 지르기가 무섭게 미친 듯이 층계를 뛰어올라 달아났다.

"저 고양이에게는 아무래도 음악 듣는 귀를 길러줄 수 없나 봐요. 도무지 좋아질 때까지 참고 앉아 있지를 않는다니까요. 글렌 교회에 오르간이 들어왔을 때 오르간 연주자가 첫 음을 치기가 무섭게 장로인 리처드 노인이 자리를 박차고 일어나 통로를 허겁지겁 달려 교회 밖으로 뛰쳐나갔는데, 사람이라고 생각할 수 없을 만큼 재빨랐거든요. 그런데 그 모습을 보고 순간 내가 바이올린을 켜기 시작하면 달아나는 '일등항해사' 생각이 나서, 하마터면 교회 안에서 큰 소리로 웃을 뻔했죠. 그때까지도 그렇고, 그 이후로도 그만큼 웃긴 일은 다시없었어요."

짐 선장이 연주하는 바이올린의 유쾌한 리듬이 듣는 사람을 흥겹게 만들어서 마셜 엘리엇은 곧 발을 들썩들썩하기 시작했다. 젊었을 때 마셜은 상당히 뛰어난 춤꾼으로 알려져 있었다. 이윽고 그는 벌떡 일어서서 레슬리에게 손을 내밀었다. 레슬리는 아무 망설임 없이 응했다. 난로 불빛이 비추는 방에서 두 사람은 리듬을 타며 놀랄 만큼 우아하게 빙글빙글 돌았다. 레슬리는 마치 영감에 사로잡힌 사람처럼 춤추었다. 야성적이고 달콤한 음악의 분방함이 레슬리의 몸속에 들어와 그녀를 사로잡기라도 한 것 같았다.

앤은 매혹과 동경의 눈으로 조용히 지켜보았다. 그러한 레슬리는 이때껏 본 적이 없었다. 레슬리의 본성에 깃든 풍부한 성격과 색깔, 매력이 족쇄를 풀고 나와 발그레한 볼, 빛나는 눈동자, 우아한 동작이 되어 넘쳐흐르는 듯했다. 턱수염과 머리칼을 길게 기른 마셜의 용모조차도 이 그림을 망치지는 못했다. 그러기는커녕 오히려 그림의 아름다움을 더해주는 듯 보였다. 마셜은 파란 눈에 금발의 스칸디나비아반도 아가씨와 춤추는 고대의 바이킹처럼 보였다.

마침내 피로한 손에서 활을 떼며 짐 선장이 선언했다.

"이토록 아름다운 춤은 처음 봅니다. 이래 봬도 젊은 시절에 춤이라면 제법 많이 보아왔는데 말이죠."

레슬리는 웃는 얼굴로 숨을 할딱이며 의자에 쓰러졌다.

그리고 앤에게만 살짝 말했다.

"나는 춤을 아주 좋아해요. 16살 때부터 추지 않았지만 너무너무 좋아해요. 음악이 꼭 수은처럼 내 혈관 속을 흐르면서 모든 것을 잊게 해줘요. 아무 생각도 하지 않고 그저…… 박자에 맞춰 음악을 따라가는 즐거움만 남죠. 발밑의 바닥도, 주변의 벽도, 머리 위의 지붕도 죄다 사라져버리고, 별들 사이를 떠다닐 뿐이에요."

짐 선장은 바이올린을 원래 있던 자리에 걸었다. 그 옆 커다란 사진틀에 몇 장의 지폐가 간직되어 있었다.

"어느 분이든 주변의 친구나 친척 중에, 저 말고 이렇게 그림 대신 지폐를 벽에 장식할 만한 사치를 부릴 수 있는 사람을 알고 계시는 분 있습니까? 저기에는 10달러 지폐가 스무 장 들어 있어요. 그런데 저 액자에 끼운 유리 가치보다도 못하지요. 예전 프린스에드워드섬 은행에서 발행했던 지폐죠. 은행이 망했을 때 내가 갖고 있었던 것입니다. 액자에 넣어 장식해 둔 이유는, 첫째로 은행을 믿지 말라는 교훈을 잊지 않기 위해서이고, 그다음은 백만장자가 된 것 같은 기분을 맛볼 수 있기 때문이죠.

이봐, '일등항해사', 겁먹지 마. 이제 내려와도 돼. 네가 질색하는 음악도 한바탕 축제도 오늘 밤은 다 끝났으니까.

이제 올해도 딱 한 시간밖에 남지 않았네요. 나는 새해가 저 맞은편 만으로 찾아오는 것을 일흔여섯 번 보아왔죠, 블라이드 사모님."

마셜 엘리엇이 말했다.

"백 번도 보게 될 겁니다."

짐 선장은 고개를 저었다.

"그럴 리도 없고 그러고 싶지도 않아요. 적어도 나는 그렇게 생각하고 있습니다. 나이를 먹어가면서, 죽음은 친구가 되기 마련이오. 하기야 정말로 죽고 싶다고 생각하는 사람은 하나도 없지만요, 마셜. 테니슨의 말처럼요.

글렌에 윌리스 부인이라고, 나이가 꽤 많은 할머니가 있어요. 딱하게도 한평생 고생도 많이 했고, 친구고 친척이고 소중한 사람은 다 먼저 보냈지요. 이 할머니는 저승사자가 자기를 데려가는 날만 기다리고 있다고, 이 눈물의 골짜기에 더 이상 머물고 싶지 않다고 입버릇처럼 말해요.

그런데 몸이 한번 아플 때면 어찌나 겁을 먹고 소동을 피워대는지! 샬럿타운에서 의사란 의사는 다 불러오고 경력 많은 간호사도 고용하고, 약은 또 저 정도로 먹었다가는 장사도 쓰러뜨리겠다 싶을 만큼 많이 먹어요. 뭐, 이승이 눈물의 골짜기일지는 모르지만, 세상에는 우는 것을 즐기는 사람도 더러 있는 모양입니다."

그들은 묵은해의 마지막 한 시간을 난롯가에 둘러앉아 조용히 보냈다. 몇 분을 남겨두고 자정이 될 즈음 짐 선장이 일어나 문을 열었다.

"새해를 맞아들여야 하니까요."

밖은 맑게 갠 푸른 밤이었다. 반짝이는 달빛으로 된 리본이 만에 화관처럼 장식되어 있었다. 모래톱 안쪽에서는 항구가 진주를 깔아놓은 듯 빛나고 있었다.

그들은 문 앞에 서서 기다렸다. 짐 선장은 원숙하고 풍부한 경험을 간직하고, 마셜 엘리엇은 활발하면서도 공허한 중년의 인생을 안고, 길버트와 앤은 소중한 추억과 더할 나위 없이 아름다운 희망을 가슴에 품고, 레슬리는 사랑에 굶주린 세월과 희망 없는 미래를 앞두고서 말이다.

어느덧 벽난로 위 작은 선반에 놓인 시계가 12시를 쳤다.

시계 소리의 마지막 여운이 사라지는 것을 들으면서 짐 선장은 깊이 고개를 숙였다.

"새해 복 많이 받으시오. 벗들이여, 부디 인생이라는 배를 타고 가는 여러분 생애에서 가장 좋은 해를 보내시기를. 새해가 우리에게 무엇을 가져다주든 그것은 위대한 선장이신 신께서 우리에게 주시는 최선이라라 생각합니다. 그리고 모두들 어떻든지 좋은 항구에 입항하리라 기대합니다."

포윈즈의 겨울

새해 첫날이 지나자 겨울은 사나운 위세를 떨치기 시작했다. 바람에 날려온 눈이 작은 집 둘레에 높이 쌓이고 종려나무잎 같은 성에가 창문을 뒤덮었다. 항구에 언 얼음은 더욱더 단단하고 두꺼워졌고, 마침내 포윈즈 사람들은 여느해와 마찬가지로 그 위를 오가기 시작했다. 친절한 정부가 꽝꽝 언 빙판 위에 작은 나무를 꽂아 안전하게 다닐 수 있는 길을 표시해주었기에 흥겹게 딸랑딸랑하는 썰매의 방울 소리가 밤낮으로 울려 퍼졌다. 달밤이면 앤은 '꿈의 집'에서 그 소리를 요정이 울리는 종소리처럼 들었다.

만이 얼어붙었으므로 포윈즈 등대도 쉬고 있었다. 항해가 끊어진 몇 달 동안 짐 선장의 일터는 휴업상태였다.

"'일등항해사'와 나는 봄까지 아무 할 일 없이 집 안에서 따뜻하게 지내면서 노닥거리기만 하면 되오. 그 전 등대지기는 겨울이면 언제나 글렌 마을에 가서 지냈지만, 나는 포윈즈곶에 있는 편이 좋아요. 글렌에 가면 '일등항해사'가 독이 든 것을 먹거나 개한테 물릴지도 모르니까요. 지켜야 할 등댓불도 없고 나를 심심할 틈 없게 해주는 바닷물도 없어서 쓸쓸한 건 사실이지만, 친구들이 이따금 놀러 오기만 한다면 그럭저럭 견뎌낼 수 있소."

짐 선장이 빙상 요트를 갖고 있어서, 길버트와 앤과 레슬리는 함께 타고 항구에 생긴 매끄러운 얼음판 위를 몇 번이나 아주 신나게 질주했다. 앤과 레슬리는 눈신을 신고 들판을 넘든가, 폭풍이 휩쓸고 지나간 뒤 항구를 가로지르든가, 글렌 맞은편 숲을 지나든가 하며 멀리까지 산책을 나갔다. 산책할 때도 난롯가에 마주 앉아있을 때도 두 사람은 마음이 맞는 벗이었다. 서로에게 줄 수 있는 무언가를 각자 가지고 있었다. 마음이 통하는 대화를 나누든 말없이 정다운 침묵 속에 함께 머물러 있든, 서로의 존재로 인해 인생이 한층 풍요해짐을 느꼈다. 흰 들판을 사이에 두고 서로가 머무는 집을 바라볼 때마다 저곳에 친구가 있다는 생각에 기쁨을 느꼈다.

그럼에도 앤은 레슬리와 자기 사이에 언제나 벽이 있음을 의식하고 있었다. 아무리 노력해도 완전히 사라지지 않는 거리감 같은 것이었다.

어느 날 밤 앤은 짐 선장에게 이야기했다.

"어째서 레슬리에게 좀 더 다가갈 수 없는지 모르겠어요. 레슬리를 이토록 좋아하는데, 이렇게 동경하는데, 그래서 레슬리를 내 마음 한가운데로 잡아끌고 나도 레슬리 마음속에 뛰어들고 싶은데 아무리 해도 그 벽을 넘을 수가 없어요."

짐 선장은 깊게 생각하며 말했다.

"사모님은 지금까지 너무나 행복하게 살아왔기 때문이죠. 그래서 마음속에서 레슬리와 진정으로 터놓을 수 없는 거예요. 두 사람을 가로막고 있는 벽은 그녀가 겪어온 슬픔과 고통이에요. 그것은 레슬리 탓도 아니고 사모님 탓도 아니죠. 하지만 그 벽은 엄연히 거기 있고, 어느 쪽도 뛰어넘을 수는 없어요."

"나도 그린게이블즈에 오기 전 어린 시절은 그다지 행복하지 않았어요."

앤은 달빛 아래 눈 덮인 들판 위로 잎사귀 떨군 앙상한 나무들이 드리운 적막하고 슬프고도 죽은 듯 아름다운 그림자를 심각하게 바라보았다.

"그럴지도 모르죠. 하지만 그것은 제대로 보살펴줄 사람이 없는 어린이에게 흔히 있는 여느 불행에 지나지 않아요, 블라이드 사모님. 사모님 인생에 '비극'은 없었어요. 그런데 가엾은 레슬리 인생은 거의 비극으로 점철되어 있었소. 레슬리는 아마 자기도 미처 깨닫지 못한 채, 자기 인생에는 사모님이 들어올 수도 이해할 수도 없는 것이 가득 있다는 걸 느끼고 있을 게 틀림없어요. 그래서 사모님을, 말하자면 어느 만큼 이상 가까이 들여놓지 않으려는 겁니다. 이를테면 자기가 상처받지 않기 위해서 부인을 다가오지 못하게 하는 셈입니다.

왜 있잖아요, 우리들 몸 어딘가에 아픈 곳이 있으면 남이 건드리거나 가까이 오지 못하도록 뒷걸음질 치잖소. 우리 마음도 마찬가지 아니겠어요? 레슬리의 마음은 살갗이 다 벗어진 거나 다름없을 거예요. 그것을 숨기려 하는 것도 무리가 아니죠."

"짐 선장님, 정말로 그것뿐이라면 상관하지 않았을 거예요. 나도 이해할 수 있으니까요. 하지만 때때로—늘 그런 건 아니지만 아주 이따금씩—레슬리는 나를 좋아하지 않는 게 아닐까 여겨질 때가 있어요. 어쩌다가 레슬리 눈에 적의와 혐오가 어린 빛이 떠올라 깜짝 놀라곤 해요…… 곧 사라져버리기는 하지만…… 그러나 나는 분명히 보았어요. 그러면 괴로워요, 짐 선장님. 다른 사람이 나를 그렇게까지 싫어하는 일을 겪어본 적이 없어서요. 더욱이 레슬리의 우정을 얻으려고 이토록 노력해왔으니까 더더욱 견디기 힘들어요."

"블라이드 사모님, 레슬리의 우정은 이미 얻었어요. 레슬리가 사모님을 좋아하지 않는다는 바보 같은 생각은 버리도록 해요. 사모님을 좋아하지 않았다면 레슬리가 사모님하고 지금처럼 친하게 붙어다니기는커녕 아예 알은체도 하지 않았을 거예요. 나는 레슬리를 잘 알고 있으니 확실해요."

그러나 앤은 주장을 굽히지 않았다.

"내가 포윈즈에 처음 온 날, 산에서 거위를 몰고 내려오는 레슬리를 처음으로 보았을 때도 그녀는 같은 표정으로 나를 보았어요. 그녀가 지닌 아름다움에 넋을 잃고 있는 동안에도 나는 그 시선만큼은 분명히 느꼈죠—레슬리의 눈에 찬 적의의 눈빛을요. 짐 선장님, 정말이에요."

"블라이드 사모님, 무언가 다른 일 때문에 원망이 치밀어 올랐었을 거예요. 때마침 사모님이 거기를 지나가서 그것을 보았을 뿐이고요. 가엾게도 레슬리는 이따금 걷잡을 수 없이 침울하고 부루퉁해질 때가 있어요. 그녀가 이제까지 얼마나 참고 견뎌왔는지 알기 때문에 난 그녀를 비난할 수 없어요. 그녀가 왜 그런 고통을 받아야 하는지 정말 모르겠소.

의사 선생과 둘이서 악의 기원에 대해 꽤 이야기를 주고받았소만, 아직도 그 수수께끼를 완전히 풀지는 못했소. 인생에는 이해할 수 없는 일들이 많으니까요. 사모님도 그런 생각 들 때 있지 않아요? 때로는 모든 일이 순리대로 풀릴 때도 있지요. 사모님과 선생처럼요. 그런가 하면 모든 게 뒤죽박죽 꼬이고 어긋나기만 하는 것같이 보이는 때도 있고요.

저 레슬리만 해도 똑똑한 데다 아름답기까지 해서 여왕이 되기 위해 태어났다고 생각될 정도였지만, 반대로 저 감옥 같은 집구석에 갇혀 여자로서 가치를 뭐 하나 펼쳐보이지도 못한 채 아무런 희망도 없이 한평생 딕 무어의 뒤치다꺼리나 해야 할 운명이니까요. 블라이드 사모님, 그렇지만 레슬리는 딕이 집을 나가기 전 생활보다는 지금의 생활 쪽을 택할 거요. 이런 일은 늙은 뱃사람이 어설프게 입을 놀릴 일은 아니지만요.

어쨌든 사모님은 레슬리를 아주 많이 도와주고 있는 겁니다. 사모님이 포윈즈에 오고 나서 레슬리는 딴사람이 되었으니 말입니다. 사모님은 모를지도 모르지만, 전부터 레슬리를 알고 있는 우리는 그녀가 달라졌다는 걸 잘 알 수 있어요. 지난번에도 미스 코닐리아와 그 이야기를 했었는데, 좀처럼 의견이 맞는 적 없는 우리들이지만 그 일에 대해서만은 일치되었죠. 그러니 레슬리가 부인을 좋아하지 않는다는 그런 생각은 저 바다에다 던져버리세요."

그래도 앤은 그 생각을 완전히 떨쳐버릴 수가 없었다. 이성으로 아무리 쫓아버리려고 해도 도저히 떨쳐낼 수 없는 어떤 직감처럼 레슬리가 자기에 대해 막연하고 기묘한 적의를 품고 있다는 또렷한 느낌이 드는 순간들이 확실히 있었기 때문이었다. 때로 이 미묘한 느낌 때문에 우정을 나누는 즐거움에 온통 생채기가 나는 일도 있었다. 그런가 하면 거의 잊어버릴 때도 있었다. 그러나 앤은 어딘가 숨어 있던 가시가 언제 뾰족 튀어나와 자기를 찌를지 모른다고 늘 느끼고 있었다. 앤이 작은 '꿈의 집'에 봄이 가져다줄 희망을 레슬리에게 이야기했을 때도, 앤은 잔인한 가시에 찔리는 쓰라린 아픔을 느꼈다. 레슬리는 무섭도록 무정하고 차가운 눈으로 앤을 쏘아보았다.

그녀는 쥐어짜는 듯한 소리로 말했다.

"이제 앤에게 '그것'까지 생기는군요."

그러고는 한마디도 더 하지 않고 홱 돌아서서 들판을 곧장 가로질러 집으로 돌아가버렸다. 앤은 마음에 깊은 상처를 받았다. 그 순간은 레슬리를 두 번 다시 좋아할 수 없다는 느낌이 들었을 정도였다.

그러나 사흘쯤 지난 뒤 어느 날 밤에 찾아온 레슬리는 밝고 다정하고 솔직하고 재치 있고 쾌활했기에 앤은 그 매력에 취해 모든 것을 용서하고 잊어버렸다. 다만 소중히 아끼는 그 희망만은 두 번 다시 레슬리에게 말하지 않았고, 레슬리도 그것을 결코 입에 올리지 않았다.

겨울이 봄소식을 고대할 무렵의 어느 날 밤, 레슬리는 저녁때 잠시 담소를 나누러 작은 집에 들렀고, 돌아갈 때 조그맣고 흰 상자를 탁자 위에 두고 갔다. 레슬리가 가고 난 뒤에 그것을 발견한 앤은 궁금해하며 열어보았다. 속에는 흠잡을 데 없는 솜씨로 만든 조그만 흰 원피스가 들어 있었다. 정성껏 수를 놓고 촘촘하게 주름까지 잡아 감탄이 절로 나왔다. 한 땀 한 땀이 모두 손바느질이었고 목과 소매 둘레의 작은 프릴 장식에는 발랑시엔 레이스[1]를 사용했다. 그리고 '사랑을 담아, 레슬리로부터.'라고 적힌 카드도 곁들여져 있었다.

"이걸 만드는 데 얼마나 시간이 많이 들었을까. 게다가 재료값도 레슬리 형편에는 분명 부담됐을 텐데. 아, 정말 다정한 사람이야."

그러나 앤이 다음번에 감사의 말을 했을 때 레슬리는 너무나 무뚝뚝하고 퉁명스러워서 앤은 다시금 상대의 매몰찬 손길에 떠박질린 느낌이었다.

이 작은 집에 전해진 선물은 레슬리의 것만이 아니었다. 미스 코닐리아는 기대도 환영도 받지 못하는 이 세상 여덟째 아이들을 위한 바느질을 잠시 멈추고 진심으로 기다려지고 더없이 환영받을 첫아이를 위한 바느질을 시작했다. 필리파 블레이크와 다이애나 라이트도 저마다 깜찍한 옷을 보내왔다. 린드 부인은 자수며 프릴 장식 대신 튼튼한 천에 꼼꼼한 바느질로 정성껏 지은 옷을 여러 벌 보냈다. 앤 자신도 그 행복한 겨우내, 기계의 힘을 빌려 그 신성함을 해치는 일 없도록 손수 옷을 지으면서 다시없이 행복한 시간을 보냈다.

짐 선장은 이 작은 집을 가장 자주 찾는 손님이었고 또한 그만큼 환영받는 사람도 없었다. 날이 갈수록 앤은 이 소박하고 진실한 노선장을 더욱더 좋아하게 되었다. 바다에서 불어오는 산들바람처럼 상쾌하고 처음으로 발견된 고대의 기록물만큼 흥미로운 인물이었다.

짐 선장의 이야기는 들어도 들어도 싫증 나지 않았고 그의 예스럽고 색다른

---

[1] 프랑스 발랑시엔 지방에서 만들어진 값비싸고 정교한 고급 레이스.

논평이나 의견은 쉴 새 없이 앤을 즐겁게 해주었다. 짐 선장은 '입만 벌렸다 하면 무언가 독특한 말을 하는' 드물게 흥미로운 사람 가운데 하나였다. 그 인품에는 사람의 다정함과 뱀의 지혜가 절묘하게 어우러져 있었다.

그 어떤 것도 짐 선장을 화나게 하거나 낙담을 안겨줄 수는 없었다.

언젠가 앤이 짐 선장은 언제나 쾌활하다고 말했을 때, 그는 이렇게 대답한 적이 있었다.

"나는 뭐든지 즐기는 습관이 들어버린 것 같소. 그 습관이 완전히 몸에 배어서 유쾌하지 않은 일까지도 즐기게 되어버렸지요. 아무리 불쾌한 일도 그게 영원히 가지는 않는다고 생각하면 기분이 좋아지더라고요. 류머티즘이 심할 때에는 이렇게 말해주는 거예요.

'이봐, 류머티즘! 자네도 언젠가는 더 이상 고통을 주지 못하게 될 때가 올 거야. 고통이 심하면 심할수록 이제 곧 그칠 때가 됐구나 하고 생각하지. 결국 승리는 내 몫이 될 거야, 내 목숨이 붙어 있는 동안이든 숨통이 끊어진 뒤가 됐든.' 이렇게 말이죠."

어느 날 밤, 앤은 난롯가에서 짐 선장의 '인생록'을 보았다. 보여달라고 조를 필요도 없이 짐 선장이 자랑스러운 듯 앤에게 건네주었다.

"이것은 조 녀석을 위해 써둔 거요. 내가 마지막 항해를 떠난 뒤, 내가 보고 들은 일들이 말끔히 잊히고 만다는 게 왠지 싫어서 말이죠. 조라면 기억해두었다가 그 이야기를 자기 자식들에게 들려줄 겁니다."

그것은 가죽 표지로 된 낡은 공책으로 짐 선장이 겪은 항해며 모험의 기록이 가득 들어 있었다. 이것은 글 쓰는 사람에게는 엄청난 보물이 될 것이라고 앤은 생각했다. 한 줄 한 줄이 마치 금덩이처럼 귀중했다. 인생록 그 자체에 문학적인 가치는 없었다. 이야기꾼으로서의 짐 선장의 매력도 문자로 적어놓자 형편없었다. 선장이 겪은 놀라운 모험담의 윤곽을 대충 끄적여놓은 데 지나지 않았고 철자도 문법도 안타까울 만큼 틀려 있었다.

그러나 앤은 재능이 풍부한 누군가가 용감한 모험으로 가득 찬 이 소박한 삶의 기록을 재료로 삼아, 흔들림 없이 위험에 맞서 사나이답게 의무를 다한 이야기를 별 운치 없는 문장의 행간에서 읽어낼 수만 있다면 훌륭한 작품이 나오리라고 생각했다. 짐 선장이 쓴 '인생록'의 갈피갈피에 숨겨져 있는 다채로운 희극과 가슴 울리는 비극은 수많은 웃음과 슬픔과 공포를 깨워줄 거장의 손길을 기다리고 있었다.

집으로 돌아오면서 앤은 그 이야기를 길버트에게 했다.

"앤, 그러면 당신이 해 보는 게 어때?"

앤은 고개를 저었다.

"나는 못 해. 할 수만 있다면 나도 하고 싶지. 하지만 내 재능으로는 미치지 못할 영역의 일이야. 당신도 내 특기를 잘 알고 있잖아, 길버트. 공상에서 나온 동화 같고 예쁘장한 이야기—그런 게 내가 잘 쓸 수 있는 이야기지. 짐 선장의 '인생록'을 제대로 쓰려면 힘차면서도 치밀한 문체의 대가, 날카롭게 인간의 심리를 꿰뚫어 보는 심리학자, 천성적인 해학가이자 비극작가가 아니면 안 돼. 좀처럼 드물겠지만 그런 재능을 가진 사람이라야 해. 폴이 좀 더 나이가 든다면 할 수 있을지도 몰라. 어쨌든 올여름에 짐 선장님을 만나러 포윈즈에 한번 오라고 편지를 보낼 작정이야."

앤은 폴에게 편지를 썼다.

이 바닷가로 놀러 와. 여기에서는 노라나 황금 부인이나 쌍둥이 선원은 못 찾을지 모르지만, 폴에게 멋진 이야기를 들려줄 늙은 뱃사람을 만날 수 있을 거야.

그러나 폴의 답장에는 2년 동안 외국으로 유학을 가게 되어서 유감이지만 올해는 찾아뵙지 못한다고 정중히 씌어 있었다―'돌아오면 포윈즈로 달려가겠습니다, 선생님.'
앤은 슬픈 듯 말했다.
"그동안 짐 선장님은 더 나이가 들어갈 텐데. 하지만 선장님의 '인생록'을 써 줄 사람은 아무도 없네."

새봄이 오다

3월의 햇빛을 받아 항구의 얼음은 거무스름해지면서 삐걱거리는 소리를 냈다. 이윽고 4월이 되자 만에는 바람에 하얀 파도가 부서지는 푸른 바닷물이 다시 얼굴을 내밀었다. 포윈즈 등대도 어스름 속에서 다시 보석처럼 빛나기 시작했다.

등댓불이 다시 깜빡이기 시작하던 날 밤, 앤은 말했다.

"다시 저 불빛을 볼 수 있어 기뻐. 겨우내 저 불빛이 무척 기다려졌어. 저 등불이 없으니 북서쪽 하늘이 텅 비고 쓸쓸한 느낌이 들었거든."

땅에는 새로 돋아난 여린 연녹색 풀이 부드럽게 덮이고 글렌 건너편 숲에는 에메랄드빛 안개가 어렸다. 새벽에는 바다 쪽에 있는 골짜기에 꿈결 같은 안개가 자욱하게 피어올랐다.

활기 넘치는 바람은 그 숨결에 소금기를 머금고 있었다. 바다는 아름답고 요염한 여인처럼, 소리 내서 웃고 반짝이고 치장하고서 사람들을 유혹했다. 떼지어 헤엄치는 청어에 어촌은 활기를 띠었고, 항구는 해협으로 떠나는 흰 돛으로 떠들썩했다. 배가 다시 드나들기 시작했다.

앤이 말했다.

"이런 봄날에는 부활의 날 아침에 내 영혼이 어떤 심정이 될지 똑똑히 알 수 있어요."

짐 선장이 말했다.

"봄이 되면 나도, 내가 젊기만 했어도 시인이 되었을지도 모르겠구나 하고 느껴질 때가 있어요. 60년 전 학교 선생이 암송하는 것을 듣고서 외웠던 옛날 시구를 다시 읊어보기도 하지요. 여느 때는 그런 일이 없지만, 지금은 바위며 들판이며 바다로 나가서 그 구절들을 마음껏 토해내지 않고는 견딜 수 없을 것 같은 기분이오."

그날 오후, 짐 선장은 뜰을 장식하는 데 쓰라며 조개껍질을 한 무더기 가져다주면서, 모래 언덕으로 산책 나갔을 때 찾아낸 향모 한 다발을 앤에게 가지고 왔다.

"요즘은 이걸 바닷가에서 찾기가 아주 힘들어졌소. 내가 어릴 때는 잔뜩 있었는데. 지금은 아주 드물어 눈에 띄지 않아요. 게다가 찾으려고 작정하고 있을 때에는 더더욱 안 보이죠. 어쩌다가 우연히 맞닥뜨려야지. 향모 생각은 아예 하지도 않고 모래 언덕을 걷다 보면 갑자기 공기 중에 무슨 달큰한 냄새가 풍겨서 발밑을 보면, 거기에 향모가 있는 거죠. 나는 향모 냄새를 좋아해요. 이 냄새를 맡으면 언제나 어머니가 생각나거든요."

"어머님께서도 좋아하셨나요?"

"글쎄, 그건 아닌 것 같소. 어머니가 향모를 본 일이 있는지 없는지도 나는 모르거든요. 그보다 이 풀에서는 어딘지 어머니 같은 향이 나서요. 너무 젊지 않은 그런 향이고, 뭔가 원숙하고 건강하고 믿음직해서 꼭 어머니 같아요.

학교 선생의 신부는 이것을 손수건 사이에 넣어두곤 했는데, 사모님도 한번 그렇게 해 보면 어떻겠소? 나는 돈을 주고 산 향수는 그다지 좋아하지 않지만 향모에서 나는 아련한 냄새는 숙녀들에게 꼭 어울린다 싶어서요."

앤은 자기 꽃밭의 테두리를 대합 껍데기로 꾸미는 것은 그리 내키지 않았다. 언뜻 생각하기에 장식으로서 별 매력이 느껴지지 않았기 때문이다. 그러나 짐 선장의 마음을 상하게 하고 싶지 않아서 그런 생각을 겉으로 드러내지 않고 그녀의 상냥한 미덕을 발휘해 정중하게 감사 인사를 했다. 그런데 막상 짐 선장이 의기양양하게 꽃밭 테두리를 전부 커다란 우윳빛 조개껍데기로 두르고 나자 앤은 의외로 그 모양새가 놀랄 만큼 마음에 쏙 들었다. 샬럿타운의 잔디 깔린 정원이라든가 심지어 글렌의 집들에서도 어울리지 않았을 테지만, 바다에 이웃한 작은 '꿈의 집'에 자리한 옛날풍 뜰에는 안성맞춤이었다.

앤은 진심으로 기뻐하며 말했다.

"정말 훌륭해요."

"학교 선생의 신부는 언제나 이 조개껍데기로 꽃밭을 꾸몄어요. 그리고 꽃을 기르는 데 남다른 재능이 있었어요. 그저 한번 '보고는' 뭔가 '이러저러한 식으로' 손을 댔다 하면 꽃이 정말 놀랍도록 잘 자랐죠. 그런 솜씨를 타고난 사람들이 있나 봅니다. 블라이드 사모님도 그런 것 같고요."

"어머나, 그런지는 잘 모르겠어요. 그렇지만 전 우리 집 뜰이 너무너무 좋고 정원 가꾸는 일도 좋아해요. 푸릇푸릇 자라나는 것들 사이에서 날마다 사랑스러운 새싹이 돋는 것을 기다리고 지켜보다 보면 나도 창조주의 일을 나름대로 거들고 있는 듯한 기분이 들어요. 지금 우리 뜰은 마치 믿음과도 같아요······ 바라는 것들의 실상1)인 거죠. 조금만 기다리면 나타나는."

"주름진 작은 갈색 씨앗을 손에 쥐고 그 속에 깃든 무지개 같은 온갖 빛깔을 떠올리면 언제나 신비롭다는 생각이 들죠. 씨앗을 생각하면 저세상에서도 영

---

1) 《신약성서》〈히브리서〉 11장 1절.

원히 살아 있는 영혼이 우리에게 있다는 것을 믿는 일도 그리 어렵지가 않아요. 이 기적 같은 일을 보지 않았다면, 저 조그마한 것 속에—어떤 때는 티끌만 한 크기밖에 안 되는데도—생명이 숨어 있다고 믿기기나 했겠소? 게다가 색깔과 향기까지 간직하고서."

묵주에 꿰어진 은구슬을 세듯 하루하루를 손꼽아 헤아리고 있는 앤은 이제 먼 거리를 걸어 등대나 글렌 가도까지 산책을 갈 수는 없었다. 대신 미스 코닐리아와 짐 선장이 이 작은 집을 자주 찾아와주었다.

미스 코닐리아는 앤과 길버트에게 소박한 기쁨을 주었다. 매번 올 때마다, 재미있는 말로 두 사람이 배를 잡고 웃게 해주었기 때문이다. 짐 선장과 미스 코닐리아가 우연히 이 작은 집에 같은 시간에 들렀을 때 두 사람의 얘기를 듣는 것은 더욱더 재미있었다. 두 사람은 늘 말로 한바탕 전쟁을 벌였는데, 미스 코닐리아가 공격했고 짐 선장은 방어했다.

앤은 언젠가 너무 작정하고 미스 코닐리아의 화를 부채질한다고 짐 선장을 나무란 적이 있었다.

"인정합니다, 블라이드 사모님, 나는 그녀를 약 올리는 게 재미있어요."

그러고서 죄인은 뉘우치는 빛도 없이 껄껄 웃고 덧붙였다.

"내 생활 속에서 가장 즐거운 놀이죠. 그녀의 혀에 걸리면 돌멩이라도 성하지 못할 겁니다. 그리고 사모님과 젊은 의사 선생도 나 못지않게 코닐리아의 말을 즐기고 있잖소."

또 다른 날 저녁때, 짐 선장은 앤에게 메이플라워[2]를 가져다주었다. 바닷가

---

2) 5월에 피는 봄꽃을 두루 일컫는 말로, 영국과 아메리카 대륙에서 가리키는 꽃의 종류가 다름. 영국의 메이플라워는 주로 산사나무나 기린초 등을 뜻하는 반면, 캐나다를 포함한 아메리카 대륙에서는 트레일링 아르부투스를 가리킴. 후자는 숲속 나무 그늘 아래의 산성 토양에서 자라는 여러해살이풀로, 넓은 타원형 이파리 사이로 흰색 또는 연분홍색 꽃잎 다섯 장

의 봄날 저녁답게 뜰에는 촉촉하고 향긋한 공기가 넘치고 있었다. 바다 가장자리에 드리워진 우윳빛 안개에 초승달이 입맞춤을 하고 있었고, 글렌 마을 위에 펼쳐진 하늘에는 은빛 별이 기쁨으로 빛나고 있었다. 항구 건너편 교회의 종이 달콤한 꿈처럼 잔잔하게 울려왔다. 은은한 울림이 저녁 어스름을 타고 흘러와서 나직한 봄 바다의 신음 소리에 녹아들었다. 그리고 짐 선장의 메이플라워가 이 저녁이 주는 매력에 금상첨화가 되었다.

앤은 메이플라워 다발 속에 얼굴을 파묻었다.

"올봄에는 한 번도 보지 못해 섭섭했는데 어떻게 아시고."

"포윈즈 언저리에는 없습니다. 글렌에서 깊숙이 안쪽으로 들어간 황무지에만 있죠. 오늘 그 헐벗은 땅에 산책 삼아 가서 사모님에게 주려고 이것을 찾아보았더랬죠. 올봄은 이것이 마지막이겠더라고요. 거의 다 져버리고 말아서요."

"선장님은 어쩜 이렇게 친절하고 사려 깊으세요. 다른 사람은 아무도…… 심지어 길버트조차도……."

앤은 길버트 쪽으로 고개를 도리도리 저어 보였다.

"내가 봄이면 언제나 메이플라워를 그리워한다는 것을 기억하지 못했는데."

짐 선장이 말했다.

"그거 말고 다른 볼일도 있어서 겸사겸사 갔어요. 하워드 씨에게 송어를 좀 잡아다 주고 싶었거든요. 그 양반은 가끔 송어를 먹고 싶어하는데, 전에 나한테 베풀어준 친절에 대해 내가 해줄 수 있는 게 그 정도 일이라서요.

오후 내내 그와 담소를 즐기고 왔습니다. 그는 나와 이야기 나누는 걸 좋아해요. 하워드 씨는 번듯하게 교육받은 사람이고 나는 무식한 늙은 뱃사람에

이 달린 작고 향기로운 꽃이 무리 지어 핌.

지나지 않지만요. 왜, 말을 하지 않으면 축 처지는 그런 사람들이 있잖아요, 하워드 씨가 그런 사람인데, 이야기를 들어주는 사람이 가까이에는 좀처럼 없어요. 글렌 사람들은 하워드 씨를 무신론자로 여기고 피하거든요. 무신론자라고까지는 할 수 없는데 말이죠. 무신론자는 그리 흔하다고 생각지 않아요.

그는 이른바 이교도지요. 이교도는 나쁘기는 하지만 무척 재미있습니다. 이교도란 신은 쉽게 찾을 수 있는 존재가 아니라는 믿음에 갇혀서 신을 찾다가 길을 잃은 이들에 지나지 않습니다. 그런데 신이란 찾기 어려운 분이 아니죠. 이교도라도 대개 더듬더듬 헤매고 다니다 보면 얼마쯤 지나 뜻밖에 신을 마주치게 되지 않을까요?

나는 하워드 씨 얘기를 좀 들어준다고 해서 나한테 그리 해될 건 없다고 생각해요. 아, 그렇다고 내가 어릴 때부터 믿도록 가르침받아온 신앙을 저버린다는 말은 결코 아니에요. 믿고 살아온 대로 믿는 편이 훨씬 수고가 덜하죠. 게다가 이런저런 걸 다 떠나서 신께서는 선하시니까요.

하워드 씨의 문제는 너무 똑똑하다는 거예요. 자신이 지닌 똑똑함에 걸맞은 삶을 살아야 한다, 여느 무지한 이들이 다 가는 낡은 길이 아니라 덤불도 헤치고, 구르고 엎어진 끝에 새로운 길을 발견하여 그 길을 통해 천국으로 가야 한다고 생각하고 있어요. 하지만 하워드 씨도 언젠가는 같은 길에 이를 테고, 그제서야 자신을 돌아보고 웃게 될 겁니다."

"하워드 씨는 처음부터 감리교파였어요."

미스 코닐리아는 감리교파에서 이교도가 되는 건 당연하다는 투로 말했다.

짐 선장은 진지한 표정으로 대꾸했다.

"이봐요, 코닐리아, 나는 만일 장로교회 신도가 아니었다면 감리교파가 되었을 거라고 생각할 때가 꽤 많아요."

"어머나, 그래요? 장로교회 신도가 아니라면 무엇이 되든 어차피 마찬가지가 아니겠어요? 이교도라고 하니 생각났는데요. 선생님, 제가 빌렸던 그 책,《영계(靈界)의 자연법칙》[3]을 가져왔어요. 3분의 1쯤밖에 못 읽었어요. 나는 상식적이든가 아주 엉뚱한 소리는 읽겠는데, 그 책은 그 어느 쪽도 아니더군요."

"그 책은 일부에서는 이단으로 여겨지고 있긴 하죠. 하지만 그 점은 책을 빌려드리기 전에 미리 말씀드렸습니다, 미스 코닐리아."

"뭐, 이단이라도 상관없어요. 나는 사악한 것과는 맞서 싸울 수 있으니까요. 그렇지만 바보 같은 것은 참을 수가 없어요."

미스 코닐리아는 그로써《영계의 자연법칙》에 대하여 할 말은 다했다는 듯 차분하게 말을 맺었다.

짐 선장이 깊은 생각에 잠기며 말했다.

"책 이야기가 나왔으니 말인데,《열렬한 사랑》이 2주일 전에 끝났소. 103장(章)까지 끌었지요. 두 사람이 결혼하자마자 책이 끝난 것으로 보아 그들이 겪은 고생은 그걸로 끝인 모양입니다. 세상일은 그렇지가 않은데 어쨌든 책에서는 그런 식으로 마무리되니 참 희한한 일 아니겠어요?"

미스 코닐리아가 말했다.

"나는 소설 같은 건 절대로 읽지 않아요. 그나저나 조디 러셀이 오늘은 좀 어떤지 들으셨어요, 짐 선장님?"

"아, 돌아오는 길에 잠깐 들여다봤죠. 그럭저럭 지내고 있는데, 딱하게도 여전히 쓸데없는 걱정으로 속을 끓이고 있더군요. 물론 그 걱정거리를 거의 제 손으로 만들어내고 있지만 말입니다. 그렇다고 해도 그런 걱정을 안고 사는 것은

---

[3] 스코틀랜드의 복음주의자이자 생물학자인 작가 헨리 드러먼드(1851~1897)가 진화론이나 자연과학이 신학과 신앙과 공존할 수 있는 방법에 대해 나름의 해석을 제시한 책.

보통 일이 아니죠."

"그 사람은 극단적인 비관론자니까요."

"아니, 비관론자는 아니오, 코닐리아. 다만 자기를 만족시키는 것을 찾지 못하고 있을 뿐이지."

"그게 비관론자가 아닌가요?"

"달라요, 달라. 비관론자란 만족을 찾는 건 처음부터 기대하지 않는 사람을 말하죠. 조디는 아직 거기까지 가지 않았어요."

"당신이라는 사람은 악마한테서도 무언가 좋은 점을 찾아내고 말 사람이니까요, 짐 보이드."

"당신도 악마를 보고서 악착같은 데가 있다고 말한 노파에 대한 이야기를 들은 모양이군요. 하지만 코닐리아, 나는 악마에 대해선 두둔할 만한 점을 결코 발견하지 못했소."

미스 코닐리아는 진지한 얼굴로 물었다.

"당신은 악마가 있다는 것을 믿기는 하나요?"

"이봐요, 코닐리아, 내가 어엿한 장로교회 신도라는 걸 알고 있으면서 어떻게 그런 질문을 할 수 있소? 장로교회 신도 된 자가 어찌 악마 없이 살 수 있단 말이오?"

"그럼 믿고 있다는 뜻인가요?"

미스 코닐리아의 추궁은 가차 없었다.

짐 선장은 갑자기 진지한 얼굴빛이 되어 대꾸했다.

"언젠가 목사님이 '우주에 작용하는 강하고 위험하며 지적인 악의 힘'이라고 말씀하신 일이 있는데, 그것이 존재한다는 것을 믿소. 엄연히 믿는단 말이오, 코닐리아. 악마든 '악의 본질'이든 사탄이든 그 이름이야 뭐가 됐든, 그건 확실히 있어요. 온 세계의 무신론자나 이교도가 어중이떠중이 모여 아무리 그럴 듯한 말을 해도 있는 게 없는 게 되지는 않아요. 그들이 무슨 말을 하든 신이 없어지지 않는 것과 마찬가지지. 그래서 내가 하고 싶은 말은, 악마는 분명히 존재하며 지금도 열심히 일하고 있다는 거요. 하지만 코닐리아, 언젠가는 그 악마가 마침내 꺾이고 사라질 거라고 나는 굳게 믿고 있어요."

"그랬으면 오죽이나 좋을까요."

미스 코닐리아는 그리 희망적으로는 생각하지 않는 듯했다.

"그나저나 악마 이야기가 나왔으니까 말인데, 빌리 부스에게는 지금 악마가 씐 게 확실해요. 최근에 빌리가 무슨 짓을 했는지 들었어요?"

"아니, 어쨌는데요?"

"아내가 샬럿타운에서 25달러나 주고 갈색 브로드 천으로 지은 새 옷을 태워버렸대요. 아내가 처음으로 그것을 입고 교회에 갔는데 남자들이 너무나 감탄하며 아내를 쳐다봤다나요. 사내들이 하는 짓이란 참!"

짐 선장은 찬찬히 떠올려보며 말했다.

"부스 사모님은 확실히 예쁜 데다 갈색이 잘 어울리니까."

"그게 빌리가 아내의 새 옷을 아궁이에 던져 넣을 이유가 된다고 생각해요? 빌리는 질투심 많은 바보예요. 아내만 딱하게 됐죠. 그 옷 때문에 1주일 내내 울었어요. 아, 앤, 정말이지 나도 앤처럼 글을 잘 쓸 수 있다면 얼마나 좋을까요. 그러면 이 동네 남자들을 혼쭐을 내줄 텐데!"

짐 선장이 말했다.

"그 부스 집안사람들은 모두 유별난 데가 있지요. 결혼하기 전까지는 빌리가 그래도 제일 제정신인 듯싶었는데, 결혼하자 그 이상한 질투심이 고개를 처들기 시작했어요. 빌리의 형 대니얼은 원래부터 이상했지만."

미스 코닐리아가 재미있다는 듯 말했다.

"2, 3일에 한 번씩 뿔이 났다 하면 침대에서 나오지도 않았으니까요. 대니얼의 그 분이 가라앉을 때까지는 아내가 헛간 일까지 죄다 해야만 했어요. 대니얼이 죽었을 때 저마다 아내에게 조문 편지를 보냈던데, 나라면 축하 편지를 썼을 거예요.

아버지인 에이브러햄 부스 노인도 못 말리는 술망나니였죠. 자기 아내의 장례식 때도 술에 취해서 비틀거리고 딸꾹질을 해대며 '나는 그……그……그리 마시지도 않았는데 기분이 영 이……이……이상하네.'라고 횡설수설했으니까요. 내 옆에 왔을 때 내가 우산 끝으로 등짝을 힘껏 찔러서 술이 번쩍 깨게 했죠. 그 덕분에 영감도 집에서 관을 실어 내올 때까지는 정신을 좀 차리고 얌전하게 있었죠. 그 아들 조니 부스는 어제 결혼하기로 되어 있었는데, 하필 '볼거리'[4]에 걸려 결혼식을 못 올렸잖아요. 남자가 하는 일이 다 그렇지, 뭐!"

"그 친구인들 볼거리가 걸리고 싶어서 걸렸겠소? 그 친구도 안됐지, 쯧쯧."

"정말이지 내가 케이트 스턴스라면 제대로 혼을 내주겠어요. 볼거리가 걸리고 싶어서 걸린 건 아닌지 모르겠지만, 잔치 음식을 이미 다 준비해놨는데 병이 나을 때쯤이면 모두 상해버릴 거 아녜요? 얼마나 아까운 일이겠어요! 볼거리 같은 건 어릴 때 치러버렸으면 좀 좋아!"

"자, 자, 코닐리아, 그렇게까지 말하는 건 좀 야박하지 않소?"

미스 코닐리아는 대꾸도 하지 않고 수전 베이커 쪽을 돌아보았다. 수전은 얼굴은 무뚝뚝하지만 속정은 깊은, 나이가 꽤 있는 미혼여성으로, 요 몇 주일 동안 이 작은 집에서 허드렛일을 해주고 있었다. 수전은 글렌으로 환자 병문안을

---

4) 유행성 이하선염.

갔다가 돌아온 참이었다.

　미스 코닐리아가 물었다.

"그 딱한 맨디 할머니는 좀 어때요?"

　수전은 한숨을 쉬었다.

"몹시 좋지 않아요. 아주 안 좋아요, 코닐리아. 딱하게도 곧 천국으로 가시는 게 아닐는지!"

　미스 코닐리아는 동정을 담아 외쳤다.

"설마! 그렇게까지 심각한 줄은 몰랐는데!"

　짐 선장과 길버트는 얼굴을 마주 보더니 조용히 일어나 나갔다.

　발작적으로 웃음이 터져나오는 사이사이에 짐 선장이 간신히 말을 마쳤다.

"때때로 웃지 않는 것도 죄가 되는 게 아닐까 싶을 때가 있어요. 특히 저 훌륭한 두 숙녀에게는!"

새벽에서 황혼으로

6월이 되자 모래 언덕에 핑크빛 들장미가 흐드러지게 피어나고 온 글렌세인트메리에 사과꽃 향기가 은은하게 감돌았다. 그 무렵, 마릴라는 커다란 검정색 여행용 트렁크를 들고 이 작은 집에 찾아왔다. 놋쇠 대갈못이 장식으로 박혀 있는 이 트렁크는 반세기 동안 그린게이블즈 지붕 밑 다락방에서 깊은 잠에 빠져 있었던 것이다.

이 작은 집에 몇 주일 있는 동안 '젊은 의사 사모님'을 열렬히 숭배하게 된 수전 베이커는 처음에는 마릴라를 질투하며 의심스러운 눈초리로 보았다. 그러나 마릴라가 부엌일에 참견하지 않고 또 젊은 의사 부인에 대한 수전 몫의 잔시중에도 간섭할 기색을 전혀 보이지 않자, 이 충직한 도우미는 마릴라의 존재를 받아들이게 되었고 글렌에 사는 친구들에게 미스 커스버트는 자기 자리를 아는 훌륭한 여성분이라고 이야기했다.

어느 저녁때, 투명한 대접 같은 하늘이 저녁놀로 붉게 물들고 금빛 황혼을 진동시키며 지빠귀가 초저녁 별들에 환희의 찬가를 바칠 무렵, 갑작스레 작은 꿈의 집이 수런거리기 시작했다. 전화를 받고 데이비드 선생과 하얀 모자를 쓴 간호사가 글렌에서 급히 달려왔다. 마릴라는 굳게 다문 입술 사이로 기도를 중얼거리면서 뜰에 깔린 조개껍데기 사잇길을 왔다갔다 하는가 하면, 수전은 귀에 햇솜을 틀어막고 앞치마를 머리 위에다 뒤집어쓰고 부엌에 앉아 있었다.

개울 위쪽 집에서는 레슬리가 이 작은 집의 창문이란 창문마다 불이 켜져 있는 것을 바라보며 그날 밤 잠을 이루지 못했다.

6월 밤은 짧았지만 마음을 졸이며 기다리는 사람들에게는 끝없이 길게 느껴졌다.

마릴라가 말했다.

"아, 언제쯤이면 끝날까?"

그러다 간호사와 데이비드 선생의 예사롭지 않은 표정을 보고 더 이상 무언가를 물을 용기가 없어졌다. 만일 앤이…… 그러나 마릴라는 만일 같은 건 생각할 수도 없었다.

마릴라의 눈에서 고통의 빛을 읽은 수전은 새된 목소리로 말했다.

"우리 모두가 이토록 사랑하고 있는데 저 소중한 어린 양을 우리들한테서 빼앗아 가실 만큼 하느님은 잔인한 분이 아닐 거예요."

마릴라는 쉰 목소리로 말했다.

"하지만 신께서는 그 애만큼이나 사랑받던 다른 사람도 불러가신 적이 있으니까요."

그러나 아침 해가 모래톱에 드리워진 안개를 거두어 곳곳을 무지갯빛으로 물들인 새벽녘, 기쁨이 이 아담한 집을 찾아왔다. 다행히 앤은 무사했다. 그 옆에는 어머니에게서 물려받은 커다란 눈망울을 가진 새하얀 작은 아가씨가 누워 있었다. 하룻밤을 걱정 속에서 밝힌 길버트는 핼쑥하고 여윈 얼굴로 아래층에 내려와 마릴라와 수전에게 알렸다.

마릴라는 바들바들 몸을 떨었다.

"하느님 감사합니다!"

수전은 일어나 귀에 막아두었던 솜을 빼더니 기세 좋게 외쳤다.

"자, 아침 먹지요. 여러분, 다들 한술 뜨고 싶겠죠. 수전이 키를 잡고 있으니까 의사 사모님께서는 아무것도 걱정하실 것 없다고 전해주세요. 오직 아기 생각만 하시면 된다고요."

길버트는 왠지 슬퍼 보이는 얼굴로 살짝 미소를 지어 보이며 부엌에서 나갔다. 산고의 세례를 받아 하얀 얼굴이 더 해쓱해지고 어머니의 성스러운 수난으로 눈을 빛내고 있던 앤은, 아기만 생각하라는 조언 같은 건 들을 필요가 없었다. 다른 일은 도무지 염두에 둘 수 없었던 것이다. 몇 시간 동안 앤은 천국에 있는 천사들의 시기를 받는 것이 아닐까 싶을 만큼 드물고도 숭고한 기쁨을 맛보았다.

마릴라가 아기를 보러 방에 들어오자 앤은 가냘프게 속삭였다.

"작은 조이스예요…… 우린 여자아이면 그렇게 부르기로 미리 정해놓았어요. 붙이고 싶은 이름이 너무 많아서 어느 것으로 해야 할지 몰랐는데, 결국 조이스로 정했어요. 줄여서 조이라고 부를 수도 있어요. 조이(기쁨)라니 꼭 어울리잖아요.

오, 마릴라, 나는 지금까지 내가 행복하다고 생각했지만, 지금 와서 보니 행복이라는 것에 대해 다만 즐거운 꿈을 꾸고 있는 데 지나지 않았다는 걸 알았어요. 이것이야말로 진짜 행복이에요."

마릴라는 따뜻한 충고를 해주었다.

"앤, 말을 너무 많이 하면 못써. 기력이 좀 더 회복될 때까지 기다려라."

앤은 미소 지었다.

"내가 말을 하지 않는 게 얼마나 어려운 일인지 잘 알잖아요."

처음에 앤은 너무 기진맥진하기도 하고 행복에 겨워서 길버트와 간호사가 심각한 얼굴을 하고, 마릴라가 슬픈 표정을 짓고 있는 것을 깨닫지 못했다. 이윽고 육지로 숨어드는 바다 안개처럼 은밀하고도 서늘한 공포가 앤의 가슴속에 사정없이 스며들어 왔다.

왜 길버트는 좀 더 기뻐하지 않는 것일까? 왜 길버트는 아기 이야기를 하지 않을까? 저 천국과도 같은 행복을 맛보게 해준 뒤, 왜 모두들 아기를 내 곁에 누여주지 않을까? 뭔가……뭔가가 잘못된 것일까?

앤은 애원하듯 작은 목소리로 속삭였다.

"길버트, 아기는? 아기는 괜찮지? 그렇지? 말해줘…… 제발 그렇다고 말해줘."

길버트는 한참을 등 돌린 채 서 있다 돌아보았다. 이윽고 그는 앤 위로 허리를 굽히고 앤의 눈을 지그시 들여다보았다. 가슴을 졸이며 문밖에서 귀 기울이고 있던 마릴라는 가슴이 찢어지는 듯한 비통한 신음 소리를 듣고 부엌으로 달려갔다. 부엌에서는 수전이 울고 있었다.

"아, 가엾은 어린 양, 가엾은 어린 양! 어떻게 이런 일을 견뎌낼 수 있겠어요, 미스 커스버트? 그분이 너무 괴로워하지 말아야 할 텐데요. 아기가 태어날 날을 그토록 간절히 바라며 여러 가지 계획을 세우고 기뻐하고 행복해했는데. 정말 도저히 가망이 없는 걸까요, 미스 커스버트?"

"그런가 봐요, 수전. 가망이 없다고 길버트도 말했으니까. 아기가 살 수 없다는 것을 길버트는 처음부터 알고 있었어요."

수전은 흐느끼며 말했다.

"그토록 귀여운 아기였는데. 그렇듯 살결이 흰 아기는 본 적이 없어요. 대개 빨갛거나 노란빛을 띠고 있는데. 게다가 벌써 몇 달이나 된 아기처럼 커다란 눈을 동그랗게 뜨고 있지 않았어요? 귀엽고 사랑스러운 아기였는데! 아, 젊은 의사 사모님이 가엾어요!"

새벽과 더불어 찾아온 작은 영혼은 깊은 슬픔을 남기고 저녁 해와 함께 가버렸다.

미스 코닐리아는 친절하지만 낯선 이인 간호사의 손에서 흰 살결의 작디작은 숙녀를 받아, 레슬리가 만든 아름다운 옷을 그 밀랍인형 같은 몸에 입혔다. 레슬리가 그렇게 해달라고 부탁했기 때문이었다. 그런 다음, 슬픔으로 가슴이 갈가리 찢긴 채 눈물에 젖어 있는 가련한 어머니 곁으로 아기를 돌려주었다.

미스 코닐리아는 자신도 눈물에 목이 멘 채 말했다.

"주신 이도 여호와시요 거두신 이도 여호와시오니 여호와의 이름이 찬송을 받으실지니이다.'[1]"

그러고 나서 앤과 길버트가 단둘이 죽은 아기와 함께 있도록 조용히 방을 나갔다.

이튿날 조그맣고 새하얀 조이는 레슬리가 사과꽃을 가득히 채운 벨벳 관에 작은 몸을 누인 채 항구 건너편 교회 묘지로 떠났다. 미스 코닐리아와 마릴라는 사랑을 기울여 만든 작은 옷들을, 통통한 팔다리며 솜털이 보송보송한 머리를 뉘기 위해 프릴과 레이스로 장식을 한 등나무 요람과 함께 치워버렸다. 작은 조이는 영원히 그곳에서 잠들 수가 없었다. 더 차갑고 비좁은 잠자리로 들어가버렸기 때문이다.

미스 코닐리아가 한숨을 쉬었다.

"이번 일은 나도 말할 수 없이 낙심했어요. 나는 이 아기가 나오기를 즐겁게 기다리고 있었으니까요. 더욱이 여자아이이기를 바라고 있었고요."

"나는 앤이 살아난 것만도 고맙게 생각해요."

---

1) 《구약성서》〈욥기〉 1장 21절.

마릴라는 몸을 떨었다. 소중한 딸이 음산한 죽음의 골짜기를 지나고 있었던 저 암흑의 시간을 떠올렸던 것이다.

수전이 말했다.

"불쌍한 어린 양! 슬픔으로 가슴이 찢어지고 말았을 거예요."

별안간 레슬리가 격렬하게 입을 열었다.

"나는 앤이 부러워요. 설사 앤이 죽었다 하더라도 부럽게 여겼을 거예요! 하루만이라도 어머니가 되는 행복을 누렸는걸요. 그럴 수만 있다면 내 목숨을 준다 해도 나는 기쁘겠어요!"

미스 코닐리아가 나무랐다.

"나라면 그런 말은 하지 않겠어요, 레슬리."

고상한 미스 커스버트가 레슬리를 몹쓸 여자로 생각하지 않을까 걱정했던 것이다.

앤이 다시 회복되기까지는 오래 걸렸다. 모든 것이 앤에게는 괴로움이었다. 포윈즈의 만발한 꽃과 밝은 햇빛이 무정하게도 앤의 마음을 할퀴고 갔다. 그런가 하면 쏟아지는 빗줄기를 볼 때에는 항구 저편의 작은 무덤을 그 비가 사정없이 때리는 모습이 눈에 선했다. 바람이 처마 끝을 사납게 스칠 때면 지금까지 한 번도 들은 적 없는 슬픈 목소리가 바람을 타고 들려왔다.

친절한 방문객이 어디까지나 좋은 뜻으로 건넨 상투적인 위로의 말에도 앤은 가슴이 도려내지는 듯했다. 필 블레이크의 편지는 더욱 쓰라리게 찔러대는 가시 같았다. 필은 아기가 태어났다는 이야기는 들었으나 죽었다는 것은 알지 못한 채 명랑한 축하 편지를 써 보냈기에 앤에게는 끔찍한 아픔이 뒤따랐다.

앤은 마릴라에게 울면서 호소했다.

"아기가 내 곁에 있었다면 이 편지를 보고 얼마나 기뻐하며 웃었을까요. 하지만 아기가 없는 지금 이 편지는 마치 악의적인 잔인함처럼 느껴져요. 필이 내 마음을 일부러 아프게 하는 그런 일을 절대로 할 리 없다는 걸 누구보다 잘 알고 있지만 말이에요. 아, 마릴라. 난 이제 다시는 행복해질 수 없을 것 같아요. 모든 게 평생 내 마음을 아프게 할 거예요."

"시간이 널 도와줄 거야."

고통과 연민으로 가슴이 죄어들면서도 마릴라는 판에 박힌 뻔한 말로밖에 그 마음을 담아낼 수 없었다.

앤은 신에 대한 반항심에 불타고 있었다.

"이건 너무 불공평해요. 자식을 바라지도 않고…… 잘 보살펴주지도 않는…… 아무런 기회도 누리지 못할 곳에서는 아기들이 잘도 태어나 살고 있잖아요. 나는 그 애를 소중히 아껴주고…… 돌봐주며…… 온갖 좋은 기회를 주려 했건만…… 내 옆에 두는 것을 허락……지 않으시다니요."

우주의 불가해한 수수께끼―부당한 고통이 일어나는 '까닭'을 묻는 질문―앞에서 마릴라는 어찌할 바를 몰랐다.

"앤, 그것은 신의 뜻이야. 그리고…… 조이도 더 나은 곳으로 갔을 거야."

앤은 쓰라린 목소리로 외쳤다.

"그런 건 믿을 수 없어요."

그러고서 마릴라의 충격받은 얼굴을 보자 격렬하게 말을 이었다.

"죽음이 더 나은 곳이라면 그 애는 왜 태어났어야 했죠? 누구든 왜 태어나야만 하죠? 아이가 일생을 살아가며 사랑하고 사랑받고…… 기쁨과 괴로움을 맛보고…… 자신에게 주어진 소임을 다하고…… 개성을 지닌 한 사람이 되는 것보다 태어나자마자 죽어버리는 편이 더 낫다니 믿을 수 없어요.

더욱이 그것이 신의 뜻이란 걸 어떻게 알 수 있죠? 아마 신의 뜻이 악마의

힘에 의해 어긋났는지도 몰라요. 그런 것에 따를 수는 없어요!"

"오, 앤, 그렇게 말하면 안 돼."

마릴라는 앤이 깊고 위험한 강물에 걷잡을 수 없이 휩쓸려 들어가는 게 아닌가 진심으로 염려스러웠다.

"우리로서는 다 이해할 수 없을지 모르지만 그래도 믿음을 가져야 한단다. 신이 하시는 일에 잘못이 있을 리 없다는 걸 믿어야 해. 지금은 그렇게 생각하기 힘들다는 건 알고 있어. 하지만 용기를 좀 내보면 어떻겠니, 길버트를 위해서라도. 길버트가 너를 무척 걱정하고 있단다. 네가 조금도 나아지지 않고 있어서 말이야."

앤은 한숨을 쉬었다.

"네, 스스로도 내가 내 생각만 하고 있다는 건 알아요. 길버트를 지금까지보다 더 사랑하고…… 길버트를 생각하면 살고 싶다고 여겨져요. 하지만 마치 내 일부분이 저 작은 항구의 묘지에 묻히고 만 듯한 느낌이 들고…… 그런 느낌이 들면 너무 아프고 고통스러워서 살아가기가 두려워요."

"앤, 언제까지나 그렇게 괴롭지는 않을 거다."

"언젠가 이 괴로움도 무뎌지고 사라질 거라고 생각하면 그건 더욱더 가슴 아파요, 마릴라."

"그래, 이해해. 나도 다른 일로 그런 느낌을 가진 적이 있었으니까. 하지만 앤, 우리는 모두 너를 사랑하고 있단다. 짐 선장은 날마다 네 병세를 물으러 오고, 무어 부인도 이 집에서 살다시피하지, 게다가 미스 브라이언트도, 내가 보기엔, 너에게 먹이려고 맛있는 음식을 요리하는 데 거의 날마다 시간을 몽땅 쓰고 있는 것 같더라. 수전은 그것이 그리 마음에 들지 않는 모양이다만. 자기도 미스 브라이언트 못지않게 요리를 잘할 수 있다고 생각하니까 말이다."

"아, 수전도 참! 아, 모두들 나를 소중히 생각해주고 한껏 마음을 써주고 있어요, 마릴라. 고맙게 생각지 않는 것은 아니에요. 아마도—이 무서운 고통이 조금쯤 사그라들면—조금은 살아갈 마음이 들지도 모르겠어요."

짐 선장의 로맨스

앤은 살아갈 수 있을 것 같은 마음이 다시 들었다. 미스 코닐리아가 하는 이야기를 들으며 다시금 웃음을 띠는 날조차 있었다. 그러나 그 미소에는 지금까지 단 한 번도 나타난 적 없었고 또한 앞으로 영원히 사라지는 일이 없을 어떤 것이 섞여 있었다.

처음으로 마차를 타고 나갈 수 있게 된 날 길버트는 앤을 포윈즈곶에 데리고 갔다. 배를 저어 해협을 건너가 어촌의 환자를 방문하는 동안 앤을 그곳에 두고 갔다. 장난꾸러기 바람이 항구와 모래 언덕을 뛰어다니며 수면에 흰 물결을 일게 했고, 뭍을 향해 끝없이 달려와 부서지는 은빛 파도로 긴 모래톱을 씻어내고 있었다.

짐 선장이 말했다.

"다시 이곳에 와주어 얼마나 장한지 모르겠소, 블라이드 사모님. 앉아요, 앉아. 오늘은 이곳에 먼지가 엄청나게 일었어요. 하지만 저런 경치를 바라볼 수 있는데 먼지를 볼 새가 어디 있겠어요, 안 그렇소?"

"먼지 같은 건 상관없어요. 하지만 길버트가 될 수 있으면 바깥 공기를 쐬라고 했어요. 저 아래로 내려가서 바위 위에 앉아 있고 싶어요."

"말동무가 있는 편이 좋겠소, 아니면 혼자 있고 싶소?"

"말동무가 선장님을 뜻하는 거라면 혼자보다는 같이 있는 편이 좋아요."

앤은 미소를 띠며 말했지만, 금세 한숨을 내쉬었다. 이제까지 살면서 혼자 있는 것을 꺼린 일이 한 번도 없었다. 그러나 지금은 겁내고 있었다. 혼자 있으면 세상에 홀로 버려진 것 같아 견딜 수 없었다.

바위에 이르자 짐 선장이 말했다.

"여기는 바람이 불지 않아 괜찮아요. 나도 이곳에 곧잘 와 앉아 있곤 합니다. 앉아서 꿈을 꾸기에 아주 좋은 곳이니까요."

앤은 또 한숨을 쉬었다.

"아...... 꿈이라고요? 나는 이제 꿈을 꿀 수 없어요, 선장님. 꿈이라면 내겐 영영 끝이 나고 말았어요."

"아뇨, 블라이드 사모님, 끝나지 않았어요. 그런 일은 결코 없을 겁니다."

짐 선장은 깊은 생각에 잠긴 모습이었다.

"지금 부인 심정은 잘 알고 있습니다. 하지만 살아가는 동안 또 기쁜 일도 있을 거고, 어느새 다시 꿈을 꾸고 있다는 것도 알게 될 겁니다. 주님께 감사할 일이 아니겠어요! 우리에게 꿈이 없다면 차라리 죽는 편이 나을 겁니다. 영생을 꿈꿀 수 없다면 어떻게 살아갈 수 있겠어요? 더욱이 그 꿈은 꿈으로 끝나지 않고 반드시 실현될 겁니다, 블라이드 사모님. 언젠가 다시 조이스를 만나게 될 거예요."

"하지만 그때는 이미 나의 아기가 아니겠죠."

말을 이어가는 앤의 입술이 바르르 떨리고 있었다.

"어쩌면 롱펠로가 썼듯이 '천상의 우아함을 몸에 지닌 아리따운 아가씨'[1]가

---

1) 미국의 시인 헨리 롱펠로(1807~1882)가 딸 패니의 죽음 이후 애도의 심정을 담아서 썼던 시 〈체념〉에서 따옴.

되어 있을지 모르지만, 내게는 낯선 사람이 되어 있겠지요."

"신께서 그런 식으로는 하시지 않을 거라고 생각해요."

두 사람은 잠시 묵묵히 있었다.

이윽고 짐 선장이 더욱 온화하게 입을 열었다.

"블라이드 사모님, 사라져버린 마거릿 이야기를 해도 될까요?"

앤은 부드럽게 대답했다.

"물론 좋고말고요."

'사라져버린 마거릿'이 누구인지는 몰랐지만, 이제부터 듣게 될 이야기는 짐 선장의 로맨스임에 틀림없다고 직감했다.

짐 선장은 말을 이었다.

"몇 번이나 부인에게 마거릿 이야기를 하고 싶은 마음이 들었었죠. 왜 그런지 알아요, 블라이드 사모님? 내가 가버린 뒤, 누군가가 마거릿을 기억해주기를 바라서였죠. 마거릿의 이름이 살아 있는 모든 사람들에게 잊히는 건 견딜 수 없으니까요. 지금 마거릿을 기억하는 이는 나 말고는 아무도 없습니다."

짐 선장은 이야기를 시작했다. 50년도 더 전의 일이었으니 아주아주 오래되고 사람들 기억에서도 지워진 이야기였다.

어느 날, 마거릿은 아버지의 거룻배에서 잠이 들었다가 그대로 떠내려가버렸다……고 어쨌든 모두들 생각했다. 마거릿이 어떻게 되었는지 아무도 확실히는 몰랐기 때문이다. 모래톱에서 밀려나가 해협을 빠져나간 배 위에서, 그 먼 옛날 여름 오후 별안간 무섭게 퍼부어댄 뇌우에 목숨을 잃은 게 아닐까……라고 짐 작만 할 뿐이었다. 50년 전 그 일이 짐 선장에게는 바로 어제 일 같았다.

짐 선장은 슬픈 얼굴로 말했다.

"그 뒤 나는 몇 달이나 바닷가를 헤매고 다녔어요. 사랑스럽고 다정하고 자그마한 마거릿이 발견되지 않을까 싶어서였지요. 하지만 매정한 바다는 그녀를 나에게 돌려주지 않았어요. 하지만 블라이드 사모님, 나는 언젠가 반드시 마거릿을 찾아내고 말 거예요. 언젠가 반드시 찾아낼 겁니다. 마거릿은 지금도 나를 기다리고 있으니까요.

그녀가 어떤 모습이었는지 이야기하고 싶어도 설명할 수가 없어요. 해가 떠오를 때 모래톱에 깔린 옅고 아름다운 은빛 안개를 보면서 마거릿을 꼭 닮았다고 생각할 때가 있어요. 그런가 하면 또 저 숲에서 새하얀 자작나무 한 그루를 보았을 때도 마거릿을 떠올렸죠. 머리는 연한 갈색이고 하얗고 상냥한 얼굴을 하고 있었죠. 손가락은 가냘프고 길었어요, 사모님 손처럼요. 다만 좀더 햇볕에 그을려 있었지요. 바닷가에서 자란 아가씨니까요.

때때로 한밤중에 잠이 깨어 옛날처럼 바다가 나를 부르고 있는 것을 들으면, 마치 사라진 마거릿의 목소리가 함께 들리는 듯한 느낌이 듭니다. 또 폭풍이 휘몰아쳐 파도가 흐느끼거나 신음하고 있을 때면 그 소리에 섞여 마거릿이 한탄하는 목소리가 들리는 거예요. 활짝 갠 날 파도가 웃을 때면 그것이 마거릿의 다정하고 장난스러웠던 귀여운 웃음소리가 되곤 합니다.

이 바다가 나한테서 마거릿을 빼앗아 갔지만 언젠가는 꼭 마거릿을 찾아낼 겁니다, 블라이드 사모님. 아무리 바다라도 우리를 영원히 떼어놓을 수는 없으니까요."

"그분에 대해 들려주셔서 고마워요. 어째서 줄곧 독신으로 계셨는지 이따금 의아하게 생각하고 있었어요."

바다에 빠진 연인에게 50년 동안 일편단심이었던 늙은 연인은 말했다.

"다른 사람을 좋아하게 된다는 것은 생각조차 할 수 없었어요. 사라진 마거릿이 내 마음도 함께 저 먼 곳으로 가져가버리고 말았거든요. 마거릿 이야기를 자주 해도 괜찮겠죠, 블라이드 사모님? 나에게는 즐거운 일입니다. 마거릿과의 추억에서 이제 쓰라림은 모두 사라져버리고 축복만이 남았으니까요. 사모님은 틀림없이 마거릿에 대해서 잊지 않으리라는 걸 알고 있어요. 그리고 내가 바라고 있는 것처럼, 세월이 흘러 사모님 집에 다른 아기들이 태어난다면, 사라진 마거릿의 이름이 이 세상에서 잊히지 않도록 아이들에게 이 이야기를 들려주겠다고 약속해주겠소?"

허물어진 벽

"앤······."

잠시 이어진 침묵을 레슬리가 별안간 깨뜨렸다.

"이곳에 이렇게 다시 앤과 함께 앉아 일하고, 이야기 나누고, 아무런 말 없이 잠자코 있을 수 있게 된 것이 얼마나 기쁜지 짐작도 못 할 거예요."

두 사람은 앤의 집 뜰을 가로지르는 시냇가의, 파란 꽃이 활짝 핀 풀밭에 나란히 앉아 있었다. 시냇물은 나직한 소리로 노래하며 두 사람 옆을 반짝반짝 흘러갔다. 자작나무는 두 사람에게 어른어른한 그림자를 던지고, 오솔길을 따라 장미가 피어 있었다.

해는 기울기 시작했고 주위는 온갖 음악 소리가 흘러 넘치고 있었다. 집 뒤꼍 전나무숲에서 들려오는 바람의 노랫소리가 있는가 하면, 모래톱에 밀려오는 파도소리, 그리고 멀리 새하얗고 작은 소녀가 고이 잠들어 있는 곳의 교회에서 종소리도 들려왔다. 지금은 슬픔 없이는 들을 수 없지만 앤은 그 종소리를 무척 좋아했다.

앤이 궁금하다는 듯 레슬리를 바라보니, 레슬리는 바느질감을 내던지고 여느 때와 달리 거침없이 이야기했다.

"앤의 병세가 그토록 나빴던 그 무서웠던 날 밤, 나는 두 번 다시 앤과 함께 이야기하거나 산책하거나 일할 수 없게 될지도 모른다고 줄곧 생각했어요. 그래서 앤의 우정이 나에게 얼마나 소중한 것인지, 무엇보다 앤이 내게 얼마나 중요한 존재인지, 처음으로 깨달아요. 그리고 내가 얼마나 가증스럽고 추한 인간이었는지도요."

"레슬리! 레슬리! 나는 누구든 내 친구를 나쁘게 말하는 건 용서할 수 없어요."

"정말인걸요. 나는 그런 사람이에요―가증스럽고 추한 인간. 앤, 털어놓아야 할 말이 있어요. 들으면 앤이 나를 경멸하게 되겠지만, 그래도 사실대로 털어놓지 않지 않을 수 없어요. 지난겨울과 올봄, 나는 앤을 몹시 미워한 적이 있었어요."

앤은 부드럽게 말했다.

"알고 있었어요."

"알고 있었다고요?"

"그래요, 레슬리 눈에 드러나 있었는걸요."

"그런데도 변함없이 내게 호의를 가지고 친구로 대해주었군요."

"레슬리, 나를 미워한 건 가끔 있는 일에 지나지 않았어요. 그런 순간이 지났을 때는 나를 좋아했다고 생각해요."

"그래요. 하지만 그 미워하는 마음이 줄곧 숨어 있어서 앤에게 다가가려는 마음을 가로막았어요. 나는 그 마음을 억누르고 때로는 잊어버리기도 했지만, 때로는 걷잡을 수 없이 치밀어 올라 나를 사로잡고 말았어요.

앤을 미워한 건 부러웠기 때문이에요. 아, 때때로 너무 부러워서 속이 뒤틀릴 것 같은 때도 있었죠. 앤에게는 따뜻한 가정이 있고, 사랑이 있고, 행복이 있고, 반가운 꿈이 있고…… 내가 원하지만 한 번도 가져본 적이 없고, 또한 앞으로도 결코 가질 수 없는 모든 것을 가지고 있는걸요.

그래요, 나는 결코 앞으로도 가질 수 없다는 생각이 무엇보다 가장 아렸어요. 앞으로 내 인생이 바뀌리라는 희망이 조금이라도 있었다면, 나는 부러워하지 않았을 거예요. 하지만 아무리 생각해도 없었어요. 그런 희망은 어디에도 없었어요. 불공평하다고 느꼈죠.

그렇게 생각하자 반항심이 들고, 내 마음이 감당하기 버거워지고, 그 때문에 때때로 앤을 미워한 거예요. 나는 부끄러워서 견딜 수 없었어요. 지금도 죽고 싶을 만큼 부끄러워요. 그런데도 나는 그 마음을 억누를 수가 없었어요.

앤이 살아날 수 없을지도 모른다고 생각한 그날 밤, 사악한 마음을 품은 데 대한 지독한 벌을 받는 거라고 생각했어요. 그때 나는 내가 앤을 얼마나 사랑하고 있는지 깨달았어요.

앤, 앤, 어머니가 돌아가신 뒤로 나는 딕의 늙은 개 말고는 아무도 사랑한 적이 없었어요. 아무도 사랑하지 않는다는 건 무서운 일이에요. 그야말로 공허한 인생이지요. 공허함보다 더 끔찍한 건 없을 거예요. 나는 앤을 진심으로 사랑할 수 있었는데, 저 못된 마음이 다 망쳐버려서……."

레슬리는 몸이 벌벌 떨리는 데다 감정이 격해진 탓에 횡설수설했다.

앤이 레슬리를 달랬다.

"그만해요, 레슬리. 이제 그만해요. 나는 이해해요. 그러니까 그런 말은 이제 하지 말아요."

"말하지 않으면 안 돼요. 말해야 돼요. 앤이 다시 살아난 것을 알았을 때, 앤이 건강을 회복하는 대로 이 이야기를 하겠다고 맹세했어요. 난 앤의 우정과 친절을 받을 만한 가치가 없는 사람이라는 걸 고백하기 전에는 그 어느 쪽도 받을 수 없었어요. 그렇지만 말을 하면 앤이 나를 싫어하게 될까 봐 무척 두려웠어요."

"레슬리, 그런 걱정은 할 필요 없어요."

"아, 다행이에요. 정말 다행이에요, 앤!"

레슬리는 떨림을 억누르기 위해 노동으로 인해 그을리고 마디가 굵어진 자신의 손을 꼭 마주 잡았다.

"하지만 일단 시작했으니까 모두 다 말해버리고 싶어요. 내가 앤을 처음으로 보았을 때가 언제인지 앤은 아마 기억 못 하겠지요? 저 바닷가에서 만났을 때가 처음이 아니었어요."

"아니, 나도 기억해요. 길버트와 내가 처음 이 집에 왔던 날 밤이죠. 레슬리는 거위를 몰고 언덕을 내려왔어요. 기억하고말고요! 정말 아름다운 사람이라고 생각했어요. 그 뒤 몇 주일이나 누구인지 알고 싶어 안달이 났었어요."

"그때 나는 앤과 길버트를 한번도 만난 적은 없었지만 이미 알고 있었어요. 새로운 의사 선생님과 그 신부가 미스 러셀의 작은 집에 살게 되었다는 말을 들었으니까요. 그 순간부터 앤을 미워했어요."

"레슬리 눈에서 적의를 느꼈어요. 하지만 그럴 리 없다, 잘못 보았을 거다, 라고 생각했죠. 그럴 만한 이유가 없었잖아요?"

"앤이 무척 행복해 보였기 때문이었어요. 자, 이제 정말로 나를 가증스럽고 추한 인간으로 생각하겠죠. 다만 행복해 보이는 것만으로 다른 사람을 미워하다니. 나한테서 무언가를 뺏어 가서 얻은 행복도 아니었건만!

그래서 나는 앤을 만나러 오지 않았던 거예요. 찾아가야 한다는 건 잘 알고 있었지만. 소박한 이 포윈즈에서조차도 그렇게 해야만 하는 게 예의이고 관습이었죠. 하지만 나로선 할 수 없었어요.

언제나 집 창문으로 앤을 보고 있었죠. 저녁때 부부가 뜰을 거닐고 있는 모습이며 앤이 남편을 마중하러 양버들 오솔길을 달려가는 모습이 보였어요. 그걸 보며 나는 가슴을 쥐어뜯었어요.

그러는 한편 찾아가고 싶어 견딜 수 없었어요. 내가 이렇듯 비참한 처지가 아니라면 앤을 좋아할 수 있고 내가 지금까지 한 번도 가져본 적이 없는, 또래의 진정한 벗을 가질 수 있게 될 거라 생각했죠.

그 뒤 저 바닷가에서 만난 날 밤의 일을 기억하죠? 앤은 내가 앤을 미친 여자라고 생각하지 않을까 걱정했잖아요. 앤이야말로 내가 좀 어떻게 된 사람이라고 여겼을 게 틀림없는 상황이었는데 말이에요."

"그렇지는 않았지만 나는 레슬리를 이해할 수가 없었어요. 저 파도처럼 한순간 나를 끌어당기는 듯싶다가는, 다음 순간 밀어내는 식이었으니까요."

"그날 밤 나는 몹시 불행한 기분에 빠져 있었어요. 괴로운 하루를 보냈거든요. 그날은 딕이 나를 몹시, 몹시 힘들게 했어요. 딕은 여느 때는 무척 순하고 말을 아주 잘 들어요. 그러다 이따금 다른 사람처럼 될 때가 있어요.

난 너무 고통스러워서, 딕이 잠들자 곧 바닷가로 달아났어요. 내 피난처라고는 그곳뿐이었거든요. 거기에 앉아 나는 아버지의 마지막을 떠올리며 '나도 언젠가 그렇게 되는 게 아닐까' 생각했어요. 아, 내 가슴은 온통 그런 어두운 생각으로 가득 차 있었어요!

그때 앤이 아무 걱정거리도 없는 기쁨에 찬 어린아이처럼 춤추며 나타나지 않았겠어요. 나는 그때처럼 앤이 미웠던 적이 없었어요. 그러면서도 친구가 되고 싶었지요. 금방 이 감정에 지배되는가 싶으면 다음 순간에는 또 다른 감정이 울컥 솟는 거예요.

그날 밤 집에 돌아가서 '앤이 나를 어떻게 여겼을까.'라는 생각이 들자 부끄러워져서 그만 울어버렸어요. 하지만 여기에 오면 언제나 똑같았어요. 때로는 즐거워서 오기를 잘했다고 여기고, 또 때로는 그 끔찍한 마음이 또다시 고개를 쳐들어 모든 일을 망쳐버리는 일도 더러 있었어요.

그리고 앤과 앤의 집의 모든 것들이 거슬릴 때도 있었죠. 나로서는 가질 수 없는 작고 사랑스러운 것들을 앤은 많이 갖고 있었어요. 참 바보 같은 이야기지만 앤이 가진 것 중에서도 저 도자기 개에게 특히 원한을 품고 있었어요. 가끔은 고그와 매고그를 움켜쥐고 그 얄미운 검은 콧잔등을 힘껏 마주 부딪치게 하고 싶어지는 거예요!

어머나, 앤, 웃고 있군요. 하지만 내겐 웃을 일이 아니었어요. 여기에 와서 앤과 길버트가 책이며 꽃이며 집의 수호신인 개들에게 둘러싸여, 두 사람만의 사소한 농담을 주고받는 것이나, 자신들은 의식하지도 못하는 사이에도 서로에게 보내는 눈길과 목소리에 사랑이 넘치는 것을 보고 집으로 돌아가면, 나를 기다리고 있는 것은…… 그곳에 무엇이 기다리고 있는지 앤도 알고 있을 테죠!

아, 앤, 나라고 해서 원래부터 질투심 많고 샘이 많은 건 아니었어요. 어렸을 때 학교 친구들은 가졌지만 내게는 없는 게 많이 있었어도 신경 쓰지 않았고, 그 때문에 그 친구들을 싫어하는 일도 없었어요. 그런데 지금은 이렇게 성격이 비뚤어져버렸어요."

"레슬리, 부탁이니 자신을 그만 나무라요. 당신은 가증스러운 인간도 아니고 질투심이나 샘이 많은 사람도 아니에요. 그동안 겪어야만 했던 생활이 당신의 마음을 좀 비뚤어지게 했을지는 모르지만 레슬리처럼 훌륭하고 고결한 사람이 아니었다면 정말로 성격이 파탄되고 말았을 거예요.

지금 레슬리가 이야기하는 대로 내버려두었던 것은 마음에 담아두었던 것을 모조리 쏟아내버려 영혼의 짐을 덜게 하는 편이 낫겠다고 생각했기 때문이에요. 그렇지만 이제 더 이상 자신을 책망하지 말아요."

"그렇다면 그만할게요. 다만 앤이 있는 그대로의 나를 알기 바랐을 뿐이에요. 올봄 앤이 바라는 희망을 나에게 이야기했을 때가 정말 나의 밑바닥이었어요. 그때 행동을 생각하면 도저히 나 자신을 용서할 수가 없어요. 나는 울면서 뉘우쳤어요. 그리고 그 작은 옷에 당신에 대한 모든 애정을 쏟아부어서 만들었죠. 하지만 진작에 알았어야 했는지도 몰라요, 내 손을 타서 만든 그 옷의 끝은 수의밖에 될 수 없었다는 걸."

"레슬리도 참! 왜 그렇게 자신을 괴롭히는 무서운 말을 하는 거예요? 그런 생각은 머릿속에서 쫓아내버려요. 그 옷을 갖고 와주었을 때 얼마나 기뻤는지 몰라요. 조이스를 잃을 수밖에 없었으니, 적어도 그 애에게 입힌 그 옷은 나에 대한 애정의 표시로 레슬리가 만들어준 거라고 생각하고 싶어요."

"앤, 이제부터는 언제까지나 앤을 사랑할 수 있을 것 같아요. 두 번 다시 앤에 대해 그런 무서운 마음은 갖지 않을 거예요. 다 털어놓고 나니까 왠지 그 흔적까지 모조리 사라진 듯한 느낌이 들어요.

이상하군요. 조금 전까지 그토록 생생하고 괴롭게 느껴졌는데. 마치 어두운 방문을 열어 안에 틀림없이 있을 줄 알았던 무서운 괴물을 보여주려 했더니 그 괴물은 그림자에 지나지 않았고, 빛이 들자마자 빛과 함께 사라져버린 것 같아요. 두 번 다시 그런 괴물은 우리 사이에 끼어들지 않을 거예요."

"그럼요, 우리는 이제 진정한 친구가 되었어요, 레슬리. 난 너무너무 기뻐요."

"할 말이 있는데 또 오해하지 말아요, 앤. 앤이 아기를 잃었을 때 나는 진심으로 슬펐어요. 나의 한 손을 잘라 조이스가 살 수 있다면, 나는 기꺼이 잘라버렸을 거예요. 이건 진심이에요. 하지만 앤의 슬픔이 우리들을 더욱 가까워지게 했어요. 앤의 완벽한 행복이 나에게 벽처럼 느껴졌지만 이제 그렇지 않게 되었으니까요.

아, 앤, 제발 오해하지는 말아요. 앤의 행복에 상처가 난 게 기쁘다는 뜻이 아니에요. 그것은 진심으로 말할 수 있어요. 하지만 이번 일로, 건널 수 없을 것만 같았던 우리 사이의 심연이 사라진 거예요."

"알아요, 레슬리, 당신 말을 오해하지 않아요. 자, 지나간 일은 닫아 놓고 불쾌한 일은 잊어버리기로 해요. 이제부터는 모든 게 달라질 거예요. 우리들은 이제 둘 다 요셉의 일족인걸요. 나는 레슬리가 훌륭하다고 생각해요, 정말로. 그리고 레슬리, 앞으로 레슬리 인생에 아직도 뭔가 좋은 일, 멋진 일이 틀림없이 기다리고 있을 것만 같은 느낌이 들어요."

레슬리는 고개를 저으며 힘주어 말했다.

"아니, 그런 희망은 없어요. 딕은 절대로 낫지 않을 테고, 또 비록 기억이 되살아난다 해도…… 오, 앤, 그렇게 되면 지금보다 더 나빠요. 훨씬 더 나쁠 거예요. '이것만큼은' 행복한 신부는 알 수 없는 거예요. 앤, 내가 어떻게 딕과 결혼하게 되었는지 미스 코닐리아로부터 들었어요?"

"네."

"다행이군요. 앤이 알기를 바랐어요. 하지만 앤이 모른다 해도 도저히 내 입으로는 말할 엄두가 나지 않았어요. 앤, 나는 12살 때부터 죽 괴로운 인생을 살아왔어요. 그전에는 행복한 어린 시절을 보냈죠. 우리 집은 몹시 가난했지만 그런 건 상관없었지요. 아버지가 정말 멋진 분이었거든요. 머리도 좋고 사랑이 넘치는 데다 공감을 잘해주는 그런 분이었어요. 내가 기억하는 한 나는 언제나 아버지와 단짝처럼 친했어요. 그리고 어머니도 다정한 분이었어요. 정말, 정말 아름다웠죠. 나는 어머니를 닮았지만, 어머니만큼 아름답지는 못해요."

"미스 코닐리아는 레슬리가 훨씬 아름답다고 하던데요."

"그건 틀린 말이에요. 아니면 나를 안쓰럽게 생각하는 마음에 그렇게 보아주는 거든가. 아마도 내가 몸매는 더 좋은 것 같아요. 어머니는 연약했고 일을 너무 많이 해서 허리가 굽어 있었으니까요. 하지만 얼굴은 천사 같았죠. 나는 숭배하는 마음으로 어머니를 우러러보곤 했었어요. 우리들은 모두 어머니를 숭배했어요. 아버지도 케네스도 나도요."

앤은 미스 코닐리아가 레슬리의 어머니에 대해 하던 얘기와는 매우 다르다고 생각했다. 그러나 애정이야말로 가장 진실한 모습을 볼 수 있는 게 아닐까? 그렇다고는 하나 딸을 딕 무어와 결혼시킨 것만큼은 로즈 웨스트가 확실히 이기적이었다.

"케네스는 내 남동생이었어요. 아, 내가 그 애를 얼마나 귀여워했는지는 말로 다할 수 없을 정도였죠. 그런데 비참하게 죽고 말았어요. 어떻게 죽었는지 들었나요?"

"네."

"앤, 나는 동생이 수레바퀴에 깔릴 때 그 작은 얼굴을 보고 말았어요. 그 아인 똑바로 누워 있었어요. 앤, 앤, 지금도 그 얼굴이 보여요. 죽을 때까지 지워지지 않을 거예요. 앤, 내게 단 하나의 소원이 있다면 그때 기억이 내 머리에서 영영 사라져버리는 거예요. 오, 하느님."

"레슬리, 그 이야기는 이제 그만해요. 나는 모두 알고 있으니까…… 자세한 것까지 애써 말하지 말아요. 헛되이 자기 마음을 괴롭힐 뿐인걸요. 언젠가 반드시 사라질 거예요."

잠시 마음을 가다듬고 나서 레슬리는 얼마쯤 평정을 되찾았다.

"그리고 아버지의 몸이 쇠약해져 자주 우울증에 빠졌다는 것도…… 마음의 균형을 잃은 끝에…… 그 일도 모두 들었나요?"

"네."

"그 뒤 내게 살아갈 의지를 주는 사람은 어머니뿐이었어요. 그래도 나는 포부가 있었어요. 교편을 잡고 스스로 돈을 벌어 대학에 갈 작정이었어요. 가장 높은 곳까지 올라갈 생각이었어요…… 아, 이 얘기는 그만둘래요. 이야기해본들 다 소용없는 일인걸요.

무슨 일이 있었는지 앤도 알고 있겠죠. 평생 뼈 빠지게 일해오신 어머니가 비탄에 빠져 있는데 집에서마저 쫓겨나는 것을 나는 보고 있을 수가 없었어요. 물론 우리들의 생활은 내 수입으로 꾸려나갈 수 있었겠죠. 하지만 그 집을 떠난다는 건 어머니에겐 있을 수 없는 일이었어요. 새색시로 그 집에 왔고 아버지를 몹시 사랑하셨는데…… 그 모든 추억이 그 집에 간직돼 있었는걸요. 앤, 나는 어머니의 마지막 한 해를 행복하게 해드렸다고 생각하면 내가 한 일이 후회되지 않아요.

처음 결혼했을 때는 나도 딕을 싫어했던 건 아니었어요. 학교 친구를 대하는 것과 같은 다소 무덤덤하고 평범한 감정을 품고 있었죠. 술을 얼마쯤 마신다는 건 알았지만, 그 어촌의 아가씨 이야기는 전혀 몰랐어요. 만일 알았었다면 아무리 어머니를 위해서라도 딕과 결혼할 수 없었을 거예요. 나중에는 정말로 딕을 싫어하게 되었지만 어머니는 끝까지 몰랐죠.

어머니가 돌아가시자 나는 외톨이가 되어버렸어요. 겨우 17살에 외톨이가 되었던 거예요. 딕은 '포시스터즈호'를 타고 가버렸죠. 나는 딕이 오랫동안 집에 돌아오지 않았으면 하고 바랐어요. 바다를 그리는 마음이 딕의 피에 언제나 흐르고 있었거든요. 그것 말고는 아무것도 원하는 게 없었지요. 그리고 앤도 알다시피 짐 선장님이 딕을 데리고 돌아왔어요. 내 이야기는 여기서 끝이에요.

자, 이제 나라는 사람을 알았겠죠, 앤. 나의 밑바닥까지 말이에요. 우리 사이를 가로막던 벽은 다 허물어졌어요. 이런 나와 그래도 친구가 되어줄 수 있겠어요?"

하얀 종이 갓을 씌운 등불을 반으로 잘라놓은 것 같은 반달이 해가 저무는 세인트로렌스만에 낮게 걸려 있었다. 앤은 자작나무 가지 너머로 그 달을 올려다보았다. 그녀의 얼굴은 아주 부드러웠다.

"앞으로 영원히 나는 레슬리의 친구이고 레슬리는 나의 친구예요. 난 이런 친구는 지금껏 가진 적이 없어요. 나에게는 좋은 친구가 많이 있지만, 레슬리에게는 다른 친구들한테서 발견한 적 없는 뭔가가 있어요. 레슬리는 본성의 풍요로움으로부터 더 많은 것을 나에게 줄 테고, 나 역시 마냥 천진하기만 했던 처녀 시절보다 더 많은 것을 레슬리에게 줄 수 있을 거예요. 우리는 둘 다 어엿한 여인이고, 영원히 끊어질 수 없는 소중한 친구예요."

둘은 손을 마주 잡고 잿빛 눈과 푸른 눈에 그렁그렁 고인 눈물 속에서 서로에게 미소 지었다.

미스 코닐리아의 주선

길버트는 여름 동안 수전에게 이 작은 집에 있어달라고 부탁해야 한다고 주장했다. 그러나 앤은 처음에 반대했다.

"여기서 단둘이 있는 게 나는 좋아, 길버트. 누군가 다른 사람이 있는 건 원치 않아. 수전은 좋은 사람이지만 그래도 남인걸. 집안일을 조금 한다고 해서 내 몸에 지장은 없어."

"당신은 의사의 충고를 들어야만 해. '구둣방집 마누라는 맨발로 다니고, 의사 마누라는 일찍 죽는다'는 속담도 있잖아. 우리 집에 그런 일이 생기게 할 수는 없어. 당신이 다시 전처럼 발걸음이 가벼워지고 푹 꺼진 볼이 다시 통통해질 때까지 수전을 우리 집에 있도록 해."

갑자기 수전이 들어와서 말했다.

"마음을 편히 가지세요, 사모님. 부엌일은 걱정 말고 편하게 지내도록 해요. 내가 다 알아서 할 테니까요. 집에 개를 기르고 있으면서 스스로 짖을 필요는 없다는 말도 있잖아요. 내가 아침마다 식사도 침대까지 날라다 드릴게요."

앤은 웃었다.

"당치도 않아요. 병이 난 것도 아닌데 여자가 침대에서 아침 식사를 하는 건 꼴불견이고, 그랬다가는 남자가 아무리 나쁜 짓을 해도 마땅한 일이 되고 만다는 미스 코닐리아의 말에 나도 찬성이에요."

"아아, 또 그 코닐리아의 입바른 소리인가요!"

수전은 도저히 형언할 수 없는 경멸을 드러내며 말을 이었다.

"코닐리아 브라이언트가 하는 말에 일일이 귀 기울이다니요, 사모님. 아무리 자기가 노처녀라 해도 어째서 번번이 남자들을 깎아내려야만 직성이 풀리는 것인지 나는 도무지 알 수가 없어요.

나도 노처녀지만 남자들 욕을 한 일은 없어요. 나는 솔직히 남자들이 좋아요. 할 수만 있었다면 시집을 갔을 거예요. 아무도 나에게 청혼한 적이 없는 게 이상하지 않으세요? 물론 나는 미인은 아니지만 이 근방에서 시집간 웬만한 여자들만큼은 생겼거든요. 그런데도 구혼자가 생긴 적이 한 번도 없지 뭐예요. 무슨 까닭일까요?"

앤은 몹시 심각한 얼굴로 말했다.

"숙명일지도 몰라요."

수전은 고개를 끄덕였다.

"나도 곧잘 그렇게 생각한답니다. 그러면 위로가 조금은 되죠. 전능하신 주님이 당신의 현명하신 목적을 위해 그렇게 정하신 거라면, 아무도 나를 아내로 삼고 싶어하지 않아도 상관없어요. 그렇지만 사모님, 때로는 의심이 생기기도 해요. 어쩌면 다른 누구보다도 악마란 놈이 이 일에 끼어든 게 아닐까 하고 말예요. 그렇게 생각하면 순순히 받아들여지지가 않아요."

그리고 수전은 다시 기운차게 덧붙였다.

"그러니까 내게도 아직 결혼할 기회가 있을지도 몰라요. 우리 고모가 곧잘 입에 올리던 옛 시를 자주 생각한답니다.

아무리 잿빛 털인 암거위라도 늦든 빠르든 언젠가는
정직한 수거위가 나타나 아내로 낚아채는 법.

여자란 무덤에 들어가기 전까지는 결혼하지 않는다고 장담할 수 없는 것 아니겠어요, 사모님. 그 사이 버찌파이라도 구울게요. 의사 선생님이 좋아하는 듯하니까요. 나는 음식 맛을 아는 남자분에게 요리를 해드리는 걸 아주 좋아하죠."

그날 오후 미스 코닐리아가 숨을 조금 헐떡이며 들어왔다.
"나는 이 세상도 악마도 그리 신경 쓰이지 않지만 살만큼은 좀 거추장스럽네요. 앤은 언제나 땀 한 방울 흘리지 않는군요. 어머? 버찌파이 냄새 아니에요? 만일 그렇다면 차 마실 때까지 있으라고 해줘요. 올여름에는 한 번도 버찌파이를 먹지 못했으니까요. 우리 집 버찌는 글렌의 길먼네 개구쟁이들이 몽땅 서리해 갔거든요."
거실 한구석에서 해양소설을 읽고 있던 짐 선장이 나무랐다.
"이봐요, 코닐리아. 확실한 증거가 있다면 또 모르지만 어머니 없는 그 가엾은 길먼네 두 형제에 대해 그렇게 말해선 안 되죠. 아버지가 그리 정직하지 않다는 것만으로 애들까지 도둑 취급을 해서야 쓰나요. 코닐리아의 버찌를 따먹은 것은 그 애들이 아니라 지빠귀가 틀림없을 겁니다. 올해는 지빠귀가 유난히 많으니까요."
미스 코닐리아는 경멸하듯이 말했다.
"지빠귀라고요? 흥, 두 다리 달린 지빠귀겠죠!"
짐 선장은 자못 진지하게 말했다.

"그래요, 포윈즈에 사는 지빠귀는 대개 그런 모습을 하고 있죠."

미스 코닐리아는 한순간 짐 선장을 흘끗 노려보았지만, 이윽고 흔들의자 등받이에 몸을 젖히며 큰 소리로 한참을 웃었다.

"마침내 나를 한방 먹였군요, 짐 보이드. 패배를 인정할게요. 글쎄, 저 뿌듯해하는 모습 좀 봐요, 앤. 꼭 체셔 고양이[1]처럼 이를 드러내며 씩 웃고 있잖아요. 만일 지빠귀가 지난주 어느 날 아침 해뜰 무렵에 내가 본 것처럼 맨발에다 크고 햇볕에 그을린 다리를 가졌고 누더기 바지를 걸치고 다닌다면 길먼네 아이들에게 사과해야만 되겠군요. 내가 아래층으로 내려갔을 때는 이미 사라지고 없었거든요. 어떻게 그토록 재빨리 모습을 감추었는지 몰랐었는데, 짐 선장님 덕분에 알았네요. 물론 날개가 달렸으니 날아가버렸던 거죠."

짐 선장이 껄껄 웃었다. 그리고 저녁 식사 때까지 기다렸다가 버찌파이를 먹고 가라는 앤의 초대를 거절할 수밖에 없는 것을 애석해하며 먼저 일어났다.

미스 코닐리아는 말을 이었다.

"나는 레슬리에게 하숙을 치지 않겠느냐고 물으러 가는 참이에요. 어제 토론토에 사는 데일리 부인이라는 사람에게서 편지가 왔어요. 2년 전에 잠시 우리 집에 하숙했던 분인데, 올여름 자기가 아는 사람을 좀 묵게 해달라는 거예요. 오언 포드라는 신문기자인데, 이 집을 지은 학교 선생인 존 셀윈의 손자라지 뭐예요.

존 셀윈의 큰딸이 온타리오에 사는 포드라는 남자랑 결혼을 했는데, 그 아들이래요. 그 사람은 외할아버지와 외할머니가 살았던 이 오래된 집을 보고 싶어한다더군요. 지난봄 심한 장티푸스를 앓았는데 회복이 시원찮아서 의사가

---

[1] 《이상한 나라의 앨리스》에 나오는 웃는 상의 고양이.

바닷가에 가서 요양을 하라고 권유했대요. 하지만 호텔에는 가고 싶지 않고, 조용한 가정집에 묵기를 원하나 봐요.

우리 집에는 받을 수가 없어요. 내가 8월 한 달은 집에 없을 거라서요. 킹스포트에서 열리는 해외여선교회 회의에 대표로 뽑혀서 가게 됐거든요. 레슬리가 하숙을 칠 여력이 있을지 어떨지 모르지만, 달리 부탁할 만한 곳이 없어서요. 레슬리가 못 받아준다고 하면 항구 건너편 호텔로 갈 수밖에 없겠죠."

"레슬리한테 갔다가 돌아오는 길에 다시 들러서 버찌파이 먹는 걸 거들어주세요. 레슬리와 딕도 올 수 있다면 데리고 오시고요. 그리고 킹스포트에 가시게 되었다고요? 너무 좋으시겠어요. 킹스포트에 있는 친구를 소개해드릴게요. 조너스 블레이크 부인이라고 있거든요."

미스 코닐리아는 흡족한 얼굴로 말했다.

"토머스 홀트 부인도 설득해서 함께 가기로 했어요. 정말이지 그 부인도 휴가를 조금은 얻을 때가 됐어요. 죽어라고 일만 하고 있거든요. 톰 홀트는 코바늘 뜨기는 잘하지만 가족을 먹여 살릴 능력은 없으니까요. 그런데 희한하게도 일하러 가려면 새벽에 일어나지 못하는데 낚시질하러 가기 위해서는 꼭두새벽에 잘도 나가더라고요. 남자들이 다 그렇죠, 뭐."

앤은 미소 지었다. 미스 코닐리아가 포윈즈의 남자들에 대해 얘기할 때는 반쯤 걸러 들어야 한다는 걸 알게 되었다. 그렇지 않았다면 이곳에는 아내를 종처럼 부려먹고 박해만 하는 세상 쓸모없는 무뢰한과 날건달들만 모여 산다고 믿어야 할 게 틀림없다.

방금 말한 토머스 홀트만 해도 자상한 남편이고 사랑받는 아버지이며 훌륭한 이웃이라는 것을 앤은 알고 있었다. 좀 게으른 데가 있고 원래 좋아하는 낚시질을 농삿일보다 더 즐기며, 남자가 수예를 즐겨 한다는, 다소 특이하나 누구에게도 해될 것 없는 취미가 있을 뿐, 미스 코닐리아 말고는 아무도 그를 나쁘게 생각하는 사람이 없었다.

그의 아내는 이 일 저 일 닥치는 대로 잘하는 부지런한 '일꾼'이면서 일하는 것을 자랑으로 여기고 있었다. 이 가족은 농장에서 나오는 수입으로 아무 불편 없이 살고 있고, 튼튼한 아들딸들은 어머니의 활동적인 면을 이어받아 사회에서 훌륭히 헤쳐갈 자질을 갖추고 커나가고 있었다. 글렌세인트메리에서 홀트 집안만큼 행복한 가정은 없을 정도였다.

미스 코닐리아는 개울 위쪽 집에서 만족하며 돌아왔다.

"레슬리가 하숙을 받기로 했어요, 올가을 지붕을 새로 이는 데 들어갈 돈을 어떻게 마련해야 좋을지 몰랐는데 마침 잘됐다면서요. 셀윈 부부의 손자가 온다는 말을 들으면 짐 선장은 특별히 반색할 거예요.

레슬리가 버찌파이를 몹시 먹고 싶지만 도망간 칠면조를 찾으러 가야 해 올 수 없다고 전해달라고 했어요. 하지만 한 조각 남거든 찬장에 넣어둬주면 좋겠다고 하네요. 칠면조를 다 찾고 나서 어두워지면 한달음에 얻으러 오겠다고요.

앤은 모를 거예요, 레슬리가 오래전에 그랬던 것처럼 웃으면서 앤에게 그런 전갈을 전해달라는 것을 듣고 내가 얼마나 기뻤는지. 요즘 레슬리가 엄청 변했어요. 소녀처럼 웃고 농담을 하니 말예요. 레슬리가 말하는 걸 들어보니 이곳에 자주 오는 것 같더군요."

"거의 날마다요. 레슬리가 못 오면 내가 가고요. 레슬리가 없었으면 난 어찌했을까 싶어요. 특히 지금처럼 길버트가 바쁠 때는요. 잠깐 눈붙일 시간 빼고는 거의 집에 없어요. 저러다 과로로 죽는 건 아닐까 걱정될 정도예요. 요즘은 항구 윗마을 사람들이 길버트를 엄청 많이 부르고 있어요."

"자기네 의사로 만족할 것이지, 정말. 하기야 무리도 아니에요. 그쪽 의사는 감리교파니까요. 앨런비 부인을 살리고 나서부터는 모두들 블라이드 선생이 죽은 사람도 살려낸다고 생각하고 있어요. 데이비드 선생도 좀 샘을 내고 있는 모양이에요. 남자들이란 참. 블라이드 선생이 유행하는 새로운 이론을 너무 좋아한다고 말예요!

그래서 내가 한마디 해줬어요.

'하지만 그 새로운 이론 덕분에 로다 앨런비를 구해냈잖아요. 만일 선생님이 치료하고 있었다면 로다는 벌써 저세상 사람이 돼서, 신의 뜻에 따라 부름을 받았노라고 적힌 묘비밖에 더 남았겠어요.'라고요.

나는 생각한 것을 거침없이 데이비드 선생에게 쏟아붙이고 나면 기분이 아주 좋아요! 그 선생이 수십 년 동안 글렌에서 잘난 체하며 유세를 떨던 걸 생각하면. 게다가 지금 와서 나이 때문에 좀 잊어버렸다 뿐이지, 자기가 원래 다른 사람들보다 훨씬 더 많은 걸 안다고 아직도 생각한다니까요.

의사 이야기가 나왔으니 말인데, 블라이드 선생이 짬이 좀 나면 레슬리네에 건너가서 딕의 목에 생긴 종기를 좀 살펴봐줬으면 좋겠던데. 레슬리가 손을 댈 수 있는 선을 넘은 것 같아요. 왜 하필이면 종기 같은 것까지 나는지 통 이해할 수 없어요. 마치 지금껏 레슬리를 속 썩인 걸로는 아직도 부족한 것마냥!"

"딕은 내가 마음에 드나 봐요. 강아지처럼 졸졸 따라다니면서 내가 쳐다보면 어린아이처럼 싱글벙글 웃어요."

"무섭지 않아요?"

"조금도요. 난 가엾은 딕이 싫지 않아요. 어쩐지 불쌍하고 짠해요."

"고약하게 투정을 부릴 때 딕의 모습을 본다면, 정말이지 짠하다는 말은 나오지 않을 거예요. 하지만 딕이 있다고 거슬리지 않는다니 다행이군요. 특히 레슬리를 위해서는요. 하숙인이 오면 레슬리가 할 일이 더 늘어날 거예요. 제대로 된 사람이면 좋겠는데. 아마도 앤 마음에는 들 거예요. 작가라니까요."

앤은 좀 마뜩지 않다는 듯 대꾸했다.

"어째서 세상 사람들은 글을 쓰는 사람끼리라면 마음이 잘 통할 거라고 생각하는지 모르겠어요. 대장장이 두 사람이 대장장이라는 이유만으로 서로에게 강렬하게 끌릴 거라고는 아무도 생각하지 않잖아요."

그럼에도 앤은 즐거운 기대를 품고 오언 포드가 도착하기를 기다렸다. 만약 젊고 호감이 가는 사람이라면 포윈즈 사교 모임에서 기꺼이 만나고 싶은 친구가 하나 더 늘어나게 될지도 모른다. 이 작은 집의 문은 요셉의 일족에게라면 언제나 활짝 열 준비가 되어 있었다.

오언 포드

어느 저녁때 미스 코닐리아로부터 앤에게 전화가 걸려 왔다.

"작가 양반이 방금 왔어요. 내가 앤네 집까지 마차로 데리고 갈 테니까 레슬리네 집으로 안내 좀 해줘요. 그러는 편이 다른 길로 빙 돌아가는 것보다 가깝기도 하고, 더욱이 내가 지금 몹시 바쁘거든요.

글렌에 사는 리스네 갓난아기가 뜨거운 물이 든 양동이에 빠지는 바람에 죽을 만큼 큰 화상을 입었다고 빨리 와달라지 뭐예요. 나더러 아기에게 새살이라도 만들어 입히라는 건지, 원! 리스 부인은 언제나 칠칠치 못한 짓을 저지르고 나서 그 뒤치다꺼리는 다른 사람들이 해주길 바란다니까요. 앤, 이런 부탁 해도 괜찮죠? 그 사람 트렁크 짐은 내일 보내도록 할게요."

"알았어요. 어떤 사람이죠, 미스 코닐리아?"

"겉모습은 내가 데려갔을 때 보면 될 테고, 그 속에 있는 알맹이야 그 사람을 빚으신 신밖에 알 수 없겠지요. 이 이상은 아무 말도 할 수 없어요. 온 글렌 사람들이 집집마다 수화기를 들고 듣고 있으니까요."

앤은 수전에게 말했다.

"미스 코닐리아는 포드 씨의 용모에 대해 그리 흠을 찾아내지 못했나 봐요. 그게 아니면 아무리 온 글렌 사람들이 귀를 곤두세우고 있더라도 전혀 아랑곳

없이 다 얘기했을 텐데 말이에요. 수전, 그래서 난 포드 씨가 잘생긴 남자일 거라는 결론을 내렸어요."

그러자 수전은 선뜻 말했다.

"저, 사모님, 나도 잘생긴 남자의 얼굴을 보는 걸 좋아한답니다. 어떻게, 가벼운 간식거리라도 좀 내올까요? 입에 넣으면 살살 녹는 딸기파이가 있는데요."

"아니에요, 레슬리가 저녁 준비를 다 해놓고 기다리고 있을 테니까요. 게다가 그 딸기파이는 가엾은 내 남편을 위해 남겨놓고 싶네요. 밤늦게나 돌아올 테니 파이랑 우유 한 잔을 꺼내 놔줘요, 수전."

"그럴게요, 사모님. 이 수전이 다 알아서 대령하죠. 역시 파이는 남보다야 남편에게 주는 편이 훨씬 좋죠. 더구나 파이 맛도 모르면서 그저 허겁지겁 입에 집어넣기 바쁜 그런 사람일지도 모르니까요. 게다가 선생님도 보기 드물게 잘생겼잖아요."

미스 코닐리아를 따라온 오언 포드를 보고 과연 짐작했던 대로 아주 잘생긴 사람이라고 앤은 생각했다. 키가 헌칠하게 크고 어깨는 넓었으며, 숱 많은 다갈색 머리칼에 조각 같은 코와 턱선이 멋졌고, 반짝거리는 어두운 잿빛 눈이 아름다웠다.

수전이 나중에 물었다.

"그분의 귀하고 이도 보셨어요, 사모님? 저는 살면서 남자가 그렇게 잘생긴 귀를 가진 사람은 본 일이 없어요. 제가 귀에 대해서 아주 까다롭거든요. 젊었을 때는 원숭이 귀처럼 생긴 귀를 가진 남자와 결혼하면 어쩌나 걱정했었어요. 이제 와서 보니 그런 걱정은 전혀 할 필요가 없었지만요. 어떤 귀하고든 인연을 맺을 기회가 없었으니 말이에요."

앤은 오언 포드의 귀는 눈여겨보지 않았지만, 솔직하고 친근감이 가는 미소를 지어 보일 때 입술이 열리면서 드러난 가지런한 이는 보았다. 미소 짓지 않을 때 얼굴은 좀 슬픈 듯 무표정하여, 앤이 소녀 시절에 꿈꾼 우수 어린 신비로운 주인공과도 닮은 데가 있었다. 그런데 웃으면 환하게 밝아지면서 쾌활함과 유머와 매력이 넘치는 얼굴이 되었다. 미스 코닐리아가 말했듯이, 외모로 보자면 확실히 오언 포드는 어디에 내놔도 빠지지 않을 인물이었다.

오언 포드는 호기심 어린 얼굴로 열심히 주위를 둘러보며 말했다.

"내가 여기 와서 얼마나 기쁜지 모르실 거예요, 블라이드 부인. 어쩐지 고향 집에 돌아온 듯한 느낌이 듭니다. 어머니는 이곳에서 태어나 어린 시절을 보냈다고 하셨거든요. 자주 이 집에 대한 얘기를 해주셨어요. 그래서 이 집에 대해서라면 내가 살았던 집만큼이나 구석구석 잘 알고 있습니다.

물론 이 집이 지어졌을 때의 이야기와 할아버지가 괴로운 마음으로 로열윌리엄호를 애타게 기다렸던 이야기도 들었습니다. 꽤 오래전 일이라서 집도 벌써 사라지고 없을 줄 알았습니다. 그렇지 않았다면 좀 더 일찍 보러 왔을 겁니다."

앤은 미소 지었다.

"이 마법에 걸린 바닷가에서는 옛집이 쉽사리 사라지지 않는답니다. 이곳은 '모든 것이 언제까지나 변하지 않는 나라'[1]거든요…… 뭐, 적어도 '거의 언제까지나'라고 할 수 있죠. 존 셀윈의 집은 집 자체도 그리 달라지지 않았거니와 포드 씨의 할아버님이 신부를 위해 심은 장미가 지금 이 순간에도 뜰에 흐드러지게 피어 있어요."

"그 생각만 해도 외할아버지와 외할머니가 얼마나 가깝게 느껴지는지 모릅

---

[1] 영국 빅토리아시대 계관시인 앨프리드 테니슨(1809~1892)의 〈연꽃 먹는 자들〉에서 따옴.

니다. 허락을 받아 언제 한번 이 집을 두루 탐험하고 싶습니다."

"우리 집은 언제나 포드 씨에게 활짝 열려 있어요."

앤은 약속했다.

"그리고 포윈즈의 등대지기인 노선장님이 어렸을 때부터 존 셀원과 그 신부를 잘 알고 있었다는 걸 아세요? 선장님은 내가 이 옛집의 세 번째 신부로 이 집에 온 첫날 밤 그 이야기를 들려주셨어요."

"그게 정말입니까? 생각지도 못했던 횡재군요. 그 선장님을 당장 찾아봐야겠네요."

"힘들게 찾고 말고 할 것도 없어요. 우리 모두 짐 선장님과 친해서 자주 만나니까요. 선장님도 포드 씨 못지않게 만나고 싶어할 거예요. 포드 씨의 할머니은 선장님 기억 속에서 별처럼 빛나고 있거든요. 하지만 무어 부인이 기다리고 있으니까 오늘은 우선 우리들의 '가로지름길'로 안내해드리죠."

앤은 눈처럼 새하얀 데이지꽃으로 뒤덮인 들판을 가로질러 오언 포드와 함께 개울 위쪽 집으로 걸어갔다. 아득한 항구 앞바다에서 배에 가득 탄 사람들이 노래를 부르고 있었다. 별빛이 비친 바다에서 이 세상의 소리가 아닌 것만 같은 아련한 음악 소리가 바람을 타고 물 위를 흘러왔다. 등대의 커다란 등불은 환하게 빛을 내며 길을 인도했다.

오언 포드는 가슴 벅찬 느낌으로 주위를 둘러보며 말했다.

"이것이 포윈즈군요. 어머니가 늘 자랑하셨지만 이렇게까지 아름다운 곳일 줄은 몰랐습니다. 이 색채…… 이 경치…… 게다가 마음을 사로잡는 매력까지! 여기서라면 나도 금방 말처럼 튼튼해질 겁니다. 그리고 이 아름다움에서 영감을 받는다면, 여기서 나의 위대한 캐나다 소설이 반드시 시작될 겁니다."

앤이 물었다.

"아직 시작하지 않았나요?"

"유감이지만 아직입니다. 아무래도 딱 이거다 하는 생각이 떠오르지 않아서요. 바로 보일 듯 말 듯한 곳에 숨어서 유혹하고 손짓하다가는 어느새 멀어져 버리는 겁니다. 거의 움켜잡았다 싶었을 때는 사라지고 없죠. 혹시 이 평온함과 아름다움 속에서라면 붙잡을 수 있을지도 모르겠습니다. 미스 브라이언트에게 들으니, 부인도 글을 쓰신다면서요?"

"어머나, 나는 어린이를 대상으로 한 글을 조금 쓸 뿐이에요. 그마저도 결혼하고 나서는 그리 쓰지도 않았고요. 게다가 위대한 캐나다 소설 같은 건 꿈도 꾸지 않아요. 제 능력으로는 미치지 못할 것이라서요."

앤은 수줍어하며 웃었다. 오언 포드도 따라 웃었다.

"제 능력으로도 버겁기는 마찬가집니다. 그래도 시간이 나면 언젠가는 해 볼 작정입니다. 신문기자는 좀처럼 그럴 짬이 나질 않아요. 잡지에 실릴 단편이라면 꽤 여러 편 썼지만, 한 권의 책을 쓰는 데 필요한 시간은 한 번도 갖지 못했습니다. 하지만 석 달이나 자유를 얻었으니 시작은 해 볼 수 있을 것 같군요. 필요한 모티브만 얻을 수 있다면요—책의 '영혼' 말입니다."

갑자기 어떤 생각이 머리를 스쳐 앤은 펄쩍 뛸 뻔했다. 그러나 입에 올리지는 않았다. 무어네 집에 도착했기 때문이었다.

두 사람이 뜰로 들어섰을 때 옆문을 통해 베란다로 나온 레슬리가 오기로 한 손님의 모습이 보이지 않는가 살피러 어스름 속에 서 있었다. 마침 레슬리가 서 있는 곳에 열린 문을 통해 쏟아져 나오는 따뜻하고 노란 불빛이 비치고 있었다. 레슬리는 싸구려 크림색 무명으로 만든 수수한 옷에 언제나 그렇듯 허리에는 새빨간 띠를 매고 있었다. 레슬리는 그게 뭐가 됐든 진홍색을 몸에 걸치지 않는 일은 한 번도 없었다. 비록 꽃 한 송이라 하더라도, 몸 어딘가에 빨간색이 없으면 도저히 마음이 안정되지 않는다고 앤에게 말한 적이 있었다. 앤에게는 그것이 레슬리에게 억눌려 있는 불타는 듯 강렬한 개성의 상징으로 보였다. 그 개성은 겉으로 표현되는 것을 거부당한 채 옷에 걸친 한 자락 그 새빨간 색으로만 살짝살짝 모습을 드러내고 있는 것이다.

레슬리의 옷은 목 언저리가 조금 파여 있고 소매는 짧았다. 팔은 상앗빛 대리석처럼 빛나고 있었다. 불빛을 등지고 서 있는 그 순간 레슬리의 아름다운 몸태의 윤곽이 부드러운 어둠으로 또렷이 떠올라 있었다. 빛을 받아 머릿결은 불꽃처럼 빛나고 있었다. 항구 너머의 하늘은 레슬리의 머리 위에 보랏빛으로 펼쳐져 있고, 별들이 흐드러진 꽃처럼 총총히 빛나고 있었다.

앤은 오언 포드가 숨을 삼키는 소리를 들었다. 땅거미 진 어둠 속에서도 그 얼굴에 나타난 놀라움과 감탄의 표정을 앤은 놓치지 않았다.

오언 포드가 물었다.

"저 아름다운 분은 누구입니까?"

"무어 부인이에요. 무척 아름답죠?"

오언 포드는 넋을 잃은 목소리로 말했다.

"저런……저런 분은 본 일이 없습니다. 전혀 생각지도……예상치도 못했습니다. 놀랍군요, 하숙집 여주인이 여신이라니, 누가 상상이나 했겠습니까! 아, 바닷물 색깔 같은 보랏빛 의상을 걸치고 자수정 구슬을 꿰어 머리에 두른다면 영락없는 바다의 여왕입니다. 그런 사람이 하숙을 치다니!"

"여신도 살아야만 하니까요. 게다가 레슬리는 여신이 아니에요. 다만 아주 아름다울 뿐 우리들과 똑같은, 사람이지요. 미스 브라이언트에게서 무어 씨에 대해 들으셨나요?"

"네, 어떤 정신적 결함이라던가, 아무튼 그 비슷한 것이 있다고 했습니다. 하지만 무어 부인에 대해서는 아무 말씀 안 하시길래 그저 하숙을 쳐서 살림에 한 푼이라도 보태려는 흔히 있는 부지런한 시골 아낙네일 줄 알았습니다."

앤이 가차 없이 말했다.

"레슬리도 그래서 하숙을 받은 거예요. 하지만 레슬리가 달가워서 하는 일이라고는 할 수 없어요. 저, 딕에 대해서는 신경 쓰지 말았으면 해요. 혹시나 신경에 거슬리더라도, 부탁이니 레슬리에게 티는 내지 않도록 해주세요. 굉장히 상처받을 테니까요. 딕은 그냥 덩치 큰 아기에 지나지 않아요. 때로는 좀 성가시지만."

"걱정 마세요, 신경 쓰지 않겠습니다. 어차피 식사 때 말고는 집에 있을 일이 그리 많지도 않을 거고요. 하지만 어떻게 이런 안타까운 일이! 저분에게는 삶이 참 녹록지 않겠군요."

"그래요. 하지만 남에게서 동정받는 걸 무척 싫어해요."

레슬리는 집 안으로 되돌아가 현관으로 두 사람을 맞으러 나오더니 오언 포드에게 정중하지만 차갑게 인사를 하고 방과 식사가 준비되어 있다고 사무적인 말투로 알렸다. 딕은 기쁜 듯이 히죽거리며 작은 여행 가방을 들고 2층으로 올라갔고, 이렇게 하여 오언 포드는 버드나무에 둘러싸인 낡은 집의 하숙인이 되었다.

짐 선장의 인생록

"나에게 지금 작은 갈색 고치 같은 어떤 생각이 있는데, 어쩌면 그것이 발전해서 멋진 나방으로 탈바꿈할지도 몰라."

앤은 집에 도착해서 길버트에게 이야기했다.

길버트는 생각보다 빨리 돌아와 수전의 딸기파이를 맛있게 먹고 있었다. 그 뒤쪽에서는 수전이 얼굴은 한껏 엄숙하지만 마음은 자비가 넘치는 수호천사처럼 서성거리면서, 딸기파이를 맛있게 먹고 있는 길버트 못지않게 흡족해하며, 그가 파이를 먹는 모습을 지켜보고 있었다.

길버트가 물었다.

"어떤 생각인데?"

"지금으로선 아직 이야기할 단계가 아니야. 내가 일을 진행시킬 수 있을지 어떨지 알기 전까지는."

"포드는 어떤 사람이었어?"

"아, 엄청 멋진 사람이야. 아주 잘생겼고."

수전이 혀끝으로 음미하듯이 말했다.

"귀가 참로 잘생겼어요, 선생님."

"나이는 아마 서른에서 서른 다섯 사이? 소설을 쓰려 생각하고 있대. 목소리 좋고, 웃는 얼굴도 보기 좋고, 옷도 잘 입었어. 그런데 왠지 몰라도 그리 순탄하게 살아온 것 같지는 않아 보였어."

다음 날 저녁 오언 포드는 레슬리가 앤에게 보내는 쪽지를 들고 작은 집에 찾아왔다. 그들은 뜰에서 해 저무는 풍경을 보고, 길버트가 여름 나들이용으로 마련한 작은 배를 타러 달빛 어린 바다로 나갔다. 앤과 길버트는 둘 다 오언이 아주 마음에 들었고 마치 여러 해 동안 알고 지낸 사람인 듯한 느낌이 들었다. 그것이 요셉의 일족끼리 통하는 본능적 유대의 특징이었다.

오언이 돌아간 뒤 수전이 말했다.

"저분은 귀만큼이나 인품도 훌륭하군요, 사모님."

칭찬에 약한 수전은 오언에게서 수전이 만든 딸기 쇼트케이크처럼 맛있는 것은 먹어본 적이 없다는 찬사를 듣고는 영원히 오언에게 마음을 내주게 되었다.

저녁 설거지를 하며 수전은 생각했다.

'사람을 홀리는 재주가 있는 사람이야. 저런 사람이 어떻게 아직 결혼을 하지 않았을 수가 있지. 그런 남자라면 원하는 대로 아내를 맞을 수 있었을 텐데. 아니야, 나처럼 아직 마음에 드는 상대를 만나지 못했는지도 몰라.'

접시를 달그락달그락 닦으며 수전은 완전히 로맨틱한 기분에 빠지고 말았다.

이틀 뒤 밤, 앤은 짐 선장에게 오언 포드를 소개하러 포윈즈 등대로 데리고 갔다. 항구 기슭을 따라서 있는 클로버 들판에는 불어오는 하늬바람에 흔들리는 꽃들로 흰빛이 어른거리고 있었고, 바닷가에 다다르니 짐 선장이 큰 자랑으로 여기는 저녁놀이 붉게 물들어 있었다. 짐 선장도 항구 윗마을에서 막 돌아온 참이었다.

"나는 헨리 폴록에게 죽음을 각오하라는 이야기를 하러 윗마을에 다녀와야만 했어요. 다들 좀처럼 그 말을 꺼낼 엄두를 못 내고 있었거든요. 헨리가 어떻게든 살겠다는 의지도 강하고, 가을에 대비해서 계획도 끝없이 세우고 있었으니까, 심한 충격을 받을 거라 여겨서 말이죠.

헨리의 부인은 이제 그에게 알리지 않으면 안 되고, 그 말을 해줄 사람은 나밖에 없다고 했지요. 헨리와 나는 '그레이걸호'를 타고 몇 해 동안 함께 항해를 했던 오랜 동료고 친구거든요.

그래서 나는 헨리네 집으로 가서 그의 침대맡에 앉자마자 솔직하고 분명하게 말했소. 꼭 해야 할 말이라면 뜸 들이지 말고 바로 하는 게 좋다고 생각하니까요. 나는 이렇게 말했어요.

'이봐, 친구, 이번에는 자네에게 진짜로 항해 명령이 내려온 것 같네.'

마음속으로는 떨고 있었지요. 자기가 죽을 리 없다고 굳게 믿는 사람에게 죽음을 알리는 것은 정말 무서운 일이니까요. 그런데 어땠는 줄 아세요, 블라이드 사모님? 헨리는 주름진 얼굴에 검은 눈만은 옛날 그 모습 그대로 반짝이면서 나를 올려다보더니 이렇게 말하는 게 아니겠어요.

'나에게 뭔 정보를 주려거든 내가 모르는 걸 알려줘야지, 짐 보이드. 그런 것쯤은 나도 1주일 전부터 알고 있었네.'

내가 너무 놀라 아무 말도 못 하고 있으니 헨리가 재미있다는 듯이 킬킬 웃으며 말했죠.

'자네 말이야, 내 집까지 찾아와서 묘비처럼 칙칙한 얼굴을 하고 두 손은 그렇게 꽉 마주 잡고 배 위에 얹고는, 거기 앉아서 그런 곰팡내 나는 소식을 뉴스라고 들려주는 게야? 지나가던 고양이가 다 웃겠네, 짐 보이드.'

'누구한테서 들었나?' 하고 내가 얼간이처럼 묻자 그 사람은 이렇게 대답했어요.

'아무한테도. 1주일 전 화요일 밤, 나는 눈을 뜬 채 여기 누워 있었지. 그때 알았네. 그전에도 그렇게 되지 않을까 싶었던 일이었지만, 그때는 '확실히' 알았지. 아내 생각을 해서 모르는 척하고 있었던 거라네. 게다가 헛간도 새로 지어야 해. 에빈 녀석에게 맡겼다간 제대로 짓지 못할 테니까. 어쨌든 자네도 이젠 마음이 놓였을 테니 그 심각한 얼굴 좀 풀고, 뭐 재미있는 이야기라도 해주게나, 짐.'

뭐, 이렇게 되어버린 겁니다. 모두들 헨리에게 알리는 것을 겁내고 있는 사이에 헨리 쪽에서는 벌써 다 알고 있었던 거죠. 자연이 우리를 가만히 지켜보고 있다가, 때가 되면 우리가 알아야만 할 것을 조용히 가르쳐준다는 게 정말 신기하지 않습니까? 헨리가 낚싯바늘에 코를 꿴 이야기를 제가 한 적이 있던가요, 블라이드 사모님?"

"아뇨."

"아무튼 그 얘기로 오늘 헨리와 배를 잡고 웃었지요. 거의 30년이 다 돼가는 옛날 일이죠.

어느 날 나랑 헨리는 다른 몇몇 사람들하고 같이 고등어잡이를 나갔습니다. 굉장한 날이었죠. 만에서 그만큼 큰 고등어 떼는 본 적이 없었으니까요. 모두들 신이 난 와중에 헨리도 몹시 흥분해서는—대체 어쩌다 그랬는지 몰라도—낚싯바늘을 코 한쪽에 푹 찔러넣고 말았어요. 한바탕 난리가 벌어졌죠. 갈고리처럼 휜 낚싯바늘 한쪽 끝에는 거스러미 같은 미늘이 있지, 다른 쪽 끝에는 커다란 납덩이가 달려 있지, 그러니 어느 쪽으로건 쑥 잡아당겨 뽑을 수가 있어야지요.

우리는 당장 헨리를 데리고 뭍으로 돌아가려 했지만 헨리는 보통내기가 아니었어요. 그깟 파상풍 무서워서 이만한 고기 떼를 놓칠 수가 있느냐고 하더니 그대로 작업을 계속했어요. 낚아 올리고 또 낚아 올리면서 그 사이사이 끙끙 신음 소리를 내고 있었지요.

마침내 고기 떼가 지나가버리고 우리는 물고기를 산더미처럼 싣고 돌아왔습니다. 나는 곧바로 줄칼을 꺼내 그 낚싯바늘을 줄로 깎아내기 시작했죠. 내 딴에는 아프지 않게 하려고 애를 썼지만, 헨리가 고함을 어찌나 질러대던지. 그 소리를 한번 들어보셨어야 하는데…… 아니, 듣지 않는 편이 좋겠네요. 다시 생각하니 숙녀분들이 옆에 없는 게 참 다행이었네요. 헨리는 평소에는 욕을 하지 않는 사람인데, 그래도 사는 동안 여기저기서 주워들은 건 좀 있었죠. 그랬더니 그동안 머릿속에 담겨 있던 온갖 욕지거리란 욕지거리는 모조리 끄집어내 나한테 냅다 내던졌죠.

헨리 녀석이 마침내 더는 못 참겠다고 하고 나더러 피도 눈물도 없는 놈이라고 퍼붓는 거예요. 그래서 우리는 말을 매고 내가 마차를 몰아 헨리를 35마일이나 떨어진 샬럿타운에 있는 의사한테 데려갔습니다. 그즈음에는 제일 가까이에 있는 의사가 그 정도였으니까요. 그 대단한 낚싯바늘은 여전히 코에 매단 채 말이죠. 그렇게 해서 크랩 선생한테 겨우 갔는데, 이 노선생도 유유히 줄칼을 꺼내더니 내가 한 거랑 똑같이 낚싯바늘을 깎더군요. 다른 점이라면 의사 선생은 나처럼 아프지 않게 하려는 배려는 전혀 하지 않았다는 거죠!"

옛 친구를 방문하고 온 짐 선장은 추억이 밀물처럼 밀려들어 바야흐로 회고의 찬물때에 먹먹하게 잠겨 있었다.

"헨리란 놈, 오늘 내게 시니키 노신부가 알렉산더 매컬리스터의 배를 축복한 이야기를 기억하고 있느냐고 물었습니다. 이것 또한 이상한 얘기지만 성경 말씀처럼 한 치의 거짓 없는, 실제 있었던 일입니다. 나도 그 배에 타고 있었으니 확실합니다.

헨리하고 나는 어느 날 아침, 해 뜰 무렵에 매컬리스터의 배를 타고 바다에 나갔어요. 배에는 우리 말고도 프랑스계 젊은이가 타고 있었는데, 물론 가톨릭 교도였습니다. 시니키 노신부는 가톨릭에서 개신교로 개종을 한 양반이라 가톨릭교도들은 노신부를 사람 취급도 하지 않았지요.

우리는 뜨거운 뙤약볕을 받으며 정오까지 만으로 나가 앉아 있었지만, 물고기가 한 마리도 걸려들지 않았습니다. 뭍에 도로 돌아갔을 때 시니키 노신부가 자기는 이만 돌아가야 한다면서 정중한 태도로 이렇게 말했죠.

'유감이지만 오후에는 함께 나갈 수 없겠습니다, 매컬리스터 씨. 하지만 나의 축복을 남겨두고 가지요. 오늘 오후, 당신은 천 마리의 물고기를 낚을 겁니다.'

그 말대로 천 마리를 낚지는 못했습니다. 하지만 정확하게 999마리를 낚았던 겁니다. 작은 어선으로는 그해 여름 북해안에서 올린 최고의 어획고였지요. 정말 이상한 일 아닙니까? 알렉산더 매컬리스터가 앤드루 피터스에게 '시니키 신부에 대해 어떻게 생각하나?' 하고 물었더니 앤드루는 '으음.' 하고 신음하며 '그 늙어빠진 영감, 아직도 축복은 남은 건더기가 좀 있는 모양이군.' 하고 말했지요. 이 얘기를 하면서 헨리가 오늘 얼마나 웃었는지!"

짐 선장의 회고담이 밑천이 얼마쯤 떨어진 틈에 앤이 물었다.

"포드 씨가 누구인지 알고 계세요, 짐 선장님? 한번 맞혀보세요."

짐 선장은 머리를 가로저었다.

"나는 알아맞히는 데는 영 젬병이에요, 블라이드 사모님. 그렇기는 하지만 여기 들어왔을 때 '저 눈을 내가 예전에 어디서 보았을까?' 곰곰이 생각했지요. 확실히 본 적이 있는 눈이에요."

앤은 조용히 말했다.

"몇 십 년 전 어느 9월 아침을 떠올려보세요. 그리고 항구로 들어오는 배 한

척을 머릿속에 그려보세요. 오랫동안 간절히 기다리다 체념해버렸던 배에 대해서 말이에요. 로열윌리엄호가 들어오고 짐 선장님이 처음으로 학교 선생님의 신부를 보았을 때의 일을 한번 기억해보세요."

짐 선장이 튕기듯 벌떡 일어났다.

"이것은 퍼시스 셀윈의 눈이야."

선장은 거의 고함을 치다시피 했다.

"아드님은 아닐 테고…… 그럼……."

"손자입니다. 그렇습니다. 저는 앨리스 셀윈의 아들입니다."

짐 선장은 오언 포드에게 달려들어 몇 번이나 악수했다.

"앨리스 셀윈의 아들이라고! 정말, 잘 오셨소! 학교 선생의 자손이 어디에 살고 있을까 정말 궁금했는데. 이 섬에는 한 사람도 없다는 것은 알고 있었지만요.

앨리스라…… 저 작은 집에서 태어난 첫아기였지요. 그토록 환영받은 아기는 또 없었어요! 그 애를 무릎에 올려놓고 얼러준 적이 한두 번이 아니었소. 처음으로 혼자서 걸었던 것도 내 무릎에 앉아있다가 일어났을 때였어요. 그 애를 지켜보던 어머니의 얼굴이 눈에 선하군요. 벌써 60년이 되어가는 옛날 일이오만. 어머니는 아직도 살아 계시오?"

"아뇨, 제가 아직 어렸을 무렵 돌아가셨습니다."

"아, 내가 이렇게 오래 살아남아 그런 소식을 들어야 하다니."

짐 선장은 한숨을 쉬었다.

"하지만 손자분을 만나게 되니 정말 반갑소. 잠깐이나마 젊었던 때로 되돌아간 느낌이오. 그것이 얼마나 고마운 일인지 당신은 아직 모를 거요. 여기 있는 블라이드 사모님도 그런 재주가 있어서 만날 때면 시간을 되돌린 것처럼 느낄 때가 많지요."

짐 선장은 오언 포드가 '진짜 소설가'임을 알고는 더욱더 흥분했다. 흡사 우월한 존재를 대하듯 오언 포드를 바라보았다. 짐 선장은 앤도 글을 쓴다는 것은 알고 있었지만, 그 사실을 진지하게 받아들이지는 않았다. 그는 여자란 귀여운 존재이며 선거권이고 뭐고 간에 원하는 것은 뭐든지 줘야 한다고 생각했으나, 아쉽게도 거기까지가 다일 뿐, 여자가 글을 쓸 수 있다고는 믿지 않았다.

이를테면 이렇게 주장했다.

"《열렬한 사랑》을 봐요. 여자가 쓴 것이 그런 것이니 한번 보시오. 10장이면 모두 끝낼 수 있는 이야기를 103장까지 질질 끌었으니. 여자 소설가의 문제는 언제 끝을 맺어야 할지를 모른다는 거예요. 글을 잘 쓴다는 것의 핵심은 언제 끝낼 것인가를 알고 있다는 데 있지요."

"포드 씨는 선장님의 이야기를 듣고 싶다고 말씀하셨어요. 미치광이가 되어 자신이 '플라잉더치맨호'[1]의 선장이라고 생각했다던 그 선장의 이야기를 들려주세요."

그것은 짐 선장이 가장 자랑으로 여기는 이야기였다. 공포와 유머가 절묘하게 뒤섞인 이야기라, 앤은 이미 몇 번이나 들었음에도 포드 못지않게 폭소를 터뜨리거나 두려움에 떨었다. 곧 다른 이야기들도 이어졌다. 짐 선장이 마음에 드는 관객을 얻었기 때문이었다.

증기선과 충돌하여 자기 배가 가라앉아버린 일, 말레이제도의 해적들에게 습격을 받았던 일, 배에 불이 났던 일, 정치범의 남아프리카공화국 탈주를 도운 일, 어느 가을 마들렌제도[2]에서 난파되어 겨우내 거기에 갇혀 있었던 일,

---

1) 불길한 전조로 희망봉 근해에 출몰한다고 하는 네덜란드의 유령선.
2) 캐나다 세인트로렌스만 중앙에 있는 작은 섬들로 이루어진 군도.

배에 싣고 가던 호랑이가 우리를 부수고 나온 일, 승무원들이 반란을 일으켜 짐 선장을 풀도 나무도 자라지 않는 외딴섬에 버려두고 간 일…… 그 밖에 많은 비극적이거나 우습거나 기상천외한 이야기가 끝도 없이 이어졌다.

바다의 신비, 머나먼 낯선 나라의 매력, 모험의 유혹, 세계 곳곳의 웃음─듣는 이들은 그 모든 것을 실감 나게 느끼며 실제로 일어나는 일처럼 받아들였다. 오언 포드는 턱을 괴고, 목구멍을 가르랑거리는 '일등항해사'를 무릎에 올려놓고서, 형형히 빛나는 눈을 짐 선장의 다부지고 감정이 풍부한 얼굴에서 한순간도 떼지 않은 채 듣고 있었다.

마침내 짐 선장이 오늘의 이야기는 여기까지 해두겠다고 매듭지었을 때 앤이 부탁했다.

"선장님의 인생록을 포드 씨에게 보여주지 않으시겠어요, 짐 선장님?"

"뭐, 작가 양반이 번거롭게 그런 변변찮은 것을 보고 싶어 하시겠소."

짐 선장은 입으로는 거절의 말을 했지만 마음속으로는 보여주고 싶어 애가 탔다.

오언은 졸랐다.

"보여주신다면 정말 영광이겠습니다, 보이드 선장님. 선장님 이야기의 반만큼만 재미있어도 볼 가치는 충분합니다."

짐짓 내키지 않는 척하며 짐 선장은 못 이기는 척 낡아빠진 궤에서 '인생록'을 찾아내 오언에게 건넸다.

그리고 별것 아니라는 듯 말했다.

"나 같은 늙은이가 적어놓은 것과 괜히 오래 씨름하고 싶지는 않을 거요. 나는 배움이 짧아서요. 그저 조카딸의 아들 녀석인 조더러 읽으라고 몇 자 끄적여놓았을 뿐이오. 조는 언제나 이야기를 해달라고 졸라대서 말이오.

어제도 내가 20파운드(약 9킬로그램)나 나가는 대구를 배에서 내리고 있는데 와서 '짐 할아버지, 대구는 말 못 하는 짐승이 아니에요?'라고 묻잖겠소. 실은 내가 그 애에게 말 못 하는 짐승을 절대로 괴롭히거나 아프게 해서는 안 된다고 늘 얘기했거든요. 그래서 대구는 말을 못 하지만 짐승이 아니라 물고기라는 말로 겨우 어찌저찌 넘어갔지만, 조는 만족하는 것 같지 않았어요. 나도 궁색한 변명이라는 건 알고 있었죠. 그래서 아이들을 상대로 얘기할 때는 정말 말조심해야 돼요. 애들은 우리 속을 훤히 꿰뚫어 보니까요."

이야기를 하면서도 짐 선장은 인생록을 살피고 있는 오언 포드를 힐끔힐끔 곁눈질하고 있었는데, 이윽고 손님이 수첩 속에 빠져든 것을 보자 싱글벙글하며 찬장으로 가서 차를 준비하기 시작했다. 짐 선장이 차를 내오자 오언 포드는 마치 수전노가 마지못해 손에 쥔 금을 내려놓는 것처럼 못내 아쉬워하며 인생록을 내려놓았으나, 그것도 차를 마실 동안뿐이었으며 마시고 나자 다시 게걸스레 수첩을 들여다보기 시작했다.

"뭐, 원한다면 '그 변변찮은 것'을 집에 갖고 가서 읽어도 좋소."

짐 선장은 마치 '그 변변찮은 것'이 선장의 가장 귀중한 보물은 아니라는 투로 툭 뱉고는 말을 이어갔다.

"나는 내려가서 배를 뭍에 있는 침목 위로 조금 더 끌어 올려놔야 하오. 센 바람이 몰려올 것 같아서요. 오늘 밤 하늘을 봤소? '비늘구름과 새털구름은 큰 배에도 작은 돛을 올리게 한다.'는 옛말에 딱 들어맞는 날씨요."

오언 포드는 기뻐하며 인생록을 빌려 가기로 했다. 돌아오는 길에 앤은 사라진 마거릿 이야기를 들려주었다.

오언은 감탄했다.

"그 노선장님은 정말 대단한 분입니다. 참으로 모험이 가득한 인생을 보내셨더군요! 그분이 일주일간 했던 모험이 우리가 평생을 살아가면서 겪는 모험보다 더 많겠던데요. 그가 하는 이야기가 모두 진실이라고 믿으세요?"

"믿고말고요. 짐 선장님은 거짓말할 분이 아니거든요. 게다가 이곳 사람들은 하나같이 짐 선장님 이야기에 나오는 일은 모두 실제로 일어났다고 얘기해요. 전에는 짐 선장님 이야기를 증명할 수 있는 뱃사람 동료가 많이 있었지만, 지금은 짐 선장님이 프린스에드워드섬에서 옛날 방식의 항해를 했던 얼마 안 남은 선장님들 가운데 한 분이세요. 지금은 거의 멸종되어 가는 부류의 사람들이죠."

시작된 집필 활동

이튿날 아침, 오언 포드는 몹시 흥분하여 작은 집을 찾아왔다.

"블라이드 부인, 이것은 멋진 책입니다. 정말 굉장합니다. 만일 여기에 있는 내용을 자료로 해서 소설을 써도 된다면 나는 올해의 소설로 뽑히기에도 손색없는 걸작을 쓸 수 있을 것 같습니다. 짐 선장님이 그렇게 하도록 허락해주실까요?"

앤은 외쳤다.

"그렇게 하도록 허락해주시겠냐고요? 틀림없이 아주 좋아하실 거예요. 실은 어젯밤 포드 씨를 모시고 갔을 때 난 이런 일이 생기기를 내심 바라고 있었어요. 짐 선장님은 전부터 그 인생록을 제대로 된 책으로 써줄 사람이 있었으면 하고 바라셨거든요."

"오늘 밤 곳으로 함께 가주시겠습니까, 블라이드 부인? 이 인생록을 자료로 사용해도 될지에 대해서는 제가 직접 부탁드리겠습니다만, 저한테 사라진 마거릿 이야기를 들려준 것은 부인께서 선장님께 말씀드리고 책의 소재로 써도 될지 여쭤봐주셨으면 해서요. 그 로맨스를 인생록 속에 있는 수많은 이야기 전체를 하나로 꿰어주는 줄기로 해서 조화로운 서사를 완성하고 싶거든요."

오언 포드의 계획을 들은 짐 선장은 뛸 듯이 기뻐했다. 드디어 바라고 바랐던 꿈이 이루어져 자신의 '인생록'이 세상에 소개되는 것이다. 짐 선장은 사라진 마거릿 이야기가 그 속에 엮어진다는 것에도 크게 기뻐했다.

선장은 애수에 잠긴 듯이 말했다.

"그렇게 하면 마거릿의 이름이 사람들에게 영원히 잊히지 않겠군요. 마거릿 이야기를 넣어줬으면 하는 것은 그 때문이에요."

오언 또한 즐거워하며 외쳤다.

"우리는 합작을 하는 겁니다. 선장님은 영혼을, 나는 몸을 주는 거지요. 아, 둘이서 걸작을 쓰게 될 거예요, 짐 선장님. 그럼 곧바로 일을 시작하는 게 어떻겠습니까?"

짐 선장도 흔쾌히 말했다.

"내 책이 학교 선생 손자의 손으로 써지다니! 젊은이, 당신 할아버지는 나의 가장 소중한 친구였지요. 그런 사람은 다시 없을 겁니다. 지금에 와서 보니, 내가 어째서 이렇듯 오랫동안 기다려야 했는지 알았소. 이 책은 쓸 자격이 있는 사람이 나타날 때까지 쓰일 수 없었던 거요. 당신은 이 고장—이 오래된 북해안—의 넋을 지니고 있어요. 이것을 쓸 수 있는 사람은 오직 당신밖에 없소."

등대 안의 거실에 붙어 있는 작은 방이 오언에게 작업실로 제공되었다. 책을 써나가는 동안 오언이 잘 모르는 항해술이며 만에 대한 지식 등 온갖 것을 의논하기 위해 짐 선장이 곁에 있어야 했기 때문이었다.

오언은 다음 날 아침부터 바로 작업에 착수해 몸과 마음을 다 기울여 책을 쓰기 시작했다. 그해 여름 짐 선장은 정말 행복했다. 오언이 일하고 있는 작은 방을 신성한 신전처럼 여겼다. 오언은 모든 것을 짐 선장과 의논했으나 원고만은 보여주지 않았다.

"출판할 때까지 기다려주시지 않으면 안 됩니다. 선장님께는 완성된 최고의 모양새로 그때 보여드리고 싶습니다."

오언은 인생록의 보물을 치밀하게 탐구했고 그것을 자유롭게 사용했다. 사라진 마거릿에 대해 몽상하고 거듭해서 곱씹는 동안 오언에게 마거릿은 실재 인물처럼 생생한 존재가 되어, 그가 쓰는 책의 갈피갈피에서 숨 쉬게 되었다. 책이 점점 진행되어 감에 따라 오언은 완전히 작품의 포로가 되어, 열에 들뜬 듯 글을 써나갔다. 앤과 레슬리에게는 원고를 읽고 비평하도록 했다. 나중에 비평가들이 목가적이라고 찬사를 보낸 마지막 장은 레슬리의 제안을 받아들여 만들어진 것이었다.

자신이 낸 아이디어가 거둔 성공의 결실에 앤은 기뻐서 어쩔 줄 몰랐다.

앤은 길버트에게 이야기했다.

"나는 오언 포드를 처음 보았을 때 이 작업을 해낼 적임자라는 걸 대뜸 알았어. 유머와 열정이라는 양면이 얼굴에 나타나 있었거든. 그것이 표현의 기술과 합쳐지면 그야말로 이런 책을 쓰는 데 딱 필요한 자질이니까. 린드 아주머니의 말을 빌리자면, 그는 이 책을 쓸 숙명을 이미 타고났던 거야."

오언 포드는 오전 동안 집필하고 오후에는 대개 블라이드 부부와 즐거운 산책과 나들이를 나가서 보냈다. 레슬리도 자주 함께 갔다. 짐 선장이 레슬리를 자유롭게 해주기 위해 늘 먼저 나서서 딕의 돌봄을 맡아주었기 때문이었다.

그들은 항구에 배를 띄우고 항구로 흘러드는 세 줄기의 아름다운 강을 거슬러 올라가든가, 모래톱에서 조개 구이를 해 먹거나 바위 위에서 홍합을 구워 먹으며 소풍을 즐겼다. 또 모래 언덕에서 딸기를 따고 짐 선장과 대구 낚시도 나갔다. 바닷가 벌판에서는 물떼새를 쏘았고 후미에서는 들오리 사냥을 했다. 물론 사냥에 여자들도 동참을 했다는 말은 아니다.

밤에는 황금 달빛 아래 데이지꽃이 흐드러지게 핀 나지막한 바닷가 들판을 거닐든가, 쌀쌀한 바닷바람이 들어오는 '작은 집' 거실에서 유목을 땐 난롯불 가에 둘러앉아 있든가 했다. 그들은 행복감과 열의에 넘치는 총명한 젊은 사람들이 찾아낼 수 있는 숱한 얘깃거리를 주고받았다.

앤에게 고백한 뒤부터 레슬리는 완전히 딴사람이 되었다. 전과 같은 차갑고 서먹서먹한 태도는 흔적도 없이 사라졌고, 물론 적의의 그림자도 찾아볼 수 없었다. 빼앗겼던 처녀 시절의 해맑음이 원숙해진 여성으로서의 품격과 함께 본연의 모습으로 돌아온 것처럼 보였다. 레슬리는 타오르는 불꽃처럼 환하면서, 그윽한 향기를 내뿜는 꽃과 같이 활짝 피어났다.

마법에 걸린 듯한 그해 여름날 황혼의 모임에서 레슬리만큼 잘 웃고 재치 있게 응답하는 사람은 없었다. 레슬리가 함께하지 못하는 날이면 그들은 대화와 교류를 자극해주는 생생하고도 절묘한 풍미가 결여되어 있는 것 같은 느낌이 들었다. 레슬리의 아름다움은 마치 장밋빛 등불이 티 한 점 없는 뽀얀 설화 석고(雪花石膏) 항아리를 투과해 비쳐나오듯, 내면에서 깨어난 영혼에 의해 찬란하게 빛났다. 그 눈부심에 앤은 정말로 눈이 시린 듯하다고 느낄 때도 있었다.

오언 포드는 책 속에 레슬리를 집어넣었다. 전설의 섬 아틀란티스가 잠들어 있는 바다로 먼 옛날에 사라져버린 '마거릿'은 실제 마거릿과 마찬가지로 부드러운 다갈색 머리에 요정 같은 얼굴을 한 소녀였지만, 성격은 포윈즈 항구의 평온한 나날 속에서 오언이 엿본 레슬리 무어로 어느새 바뀌어 있었다.

모든 점에서 그것은 잊을 수 없는 계절이었다. 누구의 인생에도 좀처럼 찾아오지 않는 아름다운 추억을 가득 남기고 떠나가는 그런 여름이었다. 화창한 날씨, 멋진 친구들, 흥미로운 만남들이 운 좋게 한꺼번에 맞물려, 혹 이 세상에 완벽함이 있다면 바로 이것에 가깝겠다 싶은 모습으로 찾아온, 드물디드문 여름이었다.

9월 어느 날, 바람에 스며든 차가움과 짙어진 세인트로렌스만의 물빛을 보고 가을이 머지않았음을 깨달은 앤은 희미한 한숨을 내쉬며 혼잣말을 했다.

"이렇게 좋은 일이 영원히 이어질 수는 없지."

그날 밤 오언은 모인 사람들에게 책이 완성되었다는 것과 휴가도 이로써 끝날 때가 됐다는 것을 알렸다.

"아직도 해야 할 일이 많이 남았어요. 고쳐 쓰고 덜어내고 하는 등의 마무리 작업 말입니다. 그렇지만 큰 틀로는 대충 완성되었습니다. 드디어 오늘 아침 마지막 한 줄을 썼습니다. 책을 내주겠다는 출판사만 찾으면, 아마 내년 여름이나 가을에는 책이 나올 겁니다"

오언은 출판사를 찾는 일에 대해서는 크게 걱정하지 않았다. 자기가 위대한 책—굉장한 성공을 거둘 책—이자 언제까지나 '살아남을' 책을 썼다는 것을 알고 있었던 것이다. 이 책이 자신에게 명성과 부를 가져다주리라는 것도 막연하게 느끼고 있었다. 그러나 마지막 줄을 쓰고 났을 때, 오언은 원고 위에 머리를 숙인 채 오랫동안 앉아 있었다. 그때 그의 머릿속을 채우고 있던 생각은 자신이 방금 완성한 위대한 책이 아니었다.

오언 포드의 고백

"길버트가 집에 없어 아쉽네요. 안 가볼 수가 없는 환자가 발생했거든요. 글렌에 있는 앨런 라이언스 씨가 사고로 큰 부상을 입어서요. 길버트는 늦게 돌아올 거예요. 하지만 내일 아침 일찍 일어나 떠나기 전에 찾아뵙겠다고 했어요. 정말 속상해요. 포드 씨가 이곳에서 보내는 마지막 밤에 다 같이 모여서 즐겁게 떠들며 보내려고 수전하고 같이 이것저것 많이 계획해뒀는데 말이에요."

앤은 뜰 안 시냇가에 길버트가 만든 통나무 벤치에 앉아 있었다. 오언은 그 앞에 서서 황동 기둥 같은 황자작나무의 누런 줄기에 몸을 기대고 있었다. 파리한 얼굴에서 어젯밤 제대로 잠들지 못한 흔적이 엿보였다. 오언을 올려다본 앤은 이 여름이 오언에게 과연 건강을 회복할 충분한 휴식을 주었는지 문득 의심스러워졌다. 책을 쓰느라 너무 무리했나? 그러고 보니 오언의 얼굴빛이 일주일쯤 전부터 계속 좋지 않았다.

오언은 천천히 말했다.

"선생님이 안 계셔서 오히려 다행입니다, 블라이드 부인. 부인하고 단둘이서 이야기하고 싶었거든요. 누군가에게 꼭 해야만 하는 이야기가 있습니다. 그러지 않으면 나는 미쳐버리고 말 것 같습니다. 지난 일주일 동안 그 일을 정면으로 마주하려 애를 써왔습니다. 하지만 끝내 그럴 수 없었습니다.

부인은 믿을 수 있는 사람이라는 것을 알고 있습니다. 그리고 부인이라면 알아주시리라는 것도요. 부인과 같은 눈을 가진 여성은 반드시 이해해주시니까요. 부인은 사람들이 본능적으로 모든 걸 털어놓을 수 있는 그런 분이니까요.

블라이드 부인, 나는 레슬리를 사랑하고 있습니다. '사랑'! 아니, 그런 말로 내 마음을 담기엔 너무 모자랍니다."

억눌렸던 열정이 말로 뿜어져 나오면서 별안간 오언의 목소리가 갈라졌다. 고개를 돌리더니 팔에 얼굴을 묻었다. 온몸이 파르르 떨리고 있었다.

앤은 아연실색한 채 오언을 쳐다볼 뿐이었다. 생각지도 못한 일이었다! 그러나…… 어째서 몰랐던 것일까? 돌이켜 보면, 매우 자연스럽고 필연적인 일인데 어째서 눈치채지 못했을까? 앤은 자기 눈이 어두웠던 데 새삼 놀랐다.

그러나……그러나…… 이런 일은 포윈즈에서는 일어날 수 없는 것이다. 세상 어딘가에 인간의 정열이 관습이나 법을 무시할 수 있는 곳이 있을지도 모른다. 그러나 여기에서는 그럴 수 없다. 레슬리는 지난 10년 동안 여름에 이따금 하숙인을 받은 경우가 있었지만, 이 같은 일은 한 번도 일어나지 않았다. 그러나 그 하숙인들은 오언 포드 같은 사람이 아니었을 것이고, 올여름 생기발랄했던 레슬리는 지금까지의 쌀쌀맞고 퉁명스러운 얼굴을 한 여자가 아니었다.

아아, '누군가는' 이런 일이 생기리라고 예상했어야만 했다! 어째서 미스 코닐리아는 미리 생각하지 못했던 것일까? 남자가 있는 곳이라면 언제고 경보를 울릴 태세가 되어 있는 그 미스 코닐리아가. 부당한 일이지만 앤은 미스 코닐리아가 원망스러웠다. 그리고 마음속으로 신음했다. 잘잘못을 가리기에 앞서 난처한 일이 일어난 것은 분명했다. 그리고 레슬리는……레슬리는 어떨까? 앤이 가장 걱정스럽게 여긴 사람은 레슬리였다.

앤은 조용히 물었다.

"이 일을 레슬리도 알고 있나요, 포드 씨?"

"아니……아니요…… 눈치챘다면 모르지만 아마 모를 겁니다. 설마 내가 그녀에게 이야기할 만큼 비열한 사람이라고 여기시는 건 아니겠죠, 블라이드 부인. 내가 그녀를 사랑하게 되었다…… 그뿐입니다. 그래서 견딜 수 없을 만큼 비참한 심정입니다."

"레슬리 쪽에서도 좋아하나요?"

묻고 나서 앤은 후회했다.

오언은 지나칠 만큼 강하게 부인했다.

"아니요, 전혀 아니죠. 물론 그런 일은 없습니다. 그녀가 자유로운 몸이라면 그녀의 마음을 내게로 돌릴 수는 있을 겁니다. 내가 그럴 수도 있다는 것은 막연하게 알고 있습니다."

앤은 생각했다.

'레슬리도 사랑하고 있다. 그리고 오언은 그것을 알고 있어.'

앤은 안타까운 마음은 담았지만 단호하게 말했다.

"하지만 레슬리는 자유의 몸이 아니에요. 포드 씨가 지금 할 수 있는 단 한 가지는 레슬리가 지금과 같이 생활할 수 있도록 아무 말 하지 않고 떠나는 거예요."

"알고 있습니다. 알고말고요."

오언은 신음했다. 그는 풀이 우거진 시냇가에 앉더니 발 아래 호박색 물을 어두운 얼굴로 내려다보았다.

"어쩔 수 없다는 것은 알고 있습니다. 이곳에 오기 전에 하숙집 주인의 모습으로 떠올렸던 마음씨 좋고 바지런하며 빈틈없는 주부에게라면 아무렇지도 않게 했을 그 판에 박힌 인사를, '안녕히 계십시오, 무어 부인. 올여름 잘 지내게 해주셔서 고마웠습니다.' 하고 건넬 수밖에 어쩔 도리가 없습니다. 그리고 정직한 하숙인답게 하숙비를 치르고 떠나는 겁니다!

네, 아주 간단한 일이지요. 아무런 의심도 남기지 않고, 난처한 상황도 만들지 않고 이 세상 끝까지 뻗어 있는 길을 걷는 겁니다! 나는 그 길을 걸어갈 겁니다. 그러지 않을까 봐 걱정하실 필요는 전혀 없습니다, 블라이드 부인. 하지만 시뻘겋게 달아 있는 쟁기보습 위를 걷는 편이 차라리 쉬울 겁니다."

그 목소리에 담긴 고통스러운 울림에 앤은 멈칫했다. 하지만 이 상황에서 앤이 그에게 해줄 수 있는 말은 사실상 아무것도 없었다. 책망도 소용이 없고, 충고는 더더욱 필요 없으며, 동정은 남자의 지독한 번민 앞에서 도리어 실소를 자아낼 뿐이었다. 앤은 다만 애처로움과 후회가 뒤섞인 미로 속에서 오언의 심정을 헤아려보며 서 있을 수밖에 없었다. 가련한 레슬리! 앤의 가슴은 레슬리를 생각하면 한없이 아팠다. 그 가엾은 여인에게 아직도 받아야 할 고통이 더 남아 있단 말인가?

오언은 격렬한 투로 말을 이었다.

"그녀가 행복하기만 하다면 이곳을 떠나는 것도 이토록 괴롭지 않겠죠. 하지만 살아 있으면서도 죽은 것과 같은 그녀를 생각하면…… 어떤 곳에 그 사람을 남기고 가는지를 생각하면! 그것이 무엇보다도 괴롭습니다. 그녀를 행복하게 하기 위해서라면…… 나는 목숨이라도 바치겠습니다. 그럴건만 행복하게 해주기는커녕 그 사람을 돕는 일조차 무엇 하나 할 수 없습니다…… 아무것도 말입니다.

그녀는 영원히 그 불쌍하고도 끔찍한 인간에게 붙들려…… 미래에 대한 희망도 없이 다만 공허하고 무의미하고 무기력한 세월을 견디며 나이를 먹을 수밖에 없습니다. 그것을 생각하면 미칠 것만 같습니다. 그런데도 나는 나에게 주어진 인생의 길을 가지 않으면 안 됩니다. 두 번 다시 그녀와 만나지 못하는 채로요. 그녀가 어떤 일을 참고 견디는지를 뻔히 알고 있으면서도 말입니다. 가혹합니다…… 너무 가혹해요!"

앤은 슬퍼하며 말했다.

"가슴 아픈 일이에요. 우리는—이곳에 있는 그녀의 친구들은 모두—그것이 그녀에게 얼마나 괴로운 일인지 알고 있어요."

"게다가 그녀는 삶을 누릴 재능을 그토록 풍부하게 갖추고 있는데도 말이죠."

오언은 화가 치밀어 견딜 수 없는 기색이었다.

"겉모습은 그 사람이 지닌 것 가운데 가장 하찮은 것입니다. 그런데도 그토록 아름다운 사람은 본 적이 없을 정도지요. 그 웃음소리! 그 소리를 듣고 싶어 나는 여름 내내 그녀를 웃게 하기 위해 고심했었습니다. 그리고 그 눈……저기서 빛나고 있는 세인트로렌스만처럼 깊고 푸른 눈! 그렇듯 푸른 눈은 본 일이 없습니다…… 게다가 그 금발! 블라이드 부인, 그녀가 머리를 늘어뜨리고 있는 모습을 본 적이 있습니까?"

"아뇨."

"나는 봤습니다. 딱 한 번. 짐 선장과 곶으로 낚시를 하러 갔다가, 파도가 너무 거칠어서 나가지 못하고 집으로 되돌아온 적이 있었습니다. 그녀는 그날 오후 혼자 있다고 생각하여, 머리를 감고 베란다에 서서 햇볕에 말리고 있었죠. 머리칼이 마치 살아 있는 황금 물줄기처럼 흘러내리며 발밑까지 닿아 있었습니다. 나를 보더니 재빨리 집 안으로 들어갔는데, 그때 바람이 불어오는 바람에 머릿결이 흩날리며 그 사람을 감쌌죠. 황금 빗줄기가 내리는 구름 아래 서 있는 다나에[1] 그대로였습니다.

그때 나는 레슬리를 사랑하고 있음을 알았습니다. 그녀가 불빛을 받으며 어둠 속에 서 있는 모습을 처음 본 그 순간부터 그녀를 사랑하고 있었다는 것도요. 그렇지만 그녀는 딕을 어르고 달래며 하루하루 근근이 먹고사는 빠듯한 생활뿐인 여기서 살아가야만 합니다. 한편 나는 헛되이 그녀에 대한 사랑으로 애태우는 나날을 보내며, 그 사실 때문에 친구로서 줄 수 있는 약간의 도움마저 그녀에게 줄 수 없는 채로 그녀를 멀리해야 하지요.

어젯밤 나는 거의 새벽까지 바닷가를 거닐며 나를 괴롭히는 생각을 남김없이 헤뜨리고 들추어보았습니다. 그런데 아무리 괴롭다 해도 나는 포윈즈에 온 일을 후회한다는 생각만큼은 들지 않았습니다. 지금 비록 막막한 상황이지만 그래도 레슬리를 몰랐다면 내 삶은 더욱 비참했을 것입니다. 그녀를 사랑하면서도 그녀를 떠나야만 하는 것은 불에 타는 듯한 모진 괴로움입니다만. 그렇지만 그녀를 사랑하지 않는 일은 생각조차 할 수 없습니다.

모든 게 미치광이 소리처럼 들리겠죠. 하지만 이런 격렬한 감정은 인간의 불충분한 말로 표현하면 늘 바보스럽게 들릴 뿐이지요. 이런 심정은 입에 올려서는 안 되고, 다만 마음에 담아두고 견뎌야 할 것이었는데…… 나도 말하지 말았어야 했지만…… 그래도 후련해졌습니다…… 얼마쯤은요. 적어도 내일 아침 추태를 보이지 않고 의연한 척하면서 점잖게 떠날 수 있는 힘이 생겼습니다.

이따금 편지를 주시겠습니까, 블라이드 부인. 그리고 레슬리에게 무슨 일이 있으면 알려주시지 않겠습니까?"

"그렇게 할게요. 아, 돌아가신다니 섭섭해요. 포드 씨가 안 계시면 우리는 퍽 쓸쓸해질 거예요. 다들 좋은 친구가 되었는데…… 이런 일만 없었다면 여름에

---

1) 그리스 신화 속에 나오는 여인. 그녀를 보고 첫눈에 반한 제우스 신이 황금 비로 변신해 그녀에게 접근하여 임신하게 된 그녀는 페르세우스를 낳음.

다시 올 수도 있을 텐데. 그래도 어쩌면……차츰……잊을 수 있게 된다면 언젠가…….”

오언은 짧게 대답했다.

“잊는 일은 절대로 없을 겁니다…… 또한 포윈즈에는 두 번 다시 돌아오지 않겠습니다.”

침묵과 황혼이 뜰을 감쌌다. 멀리서 바닷물이 부드럽고 단조롭게 모래톱에 찰랑거리며 밀려왔다. 양버들을 훑고서 스쳐가는 저녁 바람이 슬프고 신비로운 고대 북유럽의 시가(詩歌), 혹은 옛 기억을 이어 붙인 조각난 꿈처럼 들렸다.

두 사람 앞에 가냘프고 어린 사시나무가 한 그루 서 있었다. 서녘 하늘이 노란색과 에메랄드색, 엷어져가는 장밋빛으로 물들고, 그 하늘을 등지고 서 있는 사시나무의 어두운 윤곽은 바람에 떨리는 작고 여린 이파리 하나하나, 잔가지 하나하나까지 아름답게 드러나 있었다.

“아름답지 않습니까?”

오언은 앞서 나누었던 이야기를 잊어보려는 애처로운 노력이 어린 듯한 말투로 사시나무를 가리키며 말했다.

앤은 조용히 말했다.

“너무나 아름다워 아픔을 느낄 정도지요. 저렇게 완벽한 것에는 언제나 아픔을 느껴요. 어린 시절에는 그것을 ‘기묘한 아픔’이라고 불렀어요. 어째서 완벽함에는 늘 이런 고통이 따르는 것일까요? 더 이상 갈 곳이 없는 막다른 곳에 다다랐다는 슬픔일까요? 그 너머에는 아무것도 없으며 되돌아설 수밖에 없다는 걸 아는 데서 오는 아픔?”

오언은 꿈꾸듯 중얼거렸다.

“그럴지도요. 우리 내면에 갇혀 있는 무한성이, 두 눈으로 볼 수 있는 완벽함이라는 형태로 나타난, 닮은꼴의 무한성을 알아보고서 호소하고 있는 것인지도 모르지요."

그때 미스 코닐리아의 목소리가 들려왔다.

"코감기에 걸린 것 아니에요? 코에 수지(獸脂)로 만든 연고를 좀 바르고 자면 좋아질 거예요."

두 그루의 전나무 사이에 있는 작은 울타리문으로 들어오던 미스 코닐리아에게 오언의 마지막 말이 들렸던 것이다. 미스 코닐리아도 오언을 좋아했으나 남자가 '흰소리'를 하면 반드시 한마디 해서 말문을 막아놔야만 한다는 것이 그녀의 좌우명이었다.

인생의 비극 속에서도 반드시 어느 한구석에서 희극이 얼굴을 내밀기 마련이다. 그리고 미스 코닐리아가 그 희극의 역할을 맡은 것이다. 팽팽하게 긴장하고 있던 앤은 어깨를 들썩이며 웃기 시작했고 오언마저 설핏 미소를 지었다. 감상도 열정도 미스 코닐리아 앞에서는 주눅이 들어 자취를 감추고 말았다.

그렇다곤 하나 앤은 조금 전에 있었던 일만큼 절망적이고 어두우며 고통스러운 일은 다시없을 것 같았다. 어쨌든 그날 밤 잠은 앤에게서 멀리멀리 달아나 좀처럼 찾아오지 않았다.

모래톱의 밤

이튿날 아침 오언 포드는 예정대로 포윈즈를 떠났다. 저녁나절에 앤은 레슬리를 만나러 갔지만 아무도 없었다. 집에 자물쇠가 채워져 있고 창문에는 불빛 하나 보이지 않아 마치 영혼이 사라진 집 같았다. 그다음 날도 레슬리가 앤의 집에 들르지 않았다. 나쁜 징조라고 앤은 생각했다.

길버트가 밤에 사람들이 낚시를 하는 후미에 가야 할 일이 있어 앤은 그동안 짐 선장에게 가 있을 요량으로 곶까지 길버트와 함께 마차를 타고 갔다. 그러나 짐 선장은 없었다. 가을 저녁 희부연 안개를 뚫고 번쩍이는 거대한 등대의 불빛은 앨릭 보이드가 지키고 있었다.

길버트가 물었다.

"어떻게 하지? 나하고 같이 갈래?"

"후미까지는 가고 싶지 않아. 하지만 해협은 같이 건너가서 당신이 돌아올 때까지 모래톱에서 기다리고 있을게. 오늘 밤 바위 해변은 바위도 너무 미끄럽고 좀 음산하네."

모래톱에서 앤은 혼자 밤하늘 아래 스산한 아름다움에 잠겼다. 9월치고는 따뜻했고 오후 늦게부터 짙은 안개가 자욱했으나, 환한 보름달 때문에 안개도 얼마쯤 엷어지고 항구와 만, 그리고 바닷가는 옅은 은빛 안개로 뒤덮여 이상한 꿈 같은 비현실적인 세계로 변해 있었다. 그 안개 저편에 있는 모든 것이 몽롱한 환상처럼 흐릿하게만 보였다.

노바스코샤주 곳곳의 항구로 운송할 감자를 싣고서 해협을 지나는 조사이아 크로퍼드 선장의 검은색 스쿠너[1]는 지도에도 올라 있지 않은, 다가가면 다가갈수록 멀어져서 결코 닿을 수 없는 아득한 나라로 향하는 유령선이었다. 모습이 보이지 않는 머리 위 갈매기 울음소리는 슬픈 운명에 떠밀려 간 뱃사람들의 넋이 외치는 소리였다. 모래 위로 부글부글 밀려오는 작은 거품의 소용돌이는 바다 동굴에서 살짝 빠져나온 작은 요정들이었다. 큼지막하고 등이 굽은 사람의 형상 같은 모래 언덕은 바로 오랜 북유럽 신화에 나오는 잠자는 거인이었다. 항구 저쪽에서 희미하게 반짝이는 불빛은 요정 나라 기슭에 피워 올려져 사람을 꾀어내는 횃불이었다. 앤은 안개 속을 거닐며 홀로 상상의 나래를 펼쳤다. 이렇게 마법에 걸린 바닷가를 혼자 헤매다니는 것이 즐거웠다. 낭만적이고 신비로웠다.

그러나 정말로 앤 혼자뿐이었을까? 누군가가 안개 속에서 불쑥 떠올라, 형상과 모양을 갖추더니 파도에 씻긴 모래를 밟으며 앤 앞으로 다가왔다.

깜짝 놀라 앤은 외쳤다.

"레슬리! 대체 어떻게 된 일이에요? 이런 곳에서 지금 뭐하는 거예요?"

"그렇게 말한다면, 앤이야말로 여기서 뭘 하고 있죠?"

레슬리는 애써 웃으려 했지만 실패였다. 얼굴은 파리했고 몹시 지쳐 있는 기색이었다. 그러나 주홍색 모자 아래로 이마며 눈가에 살짝 내려온 애교머리는 반짝거리는 황금 고리처럼 보였다.

---

[1] 둘 내지 네 개의 돛대에 세로돛을 단 서양식 범선.

"길버트를 기다리고 있어요. 볼일이 있어서 후미의 마을에 갔거든요. 원래 나는 등대에서 기다릴 참이었는데 짐 선장님이 안 계시더라고요."

레슬리는 안절부절못하며 말했다.

"그랬군요. 나는 걷고 싶어서……걷고, 걷고, 또 걷고 싶어서 여기까지 왔어요. 바위 해변에서는 걸을 수가 없었어요. 밀물 때라서 바위에 갇히고 말겠더라고요. 그래서 여기로 오지 않을 수 없었어요. 그렇게라도 하지 않으면 꼭 미칠 것만 같았거든요. 짐 선장님의 거룻배를 저어 해협을 건너왔어요. 한 한 시간쯤 있었던 것 같네요. 자, 이리 와요…… 같이 걸어요. 도저히 가만히 있을 수가 없어요. 아아, 앤!"

"레슬리, 왜 그래요?"

묻기는 했으나 앤은 이미 그 이유를 잘 알고 있었다.

"말할 수 없어요. 제발 묻지 말아 줄래요. 앤이라면 알아도 상관없지만……앤에게는 털어놓고 싶지만…… 그래도 내 입으로 이야기할 수는 없어요, 그 누구에게도. 앤, 나는 바보였어요. 아, 바보라는 사실이 너무 괴롭고 부끄러워요. 세상에 이보다 더한 고통이 있을까!"

레슬리는 쓸쓸하게 웃었다. 앤은 살며시 레슬리를 감싸안았다.

"레슬리, 그건 포드 씨를 사랑하게 됐다는 뜻인가요?"

레슬리가 외쳤다.

"어떻게 알았죠? 앤, 어떻게 알았어요? 누구 눈에나 보일 만큼 내 얼굴에 뚜렷이 쓰여 있나요? 그렇게 똑똑히 드러나 있어요?"

"아니, 아니, 그렇지 않아요. 어떻게……어떻게 알았는지는 말 못 해요. 글쎄, 문득 그런 느낌이 들었어요. 레슬리, 그런 눈으로 나를 보지 말아줘요!"

레슬리는 나직한 목소리로 다그쳤다.

"나를 경멸하나요? 난 나쁜 여자일까요…… 몹쓸 여자일까요? 아니면 한낱 바보에 지나지 않을까요?"

"그 어느 쪽도 아니에요. 자, 인생에 일어나는 다른 중대한 문제에 대해 얘기할 때처럼 우리 차분하게 얘기해봐요. 레슬리는 한 가지 생각에만 너무 몰두해서 그런 과격한 견해로 빠져든 거예요. 레슬리에게는 뭔가 잘 안 풀리는 일이 있으면 금세 그런 생각에 빠지는 버릇이 있잖아요. 그리고 그렇게 하지 않도록 노력하겠다고 나랑 약속했잖아요."

레슬리는 맥없이 중얼거렸다.

"하지만…… 아…… 너무 부끄러운 일이에요. 그 사람을 좋아하게 되다니…… 그쪽에서는 원하지도 않을 텐데…… 더구나 누군가를 사랑할 수 있는 자유로운 몸도 아닌 주제에."

"부끄러워할 건 아무것도 없어요. 하지만 오언을 사랑하게 되었다니 내 마음이 아파요. 그렇게 되면 지금으로서는 레슬리가 더더욱 불행해질 뿐이니까요."

레슬리는 걸어가며 격렬한 목소리로 말했다.

"서서히 그렇게 된 게 아니에요. 그랬다면 나도 막을 수 있었을 거예요. 1주일 전 오언이 책을 다 써서 곧 돌아가야 한다고 내게 말한 그날까지 나는 그런 일은 꿈에도 생각지 않았어요.

그런데 그때……그때 알았어요. 마치 누군가가 나를 세게 한 방 때린 듯한 느낌이 들었죠. 나는 아무 말도 하지 않았어요. 아니, 말을 할 수가 없었어요. 하지만 어떤 표정을 하고 있었는지는 나 자신도 모르겠어요. 얼굴에 나타났을까 봐 걱정스러워 견딜 수가 없어요. 만일 그 사람이 내 마음을 알기라도 한다면…… 또는 그런 것 같다는 약간의 의심이라도 한다고 생각하면 나는 수치심으로 죽어버릴 거예요."

앤은 오언과의 대화에서 오언이 이미 레슬리의 마음을 알고 있음을 짐작했던 순간이 다시 떠올라 안쓰러운 심정이 되어 입을 다물고 있을 수밖에 없었다.

레슬리는 이야기하는 행위에서 구원을 구하기라도 하듯 열에 들떠 열심히 말을 이어갔다.

"올여름내 나는 무척 행복했어요, 앤. 태어나서 처음이라고 해도 좋을 만큼요. 그것은 앤과 나 사이에 모든 응어리가 풀렸기 때문이라고 생각했어요. 인생이 이렇게 아름답고 풍요로워진 것은 우리들의 우정 때문이라고 믿었어요. 물론 그런 이유도 있었어요, 어느 정도는…… 하지만 그게 다는 아니었어요…… 아, 전적으로 그것 때문만은 아니었어요.

어째서 모든 게 그토록 다르게 느껴졌는지 이제 알겠어요. 하지만 이젠 모두 끝나고 말았어요. 그 사람은 떠났고…… 나는 도저히 이대로 살아갈 수 없을 것 같아요, 앤. 그 사람이 가버린 날 아침, 집에 들어갔더니 텅 비어 버린 것 같은 집 안의 공기에서 문득 외로움에 얼굴을 얻어맞은 듯한 느낌이 들었어요."

"시간이 흐르면 그 괴로움도 조금씩 줄어들 거예요, 레슬리."

언제나 친구의 괴로움을 자신이 겪는 일처럼 예민하게 느끼는 앤으로서는 위로의 말이 매끄럽게 잘 나오지 않았다. 그리고 자기가 슬픔에 젖어 있을 때 상대는 아무리 좋은 뜻으로 한 말이라도 자기에게는 상처가 되었던 일을 기억하고 있었으므로, 섣불리 뭔가를 얘기한다는 게 몹시 두렵기도 했다.

"아아, 시간이 지날수록 더 괴로워질 것 같아요."

레슬리는 비참한 생각을 되씹고 있었다.

"앞날에 아무런 희망이 없어요. 날이 새고 또 날이 새도……그 사람은 돌아오시 않아요. 두 번 다시 돌아오지 않을 거예요. 아, 그 사람과 다시는 만날 수 없다고 생각하니 어떤 크고 잔인한 손이 내 심장을 꽉 움켜쥐고, 있는 힘을 다해 비트는 듯한 느낌이에요. 나도 한때 사랑에 대해 꿈꾼 적이 있었어요…… 틀림없이 아름다울 거라고 생각했죠…… 그런데 이제 와서 보니…… 이런 것이었군요.

어제 아침 떠날 때 오언은 몹시 싸늘했어요…… '안녕히 계십시오, 무어 부인.'이라고 하는 말투가 더없이 차가웠어요. 우리가 친구조차 아니라는 투로…… 마치 나 같은 것은 그 사람에게 전혀 아무것도 아니라는 듯이 말했죠…… 하긴 그게 사실이죠…… 그 사람이 날 사랑해주기를 바라는 건 아니에요…… 하지만 좀 더 다정하게 대해줄 수도 있었을 텐데."

앤은 생각했다.

'아, 부탁이야, 길버트. 빨리 돌아와줘!'

레슬리에 대한 연민과, 오언의 믿음을 저버리는 일을 해서는 안 된다는 결심 사이에서 마음이 갈가리 찢기는 듯한 앤은 어찌할 바를 몰랐다. 앤으로서는 오언의 작별 인사가 어째서 그렇듯 쌀쌀맞았는지, 어째서 그가 마음 맞는 친구 사이에 어울리는 다정한 인사를 건네지 않았는지 잘 알고 있었다. 그러나 그것을 섣불리 레슬리에게 이야기할 수는 없었다.

가엾은 레슬리가 말했다.

"나는 어쩔 수 없었어요, 앤. 그런 생각이 드는 걸 막아볼 도리가 없었어요."

"알아요."

"이런 나를 비난하겠죠, 아주 많이?"

"조금도 그렇지 않아요."

"그리고 저……저, 길버트에게는 말하지 말아요, 네?"

"레슬리! 내가 그런 짓을 할 거라고 생각해요?"

"모르겠어요…… 두 사람은 너무너무 사이가 좋으니까요. 앤과 길버트 사이에 비밀이 있다는 게 상상이 안 돼요."

"나 자신에 관련된 일이라면 그에게 아무것도 숨기지 않아요. 하지만 내 친구의 비밀은 달라요."

"길버트가 아는 건 곤란해요. 하지만 앤이 알게 된 건 다행이에요. 어떠한 일이라도 앤에게 이야기하기 부끄러운 게 있다면 나는 꺼림칙할 테니까요. 미스 코닐리아가 알게 되는 일은 없으면 좋을 텐데. 때때로 그 무섭고 친절한 갈색 눈이 내 마음까지 꿰뚫어 보는 게 아닐까 여겨질 때도 있어요.

아, 안개가 언제까지나 걷히지 않았으면 좋겠어요…… 영원히 이 속에 있으면서 사람들 눈으로부터 숨고 싶어요. 앞으로 어떻게 아무렇지 않게 살아갈 수 있을지 모르겠어요. 올여름은 그야말로 충만했었죠. 한순간도 외롭지 않았어요. 솔직히 오언이 오기 전에는 견딜 수 없는 쓸쓸함이 드는 순간이 있었어요. 앤과 길버트와 함께 있다가 헤어질 때, 두 사람은 함께 돌아가고 나는 '혼자' 가야만 할 때요.

오언이 오고 나서는 언제나 함께 집으로 돌아갔고, 우리도 앤과 길버트처럼 함께 웃고 이야기하다 보면, 나는 더 이상 외롭거나 부럽다는 느낌이 들지 않았어요.

그런데 지금은! 네, 그래요. 내가 바보였어요. 내가 저지른 어리석은 짓에 대해서는 이제 그만 말하죠. 두 번 다시 이런 이야기로 앤을 번거롭게 하는 일은 없을 거예요."

"길버트가 왔어요. 레슬리도 우리와 함께 가요."

앤으로서는 이런 밤, 이런 심정으로 레슬리가 홀로 이 모래톱을 방황하게 놔둘 생각이 전혀 없었다.

"우리 배에 세 사람이 앉을 자리가 넉넉히 있으니까, 짐 선장님의 거룻배는 뒤에다 매서 가면 돼요."

"아, 나는 또 들러리로 만족해야 할 신세가 되었군요."

가엾은 레슬리는 괴로운 듯 다시금 쓸쓸히 웃었다.

"미안해요, 앤…… 이렇게 불쾌한 말을 해서. 내가 정말 배가 불렀나 봐요…… 나를 기꺼이 세 번째 벗으로서 받아들여주는 좋은 친구를 두 사람이나 가지고 있다는 것을 고맙게 여겨야만 하는데…… 그렇게 생각하지 않는 것은 절대 아니에요. 부디 내 불쾌한 말을 마음에 담아두지 말아요. 온몸이 상처투성이가 되어 어디를 건드려도 견딜 수 없이 아픈 느낌이 들어서 이런가 봐요."

집에 이르자 길버트가 앤에게 물었다.

"오늘 밤 레슬리는 너무 말이 없던데? 그 모래톱에서 혼자 뭘 하고 있었던 거지?"

"너무 지쳐서 그래. 딕이 심하게 말썽 부린 날이면 혼자 바닷가에 가고 싶어 한다는 거 당신도 알고 있잖아."

길버트는 잠시 생각에 잠겼다가 말했다.

"레슬리가 좀 더 빨리 포드 같은 남자를 만나 결혼했다면 얼마나 좋았을까. 그 두 사람이라면 이상적인 부부가 되었을 텐데, 안 그래?"

자칫 이야기를 더 이어가다가는 길버트가 우연히라도 사실을 알게 되지 않을까 걱정이 된 앤이 날카롭게 외쳤다.

"길버트, 부탁이니 중매쟁이 같은 걸 할 생각은 꿈도 꾸지 말아줘. 남자가 그런 일을 하는 건 정말 흉하거든."

앤의 말투에 놀라 길버트는 항의했다.

"천만에, 앤 아가씨, 나는 중매쟁이가 되겠다는 생각은 하지도 않았어. 혹시라도 그렇게 되었으면 좋았겠다 하고 생각을 해 봤을 뿐이야."

"그런 생각도 하지 마. 시간 낭비야."

그런 다음 앤은 느닷없이 덧붙였다.

"아, 길버트, 모든 사람들이 우리처럼 행복하면 좋을 텐데."

자잘한 이야기

"나는 부고란을 읽고 있었어요."

미스 코닐리아는 《데일리엔터프라이즈》지를 내려놓고 바느질감을 집어 들었다.

항구는 음울한 11월 하늘 아래 거무스름하고 음산하게 펼쳐져 있었다. 젖은 낙엽이 창틀에 축축하게 들러붙어 있었다. 그래도 작은 집은 난롯불 때문에 밝았고 앤의 풀고사리와 제라늄 덕분에 봄 같았다.

"여기는 언제나 여름 같아요."

언젠가 레슬리가 말한 적 있었는데, 그것은 이 꿈의 집을 방문하는 손님들이라면 모두 느끼는 것이었다.

"요즘 신문은 부고란으로 도배되어 있는 것 같아요. 언제나 두세 단은 채우고 있으니까. 그걸 한 줄도 빼놓지 않고 읽는 것이 내 취미 생활이 되어버렸어요. 특히 기사를 작성한 사람의 창작 시가 실려 있을 경우에는 더 재미있어요. 예를 들면 이런 거요.

이 여성은 조물주에게로 돌아갔노라.
이제 두 번 다시 방황하는 일은 없으리라.

여느 때 기뻐하며 연주하고 노래하던

그 즐거운 우리 집으로.

이 섬에 시 쓸 줄 아는 사람이 없다고 누가 말했어요! 그런데 앤, 죽은 사람은 모두 좋은 사람뿐이라고 느낀 적 있어요? 우스워 죽겠다니까요. 여기에 실린 부고 기사가 열 건인데, 성인이거나 모범이 되지 않는 인물이 한 사람도 없어요, 남자조차도 말이죠.

피터 스팀슨 씨 부고에는 '너무 일찍 떠난 그의 때아닌 죽음을 한탄하는 많은 벗을 뒤에 남기고……'라고 씌어 있는데, 기가 막히는 소리죠. 그 노인은 80살이었어요. 게다가 그 노인을 아는 사람은 모두 지난 30년 동안 그가 어서 죽기를 바라고 있었다고요.

앤, 마음이 울적할 때는 부고란을 읽어봐요. 특히 알고 있는 사람에 대한 기사를요. 조금이라도 유머 감각이 있는 사람이라면 금세 기분이 좋아질걸요, 정말이래도요. 그런데 어떤 사람들의 부고는 내가 대신 써줬으면 좋았겠다 싶을 때가 가끔 있어요.

그나저나 '부고'라는 말 엄청 기분 나쁜 말이지 않아요? 조금 전에 말한 피터 노인은 바로 그 말에 딱 어울리는 얼굴을 하고 있었지요. 그 얼굴을 볼 때마다 바로 '부고'라는 말이 생각났다니까요.

그 말보다 더 싫은 말은 '미망인'이에요. 정말이지, 앤, 나는 노처녀일지 모르지만, 그래도 안심이 되는 건 결코 어떤 남자의 '미망인'은 되지 않으리라는 거예요."

앤은 웃으며 말했다.

"확실히 싫은 말이에요. 애번리 묘지에는 '누구누구의 유덕을 기리며, 고(故)

누구누구의 미망인'이라고 적힌 오래된 묘비가 많아요. 그것을 읽으면 언제나 낡고 좀먹은 무엇인가가 연상돼요. 어째서 죽음과 관계있는 말은 불쾌한 게 많을까요?

나는 시신을 '유해(遺骸)'라고 부르는 관습을 제발 좀 폐지했으면 좋겠어요. 장례식 때 장의사가 '유해를 보실 분은 이쪽으로 오십시오.'라고 말하는 것을 들으면 정말 몸서리쳐져요. 꼭 식인종의 연회가 끝난 장면을 곧 이어서 보게 될 듯한 섬뜩한 느낌이 든단 말이죠."

미스 코닐리아는 차분히 말했다.

"내가 바라는 건 이거 하나예요. 내가 죽었을 때 누구도 '우리 곁을 떠나신 자매님'이라는 말을 쓰지 않는 거예요. 5년 전 순회전도사가 글렌에서 부흥 집회를 열었을 때, 형제자매 운운하는 데에 아주 진절머리가 났거든요.

나는 처음부터 그 순회전도사가 마음에 들지 않았어요. 무언가 의심스러운 점이 있다는 걸 직감했거든요. 아니나 다를까, 그 남자는 장로교파인 척했는데 알고 보니 감리교파였지 뭐예요. 솔직히 장로교를 자꾸 '감로교'라고 잘못 말할 때부터 알아봤어요.

아무튼 그 남자는 아무한테나 손을 내밀며 덮어놓고 형제자매라고 하는 거예요. 참, 핏줄이 많기도 하지. 어느 날 내 손을 꼭 잡고 무슨 애원이라도 하려는 듯이 '브라이언트 자매님, 당신은 크리스천입니까?' 하고 묻지 않겠어요?

나는 빤히 쳐다보면서 아무렇지도 않게 말해줬죠.

'저기요, 피스크 씨, 내게 남동생은 딱 한 명 있었는데, 15년 전에 묻었어요. 그다음에 동생을 새로 입양한 기억은 없는데요. 내가 크리스천인지 어떤지에 대해서 대답하자면 당신이 아직 아기 옷을 입고 방바닥을 기어다니고 있을 무렵부터 지금까지 쭉 크리스천이었다고 생각하는데요.'

그랬더니 더 이상 찍소리도 못 하더군요. 앤, 나라고 해서 뭐 순회전도사를 모조리 깎아내리려는 건 아니에요. 그 가운데에는 정말 훌륭하고 열성적이어서 좋은 일도 많이 하고, 죄지은 사람들이 수치심에 떨게 만드는 사람들도 있었으니까요. 하지만 이 피스크라는 남자는 그렇지 못했어요.

어느 날 저녁은 나 혼자 배를 잡고 웃은 일이 있었어요. 피스크가 크리스천은 모두 일어서달라고 말했거든요. 나는 일어나지 않았어요, 정말이래도요! 그런 바보 같은 짓이 또 어디 있겠어요? 그래도 대부분 사람들이 일어섰어요. 그랬더니 이번에는 크리스천이 되고 싶은 이는 모두 일어서라고 하지 않겠어요? 아무도 꿈쩍하지 않으니까 피스크는 큰 소리로 찬송가를 부르기 시작했어요.

마침 내 바로 앞에는 가엾은 아이키 베이커가 밀리슨네 가족석에 앉아 있었어요. 아이키는 밀리슨 집안에서 허드렛일을 시키려고 데려온 10살 된 사내아이였는데, 밀리슨이 딱 죽지만 않을 만큼 혹사시키고 있었죠. 가엾게도 이 애는 언제나 지쳐 있어서 교회든 어디든 겨우 2, 3분 동안이라도 가만히 앉아 있을 수 있는 곳에 가면 그대로 곯아떨어져 버렸어요. 이 집회 동안에도 죽 자고 있었는데, 그 모습을 보고 나는 애가 잠깐이라도 쉴 수 있어서 정말 다행이라고 생각했죠.

그런데 피스크가 하늘로 치솟을 듯이 목청껏 소리를 지르니 다른 사람들도 거기에 목소리를 맞추고, 그 바람에 가엾은 아이키는 그만 깜짝 놀라 잠이 깼어요. 아이키는 그게 여느 때 부르는 찬송가라고 착각해 모두 일어서야만 되는 줄 알고 벌떡 일어났어요. 집회에서 졸았다는 걸 들키기라도 하는 날엔 마리아 밀리슨에게서 불벼락이 떨어질 걸 뻔히 알고 있었으니까요.

그런데 그 모습을 보고 피스크는 노래를 그치더니 '또 하나의 영혼이 구원 받았도다! 영광 있으라, 할렐루야!' 이렇게 소리쳤어요. 하지만 겁을 잔뜩 집어

먹은 불쌍한 아이키는 아직 잠이 덜 깨어 하품을 하고 있는 형편이었고, 자기 영혼은 안중에도 없었죠. 그 딱한 아이가 지치고 혹사당한 제 몸 하나 말고 다른 생각을 할 겨를이 뭐가 있었겠어요.

어느 날 밤, 레슬리가 부흥 집회에 참석했더니 피스크라는 작자는 곧바로 레슬리에게 관심을 보이면서 레슬리를 집요하게 다그치기 시작했어요. 어이구, 그 작자는 얼굴 예쁜 아가씨의 영혼에 대해서는 정말이지 각별히 걱정하고 신경을 썼으니까요! 아무튼 그러다 레슬리의 마음을 몹시 상하게 하는 말을 한 바람에 레슬리는 그 뒤로 두 번 다시 가지 않았죠. 그랬더니 피스크는 그다음부터 밤마다 모두들 앞에서 '주여, 그 여인의 굳게 닫힌 마음이 부드럽게 열리도록 해주옵소서.'라고 기도하더라니까요.

내가 참다 참다 그 당시 우리 교회 담임 목사였던 레빗 목사를 찾아가서 만일 피스크가 그 기도를 그만두게 하지 않는다면, 다음번에 피스크 입에서 '아름답지만 회개하지 않은 젊은 여인'이라는 소리가 나오는 순간 자리에서 벌떡 일어나서 찬송가 책을 피스크에게 던져버리겠다고 단언했어요. 거짓말이 아니라 정말 그랬을 거예요.

레빗 목사가 그 기도만은 그만두게 했지만 피스크는 여전히 집회를 이어 나갔어요. 하지만 그것도 찰리 더글러스가 피스크를 글렌에 발도 못 붙이게 할 때까지뿐이었죠. 찰리의 부인은 겨우내 캘리포니아에 가 있었어요. 가을에 심한 우울증에 빠져버렸거든요. 신앙으로 인한 고뇌였는데, 그 집안 내력이에요.

그녀의 아버지는 자신이 용서받지 못할 죄를 저질렀다고 믿으며 너무나도 고뇌한 나머지 정신이 온전치 못하게 되어서 정신병원에서 죽었어요. 그런데 로즈 더글러스도 그런 낌새를 보이자 찰리는 곧바로 짐을 싸서 로즈한테 로스앤젤레스에 사는 여동생에게 가서 좀 쉬다 오라고 보냈죠. 로즈는 아주 좋아져서 돌아왔는데, 그때가 마침 피스크의 신앙 부흥회가 한창인 때였어요. 건강하게 웃는 모습으로 글렌의 기차역에 발을 내디디는 순간, 맨 먼저 로즈의 눈에 띈 게 뭔 줄 알아요?

화물창고 시커먼 지붕 위에 2피트(약 60센티미터) 높이로 '너는 어디로 가려는가―천국인가, 아니면 지옥인가?'라고 커다랗게 써진 흰 글자가 똑바로 그녀를 노려보고 있었던 거예요. 그것은 피스크가 아이디어를 내서 헨리 해먼드에게 페인트로 쓰도록 했던 거지요. 로즈는 외마디 비명을 지르고 그대로 까무라쳐 집으로 데려갔을 때는 떠나기 전보다 더 나빠지고 말았어요.

찰리 더글러스는 레빗 목사에게 가서 이대로 피스크를 내버려둔다면 더글러스 집안사람들은 한 명도 빠짐없이 교회에 나오지 않겠다고 말했죠. 자기 월급의 절반이 더글러스네 주머니에서 나오고 있는 마당에 레빗 목사가 그 말을 듣지 않을 도리는 없었죠. 그렇게 해서 피스크는 갔고 우리는 다시 천국으로 가는 방법을 성서에 의지해야만 하게 된 거예요. 가버리고 난 뒤에야 피스크가 장로교파인 척 가면을 썼던 감리교파임을 알게 되고 레빗 목사는 역겨움을 느꼈죠, 정말이래도요. 레빗 목사에게 이런저런 결점은 있지만 그래도 선량하고 성실한 장로교파였으니까요."

앤이 말했다.

"그러고 보니 어제 포드 씨한테서 편지가 왔어요. 미스 코닐리아에게도 안부 전해달라고 씌어 있었어요."

"그 사람한테서는 그런 인사를 받고 싶지도 않아요."

미스 코닐리아의 무뚝뚝한 대답에 앤은 놀랐다.

"왜요? 그분을 마음에 들어하는 줄 알았는데요."

"뭐, 그랬었죠, 어떤 면에서는. 하지만 레슬리에게 한 짓을 생각하면 결코 용서할 수 없어요. 가엾은 레슬리가 그 남자 때문에 그토록 괴로워하고 있는데…… 지금까지 한 고생으로도 부족하다고…… 하지만 그 남자는 나 몰라라 하고 토론토로 돌아가서 예전처럼 잘 먹고 잘 살고 있겠죠. 남자가 다 그렇죠, 뭐."

"어머나, 미스 코닐리아. 어떻게 알았어요?"

"무슨 소리예요? 앤, 나한테도 눈이 있다고요. 게다가 난 레슬리를 아기 때부터 알고 있고요. 올가을 내내 그 애의 눈에는 지금까지 없던 새로운 괴로움이 고스란히 보이니까요. 그 배후에 소설가 남자가 있는 게 틀림없다고 알아차렸지요.

그 남자를 여기에 데려온 장본인인 내가 용서가 안 돼요. 하지만 설마 그런 사람일 줄은 생각도 못 했었거든요. 레슬리가 이제까지 하숙 쳤던 다른 남자들과 똑같겠거니 생각했어요. 지금까지는 하나같이 레슬리가 눈길도 주지 않을, 거만하고 애송이 같은 얼간이들이었지요.

한번은 그 가운데 하나가 레슬리에게 추파를 던졌다가 레슬리가 쌀쌀맞게 무시해버렸어요. 어찌나 냉랭했던지 아마 그다음부터는 감히 말도 못 붙였을걸요. 그래서 나는 걱정할 일은 아무것도 없겠다고 생각했던 거죠."

앤은 얼른 다짐을 받아두었다.

"레슬리의 비밀을 알고 있는 걸 그녀가 눈치채지 않도록 해주세요. 마음을 다칠 테니까요."

"걱정 말아요, 앤. 나도 살 만큼 살아서 알 만큼 다 아는 사람이에요. 하나같이 몹쓸 그 남자라는 녀석들! 하나가 나타나서 레슬리의 인생을 망쳐놓더니, 그 족속의 또 다른 녀석이 나타나서 이번에는 그녀를 더욱 비참한 꼴로 만들었으니까요. 앤, 이 세상은 잔인하기 짝이 없는 곳이에요, 정말로요."

앤은 꿈꾸듯 시구를 인용했다.

"'이 세상의 어딘가 어긋난 구석은
머지않아 바로잡히리라.'[1]"

그러자 미스 코닐리아는 어두운 얼굴로 말했다.
"그렇게 된다면 그것은 남자가 없는 세상을 말하는 것일 테죠."
방에 들어온 길버트가 물었다.
"오늘은 남자들이 또 무슨 짓을 했나요?"
"몹쓸 짓이지요, 몹쓸 짓! 그것 말고 뭐가 또 있겠어요?"
"미스 코닐리아, 선악과를 먹은 것은 이브입니다."
미스 코닐리아는 의기양양하게 반박했다.
"애초에 이브를 유혹한 것이 남자라는 녀석 아니었겠어요."

저마다 겪는 괴로움의 형태야 다를지라도 우리들 대부분이 괴로움을 안고서도 하루하루 살아갈 수 있는 것처럼, 레슬리도 처음에 느꼈던 극심한 고통의 시간을 빠져나오자 결국 다시 살아갈 수 있다는 걸 깨달았다. 작은 꿈의 집에서 떠들썩한 사람들 무리에 끼어 즐거움을 느끼는 순간조차 있었다.

앤은 레슬리가 오언 포드를 잊을 수 있으면 좋겠다고 바라기는 했지만, 그의 이름이 입에 오를 때마다 레슬리의 눈에 은밀하게 나타나는 애정에 굶주린 듯한 표정을 놓치지 않았다. 외로움을 견뎌내는 그 눈빛이 가여워서 앤은 어떻게든 레슬리가 함께 있는 자리에서 오언이 편지에 써 보낸 소식을 짐 선장이

---

1) 영국의 시인 알프레드 테니슨(1809~1892)경의 시 〈방앗간 주인의 딸〉에서 따옴.

나 길버트에게 단 몇 가지라도 전했다. 그럴 때마다 붉어지거나 창백해지는 레슬리의 얼굴은 마음속을 가득 채운 그녀의 감정을 도무지 감추지 못했다. 그러나 레슬리는 두 번 다시 앤에게 오언에 대한 얘기는 하지 않았고 또 그날 밤 모래톱에서 일어난 일도 입에 올리지 않았다.

어느 날 그녀가 기르던 늙은 개가 끝내 죽어버려 레슬리는 몹시 슬퍼했다.

레슬리는 앤에게 비통하게 말했다.

"이 개는 오랫동안 내 친구였어요. 원래는 딕의 개였어요. 우리가 결혼하기 1년 전부터 딕이 기르다가 '포시스터즈호'를 타고 떠날 때 이 개를 집에 두고 갔었죠.

카를로는 나를 무척 따랐어요. 카를로의 애정 덕분에 어머니가 돌아가신 뒤 완전히 외톨이가 되었던 그 버거웠던 첫해를 나는 겨우겨우 견뎌낼 수 있었어요. 딕이 돌아온다고 들었을 때 카를로가 지금처럼 나만의 것이 되지 않는 게 아닐까 걱정스러웠죠.

하지만 카를로는 한때는 그처럼 딕을 따랐건만, 딕이 돌아왔을 땐 조금도 좋아하는 기색이 없었어요. 마치 낯선 사람인 양 딕에게 덤벼들거나 으르렁거렸죠. 나는 기뻤어요. 온전히 그 사랑을 독차지할 수 있는 존재가 이 세상에 단 하나라도 있다는 건 기분 좋은 일이었거든요.

그 늙은 개 덕분에 얼마나 큰 위안을 받았는지 몰라요, 앤. 올가을 들어 너무나 쇠약해져서 얼마 살지 못할 거라고 어렴풋이 짐작했어요. 하지만 잘 보살펴주면 겨울 동안은 버틸 수 있을지도 모른다고 여겼죠.

오늘 아침에는 꽤 건강해 보였어요. 난로 앞에 놓인 깔개 위에 누워 있었는데, 그러다가 별안간 일어나 비틀거리며 내게로 와서 내 무릎에 머리를 얹고 크고 다정한 눈에 애정을 가득 머금고 나를 지그시 바라보았어요. 그러더니 몸을 한번 떨고는 죽어버렸죠. 그 개가 없으면 못 견디게 쓸쓸할 거예요."

"레슬리, 내가 다른 개를 한 마리 선물할게요. 길버트에게 크리스마스 선물로 귀여운 고든 세터[2]를 한 마리 줄 생각이거든요. 레슬리에게도 한 마리 줄게요."

레슬리는 고개를 저었다.

"앤, 지금 당장은 싫어요, 그 마음은 고맙지만요. 아직 다른 개를 기르고 싶은 생각이 들지 않아요. 다른 개에게 나눠줄 애정이 남아 있지 않은 것 같아요. 아마 시간이 좀 더 흐르면, 그때는 고맙게 받을지도 몰라요. 나를 지켜줄 개가 한 마리 필요하기는 하니까요. 하지만 카를로에게는 뭔가 사람과 닮은 데가 있었어요. 너무 조급히 그 빈자리를 메운다는 건 어쩐지 예의가 아니라는 생각이 들어요."

크리스마스 1주일 전 앤은 애번리에 갔고, 휴일이 끝난 뒤에도 한동안 머물렀다. 길버트가 앤을 데리러 왔으므로 그린게이블즈에서는 기쁜 신년회가 열리고 배리, 블라이드, 라이트 집안사람들까지 모두 모여 린드 부인과 마릴라가 머리를 한껏 짜내 열심히 마련한 만찬 음식을 먹어치웠다.

두 사람이 포윈즈로 돌아와 보니 올겨울 들어 세 번째로 항구에 불어닥친 유례없이 사나운 눈보라가 곳곳에 눈더미를 만들어 놓은 통에 그들의 작은 집도 거의 눈더미에 파묻힐 지경이 되어 있었다. 그래도 입구며 오솔길의 눈은 짐 선장이 와서 치워놓았고 미스 코닐리아도 난로에 불을 피우러 와 있었다.

"잘 돌아왔어요. 하지만 앤! 이런 큰 눈을 본 적 있어요? 2층에 올라가지 않으면 무어네 집은 아예 보이지도 않아요. 앤이 돌아와 레슬리가 몹시 기뻐할 거예요. 지금 집 안에 갇혀서 거의 생매장된 거나 마찬가지니까요. 그나마도

---

[2] 스코틀랜드 원산의 털이 검은 중형의 사냥개.

다행인 건 딕이 눈을 치울 줄 알고, 그걸 몹시 재미있는 놀이쯤으로 생각하면서 한다는 거지만요. 수전이 내일 오겠다는 전갈을 보내왔어요. 아니, 어디로 가세요, 짐 선장님?"

"눈을 헤치고 글렌으로 가서 마틴 스트롱 노인에게 잠깐 다녀오려 하오. 그 양반도 마지막이 멀지 않았고 외로운 사람이거든요. 친구가 많지 않아요. 이제까지 너무 바빠서 친구를 만들 틈이 없었다나. 뭐, 그래도 돈은 산더미처럼 가지고 있지만."

미스 코닐리아가 대뜸 말했다.

"그 사람은 '하느님과 재물을 겸하여 섬기지 못할'[3] 바에는 재물에 매달리는 편이 낫다고 생각한 거 아니겠어요. 그러니 이제 와서 돈이 그리 좋은 친구가 못 돼준다는 걸 알았다 한들 불평할 수는 없죠."

짐 선장은 나갔다기, 뜰에서 무언가가 퍼뜩 생각이 난 듯 잠깐 되돌아왔다.

"블라이드 사모님, 포드 씨에게서 편지가 왔소. 인생록을 내주겠다는 곳이 있어서 가을에 출판된다나 봅니다. 이 소식을 듣고 얼마나 기뻤는지 몰라요. 마침내 그 책이 활자화되는 것을 볼 수 있다니요."

미스 코닐리아가 딱하다는 투로 말했다.

"저 양반은 그 인생록에 대한 일이라면 마치 미치광이처럼 열광한다니까요. 내 생각 같아서는 세상에는 이미 지금 이대로도 책이 너무 많은 것 같지만요."

---

[3] 《신약성서》〈마태복음〉 6장 24절.

의사 길버트

길버트는 열심히 탐독하고 있던 묵직한 의학 서적을 내려놓았다. 점점 짙어지는 3월의 저녁 어스름 때문에 책을 더는 읽을 수 없었다. 길버트는 의자에 등을 기대고 생각에 잠겨 창밖을 바라보았다. 아직 초봄이었다. 아마 이즈음이 1년 가운데 가장 볼품없는 계절이리라. 저녁노을조차도 질척거리고 음울한 죽은 듯한 육지의 풍경과 거무죽죽해진 항구의 보기 흉한 얼음을 숨길 수 없었다. 생명의 기운은 아직 어디에도 찾아볼 수 없었고, 다만 커다란 검은 까마귀 한 마리가 납빛 벌판 위를 쓸쓸하게 날고 있을 뿐이었다.

길버트는 멍하니 이 까마귀에 대해 생각했다. 저 까마귀에게는 가족이 있을까? 새카맣고 어여쁜 아내가 글렌 저쪽 숲에서 남편이 돌아오기를 기다리고 있을까? 아니면 구혼에 열중하고 있는 젊은 멋쟁이 수놈 까마귀일까? 또는 세상을 등진 채 세상길은 혼자 가야 제일 빨리 날아갈 수 있다고 믿는 냉소적인 독신 까마귀일까? 무엇이었든 까마귀는 이윽고 자신과 같은 색깔의 어둠 속으로 모습을 감추었고 길버트는 좀 더 밝은 집 안의 풍경으로 눈길을 돌렸다.

난롯불이 어른어른거리면서 온갖 것을 비추고 있었다. 고그와 매고그의 흰색과 초록색 털을, 깔개 위에서 불을 쬐고 있는 아름다운 고든 세터의 반드르르한 갈색 머리를, 벽에 걸린 그림 액자를, 내닫이창의 창틀에 놓인 꽃병에 가득히 꽂힌 수선화를, 그리고 무엇보다 앤을 비추고 있었다.

앤은 바느질감을 곁에 두고 작은 탁자 옆에 앉아 깍지 낀 손을 무릎 위에 올린 채 흔들리는 난롯불을 바라보며 머릿속에 그림을 그리고 있었다. 스페인 성의 하늘 높이 솟은 탑이 달빛 어린 구름을 꿰뚫고 있는 풍경과 저녁놀 지는 모래톱, 희망의 항구에서 귀중한 짐을 싣고 곧장 포윈즈 쪽으로 오고 있는 배. 앤은 밤낮으로 으스스한 형체를 한 공포가 그림자처럼 따라다니며 그녀의 환상에 그늘을 드리웠음에도 다시 몽상에 잠기기 시작했다.

길버트는 언제나 자신을 가리켜 '나이 먹은 유부남'이라고 말하곤 했다. 그러나 지금도 앤을 바라볼 때면, 도저히 믿어지지 않는다는 연인의 눈으로 바라보았다. 앤이 정말 자기 사람이라는 게 아직도 믿기지 않을 때가 종종 있었다. 이 꿈의 집에 걸린 마법의 일부로 앤이 자리하고 있는 꿈에 지나지 않을는지도 모른다. 행여라도 마법이 풀리고 꿈이 깨어버릴세라 길버트의 마음은 아직도 앤 앞에서는 발끝으로 살금살금 걸어다니는 느낌이었다.

길버트는 가만히 앤을 불렀다.

"앤, 내 말을 좀 들어줄래? 이야기하고 싶은 게 있어."

앤은 난롯불이 밝힌 어둠 속에서 길버트를 바라보며 들뜬 목소리로 물었다.

"뭔데? 아주 엄숙한 얼굴을 하고 있네, 길버트. 맹세컨대 나는 오늘 아무 잘못도 하지 않았어. 수전에게 물어봐."

"당신이나 우리의 일에 대해서 이야기하려는 게 아니야. 딕 무어에 관한 거야."

"딕 무어에 관한 거라고?"

앤은 앵무새처럼 되풀이하더니 긴장하고 자세를 고쳐 앉았다.

"대체 딕 무어에 대해 무슨 할 얘기가 있는데?"

"요즘 나는 딕에 대해 많이 생각하고 있었어. 작년 여름 딕의 목에 생긴 종기를 내가 치료한 거 기억하지?"

"응, 기억해."

"그 기회에 딕의 머리에 난 상처를 자세히 살펴보았었어. 그전부터 딕이 의학적 견지로 볼 때 아주 흥미로운 사례라고 생각하고 있었거든. 요즘 나는 두개골 천공술의 역사와 그 방법을 실제로 적용한 사례에 대해 연구하는 중이었어. 앤, 만일 딕을 좋은 병원에 데려가 두개골에 몇 군데 구멍을 뚫는 수술을 한다면 딕이 기억과 지능을 되찾을지도 모른다는 결론에 이르렀어."

"길버트! 설마 진심은 아닐 테지!"

앤의 목소리에는 비난이 담겨 있었다.

"아니, 진심이야. 그리고 이 사실을 레슬리에게 얘기하는 것이 내 의무라고 여기게 되었어."

앤은 격렬하게 외쳤다.

"길버트 블라이드, 당신이 그런 짓을 하도록 놔두지 않겠어. 아, 길버트, 그런 일은 하지 않을 거지, 그렇지? 당신이 그토록 잔인할 리가 없어. 그런 일은 하지 않는다고 약속해줘."

"앤, 당신이 이런 식으로 받아들일 줄은 정말 몰랐어. 이성적으로 생각을 좀……"

"난 차라리 이성적으로 생각하지 않을래. 이성적으로 생각할 수가 없어. 아니, 나는 아주 이성적이야. 이성적이지 않은 건 당신이야, 길버트. 만일 딕이 제정신으로 돌아오면 그게 레슬리에게 어떤 일을 의미하는지 생각해본 적 있어? 잘 생각을 해 봐! 지금 이대로도 레슬리는 이미 너무 불행해. 그래도 딕의 간병인 겸 보호자로서 생활하는 게 딕의 아내로서 살아가는 것보다 천 배는 나아.

나는 알아. 분명히 안다고! 그런 일은 생각도 할 수 없어. 당신이 끼어들 일이 아니야. 그냥 내버려둬."

"물론 그 점도 생각해보았어, 앤. 하지만 나는 의사란 결과에 상관없이 환자의 정신과 신체의 존엄성을 다른 어떠한 사정보다 우선에 두어야 한다고 믿어. 조금이라도 희망이 있으면 환자의 건강과 정신을 회복시키기 위해 노력하는 게 의사가 행해야 할 의무라고 생각해."

그러자 앤은 다른 전략으로 나갔다.

"그렇게 말하자면 딕은 당신 환자가 아니야. 만일 레슬리가 딕을 어떻게 할 수 없겠느냐고 당신에게 의논한다면 그때는 자신의 생각을 레슬리에게 이야기하는 게 의무일지도 몰라. 하지만 당신이 먼저 나서서 간섭할 권리는 없어."

"나는 간섭이라고 생각하지 않아. 데이비드 할아버지가 12년 전, 레슬리에게 딕은 회복될 가망이 없다고 말씀하셨어. 레슬리는 물론 지금까지도 그걸 믿고 있는 거고."

앤은 의기양양하게 외쳤다.

"만일 그것이 사실이 아니었다면 어째서 데이비드 할아버님이 레슬리에게 그런 말씀을 하셨겠어? 할아버님도 당신만큼 지식이 있을 것 아냐?"

"그렇다고 생각 안 해. 이런 말을 하면 내 자랑 같고 건방지게 들릴지도 모르지만. 게다가 할아버지가 이른바 '최신 이론과 째고 꿰매는 수술 방식'에 대해 편견을 가지고 있다는 걸 당신도 알고 있잖아. 기본적인 맹장염 수술조차 반대하신다는 것도."

"할아버님 말씀이 옳아."

앤은 전선까지 완전히 바꿔버리고 말았다.

"나도 당신들 현대 의사가 인간의 육체를 너무 쉽게 실험 대상으로 삼고 있다고 여겨지는걸."

길버트가 반격했다.

"만일 내가 어떤 실험을 해 보는 걸 겁냈다면, 로다 앨런비는 오늘날 살아 있지 못할 거야. 위험을 무릅썼으니까 그 사람의 목숨을 구했던 거라고."

앤은 외쳤다.

"로다 앨런비에 대해서는 진절머리 날 만큼 들었어."

그 말은 아주 부당했다. 길버트는 로다 앨런비의 생명을 구하는 데 성공했다고 앤에게 보고한 뒤로 앨런비 부인의 이름을 한 번도 입에 올린 적이 없었고, 남들이 그 이야기를 툭하면 입에 올린 것은 길버트 탓이 아니었기 때문이다.

길버트는 얼마쯤 기분이 상하고 말았다.

"그 일을 당신이 그런 식으로 생각할 줄은 몰랐어."

길버트는 좀 딱딱하게 말하더니 일어나 진찰실 쪽으로 가려 했다. 두 사람의 대화가 처음으로 싸움에 다가선 셈이었다.

그러나 앤은 나는 듯 뒤쫓아가 길버트를 도로 데려왔다.

"자, 길버트, '화난 채로 가버리는 일'만은 하지 말아줘. 여기에 앉아. 내가 '진지하게' 사과할 테니까. 그런 말은 하는 게 아니었어. 다만…… 아, 당신이 만일……"

앤은 아슬아슬한 곳에서 멈추었다. 하마터면 레슬리의 비밀을 발설할 뻔했다.

앤은 힘없이 덧붙였다.

"이런 때 여자가 어떤 심정인지 알 수 있다면 좋을 텐데."

"알고 있다고 생각해. 나도 이 일을 온갖 각도에서 두루 생각해보았으니까. 그렇게 한 끝에 딕을 되돌릴 수도 있다는 나의 의견을 레슬리에게 알리는 게 내 의무라는 결론에 이르렀어. 내 책임은 거기까지야. 어떻게 하는가를 결정하는 건 레슬리의 몫이고."

"당신에게는 레슬리에게 그런 책임을 지울 권리가 없다고 생각해. 레슬리는 이미 더 이상 견디기 힘들 만큼 무거운 짐을 짊어지고 있어. 그리고 가난해. 그런 수술 비용을 어떻게 마련하라는 거야?"

길버트는 완고하게 주장했다.

"그것은 레슬리가 결정할 일이야."

"당신은 딕이 나을 수 있다고 생각한다고 했지. 하지만 확신할 수 있어?"

"어느 누구도 그런 일을 확신할 수는 없어. 뇌 자체가 손상되었을 경우에는 그 결과로 생긴 영향을 지울 수 없어. 하지만 만일 내가 믿고 있듯 딕의 기억과 그 밖의 기능을 잃은 것이 두개골의 어떤 부분이 함몰해서 뇌의 중추에 가하는 압력에 의한 것이라면 고칠 수 있어."

앤은 추궁을 늦추지 않았다.

"그렇지만 그건 가능성에 지나지 않잖아! 그럼 만일 당신이 레슬리에게 이야기해서 레슬리가 수술받게 하기로 결정했다고 쳐. 어마어마한 비용이 들 거야. 레슬리는 빚을 얻거나 얼마 안 되는 농장마저 팔아야만 돼. 그 결과 만약 수술이 실패로 끝나고 딕은 아무 변화가 없다고 해 봐. 레슬리가 어떻게 빚을 갚을 수 있지? 또 농장을 모두 팔면, 아무것도 할 수 없는 그 거구의 남자를 데리고 어떻게 살아갈 수 있어?"

"음, 알고 있어. 그래도 레슬리에게 이야기하는 건 내 의무야. 그 신념만큼은 나는 저버릴 수 없어."

앤은 신음했다.

"아이, 블라이드 집안이 고집 세다는 건 나도 알지. 하지만 이 일은 혼자 결정하지는 마. 데이비드 할아버님하고 의논해봐."

길버트는 마지못해 털어놓았다.

"이미 했어."

"그랬더니 뭐라고 하셔?"

"요약하자면—당신하고 마찬가지로—할아버지도 내버려두라고 했어. 새로운 수술법에 대한 편견은 차치하고, 할아버지도 이 일을 당신과 똑같은 관점에서 보고 있는 것 같아. 레슬리를 위해서 그만두라고 말이야."

앤은 그래야 마땅하다는 듯이 소리쳤다.

"그것 봐, 길버트. 난 당신이 여든 가까이 되는 분의 판단에 따라야 한다고 생각해. 할아버님은 그 연세가 되실 때까지 많은 일을 보아오셨고 수많은 사람의 생명을 구하셨어. 그런 분의 의견이 아직 풋내기인 의사가 생각한 의견보다 존중되어야 할 필요가 있지."

"고맙네."

"웃지 마. 중대한 이야기야."

"내 말이 바로 그거야. 이건 중대한 문제라고. 여기에 아무것도 할 줄 모르고 무거운 짐만 될 뿐인 한 남자가 있어. 그 남자가 제정신을 되찾고 쓸모 있는 사람이 될 기회가 있는데……."

앤이 상대를 움츠러들게 하는 말투로 말했다.

"딕이 저렇게 되기 전까지 퍽이나 쓸모 있었겠다."

"좋은 사람이 되어 과거를 보상할 수 있는 기회가 주어질지도 모르잖아. 이 점을 그의 아내는 모르고 있어. 나는 그것을 알고 있고. 그러니까 그런 가능성이 있다는 걸 레슬리에게 얘기하는 게 내 의무야. 요컨대 난 그렇게 결정했어."

"아직 '결정'이라는 말은 쓰지 마, 길버트. 누군가 다른 사람이랑도 의논해봐.

짐 선장님이 어떻게 생각하는지 물어보면 좋겠어."

"좋아. 그렇다고 짐 선장님의 의견에 따른다고는 약속 못 해, 앤. 이건 어디까지나 내가 스스로 판단해서 결정해야만 하는 문제니까. 이 일에 대해 잠자코 입 다물고 있는다면 내 양심은 결코 평생 편하지 못할 거야."

앤은 신음했다.

"아, 자기의 양심! 데이비드 할아버지에게도 양심은 있다고 생각하는데. 그렇잖아?"

"물론 있어. 그러나 내가 할아버지 양심의 파수꾼은 아니잖아. 생각해봐, 앤. 만일 이 일이 레슬리에 대한 것이 아니었다면…… 완전히 추상적인 문제였다면 당신은 분명 찬성했을 거야. 찬성했으리라는 걸 당신도 알고 있잖아."

"그렇지 않아."

스스로 그렇게 믿으려 하며 앤은 딱 잘라 말했다.

"어디 밤새도록 논쟁해봐. 아무리 그래도 나를 설득할 수는 없어. 미스 코닐리아에게 어떻게 생각하는지 한번 물어봐."

"구원병으로 미스 코닐리아를 동원하는 걸 보니 당신도 어지간히 궁지에 몰린 모양이군, 앤. 미스 코닐리아가 뭐라고 할지는 당신도 알잖아. '남자가 생각하는 게 다 그 모양이지 뭐.' 하고는 펄펄 뛰며 화를 내겠지. 그래도 상관없어. 이건 미스 코닐리아에게 해결해달라고 할 문제가 아니야. 레슬리 혼자 결정해야만 돼."

앤은 당장이라도 울음을 터뜨릴 것만 같았다.

"레슬리가 어떤 결정을 할지 당신도 잘 알고 있잖아. 그녀도 의무에 대한 이상적 관념을 추구하는 사람이야. 당신이 어떻게 그런 책임을 자신의 어깨에 짊어지고 살 수 있는지 모르겠어. 나라면 도저히 못 할 거야."

길버트가 차분히 인용했다.

"'옳은 것은 옳은 것이기에, 결과가 어떤 조롱을 보낼지라도 옳은 길을 따르는 것이 지혜인 법.'[1]"

하지만 앤은 코웃음 쳤다.
"어머나, 당신은 시 한 구절이 설득력 있는 논거가 된다고 생각하는 모양이지? 그야말로 남자가 할 만한 생각이네."
말하고 나서 앤은 그만 참지 못하고 웃어버렸다. 자못 미스 코닐리아의 말을 흉내 낸 것처럼 들렸기 때문이다.
길버트는 다시금 진지한 투로 말했다.
"좋아, 당신이 테니슨의 권위를 받아들이지 않는다면, 테니슨보다 더욱 위대한 분의 말씀은 믿을 테지. '진리를 알지니 진리가 너희를 자유케 하리라.'[2] 나는 진심으로 이 말을 믿어. 이것은 성서 가운데에서도—또는 어떠한 문학 가운데에서도—가장 위대하고 훌륭한 구절이야. 또 진리에도 정도의 차이라는 게 있다면 이것이야말로 그 무엇보다 값진 진리야. 그리고 자신이 보고 믿는 진리를 그대로 전하는 게 인간의 첫째 의무고."
앤은 한숨을 쉬었다.
"이 경우, 진리는 가엾게도 레슬리를 자유케 하지 않을 거야. 아마 레슬리에게는 지금보다 더욱 괴로운 속박이 되어버리고 말 테지. 아, 길버트, 나는 도저히 당신이 옳다고 생각할 수 없어."

---

1) 영국의 시인 알프레드 테니슨(1809~1892)경의 시 〈오이노네〉에서 따옴.
2) 《신약성서》〈요한복음〉 8장 32절.

레슬리의 결의

 갑자기 글렌과 어촌에 독감이 유행하면서 다음 2주일 동안 눈코 뜰 새 없이 바빠진 길버트는 약속대로 짐 선장을 방문할 겨를이 없었다. 앤은 만의 하나라도 길버트가 딕 무어에 대한 생각을 단념하였기를 바라면서, 괜한 말로 긁어 부스럼을 만들지 않으려고 그 문제에 대해서 아무 말도 꺼내지 않았다. 그러나 그 일은 앤의 머릿속을 한시도 떠나지 않았다.

 '레슬리가 오언을 사랑한다는 것을 길버트에게 말해도 괜찮을까. 길버트는 자기가 안다는 것을 레슬리가 결코 눈치채지 않도록 할 테니, 레슬리가 자존심을 다치는 일이 없을 것이고, 이 일이 길버트의 마음을 돌릴 수 있을지도 모르고.

 말할까…… 말해버릴까? 아니야, 역시 말할 수 없어. 약속은 신성한 거야. 그리고 나한테는 레슬리의 비밀을 누설할 권리는 없으니까. 하지만 아, 이렇게 걱정으로 아무것도 할 수 없는 일은 태어나서 처음이야. 덕분에 올봄은 망쳤어. 아니, 모든 게 다 엉망진창이 되어버렸어.'

 어느 날 저녁, 길버트가 불쑥 짐 선장에게 다녀오자고 말했다. 실망하면서도 앤은 하릴없이 동의했고, 두 사람은 집을 나섰다. 화사한 햇빛이 내리쬐는 2주일 동안 길버트의 까마귀가 날아간 황량한 경치에 기적이 찾아왔다. 질척이던 언덕이며 들판은 보송보송 말라 갈색으로 바뀌고 따뜻해졌으며, 바야흐로 새싹이 돋고 꽃망울이 터지려 하고 있었다. 항구는 다시 파도의 웃음으로 들썩이기 시작했다. 항구를 따라서 난 긴 길은 한 가닥의 빛나는 붉은 리본 같았다. 모래 언덕에서는 빙어 낚시를 하던 소년들이 지난여름 언덕에 빽빽이 자랐던 마른풀을 태우고 있었다. 불길은 모래 언덕의 하늘을 장밋빛으로 물들이고 그 앞 어두운 세인트로렌스만을 배경으로 진홍빛 깃발과도 같은 불꽃을 나부끼면서, 해협과 어촌을 밝게 비추고 있었다.

그림처럼 아름다운 이 광경이 여느 때라면 앤의 눈을 즐겁게 해주었을 것이다. 그러나 앤은 길버트와 함께 이 길을 걷는 것이 즐겁지가 않았다. 길버트도 마찬가지였다. 슬프게도 두 사람 사이에는 여느 때 같은 단단한 동지애도, 취향과 관점을 함께하는 요셉의 일족이라는 의식도 자취를 감추고 없었다.

앤은 도도하게 머리를 꼿꼿이 세우고 일부러 더 정중한 말투를 쓰면서 길버트의 계획에 전적으로 반대하는 심정을 숨김없이 드러내고 있었다. 길버트는 굳게 다문 입매로 블라이드 집안의 완고함을 드러냈지만 눈에는 걱정이 어려 있었다. 길버트는 자기가 의무라고 믿는 바대로 할 작정이었으나, 그것을 위해서는 앤과의 불화라는 값비싼 대가를 치러야 했다. 어쨌든 등대에 닿았을 때에는 둘 다 안도하는 기분이었다. 그리고 그처럼 안도감을 느낀다는 사실에 가슴이 아팠다.

짐 선장은 손질하고 있던 그물을 치우고 두 사람을 환영했다. 사정없이 쏟아지는 봄날의 저녁 햇빛을 받은 짐 선장의 모습은 앤이 이제까지 본 적 없을 만큼 나이 들어 보였다. 머리칼은 눈에 띄게 세었고 투박한 손이 조금 떨리고 있었다. 그러나 파란 눈은 여전히 맑고 차분했으며 그 속에 들어앉은 독실한 영혼이 아무 두려움 없이 당당하게 그들을 내다보고 있었다.

길버트가 찾아온 까닭을 설명하는 동안 짐 선장은 너무 놀라 아무 말도 못 하고 잠자코 듣고만 있었다. 이 노인이 얼마나 레슬리를 소중히 여기는지 앤은 알고 있었기에 반드시 자기편을 들어주리라 굳게 믿고 있었다. 다만 그 일로 길버트가 마음을 바꿀 거라고는 기대하지 않았을 뿐이었다. 그렇기에 짐 선장이 말투는 느릿느릿하고 슬픈 듯하면서도 망설이는 기색 없이 자기로서는 레슬리에게 이야기해야만 할 것 같다고 말했을 때 앤이 받은 충격은 형언할 수 없을 정도였다.

앤은 비난을 담아 외쳤다.

"어머나, 짐 선장님, 그렇게 말씀하실 줄은 꿈에도 몰랐어요. 레슬리가 이 이상 더 힘들어질 일을 벌여서는 안 된다고 하실 줄 알았는데요."

짐 선장은 고개를 저었다.

"물론 더 힘들게 하고 싶지 않아요. 나는 사모님의 마음을 이해해요, 블라이드 사모님. 나도 같은 마음이니까요. 그러나 우리가 인생을 항해하는 데 필요한 키는 감정이 아니오. 만약 그렇다면 쉴 새 없이 난파하게 되지요.

안전한 나침반은 단 하나, 우리는 그것에 의해 침로를 정해야만 합니다. 즉 무엇이 옳은 일인가 하는 것이죠. 나는 의사 선생 의견에 찬성이오. 딕이 나을 가망이 있다면 레슬리에게 알려야 해요. 이쪽이냐 저쪽이냐 망설일 일이 아니라고 생각합니다."

앤은 마지막 희망까지 사라져버린 채 체념하듯 뱉었다.

"좋아요, 미스 코닐리아가 당신들 두 남자분을 다그칠 때까지 기다리고 계세요."

짐 선장은 시인했다.

"코닐리아는 틀림없이 우리를 사정없이 마구 갈퀴질해댈 거요. 당신들 두 여성분은 사랑스럽긴 하지만 이성적으로 생각하지는 않는 것 같군요. 사모님은 고등교육을 받았고 코닐리아는 그렇지 못하건만, 그 점에 있어서 두 사람은 꼭 닮았어요. 그렇다고 그것이 꼭 나쁘다는 건 아닙니다. 이성이란 때로는 잔인하고 무정한 것이거든요. 자! 진정들하고 우선 차를 한잔 듭시다. 차를 마시고 유쾌한 이야기라도 하면서 마음을 좀 가라앉힙시다."

짐 선장의 따뜻한 차와 즐거운 이야기 덕분에 앤의 흥분도 가라앉아서 적어도 집으로 돌아오는 길에 앤은 길버트를 일부러 괴롭히는 말이나 행동은 하지 않았다. 앤이 그 문제는 전혀 언급하지 않고 다른 주제에 대해서만 기분 좋게 이야기하는 것을 보고 길버트는 앤이 이의는 있지만 그를 용서했음을 알았다.

앤은 슬프게 말했다.

"짐 선장님이 올봄 들어 부쩍 쇠약해지고 허리도 굽으신 것 같아. 지난겨울에 갑자기 나이가 드셨나 봐. 이제 곧 사라진 마거릿을 찾으러 떠나버리는 게 아닐까. 그런 생각을 하면 괴로워."

길버트도 같은 기분이었다.

"짐 선장님이 '항해를 떠나고' 나면 포윈즈는 완전히 딴 곳이 될 거야."

다음 날 저녁 길버트는 개울 위쪽 집으로 찾아갔다. 앤은 길버트가 돌아올 때까지 불안한 마음으로 안절부절 거실을 서성거리고 있었다.

길버트가 들어오자 앤은 다급히 물었다.

"레슬리가 뭐라고 했어?"

"거의 아무 말도 하지 않았어. 멍한 모양이야."

"수술받게 할 거래?"

"잘 생각해보고 나서 곧 결정하려나 봐."

길버트는 난로 앞 안락의자에 몸을 던졌다. 몹시 지친 듯했다. 레슬리에게 이야기하는 것은 길버트에게도 쉬운 일이 아니었다. 그리고 길버트가 하는 이야기에 담긴 뜻을 알게 되었을 때 레슬리 눈에 떠오른 공포에 휩싸인 듯한 눈빛은 다시 돌이켜 보아도 꺼림칙한 구석이 있었다. 이미 주사위가 던져진 지금, 길버트는 과연 자신의 판단이 옳았는가에 대한 의문에 사로잡혀버렸다.

앤 또한 그런 길버트를 보면서 후회하는 마음이 들었다. 길버트가 앉은 의자 옆 깔개에 살며시 앉아 앤은 찰랑거리는 자신의 빨강머리를 길버트의 팔에 가만히 기댔다.

"길버트, 이번 일로 내가 심한 말 많이 했지? 이제 더는 그러지 않을게. 그러니 부탁이야. 빨강머리라 어쩔 수 없이 성격이 참 불같다고 한마디 하고 날 용서해줘."

이로써 길버트는 결과가 어떻게 되든 앤에게서, 내가 뭐랬어 하는 말을 듣는 일만은 없을 것임을 알았다. 그러나 그것으로 도 완전히 위로가 되지는 못했다. 추상적인 차원의 의무와 구체적인 차원의 의무는 전혀 다른 것이었다. 특히 최선을 다해 의무를 행한 결과가 비탄과 공포에 빠진 여인의 흔들리는 눈길을 마주하는 일이었을 때에는 더더욱 그러했다.

이어지는 사흘 동안 앤은 어떤 본능에 이끌려 레슬리를 가까이하지 않았다. 사흘째 저녁 레슬리가 작은 집으로 찾아와 결심이 섰으며 딕을 몬트리올에 있는 병원에 데려가 수술받게 하겠다고 길버트에게 말했다.

얼굴이 몹시 창백하고 전처럼 사람이 가까이 다가오지 못하게 하는 서먹함의 망토를 두르고 있는 것 같았다. 그러나 길버트를 고뇌에 빠뜨렸던 공포는 그녀의 눈에서 사라져 있었다. 대신 레슬리는 싸늘하게 빛나는 눈으로 상세한 절차에 대해 딱딱하고 사무적인 태도로 길버트와 상의했다. 막상 수술을 받으러 가자니 계획을 세우고 고려해야 할 일들이 많았다. 레슬리는 필요한 정보를 얻은 다음 홱 일어섰다.

앤이 같이 나가서 바래다주겠다고 하자 레슬리는 무뚝뚝하게 거절했다.

"그러지 않는 게 좋을 거예요. 오늘 내린 비로 땅이 질척거리니까요. 잘 쉬어요."

앤은 한숨을 쉬었다.

"나는 친구를 잃어버리고 만 것일까? 만일 수술이 성공해 딕의 정신이 돌아온다면, 그날부터 레슬리는 어느 누구도 찾지 못할 깊숙한 마음의 요새에 완전히 틀어박혀버릴 거야."

길버트가 말했다.

"어쩌면 딕한테서 떠나지 않을까?"

"레슬리는 절대로 그런 짓은 하지 않아, 길버트. 그녀는 강한 의무감을 가졌으니까. 언젠가 나한테 말해줬는데, 그녀는 할머니인 웨스트 부인에게서 책임을 맡은 이상 그 결과가 어찌 되든 간에 그것을 회피해서는 안 된다고 늘 들어왔대. 그것이 그녀가 무슨 일이 있어도 어기지 않는 가장 중요한 기본 규칙 가운데 하나야. 상당히 고루한 사고방식이지?"

"마음에도 없는 말 하지 마, 앤 아가씨. 실은 당신도 고루한 사고방식이라고는 여기지 않잖아. 맡은 책임을 다하는 신성함에 대해서 당신도 같은 생각이잖아. 그리고 그 생각이 맞아. 책임 회피는 우리들 현대인의 삶에 뿌리내린 저주야. 이 세상에 들끓게 된 온갖 불안과 불만의 숨은 원인이지."

앤은 조롱하듯 말했다.

"설교자께서 이렇게 말씀하셨노라."

그러면서도 앤은 길버트가 옳다는 것을 느꼈고, 한편으로는 레슬리의 처지를 생각하자 마음이 한없이 무거워졌다.

1주일 뒤, 미스 코닐리아가 눈사태 같은 어마어마한 기세로 작은 집에 들이닥쳤다. 길버트가 집을 비워서 앤은 혼자 그 충격을 견뎌내야만 했다.

미스 코닐리아는 미처 모자를 벗기도 전에 급히 입을 뗐다.

"앤, 내 귀에 들어온 얘기가 사실은 아니겠죠? 블라이드 선생이 레슬리에게 딕이 나을 수 있다고 말해서 레슬리가 딕을 데리고 몬트리올로 수술받으러 가게 되었다고 하던데?"

앤은 용감하게 대답했다.

"사실이에요, 미스 코닐리아."

미스 코닐리아는 몹시 흥분했다.

"인정에 어긋나는 그런 잔인한 짓을 어떻게 할 수가 있어요? 정말이지! 블라이드 선생은 좀 괜찮은 남자인 줄 알았는데. 이런 몹쓸 일을 하리라고는 생각도 못 했어요."

"블라이드 선생은 의사로서 딕에게 나을 가망이 있다는 소견을 레슬리에게 말해주는 게 의무라고 생각한 거예요."

앤은 힘주어 대답하고 나서 아내로서 길버트를 저버리지 않겠다는 마음에 져서 다시 덧붙였다.

"그리고 나도 길버트와 같은 생각이에요."

"아니, 그럴 리가 없어요, 앤. 조금이라도 자비로운 마음이 있는 사람이라면 그럴 수가 없어요."

"짐 선장님도 찬성했어요."

미스 코닐리아가 화가 나 외쳤다.

"그 바보 같은 늙은이의 말은 끌어댈 필요도 없어요. 누가 찬성하든 내 알 바 아니에요. 제발 생각해봐요. 궁지에 몰려 괴로워하고 있는 가엾은 레슬리가 앞으로 어떻게 될지를 한번 생각해보라고요."

"우리도 생각해보았어요. 하지만 길버트는, 의사란 다른 어떤 것보다 먼저 환자의 정신적, 신체적 상태를 최우선으로 생각해야 한다고 믿고 있어요."

이제 미스 코닐리아는 화가 났다기보다 슬픈 듯이 말했다.

"남자들이 생각하는 게 다 그렇지, 뭐. 하지만 앤은 좀 더 나은 사람이라고 생각했는데요."

그리고 미스 코닐리아는 앤이 길버트를 공격하는 데 쓴 것과 똑같은 방법으로 앤을 공격하기 시작했다. 앤은 길버트가 자신을 방어하고자 썼던 무기를 이용해 용감하게 남편을 감쌌다. 다툼은 오래 이어졌지만 마침내 미스 코닐리아가 결말을 냈다.

"극악하고 수치스러운 행위예요."

미스 코닐리아는 금방이라도 울음을 터뜨릴 것 같았다.

"달리 표현할 말이 없어요. 극악하고 수치스러운 행위라고밖에는. 레슬리가 안됐어요, 너무너무 안됐어요!"

앤은 간절히 부탁했다.

"딕에 대해서도 조금은 고려해야 한다고 생각하지 않아요?"

"딕? 딕 무어에 대해서요? 그 사람은 아주 행복해요. 사회 일원으로서 행동도 평판도 전보다 지금이 훨씬 나아요. 그 사람은 주정꾼이었고 어쩌면 그보다 더한 인간이었을지도 모르니까요. 이제 또 제멋대로 짖어대고 마실 수 있게 그 사람을 풀어놓자는 건가요?"

"새사람이 될지도 모르잖아요."

안타깝게도 앤은 외부의 적과 내면의 배신자에게 안팎으로 시달리고 있었다.

"흥! 새사람은 무슨! 차라리 죽은 사람을 살려내는 게 빠르지. 딕은 술 취해서 싸움박질하다가 다쳐서 저 꼴이 된 거예요. 자업자득이고 하늘이 내린 벌이라고요. 어디까지나 신이 내린 천벌에 사람인 의사 선생이 쓸데없이 참견할 건 아니라고 생각해요."

"딕이 어쩌다 저렇게 다쳤는지는 아무도 몰라요, 미스 코닐리아. 술에 취해 싸운 게 아닐지도 모르죠. 그의 돈을 노린 강도에게 당했을 수도 있어요."

"돼지도 휘파람을 불고 싶어하면 어쩌다 소리가 나는 수도 있겠죠. 그렇다고 그게 돼지가 타고난 본성이겠어요? 하지만 앤 말은, 이미 결정되었으니까 내가 아무리 떠들어봐야 소용없다는 거죠? 그렇다면 나도 더 이상 말하지 않겠어요. 괜히 줄칼을 물어뜯다가 내 이만 상하게 하기는 싫으니까요. 꼭 이루어질 일이라면 나는 포기하고 거기에 따라요. 하지만 먼저 무슨 일이 있어도 꼭 그렇게 해야만 하는지 똑똑히 확인하고 싶었어요. 이제부터는 레슬리를 위로하고 격려하는 데 내 모든 정력을 쏟겠어요."

미스 코닐리아는 희망을 버리지 않으려는 듯 애써 명랑한 투로 덧붙였다.

"그리고 수술을 받아본들 결국 딕에게는 손쓸 여지가 없다는 결과가 나올지도 모르니까요."

진실과 자유

레슬리는 한번 결심이 서자 그녀답게 단호하고 재빠르게 일을 추진했다. 미래에 어떤 생사가 걸린 문제가 도사리고 있든 그런 것은 잠시 접어두고 맨 먼저 시작한 것은 집 안 대청소였다. 개울 위쪽 잿빛 집은 미스 코닐리아까지 기꺼이 나서서 일손을 보탠 덕에 말끔하게 정리되고 티끌 하나 없이 깨끗해졌다.

미스 코닐리아는 앤에게 마음껏 쏟아낸 것과 마찬가지로 길버트와 짐 선장에게도 한바탕 퍼붓고 난 뒤—물론 그 어느 쪽에게도 사정을 봐주지 않았다—레슬리에게는 이 일에 관해 아무 말도 하지 않았다. 딕이 수술받게 된 사실을 받아들이고, 필요한 때에는 사무적으로 그 문제를 거론했지만 그렇지 않을 때에는 무시했다.

레슬리는 결코 이 일을 가지고 이야기 나누려 하지 않았고, 아름다운 그해의 봄날을 아주 차갑고 조용하게 보냈다. 앤을 찾아오는 일은 거의 없었고, 언제나 깍듯하고 친절하게 행동했지만 그 깍듯함 자체가 레슬리와 작은 집 사람들 사이에 얼음장과도 같은 장벽이 되고 있었다. 전처럼 사소한 일로 농담도 하고 웃고 친밀하게 대해보아도 그 장벽을 넘어 레슬레에게 가닿지는 못했다.

앤은 상처받았다는 생각은 하지 않으려 했다. 레슬리는 무시무시한 공포에 사로잡혀 있었으므로 행복하고 즐거운 한때를 곁눈질할 엄두조차 내지 못하고 있다는 것을 앤은 알고 있었다. 어떤 강렬한 한 가지 감정이 영혼을 잠식해 버리면 다른 감정은 모조리 밀쳐지고 마는 법이다.

이처럼 견딜 수 없는 공포에 떨면서 미래로부터 얼굴을 돌리는 것은 레슬리로서도 태어나서 처음 겪는 일이었다. 그러나 레슬리는 자기가 선택한 길을 꿋꿋이 나아갔다. 마치 끝내는 화형에 처해질 모진 고통이 기다리고 있음을 알면서도 자신들이 택한 길을 갔던 순교자처럼 말이다.

비용 문제는 앤이 걱정했던 것보다 훨씬 쉽게 해결되었다. 필요한 금액을 레슬리는 짐 선장에게 빌렸는데, 레슬리가 워낙 완강해서 짐 선장은 어쩔 수 없이 작은 농장을 저당으로 잡았다.

미스 코닐리아가 앤에게 말했다.

"이것으로 가여운 레슬리의 마음의 짐이 하나 덜어진 셈이에요. 나도 마음이 홀가분해졌어요. 만일 딕이 다시 일할 수 있을 만큼 나으면 일을 해서 이자 정도는 벌 수 있을 거고, 낫지 않는다 하더라도 레슬리가 이자를 내지 않아도 될 방도를 짐 선장이 궁리해뒀다는 걸 알고 있어요. 나한테 이런 말을 했거든요.

'나도 나이를 먹었소, 코닐리아. 게다가 나한테는 어차피 아내도 자식도 없어요. 내가 살아있는 동안에는 내가 주는 선물을 절대 안 받을지 몰라도 죽은 이가 주는 거라면 레슬리도 받을 거요.'

그러니 그 일은 잘 해결될 거예요. 다른 일도 모두 이렇게 잘 풀린다면 좋겠지만요. 그 말썽꾼 딕 녀석은 요 며칠 동안 정말 사람 속을 있는 대로 끓였어요. 악마라도 씌었나 봐요, 정말이지. 딕이 하도 말썽을 피워서 레슬리도 나도 도무지 일을 할 수가 없었다니까요. 하루는 레슬리가 키우는 거위를 하도 마당을 빙빙 돌고 뛰어다니며 쫓는 바람에 거위 대부분이 죽어버리고 말았어요. 게다가 우리가 부탁한 일은 하나도 해주지를 않았고요.

앤도 알다시피 딕도 가끔은 양동이로 물을 길어 온다든가 장작을 날라다 준다든가 하면서 제법 도움이 될 때도 있잖아요. 그런데 이번 주에는 글쎄 우물에 물을 길으러 보냈더니 자기가 그 안으로 기어 들어가려 하는 거예요. 한번은 나도 딕이 아예 제대로 꼬꾸라져서 머리부터 떨어져만 준다면 모든 문제가 다 해결될 텐데 하는 생각을 했죠."

"어머나, 미스 코닐리아!"

"그렇게 정색하고 내 이름까지 불러가며 놀랄 것 뭐 있어요, 앤? 누구라도 나와 똑같은 생각을 하고 있을 게 뻔하잖아요. 만일 몬트리올에 있는 의사가 딕을 분별 있는 사람으로 만들어놓는다면 그거야말로 기적이에요."

5월 초에 레슬리는 딕을 몬트리올로 데려갔다. 길버트도 함께 가서 도와주며 필요한 일을 처리해주었다. 집으로 돌아온 길버트는 딕 무어를 진찰한 몬트리올의 외과의사도 그와 같은 의견으로 딕이 회복할 가망이 크다고 말했다고 보고했다.

미스 코닐리아가 비꼬았다.

"고마운 말씀이로군요."

앤은 한숨을 쉴 뿐이었다. 헤어질 때 레슬리는 앤을 영 서름하게 대했으나 편지를 쓰겠다고 앤에게 약속했다. 길버트가 돌아오고 나서 열흘 뒤 편지가 왔다. 레슬리는 수술이 성공하여 딕이 순조롭게 회복되고 있다고 썼다.

앤이 물었다.

"'성공'했다는 건 무슨 뜻일까? 딕의 기억이 정말로 되살아났다는 것일까?"

"그렇지는 않을 거야. 그 일에 대해서는 아무 말도 씌어 있지 않으니까. 성공이라는 말을 쓴 것은 외과의사 입장에서 보아 수술이 집도되고 그 뒤 정상적인 경과를 보이고 있다는 정도겠지.

딕의 지능이 전체적으로든 아니면 부분적으로든 회복이 될지 어떨지 알기에는 아직 너무 일러. 기억이 한꺼번에 되살아나는 일은 거의 없으니까. 되살아난다 하더라도 시간이 꽤 걸릴 거야. 내용은 그것뿐이야?"

"응, 이게 그 편지야. 아주 짧아. 가엾게도 레슬리는 엄청난 중압감 때문에 신경이 곤두서 있을 게 틀림없어. 길버트 블라이드, 당신에게 하고 싶은 말이 산더미처럼 있지만, 한다면 죄다 고약한 말밖에 안 나올 것 같아."

"당신 대신 미스 코닐리아가 해주고 있잖아."

길버트는 쓴웃음을 지었다.

"마주칠 때마다 나를 사정없이 닦아세우서. 나를 아예 살인자나 매한가지라고 여기고, 데이비드 할아버지가 나를 후임자로 앉힌 것을 두고두고 유감스럽게 생각한다고 노골적으로 얘기해. 심지어 항구 윗마을 감리교파 의사가 그래도 나보다 낫다는 말까지 했어. 미스 코닐리아가 할 수 있는 비난의 말로 그보다 더 심한 말은 없을 거야."

수전이 코웃음 쳤다.

"코닐리아 브라이언트가 병에 걸리면 부르러 보내는 것은 데이비드 선생님도 아니고 감리교파 의사도 아니에요. 조금이라도 괴롭다고 느껴지면, 힘들게 일해서 산 침대에서 겨우 쉬고 있는 선생님을 한밤중이라도 깨울 게 뻔해요. 그래놓고는 또 선생님이 청구한 계산서가 비싸다느니 뭐니 하겠죠. 그 사람 말에 일일이 신경 쓰지 마세요, 선생님. 원래 세상에는 별의별 사람이 다 있으니까요."

레슬리에게서는 한동안 소식이 없었다. 아름다운 5월은 하루하루 유유히 흘러갔고 포윈즈 바닷가는 초록으로 물들었다 꽃이 피었다 보랏빛이 되었다. 5월 끝 무렵 어느 날, 집에 돌아온 길버트는 마구간 근처에서 수전과 마주쳤다.

수전은 무척 심각한 태도로 말했다.

"선생님, 무슨 일 때문인지 사모님이 제정신이 아닌 것 같아요. 오늘 오후에 편지가 왔는데요, 그걸 읽으시더니 내내 뜰을 걸어다니며 혼자 중얼거리고 있어요. 저렇게 무리해서 걸으면 몸에 좋지 않을 텐데요.

사모님이 어떤 소식인지 저한테는 얘기할 마음이 없는 것 같은데, 그렇다고 제가 또 남의 일을 꼬치꼬치 캐묻는 편도 아니라서요. 하지만 뭔가 깜짝 놀랄 일이 일어난 게 분명해요, 선생님. 저렇게 흥분하면 사모님 몸에 좋지 않을 텐데 걱정이에요."

길버트는 걱정이 되어 서둘러 뜰로 갔다. 그린게이블즈에 무슨 일이 있는 것일까? 그러나 시냇가 통나무 벤치에 앉아 있는 앤은 확실히 몹시 흥분하기는 했으나 괴로워하는 얼굴은 아니었다. 눈은 더없이 또렷한 잿빛이었고 볼은 발갛게 달아올라 있었다.

"무슨 일이 있었어, 앤?"

앤은 기묘한 웃음소리를 냈다.

"내가 하는 말을 듣더라도 믿어지지 않을 거야, 길버트. 나도 아직 믿어지지 않는걸. 요전에 수전이 한 말처럼, '햇빛을 받아 겨우 살아난 파리 같은 심정이에요…… 어질어질하네요.' 도저히 믿어지지 않아. 편지를 스무 번도 더 읽었지만 그때마다 똑같아. 내 눈이 제대로 보고 있는 건가 싶더라니까.

아, 길버트, 당신이 옳았어…… 정말로 옳았어. 이제 와서 그것을 똑똑히 알았어…… 그래서 나 자신이 부끄러워 견딜 수가 없어…… 길버트, 날 용서해 줄 거지?"

"앤, 내가 알아들을 수 있게 차근차근 말하지 않으면 당신 붙들고 제정신이 돌아올 때까지 마구 흔들어버릴 거야. 이런 모습을 보면 당신한테 학사를 수

여한 레드먼드 대학이 창피해하겠다. 대체 무슨 일이 있었길래 그래?"

"당신도 믿지 않겠지…… 믿지 못할 거야……."

"좋아, 데이비드 할아버지한테 전화를 걸어서 좀 오시라고 해야겠군."

길버트는 집 쪽으로 가는 척했다.

"앉아, 길버트. 잘 얘기할 수 있을지 모르지만 해 볼게. 드디어 편지가 왔어. 아, 길버트, 너무나 놀라운 편지야…… 도저히 믿어지지 않을 만큼 놀라운 편지야…… 우리가 생각지도 못한…… 누구 하나 꿈에도 생각지 못했던…… 그런 내용이야."

길버트는 체념한 듯 앉았다.

"이런 증상에 대응할 단 한 가지 수단은 꾹 참고 차근차근 묻는 것밖에 없겠네. 우선 누구한테서 온 편지야?"

"레슬리…… 그런데 아, 길버트……."

"레슬리! 후유! 이제 한 문항은 대답이 됐고. 그래, 대체 뭐라고 했는데? 딕이 어떻게 되었대?"

앤은 한순간 조용히 극적으로 편지를 들어 올렸다가 길버트에게 내밀었다.

"'딕'이라는 사람은 없었어! 우리가 딕 무어인 줄 알았던 사람은…… 그러니까 포윈즈 사람 모두가 12년 동안 딕 무어로 믿었던 그 사람은…… 바로 딕의 사촌인 노바스코샤의 조지 무어였어. 그 사람이 예전부터 딕이랑 무척 닮았다는 소리를 많이 들었었대. 딕 무어는 13년 전 쿠바에서 황열병으로 죽었대."

딕 무어의 미스터리

"그럼, 딕 무어가 딕 무어 아닌 다른 사람이었다는 건가요, 앤? 그래서 오늘 전화로 나를 부른 거예요?"

"네, 맞아요, 미스 코닐리아. 깜짝 놀랄 일 아니에요?"

미스 코닐리아는 어이가 없다는 듯 말했다.

"정말이지…… 정말이지…… 남자가 하는 짓이 그렇다니까요."

미스 코닐리아는 떨리는 손으로 모자를 벗었다. 그녀로서도 태어나서 이렇게 놀란 일은 처음이었다.

"아직도 통 실감이 안 나는군요, 앤. 당신이 한 말을 똑똑히 들었고…… 그 말을 물론 믿어요…… 그렇지만 무슨 소린지 제대로 받아들여지지가 않는군요. 딕 무어는 죽었다는 거죠, 그것도 오래전에? 그럼 레슬리는 자유로운 몸이 된 셈이군요?"

"네, 그래요. 진실이 그녀를 자유케 한 거예요. 길버트는 그 구절이 성서 가운데 가장 훌륭하다고 말했는데, 그 말이 옳았어요."

"앤, 처음부터 끝까지 하나도 빼놓지 말고 다 말해줘요. 앤에게서 전화가 걸려 온 뒤로 정말이지 머리가 온통 뒤죽박죽되어버리고 말았어요. 코닐리아 브라이언트가 이렇게 당황해서 벙하기는 생전 처음이에요."

"사실 더 전할 소식도 없어요. 레슬리의 편지가 워낙에 짤막해서요. 자세한 일은 씌어 있지 않아요. 그 사람, 즉 조지 무어가 기억을 되찾아 자기가 누구라는 것을 알았다는 것뿐이었어요. 조지 말로는, 딕이 쿠바에서 황열병에 걸려서 '포시스터즈호'는 딕을 태우지 못한 채 출항해야만 했대요. 그래서 조지가 뒤에 남아 딕을 간호했는데, 얼마 안 되어 딕은 죽어버렸고요. 조지는 곧 돌아와 레슬리에게 직접 말할 작정으로 편지를 쓰지 않았던 거래요."

"그럼 어째서 그렇게 하지 않았죠?"

"사고가 나서 그렇게 하지 못했던 게 아닐까요? 길버트는 조지 무어가 사고 자체에 대해서도, 또한 어떤 일이 벌어져 사고가 일어났는지도 기억하지 못할 것이고 또 생각해내지도 못할 가능성이 아주 크다고 말했어요. 아마 딕이 죽고 얼마 안 돼서 일어난 게 아닐까요. 레슬리에게서 다시 편지가 오면 좀 더 자세한 일을 알 수 있겠죠."

"레슬리는 앞으로 어떻게 할 셈인지 적혀 있어요? 언제 돌아온대요?"

"그래도 조지 무어가 퇴원할 때까지 곁에 있어주겠대요. 레슬리는 노바스코샤에 있는 조지의 집안사람들에게 편지를 보냈대요. 조지의 가장 가까운 친척은 조지보다 훨씬 손위인 시집간 누님뿐인가 봐요. 그런데 조지가 '포시스터즈호'로 출항했을 때는 그 누님이 살아 있었지만, 그 뒤에 어떻게 되었는지는 알 수 없고요. 혹시 조지 무어를 만난 적이 있나요, 미스 코닐리아?"

"있어요. 이제야 생각이 나요. 18년 전 조지가 삼촌인 애브너 집에 놀러왔었을 때요. 조지와 딕이 17살쯤 된 때였나 봐요. 그 둘은 아버지끼리는 형제고, 어머니는 쌍둥이 자매라 친가, 외가 쪽으로 다 사촌간이라 그런지, 아주 쏙 빼닮았었어요. 그렇다고……."

미스 코닐리아는 경멸하듯 덧붙였다.

"뭐, 소설 같은 데 나오는 것처럼 두 사람이 너무 닮아서 서로 뒤바뀌어도 가장 가까운 가족조차 못 알아볼 만큼 그렇게 이상할 정도로 닮은 것은 아니었어요. 그 무렵 두 사람이 함께 있는 것을 가까이에서 보면 어느 쪽이 조지고 어느 쪽이 딕인지 쉽게 가려낼 수 있었죠. 따로따로 있든가 멀리서 보면 좀 헷갈리기는 했지만요. 그래서 그 장난꾸러기 녀석들 둘은 늘 사람들을 속이며 재미있어했었어요.

조지 무어 쪽이 딕보다 좀 키가 크고 살집이 약간 더 있었죠. 하지만 둘 다 뚱뚱한 편은 아니었어요. 둘 다 여윈 편이었죠. 딕은 조지보다 혈색이 좋고 머리 색깔이 좀 연했어요. 하지만 이목구비는 꼭 닮았고 둘 다 눈이 짝짝이였어요. 한쪽 눈은 파랗고 또 한쪽 눈은 담갈색이었거든요.

그런데 다른 면에서는 아주 딴판이었어요. 조지는 성격이 아주 좋았거든요. 물론 장난을 치기 시작하면 세상에 그런 말썽꾼이 없었고 그 무렵부터 이미 술을 즐겼다고 말하는 사람도 있었지만요. 그래도 다들 딕보다는 조지를 더 좋아했어요. 여기서 한 달쯤 지냈죠.

레슬리는 한 번도 만난 일이 없어요. 그 무렵 레슬리는 아직 8, 9살이었고, 지금 막 생각났는데 그해는 겨우내 항구 윗마을 웨스트 할머니에게 가 있었어요.

짐 선장도 포윈즈에 없었어요. 마들렌제도에서 난파한 것이 그해 겨울이었거든요. 짐 선장도 레슬리도 노바스코샤에 있는 딕의 사촌이 딕하고 꼭 닮았다는 얘기는 아마 듣지 못했을 거예요. 짐 선장이 딕을—아니, 이젠 조지라고 해야 하나—아무튼 그 사내를 데리고 돌아왔을 때, 그 사촌일 거라고 생각한 사람은 아무도 없었으니까요.

물론 우리는 모두 딕이 많이 변했다고는 생각했어요. 뒤룩뒤룩 살이 쪘으니까요. 하지만 그것은 그 사고 탓일 거라고 다들 생각했었죠. 그리고 아마 그게 이유가 맞긴 맞을 거예요. 아까도 말했듯이 조지도 원래 뚱뚱한 편은 아니었으니까요. 게다가 달리 확인할 수 있는 방법이 있는 것도 아니었고. 그 남자도 완전히 정신이 나가버렸으니까요. 우리가 모두 속고 말았던 것도 큰 무리가 아니었어요.

그렇다 쳐도 정말 어이없는 일 아니에요? 그 덕택에 레슬리는 아무 관계도 없는 남자를 보살피느라 인생에서 가장 좋은 시기를 희생하고 말았으니! 아, 남자란 정말이지 아무짝에도 쓸모가 없어! 무슨 일이건 제대로 하는 게 없다니까! 아니, 어떻게 심지어 다른 사람으로 둔갑하고 나타나도, 꼭 돼서는 안 될 사람이 돼서 나타나는 거냐고. 남자라는 족속 때문에 화가 나서 미치겠어요."

앤이 말했다.

"길버트도 짐 선장님도 남자예요. 그 두 사람 덕택에 진실이 밝혀지게 되었잖아요."

미스 코닐리아는 마지못해 양보했다.

"그래요, 그건 나도 인정해요. 의사 선생을 그렇게 심하게 닦아세운 건 잘못했다고 생각해요. 지금까지 남자에게 말한 일로 부끄럽다고 여기는 건 이번이 처음이에요. 그렇다고 의사 선생에게 이런 말을 솔직하게 할 수 있을지는 모르겠네요. 그냥 의사 선생이 저 사람은 원래 저렇거니 하고 받아들여줘야 할 것 같아요.

이봐요, 앤. 주님께서 우리의 기도를 모두 들어주시지 않는 것은 고마운 일이에요. 나는 딕이 수술을 받더라도 낫지 않기를 열심히 기도드리고 있었으니까요. 물론 딱 그런 말로 표현한 것은 아니지만 마음으로는 그렇게 생각했으니까. 그분께서는 분명 알고 계셨을 거예요."

"그렇다면, 하느님께서 미스 코닐리아가 올린 기도의 참뜻을 들어주신 거겠네요. 레슬리에게 더 이상 불행한 일이 일어나지 않기를 바랐던 거잖아요. 나도 마음속으로는 수술이 성공하지 않도록 빌었어요. 그래서 너무너무 부끄러워요."

"레슬리는 어떻게 받아들이는 것 같아요?"

"아직도 멍한 상태로 편지를 쓴 것 같아요. 우리와 마찬가지로 레슬리도 아직 실감이 안 나나 봐요. '나는 모든 게 이상한 꿈처럼 여겨져요, 앤.'이라고 씌어 있었어요. 자기 상태에 대해선 그 말밖에 하지 않았어요."

"에구, 딱해라! 긴 감옥살이를 마친 죄수가 쇠사슬이 끊어지고 나면 얼마 동안은 어딘지 허전하고 이상해서 어찌할 바를 모르는 그런 것과 비슷하겠죠. 앤, 아무리 떨쳐내려 해도 머리에서 떠나지 않는 생각이 있는데, 오언 포드는 어떨까요? 우리 둘 다 알고 있듯이 레슬리는 그 사람을 좋아했잖아요. 그 사람 쪽에서도 레슬리를 좋아한다고 느낀 적 없나요?"

이 정도까지는 말해도 좋을 거라 생각하며 앤은 조심스럽게 대답했다.

"네……어쩌면……한번쯤은."

"확실한 근거가 있는 건 아니지만, 이제 와 생각해보니 그 사람도 틀림없이 좋아했을 거라는 생각이 들어요. 그런데 앤, 내가 중매쟁이로 어울리지도 않고 그런 일은 모조리 경멸한다는 건 하늘이 알고 땅이 알 거예요. 하지만 내가 앤이라면 그 포드라는 남자에게 편지를 쓸 때 무슨 일이 있었는지 넌지시 얘기하겠어요. 나라면 반드시 그렇게 해요."

앤은 좀 어색하게 말했다.

"물론 그 사람에게 편지 보낼 때 이 일에 대해서도 써야죠."

어쨌든 이것은 미스 코닐리아와 의논할 사항이 아니었다. 그러나 레슬리가 자유의 몸이라는 소식을 듣고 나서 줄곧 같은 생각이 자기 머릿속에 맴돌고 있었던 것을 앤도 인정하지 않을 수 없었다. 그러나 함부로 입에 올려서 그 신성함을 훼손하는 일이 생겨서는 안 된다고 생각했다.

"물론 서두를 건 없어요, 앤. 하지만 딕 무어는 13년 전에 죽었고, 딕 때문에 레슬리는 자기 인생의 많은 부분을 이미 너무 헛되이 보내고 말았잖아요. 결과가 어떻게 될지는 지켜보기로 하죠. 그런데 조지 무어는 이미 죽은 줄 알았다가 살아 돌아왔으니 그야말로 남자가 할 만한 짓 아니에요? 그 사람도 정말 딱하게 됐네요. 어디에도 갈 곳이 없을 테니까요."

"아직 젊은걸요. 완전히 회복되기만 하면, 자기가 있을 곳을 스스로 찾겠죠. 그 사람도 무척 묘한 심정일 거예요. 그 사고를 당한 뒤 지나간 세월은 그 사람에게는 존재하지 않는 시간이나 마찬가지니까요."

레슬리의 귀향

 2주일 뒤 레슬리 무어는 오랫동안 쓰라린 세월을 보냈던 낡은 집으로 홀로 돌아왔다. 레슬리는 6월의 어스름 속에 들판을 가로질러 꽃향기가 넘치는 앤의 집 뜰에 갑자기 유령처럼 나타났다.
 앤이 깜짝 놀라 소리쳤다.
 "레슬리! 어디서 솟아났어요? 우린 레슬리가 돌아오는 줄도 전혀 모르고 있었는데. 어째서 편지하지 않았어요? 마중 나갔을 텐데."
 "왠지 편지를 쓸 수가 없었어요, 앤. 펜과 잉크로 털어놓는 건 도저히 무리다 싶어서요. 그리고 남의 눈에 띄지 않게 조용히 돌아오고 싶었어요."
 앤은 레슬리를 안고 뺨에 키스했다. 레슬리도 다정하게 입맞춤으로 답했다. 얼굴빛이 좋지 않고 피로한 모습으로 돌아온 레슬리는 엷은 은빛 황혼 속에 금빛 별처럼 반짝이고 있는 커다란 수선화 꽃밭 옆 풀밭에 털썩 앉으며 희미하게 한숨을 내쉬었다.
 "그럼 혼자 온 거예요, 레슬리?"
 "네, 조지 무어의 누님이 몬트리올에 와서 조지를 데리고 돌아갔어요. 가엾게도 조지는 나와 헤어지기 싫어했어요. 처음으로 기억을 되찾았을 때 그 사람에게 나는 전혀 모르는 사람이었는데도 말이죠.

조지는 딕의 죽음이 자기한테는 어제 일처럼 여겨지는데 그렇지 않다는 것을 쉽사리 납득하지 못했어요. 처음 며칠 동안은 내게 많이 의지했죠. 조지에게는 모든 것이 버거웠을 거예요. 나는 할 수 있는 한 도와주었죠.

그래도 누님이 오니까 조지도 훨씬 편해졌어요. 조지는 바로 얼마 전에 만났다 헤어졌던 것처럼 여겨진 모양이에요. 게다가 누님이 그리 많이 변하지 않아서 다행이었죠."

"레슬리, 모든 일이 이상하고 희한하기만 해요. 우리는 아직 아무도 실감을 못 하고 있어요."

"나도 그래요. 한 시간 전에 집에 들어갔을 때, 이것은 꿈이 틀림없다는 느낌이 들었어요. 지금까지 오랫동안 그래왔던 것처럼 철부지 아이 같은 웃음을 띤 딕이 아직 거기에 있을 것만 같은 생각이 들었어요.

앤, 나는 아직도 멍해요. 기쁘지도 슬프지도 않고, 그냥 아무 느낌이 없어요. 내 생활에서 무언가가 갑자기 뽑혀 나가 어마어마한 구멍이 뚫린 듯한 기분이에요. 내가 내가 아니고, 마치 다른 누군가로 바뀌어버려 익숙해지지 않은 듯한 느낌이에요. 너무나 허전하고 어리둥절해서, 뭘 어떻게 해야 할지도 모르겠어요.

어쨌든 앤의 얼굴을 다시 보니 기뻐요. 앤은 정처 없이 떠다니는 내 영혼을 붙잡아주는 닻과 같아요. 아아, 앤, 모든 게 무서워요. 사람들 입에 오르내리고 캐묻기 좋아하는 사람들의 질문에 시달리게 되겠죠. 그걸 생각하니 집으로 돌아오지 않을 수 있다면 얼마나 좋을까 싶을 정도였어요.

기차에서 내렸을 때 데이비드 선생님이 역에 계셨어요. 선생님이 집까지 데려다줬어요. 딱하게도 선생님은 몇 년 전 내게 딕은 나을 가망이 없다고 말한 것을 몹시 미안해하고 계셨어요. 오늘 이런 말씀을 하시더라고요.

'나는 정말로 그렇게 생각했었소, 레슬리. 그때 내 소견에만 의지하지 말고, 그 분야 전문의에게 가보라고 말했어야 했는데. 내가 그렇게 말했다면 레슬리는 이렇게 10년 넘게 괴로운 세월을 보내지 않았을 테고, 가엾은 조지도 그 긴 세월을 잃어버리지 않았을 텐데. 다 내 탓이오, 레슬리.'

'그렇게 생각하지 마세요. 선생님은 옳다고 여긴 일을 하셨을 뿐인걸요.'라고 나는 말했죠. 전부터 데이비드 선생님은 내게 아주 친절히 대해주셨는데, 그렇게 힘들어하시는 모습을 차마 보고 있을 수 없어요."

"그런데 딕은……아니, 조지는? 기억이 완전히 회복되었나요?"

"거의 대부분. 물론 아직도 기억 못 하는 게 많이 있지만 하루가 다르게 기억이 되살아나고 있어요.

딕을 묻어주고 나서 저녁때 산책을 나갔대요. 수중에 딕의 돈과 시계를 가지고 있었다고 해요. 그것을 편지와 함께 나에게 갖다줄 생각이었다고요. 그러다 뱃사람이 드나드는 술집에 간 것도 그곳에서 술을 마신 것도 기억이 나지만, 그 밖의 일은 아무것도 기억나지 않는다고 했어요.

앤, 조지가 자기 이름을 생각해낸 순간을 나는 영원히 잊지 못할 거예요. 뭔가 정신은 또렷하지만 당혹한 표정으로 나를 물끄러미 쳐다보길래 '딕, 나를 알아보겠어요?'라고 물었더니 이렇게 대답했어요.

'한 번도 본 적이 없는 분인데, 댁은 대체 누구십니까? 그리고 내 이름은 딕이 아니라 조지 무어입니다. 딕은 황열병으로 어제 죽었습니다! 여긴 어디죠? 나한테 무슨 일이 있었습니까?'

나는……나는 그만 까무러치고 말았어요, 앤. 그 뒤로는 내내 꿈속에 있는 느낌이에요."

"이제 곧 이 새로운 생활에 익숙해질 거예요, 레슬리. 그리고 레슬리는 젊은

걸요…… 인생이 눈앞에 펼쳐져 있어요…… 아직 남아 있는 긴 인생을 멋지게 살아갈 수 있으니까요."

"아마 얼마쯤 지나면 나도 그렇게 생각할지 몰라요, 앤. 하지만 지금으로서는 너무나 피곤해서 아무것도 느낄 수가 없고, 미래의 일 같은 건 생각조차 못 하겠어요. 나는……나는 말이에요, 앤, 쓸쓸해요. 딕이 없어서 쓸쓸해요. 이상하죠? 정말이지 난 가엾은 딕을…… 아니, 조지를 좋아했나 봐요. 모든 것을 내게 의지하고 혼자서는 아무것도 못 하는 어린아이를 귀여워하듯 말이에요.

단지 스스로 인정할 마음이 없었던 거예요. 사실 부끄럽다고 생각했으니까요. 앤도 알다시피 집을 떠나기 전의 딕을 나는 몹시 싫어하고 경멸했어요. 짐 선장님이 딕을 데리고 돌아온다고 들었을 때, 나는 딕에 대해 전과 똑같은 감정을 가질 거라고 생각하고 있었어요. 그런데 그렇지 않았어요. 내가 기억하고 있는 딕을 분명히 좋아하지 않았지만, 딕이 집으로 돌아온 날부터 나는 가엾다는 마음밖에 들지 않았어요. 그런데 그를 동정한다는 것이 오히려 나를 아프게 하고 괴롭혔죠. 그저 사고 때문에 딕이 저렇게 아무것도 할 줄 모르고 딴판으로 변해버렸다고 생각했으니요.

하지만 이제 와서 생각하면 전혀 다른 인격이 존재한 셈이죠. 카를로는 그걸 알았던 거예요, 앤. 나는 그 사실을 지금에야 깨달았어요. 전부터 나는 카를로가 딕을 못 알아보는 게 참 이상하다고 생각했었어요. 개란 대개 주인에게 아주 충실하잖아요. 하지만 카를로는 돌아온 사람이 자기 주인이 아니라는 걸 알고 있었던 거예요. 카를로 말고는 우리 가운데 누구도 몰랐지만 말이에요.

나는 조지 무어를 만난 적이 없어요. 이제야 생각났는데 딕이 지나가는 말로 노바스코샤에 자기하고 쌍둥이처럼 꼭 닮은 사촌이 있다고 말한 일이 있었어요. 하지만 그 말은 곧 잊어버렸죠. 어차피 그다지 중요한 일도 아니라고 생각했고요. 돌아온 사람이 딕이 맞는지 확인해야겠다고 생각한 적도 없었고 그에게 달라진 점이 있다면 모두 사고 탓이라고 여겼으니까요.

아, 앤, 딕이 나을지도 모른다고 길버트가 말했던 4월의 그날 밤! 그날을 결코 잊을 수 없어요. 나는 그전까지는 마치 한때 갖은 고문을 당하는 감옥 속에 갇혀 있다가, 문이 열리면서 겨우 빠져나왔다고 생각했었죠. 아직 쇠사슬로 묶여 있기는 하지만, 그래도 감옥에 갇혀 있는 것은 아니라고 여겼어요. 그런데 길버트에게 그 말을 듣던 바로 그날 밤, 무자비한 손이 다시 나를 그 속으로 끌고 들어가, 전보다 더욱 끔찍한 고문을 할 거라고 생각했어요.

그렇다고 길버트를 원망하지는 않았어요. 길버트는 옳은 일을 한 거예요. 게다가 길버트는 아주 친절했어요. 비용 문제도 있고 수술이 불확실하다는 점에서 굳이 그 위험을 감수하지 않기로 결정한다 해도 나를 나쁘게 생각하지 않는다고 말해주었어요.

어떻게 결정해야 할지 나는 이미 분명히 알고 있었어요. 하지만 그것과 정면으로 마주할 자신이 없었죠. 밤새도록 나는 이 운명과 대면하려고 미친 듯이 방 안을 서성거렸어요. 하지만 할 수 없었어요, 앤…… 할 수 없다고 생각했어요…… 날이 새자 나는 이를 악물고 포기하겠다고 결심했죠. 지금 상태로 내버려두자고 생각했어요. 사악한 생각이었죠. 만약 그 결정을 그대로 밀고 나가기로 했더라면 아마도 그런 사악한 생각을 한 것에 대해 마땅한 벌을 받았을 거예요. 나는 하루 종일 그 결심을 가슴에 품고 있었어요.

그날 오후엔 글렌으로 장을 보러 가야만 되었어요. 딕이 얌전하게 꾸벅꾸벅 졸고 있는 그런 날들 중 하나라 딕을 그냥 두고 혼자 다녀왔죠. 그런데 생각보다 시간이 늦어지자 딕은 내가 없는 걸 알고 쓸쓸해졌던 모양이에요. 내가 돌아오자 자못 기쁘게 웃는 얼굴로 어린아이처럼 뛰어나와 마중하지 않겠어요.

어찌 된 일인지 앤, 나는 그때 결심이 무너지고 말았어요. 그 가련한 텅 빈 얼굴에 떠오른 미소를 보니 차마 내 결심대로 할 수 없었던 거예요. 마치 성장하고 발전할 수 있는 기회를 어린애한테서 빼앗는 듯한 느낌이 들었죠. 나는 어떤 결과가 닥치든 딕에게 기회를 주어야만 한다고 깨달았어요. 그래서 여기로 와서 길버트에게 이야기했던 거예요.

아, 앤, 떠나기 전 몇 주일 동안 내가 너무한다고 여겼을 테지요. 그럴 생각은 아니었는데, 다만 내가 하지 않으면 안 될 일 말고는 아무것도 생각할 수가 없었어요. 주위 모든 것도 사람도 모두 흐릿한 그림자 같았죠."

"이해해요…… 알고 있었어요, 레슬리. 자, 이제 모두 지난 일이에요…… 레슬리를 묶고 있던 쇠사슬은 끊어졌고 이제 감옥 같은 건 없어요."

"그래요. 나를 가두어 두었던 감옥은 없어졌어요."

레슬리는 햇볕에 그을린 가냘픈 손으로 가장자리에 나 있는 풀을 만지작거리며 멍하니 되풀이했다.

"그렇지만 감옥이 사라졌다고 해서 내게 다른 무언가가 있다는 느낌도 안 들어요, 앤. 그날 밤 모래톱에서 내가 얼마나 바보인지 말한 것 기억하고 있겠지요. 한번 바보가 되면 여간해서 벗어날 수 없나 봐요. 때로는 영원히 바보인 채로 있는 사람들도 있고. 그리고 그런 바보로 있는 건 사슬에 매인 개 못지않게 끔찍한 거예요."

"피로와 혼란이 가시게 되면 기분이 달라질 거예요."

레슬리가 모르는 어떤 일을 꾸미고 있는 앤은 지나치게 동정하는 건 그만두기로 했다.

레슬리는 눈부신 금발을 앤의 무릎에 기댔다.

"어쨌든 나한테는 앤이 있어요. 이런 친구가 있으니 인생이 완전히 텅 빈 건 아니에요. 앤, 내 머리를 쓰다듬어줘요. 내가 어린 여자아이인 것처럼 잠깐만 내 어머니가 되어줘요. 그리고 내 고집스러운 혀가 조금 풀려 있는 동안, 저 바위 해안에서 앤을 만났던 밤부터 우리의 우정이 내게 어떠한 의미였는지 말해줄게요."

꿈의 배, 항구에

어느 날 아침 거센 바람 속에서 금빛 태양이 세인트로렌스만을 빛의 물결로 물들이며 떠오르기 시작했을 무렵, 한 마리의 지친 황새가 '저녁 별들의 나라'로부터 머나먼 포윈즈 항구에 있는 모래톱 위로 날아왔다. 새는 날개 아래에 별 같은 눈에 졸음이 가득한 아기를 품고 있었다. 황새는 지쳐서 주위를 살피는 눈초리로 둘러보았다. 목적지에 가까워졌다는 건 알고 있었지만 아직 그곳이 보이지 않았다.

붉은 사암 벼랑 위에 서 있는 커다란 흰 등대는 그 나름의 장점을 지니고 있었다. 그러나 상식 있는 황새라면 벨벳같이 여리고 보드라운 갓난아기를 그런 곳에 두고 갈 리 없다. 시냇가를 따라 꽃이 핀 골짜기에 버드나무로 둘러싸인 낡은 잿빛 집 쪽이 훨씬 믿음직해 보였지만, 거기도 왠지 딱 여기다 싶지는 않았다. 그 앞쪽의 눈이 번쩍 뜨이는 것 같은 초록색 집은 아예 눈길을 줄 필요도 없었다.

이때 황새의 표정이 환하게 밝아졌다. 목적지를 발견했던 것이다. 소곤대는 커다란 전나무숲에 안겨 있는 작고 하얀 집으로, 부엌 굴뚝에서 파란 연기가 굽이치며 솟아오르고 있었다. 마치 새로 태어날 아기를 위해 지어진 집 같았다. 황새는 안도의 한숨을 내쉬며 조용히 그곳 용마루에 내려앉았다.

30분 뒤, 길버트는 복도를 달려가 손님용 침실의 문을 두드렸다. 졸린 듯한 목소리의 대답이 들리는가 싶더니 곧 문 뒤에서 마릴라의 핼쑥하고 겁먹은 얼굴이 나타났다.

"마릴라 아주머니, 방금 어떤 젊은 신사가 도착했다고 앤이 전해달라고 했습니다. 짐은 그리 많지 않지만, 분명 이곳에 오래 머무를 작정인가 봅니다."

마릴라는 망연하여 말했다.

"아니, 세상에! 길버트, 설마 벌써 다 끝났다는 건 아니겠지? 어째서 나를 부르지 않았나?"

"쓸데없이 아주머니를 번거롭게 하지 말라고 앤이 말했거든요. 두 시간 전까지 아무도 부르지 않았어요. 이번에는 다행히 고비도 전혀 없었어요."

"그래서…… 그래서…… 길버트…… 아기는 괜찮은 것 같아?"

"괜찮고말고요! 몸무게가 10파운드(약 4.5킬로그램)나 되고 게다가…… 저 우렁찬 울음소리 들리시죠? 폐에도 아무런 문제가 없다는 그런 소리예요. 간호사가 아이가 빨강머리가 될 거라고 해서 앤은 간호사한테 화가 잔뜩 났지만 저는 너무 기쁩니다."

이날은 작은 꿈의 집에 경사가 있는 날이었다.

앤은 창백한 얼굴이면서도 좋아서 어쩔 줄 모르는 표정이었다.

"수많은 꿈 가운데 가장 멋진 꿈이 실현되었어요. 아, 마릴라, 지난여름 그 무서운 날을 떠올리면 도저히 믿어지지 않을 정도예요. 그때 이후로 줄곧 가슴에 가시지 않는 통증이 있었는데 이제 완전히 사라졌어요."

"이 애가 조이의 자리를 대신해줄 게다."

"아뇨, 아뇨, 마릴라. 그건 안 돼요…… 어떤 경우라도 그것만은 할 수 없어요. 이 귀여운 왕자님에게는 이 아이만의 자리가 있어요. 하지만 조이에게는 조이만의 자리가 있고 그건 영원히 그 아이의 것이에요.

살아 있다면 그 애는 만 1살이 넘었어요. 조그만 발로 아장아장 걸어다니며 혀짤배기소리로 말을 몇 마디 하고 있겠죠. 나는 그 애가 똑똑히 보여요, 마릴라.

아, 신께서는 내가 저세상에서 그 애를 만날 때 처음 만난 것처럼 낯선 느낌이 들지 않게 해주실 거라고 짐 선장님이 말했는데, 그 말이 맞다는 것을 알았어요. 그것을 지난 1년에 걸쳐 겨우 깨달았어요.

나는 조이가 커나가는 모습을 하루하루 지켜보고 있었는걸요. 앞으로도 죽 그럴 거예요. 해마다 커가는 모습을 알 수 있을 거예요. 그렇게 되면 그 애를 다시 만났을 때 알아볼 수 있겠죠. 조이는 나에게 낯선 이방인이 아닐 거예요.

오, 마릴라, 이 귀여운 발가락을 좀 보세요! 이렇게 완전히 갖추어져 있다니 신기하지 않아요?"

마릴라는 좋으면서도 무뚝뚝하게 대답했다.

"그렇지 않다면 그게 더 신기하지."

모든 일이 무사히 끝난 지금 마릴라는 다시 여느 때의 마릴라로 돌아가 있었다.

"어머나, 그야 그렇죠. 하지만 설마 다 완성되어 있지는 않을 듯한 느낌이 들잖아요. 그런데도 작디작은 발톱까지 모두 갖추어져 있어요. 그리고 이 손은 또 어쩜 좋아요…… 어머나, 이 손 좀 보세요, 마릴라."

마릴라는 최선을 다해 장단을 맞춰주었다.

"그래, 참 손처럼 생겼구나."

"내 손가락을 꼭 움켜쥐고 있어요. 벌써 내가 엄마인 줄 아는가 봐요. 간호사가 데려가려 했더니 울었어요. 아, 마릴라, 있잖아요…… 그러니까……이 아이

머리가 빨간색이 될 거라고 생각해요? 설마 그렇지는 않겠죠?"

"색깔은 모르겠고, 내게는 머리카락이라고 부를 만한 것은 보이지 않는구나. 나라면 좀 더 자라 똑똑히 보일 때까지 지레 그런 일은 걱정하지 않을 게다."

"마릴라도 참! 머리털이 왜 없어요? 머리 전체를 덮고 있는 가늘고 부드러운 솜털을 보세요. 어쨌든 간호사는 이 애 눈이 담갈색이 될 거고 이마는 길버트를 꼭 닮았다고 했어요."

수전이 말했다.

"게다가 더없이 잘생긴 귀를 가지고 있어요, 사모님. 나는 무엇보다도 먼저 귀부터 보았어요. 머리털은 종잡을 수 없고 코나 눈은 변하니까 어떻게 될지 알 수 없지만, 귀는 처음부터 끝까지 변하지 않으니까 안심할 수 있거든요. 이 모양을 보세요. 어여쁜 머리 옆에 착 달라붙어 있잖아요. 평생 살면서 귀에 대해서만은 결코 부끄러워할 필요가 없을 거예요, 사모님."

앤은 행복한 나날 속에서 빠르게 회복해갔다. 먼 옛날 동방박사들이 베들레헴에 있는 말구유에서 태어난 고귀한 아기에게 무릎 꿇고 경배하기 전부터, 사람들은 마치 왕을 대하듯 갓 태어난 아기 앞에 무릎을 꿇어 왔다. 그리고 이즈음 번갈아 작은 집을 찾아온 많은 마을 사람들도 앤의 아기에게 진심 어린 덕담을 보냈다. 새로운 인생 속에서 차츰 자신을 되찾아가던 레슬리는 황금관을 쓴 아름다운 마돈나처럼 아기 주변을 맴돌았다. 미스 코닐리아는 이스라엘의 어느 어머니 못지않은 솜씨로 아기를 어르고 돌보았다. 짐 선장은 햇볕에 그을린 커다란 손으로 작은 아기를 안고 그에게서 태어나지 못했던 자식의 모습을 보듯 사랑스러운 눈길로 바라보았다.

미스 코닐리아가 물었다.

"이름은 뭐라고 지었어요?"

길버트가 대답했다.

"앤이 지었습니다."

"제임스 매슈예요. 미스 코닐리아 앞이라 해도 전혀 주저하지 않고 자신 있게 말할 수 있는데, 내가 알아왔던 사람들 가운데 가장 훌륭한 두 신사분의 이름을 땄지요."

앤은 이렇게 대답하며 장난기 가득한 눈길로 길버트를 보았다.

길버트가 미소 지었다.

"나는 매슈는 그리 잘 알지 못했어요. 그분은 너무 내성적이어서 우리 남자아이들이 친해지기는 어려웠거든요. 하지만 짐 선장님이 신이 흙으로 빚은 사람 가운데 보기 드물게 훌륭한 사람이라는 데는 나도 동감이에요. 우리가 이 작은 녀석에게 선장님의 이름을 따서 지어준 것에 대해 짐 선장님은 무척 기뻐하셨어요. 지금껏 그분의 이름을 딴 어린애는 없었으니까."

미스 코닐리아가 칭찬했다.

"잘했군요. 제임스 매슈는 오래도록 싫증 나지 않는 데다 아무리 세월이 흘러도 빛이 바래지 않을 이름이에요. 이 애가 할아버지가 되었을 때 창피하게 여길 호들갑스럽고 낭만적인 이름을 평생 달고 살아가게 하지 않아서 참 다행이에요.

글렌에 있는 윌리엄 드루 부인은 자기 자식에게 버티 셰익스피어[1]라는 이름을 지어줬어요. 아주 대단한 조합 아니에요?

그리고 이름을 고르는 데 너무 오래 고심하지 않은 것도 잘했네요. 정말 오

---

[1] '셰익스피어'는 영국 역사상 가장 위대한 문호라 할 수 있는 윌리엄 셰익스피어이며, '버티'의 경우는 영국 빅토리아 여왕의 장남으로, 이후 에드워드 7세(1841~1910)가 된 에드워드 앨버트를 가리키는 것으로 보임. 가족과 가까운 친구들 사이에서 불린 그의 애칭이 '버티(Bertie)'였음.

랫동안 골머리를 썩이는 경우도 있으니까요. 스탠리 플래그의 첫아들이 태어났을 때 누구 이름을 따서 짓는가 하는 것으로 엄청난 경쟁이 벌어지는 바람에 그 가엾은 어린애는 2년 동안 이름 없이 살았어요. 그러는 사이 동생이 태어나서 애들을 '큰 아기'와 '작은 아기'로 부르다가 양쪽 집안 할아버지 이름을 따서 '큰 아기'를 피터, '작은 아기'를 아이작이라고 이름을 짓고, 두 아이가 한꺼번에 세례를 받았다니까요. 그랬더니 두 애가 울음소리로 서로 상대를 이겨먹으려는 건지 빽빽 울어대는 통에 아주 혼이 났죠.

글렌 안쪽에 사는 집안 중에 스코틀랜드 하일랜드 지방에서 이주해 온 맥내브 집안 알죠? 아들이 열둘인데 맏이와 막내가 둘 다 닐이어서 한 가족에 큰 닐, 작은 닐이 있는 셈이라니까요. 이름 밑천이 떨어졌나 봐요."

앤이 따라 웃으면서 말했다.

"어디선가 읽었는데, 부모에게 첫애는 시지만 열 번째 아이는 아주 지루한 산문으로 여겨진다더라고요. 아마 맥내브 부인은 열두 번째 아이를 옛날이야기를 되풀이하는 것쯤으로 생각했나 보네요."

미스 코닐리아는 갑자기 한숨을 쉬었다.

"대가족에는 나름대로 좋은 점이 있어요. 나는 8년 동안이나 외동딸로 자라서 형제나 자매를 무척 갖고 싶어했죠. 어머니가 그렇다면 하나 생기게 해달라고 기도하라고 하셔서 나는 정말이지 열심히 기도했어요.

어느 날 넬리 이모가 내게 와서 '코닐리아, 2층 어머니 방에 작은 아기가 있다, 한번 올라가서 보려무나.' 하길래 나는 무척 흥분하여 가슴을 두근거리면서 날듯이 2층으로 올라갔어요. 플래그 할머니가 아기를 안아 올려 내게 보여주었어요.

그런데 앤, 그토록 실망한 건 난생처음이었어요. 왜냐하면 나는 두 살 손위

오빠가 생기게 해달라고 기도를 드렸거든요."

웃으면서 앤이 물었다.

"실망감을 극복하는 데 얼마나 걸렸어요?"

"글쎄요, 꽤 오랫동안 신을 원망하며 아기를 몇 주일 동안이나 거들떠보지도 않았죠. 아무도 그 까닭을 몰랐어요. 내가 말하지 않았으니까요. 그러는 사이 아기가 아주 귀여워졌고 내 쪽으로 작은 손을 내밀기 시작하자 나도 사랑하기 시작했어요.

하지만 그 애를 정말로 받아들인 것은 어느 날 친한 학교 친구가 아기를 보러 와서, 나이에 비해 진짜 작다고 말했을 때부터예요. 나는 몹시 발끈해서 그 친구를 몰아세우며 너는 아기를 볼 줄 아는 눈이 없어서 우리 집 아기가 이 세상에서 가장 귀여운 아기인 것도 못 알아본다고 마구 퍼부어댔지요.

그 뒤로는 동생을 정말 애지중지했어요. 그 애가 3살도 되기 전에 어머니가 돌아가시고 말았기 때문에 나는 그 애에게 누나이자 어머니였죠. 가엾게도 동생은 날 때부터 몸이 약해서 20살을 넘긴 지 얼마 안 돼서 곧 세상을 떠났어요. 앤, 그 아이를 살릴 수만 있다면 나는 무슨 짓이라도 했을 거예요."

미스 코닐리아는 한숨을 지었다.

길버트는 아래층에 내려가 있었고, 지붕 쪽으로 돌출된 창문가에서 제임스 매슈에게 낮은 목소리로 자장가를 불러주고 있던 레슬리는 제임스 매슈가 잠들자 요람 속에 누인 뒤 어디론지 가버렸다.

미스 코닐리아는 레슬리가 없다는 것을 확인하고 음모를 꾸미는 사람처럼 앤에게 소곤거렸다.

"앤, 어제 오언 포드한테서 편지가 왔어요. 지금 밴쿠버에 있는데 머지않아 한 달쯤 우리 집에서 하숙을 했으면 한대요. 이게 어떤 뜻인지 앤은 알고 있겠죠? 우리가 옳은 일을 하고 있는 게 맞겠죠."

앤은 재빨리 말했다.

"우리는 그 일하고 아무 관계가 없어요. 그 사람이 포윈즈에 오고 싶다면 말릴 수 없는 일 아니겠어요?"

미스 코닐리아가 굳이 속삭거리는 데서 마치 그들이 나서서 중매를 선다는 느낌이 들어 앤은 썩 마음이 편치 않았다. 하지만 그렇게 말하고는 마음이 약해져 타협했다.

"그 사람이 이곳에 올 때까지는 레슬리에게 그 사람이 온다는 것을 알리지 말아주세요. 미리 알게 되면 레슬리는 어딘가로 가버릴 게 틀림없어요. 어쨌든 레슬리는 가을에 떠날 생각이에요. 요전번에 내게 그렇게 말했거든요. 몬트리올에 가서 간호사 공부를 해서 어떻게든 자신의 인생을 살기로 작정했대요."

미스 코닐리아는 고개를 끄덕이며 현명하게 말했다.

"아, 앤, 어차피 우리가 할 수 있는 건 여기까지예요. 우리는 우리 역할을 다 했으니까 나머지는 저 높으신 그분의 손에 맡기도록 합시다."

남자와 정치

산후조리를 마치고 앤이 다시 아래층으로 내려왔을 무렵, 프린스에드워드섬도 캐나다 여느 곳들과 마찬가지로 총선거를 앞두고 선거전이 한창이었다. 열렬한 보수당 지지자인 길버트는 어느 틈엔가 그 소용돌이에 휩쓸려 군내에서 열린 이런저런 집회에 연설자로 불려 다녔다. 길버트가 정치에 휩쓸리는 것을 못마땅하게 여긴 미스 코닐리아는 앤에게 그런 속내를 거리낌 없이 말했다.

"데이비드 선생은 그런 일을 하지 않았어요. 블라이드 선생도 곧 후회하게 될 거예요. 정치란 제대로 된 남자라면 관여해서는 안 되는 것이니까요."

앤이 되물었다.

"그렇다면 나라의 정부는 건달들 손에 맡겨두자는 건가요?"

미스 코닐리아는 한 발 물러섰지만 여전히 억지소리를 했다.

"그래요. 단, 보수당 건달들에게 말이에요. 남자와 정치가는 죄 많기로는 같은 부류라고 생각해요. 자유당 쪽이 보수당보다 죄가 더 많다고…… '훨씬' 많다고 할 수 있지만, 그 차이밖에 없어요. 하지만 자유당이든 보수당이든 나는 블라이드 선생에게 정치에서 깨끗하게 손을 씻으라고 충고하겠어요. 까딱하다가는, 정신이 들었을 때에는, 어느샌가 입후보해서 일 년에 반은 오타와에 가 있게 되고 본업인 병원은 개점휴업이나 마찬가지가 되어 있을 테니까요."

"글쎄요, 말한다고 듣지도 않을 텐데 괜히 사서 고생하는 건 그만두죠. 품이 너무 많이 드니까요. 그건 그렇고 여기 귀여운 젬을 좀 보세요. 요 깜찍한 아이의 이름은 J로 시작하는 Jem 말고 G자로 시작하는 Gem(보석)으로 써야 한다고 봐요. 정말 완벽하지 않아요? 이 팔꿈치에 살이 옴폭 들어간 곳을 좀 보세요. 우리 둘이서 이 애를 훌륭한 보수당으로 키우도록 해요, 미스 코닐리아."

"그보다 훌륭한 남자로 키워야지요. 워낙에 드물어서 아주 귀하니까요. 그렇다고 이 아이가 자유당이 되는 걸 보고 싶은 건 아니에요.

이번 선거철에 앤도 나도 항구 윗마을에 살고 있지 않은 것을 고마워해야 해요. 요즘 그 동네는 분위기가 꽤나 험악하거든요. 엘리엇, 크로퍼드, 매컬리스터 집안 어디라고 따질 것 없이 죄다 언제라도 한판 붙을 작정이 되어 있어요. 이쪽은 남자들이 적어서 그런가 평화롭고 조용하지만요.

짐 선장은 자유당을 지지하는데, 내 생각엔 그 점을 부끄럽게 여기는 것 같아요. 정치 이야기는 절대로 하지 않으니까요. 어찌 됐든 이번에도 보수당이 절대다수로 이길 것이 틀림없어요."

하지만 미스 코닐리아 생각은 빗나갔다. 선거가 끝난 이튿날 아침 짐 선장은 뉴스를 알리려고 작은 집에 들렀다. 온화한 노인에게까지 미치는 정당정치라는 세균의 전염성이 어찌나 강한지, 짐 선장은 볼이 달아오르고 눈에는 지난날의 열정이 이글거리며 타오르고 있었다.

"블라이드 사모님, 자유당이 압도적 다수로 정권을 잡았소. 18년 동안이나 보수당의 잘못된 정치에 시달리고 학대받아온 이 나라에도 마침내 일어설 기회가 돌아왔어요."

"그런 당파적인 말씀을 격정적으로 하시는 걸 처음 들었어요, 짐 선장님. 그토록 정치적 한을 품고 계실 줄은 몰랐어요."

앤은 웃으며 그 소식을 듣고도 그리 흥분하지 않았다.

그녀의 작은 보석 젬이 그날 아침 '와우가'라고 말했던 것이다. 이 기적적인 사건에 비하면 주권이니 권력이니 왕조의 흥망이니 보수당과 자유당 사이의 승부니 하는 것은 얼마나 하찮단 말인가!

"꽤 오랫동안 쌓여왔거든요."

짐 선장은 조금은 겸연쩍다는 듯 미소 지었다.

"나는 내가 아주 그저 그런 자유당 지지자라고 여기고 있었는데, 이 뉴스를 듣는 순간 내가 얼마나 열렬한 자유당인지 비로소 깨달았소."

"남편도 나도 보수당인 것을 아시면서."

"아, 그게 의사 선생님과 사모님의 유일한 옥에 티지요, 블라이드 사모님. 코닐리아도 보수당이죠. 글렌에서 돌아오는 길에 이 뉴스를 알리고 왔어요."

"어머나, 그게 목숨을 건 모험이라는 것을 모르셨나요?"

"알고 있었어요. 하지만 유혹을 이길 수 없었지요."

"그래서 미스 코닐리아는 어떤 반응을 보였죠?"

"담담히 받아들였다고 할까요, 블라이드 사모님? 생각보다는 담담했지요. 이렇게 말하더군요.

'뭘요, 신께서는 개인과 마찬가지로 국가에도 오욕의 세월이라는 것을 내리시니까요. 당신들 자유당은 오랫동안 춥고 배고팠으니, 이 기회에 부지런히 몸을 녹이고 배불리 먹어두세요. 그 자리에 있을 수 있는 것도 그리 길지 않을 테니까요.'

나도 말했지요.

'정말 그럴까요, 코닐리아? 신께서는 캐나다에 긴 오욕의 세월이 필요하다고 생각하실지도 모르지요.'

아, 수전, 뉴스 들었소? 드디어 자유당이 정권을 잡았어요."

마침 부엌에서 방으로 막 들어온 수전은 언제나 따라다니는 맛있는 요리 냄새를 풍기고 있었다.

수전은 멋들어진 무관심을 보였다.

"아, 그래요? 자유당이 이기든 말든 내 빵이 폭신하게 부푸는 건 변함없을 거예요. 사모님, 어느 정당이든 이번 주 안으로 비를 내려줘 우리 텃밭이 전멸하는 것만 막아준다면, 난 그 정당에 투표하겠어요.

그건 그렇고, 잠깐 부엌으로 와서 저녁 식사에 쓸 고기를 좀 봐주세요. 너무 질기지 않은가 싶어서요. 난 정부도 정부지만, 이참에 우리 정육점도 갈아치우는 편이 좋을 것 같아요."

1주일 뒤 어느 저녁, 앤은 처음으로 젬을 떼어놓고 짐 선장네에 뭔가 갓 잡은 생선이 없는지 보러 포윈즈곶에 가보기로 했다. 한 편의 비극이 따로 없었다. 혹시 젬이 울면 어떻게 하지? 만일 수전이 상황에 맞춰서 애가 원하는 걸 잘 해주지 못한다면 또 어떡하고?

그러나 수전은 태연하기만 했다.

"마님, 젬에게는 나도 사모님만큼 익숙해져 있잖아요?"

"네, 이 아이에 대해서는요. 하지만 다른 아기에 대한 경험은 없잖아요. 나는 어릴 때 쌍둥이를 세 쌍이나 돌봤어요, 수전. 울면 당황하지 않고 박하기름이나 피마자기름을 마시게 했어요. 지금 생각하면 용케도 그 아기들을 돌보고 애들이 원하는 것도 알아채서 거뜬히 대처한 게 신기할 정도예요."

"젬 도련님이 울면 귀여운 배 위에 탕파를 얹어줄게요."

앤은 걱정스러운 듯 부탁했다.

"너무 뜨겁게 해서는 안 돼요."

아아, 정말로 나가도 괜찮을까?

"아무 걱정 마세요, 사모님. 이 수전은 꼬마 도련님에게 화상을 입히거나 하는 그런 여자가 아니에요. 그리고 얼마나 기특한지 보세요. 조금도 울 기미가 안 보이잖아요?"

마침내 앤은 찢어질 듯 아픈 가슴을 다독이며 겨우 집을 나섰고, 막상 걷다 보니 길게 그림자를 드리우는 저무는 저녁 해를 받으며 즐겁게 곶까지 걸어갔다. 등대 안 거실에 짐 선장은 없고 다른 사람이 있었다. 굳센 턱에 수염을 깨끗이 깎은 중년의 잘생긴 남자로, 앤이 모르는 사람이었다. 그런데 앤이 자리에 앉자 그 사람은 마치 옛 친구를 만난 듯 친숙한 태도로 앤에게 말을 걸어왔다. 말의 내용에도 말투에도 이상한 점은 없었지만, 전혀 모르는 사람이 그렇게 자연스럽게 스스럼없는 태도로 말을 걸자 앤은 기분이 좀 언짢았다. 그래서 쌀쌀맞은 투로 예의에 어긋나지 않는 한에서 최소한의 말만 했다. 그러나 상대는 조금도 개의치 않고 몇 분쯤 더 이야기하고 나서 실례한다며 나가버렸다.

앤은 남자의 눈에 분명 재미있어하는 표정이 떠오른 것 같아 다시금 기분이 상했다. 저 사람은 대체 누구일까? 어딘가 어렴풋이 낯익은 데가 있었지만, 이제까지 한 번도 만난 적이 없는 사람이라고 앤은 확신했다.

짐 선장이 들어오자 앤은 물었다.

"짐 선장님, 방금 나간 사람 누구예요?"

선장은 대답했다.

"마셜 엘리엇이오."

앤은 자기도 모르게 소리를 질렀다.

"마셜 엘리엇이라고요! 어머나, 짐 선장님, 아니에요, 그럴 리가…… 아, 맞아요, 그 사람의 목소리였어요. 어머나, 짐 선장님, 나는 전혀 못 알아봤어요. 그래서 그만 무례하게 대했지 뭐예요! 어째서 그렇다고 말해주지 않았을까요? 내가 자기를 못 알아본 걸 알고 있는 눈치던데요."

"말할 리가 있겠소? 농담을 즐기고 있었을 텐데. 쌀쌀하게 대했다 해도 마음 쓸 것 없어요. 그는 분명 재미있어했을 거요.

마셜 엘리엇이 드디어 수염과 머리를 깎았소. 자기네 정당이 이겼으니까요. 나도 처음에는 그를 몰라봤어요.

마셜은 투표 다음 날 밤 다른 사람들과 함께 글렌에 있는 카터 플래그네 가게에서 소식을 기다리고 있었지요. 12시쯤 전화가 걸려 와 자유당이 이겼다고 알려왔습니다. 마셜은 말없이 일어서더니 밖으로 나가버렸어요. 만세를 부르지도 않고 소리를 지르지도 않고 말이오. 그런 건 다른 사람들에게 맡긴 거죠. 아마 카터네 가게 지붕이 날아갈 정도로 떠들썩하게 자축들을 했던 모양입니다.

물론 보수당 사람은 모두 레이먼드 러셀네 가게에 모여 있었지요. 거기는 쥐 죽은 듯 고요했어요.

마셜은 곧바로 거리로 나가서 오거스터스 파머네 이발소 옆문으로 갔습니다. 오거스터스는 이미 잠자리에 들어 자고 있었는데도 마셜은 아랑곳 않고 문을 쾅쾅 두드려서 기어이 오거스터스가 깨서 1층에 내려오게 만들었지요.

'당장 가게로 와서 일생일대의 멋진 솜씨를 발휘해주게, 거스. 드디어 자유당이 이겼으니까 해가 떠오르기 전에 훌륭한 자유당원의 머리와 수염을 깎아줘.'

거스는 노발대발했죠. 자다 말고 끌려 나온 데다 그는 보수당 지지자였거든요. 거스는 자정이 넘은 시간에 찾아오면 어떤 사람이 와도 머리고 수염이고 깎아주지 않겠다고 단호히 거절했지요. 그러자 마셜은 이렇게 말했어요.

'내가 하라면 하는 거야, 거스. 안 그러면 네놈을 내 무릎에다 엎어놓고 네놈 어머니가 잊어버리고 안 때린 볼기를 때려줄 테다.'

마셜은 정말 그렇게 하고도 남을 인사였고, 거스도 그걸 알고 있었죠. 마셜은 황소처럼 힘이 센 데다 거스는 아주 작달막하거든요. 그래서 거스는 하는 수 없이 마셜을 가게에 불러들이고 면도부터 시작했죠.

그러면서 이렇게 말했소.

'원하는 대로, 네 녀석의 얼굴과 머리의 털을 밀어주지. 하지만 내가 일하는 동안 자유당이 이겼다는 말을 한 마디라도 했다가는 봐, 이 면도칼로 네 녀석의 목을 그어버릴 테니까.'

설마 그 온순한 거스가 그런 피에 굶주린 말을 할 줄이야 상상이나 했겠소? 정당정치 문제에 대해서는 남자들이 어떻게 되는지 이것으로 잘 알 수 있지요.

마셜은 얌전히 머리와 수염을 깎고 집으로 돌아갔습니다. 마셜네 늙은 가정부가 마셜이 2층으로 올라오는 소리를 듣고 마셜일까 아니면 일꾼 남자애일까 하고 자기 침실에서 문을 빼꼼히 열고 내다보았더니, 웬 본 적도 없는 남자가 손에 촛불을 들고 태연히 복도를 지나가더라는 거죠. 그래서 으악 하고 비명을 지르며 까무러치고 말았답니다. 의사를 불러와서 가까스로 깨어났는데, 며칠 동안은 마셜을 볼 때마다 온몸을 부들부들 떨었다고 해요."

짐 선장네에는 생선이 없었다. 그 여름 짐 선장은 좀처럼 배를 타지 않고 먼 걸음도 하지 않게 되었다. 그저 바다가 내다보이는 창가에 앉아 부쩍 새하얘진 머리를 팔로 괴고 세인트로렌스만을 바라보며 하루를 보내곤 하는 날들이 늘어났다. 그날 저녁에도 그 자리에 오랫동안 말없이 앉아 지난 추억에 잠겨 있는 것을 앤은 방해할 생각이 들지 않았다.

이윽고 짐 선장은 무지갯빛으로 물든 서쪽 하늘을 가리켰다.

"참 아름답죠, 블라이드 사모님? 하지만 오늘 아침 해돋이를 보여드리지 못한 게 못내 아쉽네요. 아주 훌륭했거든요. 나는 저 만에서 갖가지 모습으로 해가 떠오르는 광경을 계절마다 보아왔습니다. 나는 온 세상을 떠돌아다니며 안 가본 곳이 없소만, 블라이드 사모님, 여름철 이 만에 떠오르는 해돋이보다 더 멋진 광경은 본 적이 없어요.

사람은 자기가 죽을 때를 선택할 수는 없어요, 블라이드 사모님. '위대한 선장님'이 최종 출항 명령을 내릴 때 떠나야만 하죠. 하지만 만약 내가 선택할 수 있는 일이라면, 나는 바로 저 수평선 위로 아침 해가 떠오를 때 떠나고 싶어요.

저곳의 해돋이를 수없이 보면서 생각해왔소. 눈부시도록 하얗게 빛나는 위대한 장관을 빠져나가, 이 세상의 그 어떤 지도에도 그려져 있지 않은 바다 저 너머에 기다리고 있는 곳에 다다르면 과연 어떨까 하고. 그곳에 가면 틀림없이 사라진 마거릿을 찾을 수 있을 거요."

짐 선장은 그 옛날이야기를 앤에게 들려준 이래 자주 사라진 마거릿에 대해 말했다. 마거릿을 향한 그의 사랑은, 세월로 인해 조금도 빛바래거나 잊히지 않았다. 그 사랑은 짐 선장이 한마디 한마디 할 때마다 음성에 담긴 떨리는 설렘으로 고스란히 전해졌다.

"어쨌든 내 차례가 오면 빨리, 수월하게 가고 싶소. 나는 겁쟁이는 아니에요, 블라이드 사모님. 죽을 고비도 여러 번 겪었지만 한 번도 두려워서 움찔하거나 뒷걸음질 치지 않았어요. 그런데도 오래 끄는 죽음을 생각하면 이상하게도 무서워져서 오싹해요."

"우리를 두고 가신다는 이야기는 그만두세요, 소중하고 소중한 짐 선장님."

앤은 울먹이는 소리로 말하며 짐 선장의 손을 쓰다듬었다. 옛날에는 억셌던 그 손은 지금은 늙고 아주 약해져 있었다.

"선장님이 안 계시면 우리는 어떻게 하라고요?"

짐 선장은 아름다운 미소를 띠었다.

"아주 훌륭히 잘해나갈 거요……아주……아주 잘. 하지만 이 늙은이에 대해 완전히 잊어버리지는 않겠지요, 블라이드 사모님…… 그래요, 사모님만은 날 언제까지나 마음속에 새겨둘 겁니다. 요셉의 일족은 서로를 반드시 기억하고 있으니까요.

하지만 떠올린다고 해서 아픈 그런 추억은 아닐 거예요…… 나는 내 추억이 나의 친구들에게 상처가 되지 않았으면 좋겠소…… 언제 어디서 생각해도 유쾌한 것이 되기를 바라고, 또 그럴 거라고 믿어요.

사라진 마거릿이 마지막으로 나를 부를 날도 머지않은 것 같소. 나는 언제라도 대답할 준비가 되어 있어요.

내가 이런 얘기를 하는 것은 좀 부탁할 게 있기 때문입니다. 이 가엾은 늙은 고양이 '일등항해사'에 대해서인데……."

짐 선장은 손을 뻗어 긴 의자에 올라앉아 있는 벨벳처럼 보드랍고 따뜻하고 커다란 금색 털뭉치를 슬쩍 찔렀다.

'일등항해사'는 가르랑이라고도 야옹이라고도 콕 짚어 말할 수 없는 기분 좋은 굵은 소리와 더불어, 웅크렸던 몸을 용수철처럼 펴고, 앞뒷발을 쭉 뻗으며 기지개를 한번 켜더니 돌아누워 다시 둥글게 몸을 말았다.

"내가 긴 항해를 떠나고 나면 이 녀석이 쓸쓸해하겠죠. 이 가엾은 동물이 전에 버려졌던 것처럼, 혼자 남아 굶주리게 되는 일은 생각만 해도 견딜 수 없습니다. 내게 만약 무슨 일이 생기면 이놈에게 먹을 것과 잠자리를 마련해주겠소, 블라이드 사모님?"

"물론 기꺼이 그렇게 할게요."

"마음에 걸리는 일은 그것뿐이오. 젬 도련님에게는 내가 손에 넣은 진기한 물건을 몇 가지 남겨줄 작정입니다. 내 미리 다 준비해놓았지요.

 자, 그 예쁜 눈에 눈물이 고이는 것은 보고 싶지 않아요, 블라이드 사모님. 아직 당분간 버틸 수 있을지 모르니까요. 지난겨울 언젠가 사모님이 시를 소리내어 읽고 있는 걸 들었는데…… 아마 테니슨의 시였던가요. 그것을 암송해줄 수 있다면 다시 한번 듣고 싶네요."

 불어오는 바닷바람을 받으며 앤은 나직하고도 맑은 목소리로, 테니슨이 세상과의 작별을 앞두고 쓴 멋진 사세(辭世)의 시 〈모래톱을 건너서〉[1]의 아름다운 시구를 읊었다. 늙은 선장은 심줄이 돋은 손으로 살며시 박자를 맞추고 있었다.

 앤의 낭송이 끝나자 짐 선장은 말했다.

 "그래요, 블라이드 사모님, 바로 그거요. 테니슨은 뱃사람이 아니라고 했었는데, 그런 사람이 어떻게 늙은 뱃사람의 심정을 그처럼 잘 표현했는지 모르겠군요. 테니슨은 '작별의 슬픔'은 없었으면 좋겠다고 했는데 나도 그래요, 블라이드 사모님. 모래톱을 건넌 저쪽에서 나와 내가 그리워하던 사람은 행복할 겁니다."

---

[1] 죽음을 앞두었던 테니슨이 사세구로 쓴 시. 〈모래톱을 건너서〉로 옮긴 원제 "Crossing the Bar"는 시에서 묘사된 광경인 '모래톱을 건너' 먼 바다로 항해를 떠난다는 의미도 있지만, '경계를 넘어서'라는 중의적 의미에서 죽음을 뜻하기도 함.

재 대신에 화관을[1]

"그린게이블즈에서 무슨 새로운 소식 있어, 앤?"

길버트의 질문에 앤은 마릴라에게서 온 편지를 접으며 대답했다.

"특별히 이렇다 할 건 없어. 제이컵 도닐이 지붕을 이러 왔었대. 그 애가 이제 어엿한 목수가 된 것을 보니, 자기 뜻대로 밀고 나가 평생 일할 직업을 선택한 모양이야. 그 애 어머니가 대학교수를 시키고 싶어했다는 얘기 기억하지? 그 어머니가 학교에 와서 내가 아이를 싱클레어라고 부르지 않았다며 항의한 그 날 일이 아직도 잊히지가 않아."

"지금도 그렇게 부르는 사람이 있을까?"

"없나 봐. 세월이 지나면서 제이컵이 완전히 잊어버리게 만든 것 같아. 어머니마저 지고 말았으니까. 제이컵 같은 턱과 입매를 가진 아이는 끝내 자기 뜻을 관철시킬 거라고 나는 전부터 생각하고 있었어. 다이애나 편지에는 도라에게 남자친구가 생겼다고 씌어 있어. 생각해봐…… 아직 어린아이인 줄만 알았는데!"

---

[1] 《구약성서》〈이사야서〉 61장 3절. "시온에서 슬퍼하는 사람들에게 재 대신에 화관을 씌워 주시며, 슬픔 대신에 기쁨의 기름을 발라 주시며, 괴로운 마음 대신에 찬송이 마음에 가득 차게 하셨다." 참고.

"도라도 17살이야. 찰리 슬론과 나도 당신이 17살일 때 당신한테 빠져 있었잖아, 앤."

"그래, 길버트, 우리도 나이를 먹었어."

앤은 좀 슬픈 듯 씁쓸히 미소 지었다.

"우리가 스스로 어른이 다 되었다고 여겼을 무렵에 6살이었던 아이들이 벌써 남자친구가 생길 나이가 되었다니. 도라의 연인은 랠프 앤드루스래……제인의 남동생. 내가 기억하는 랠프는 조그맣고 둥실둥실하고 머리는 흰색에 가까운 금발이고, 공부는 언제나 반에서 꼴찌인 애였는데. 하지만 지금은 꽤나 잘생긴 어엿한 젊은이가 되었다나 봐."

"도라는 아마 일찍 결혼할 거야. 샤를로타 4세하고 같은 타입이니까. 두 번 다시 이런 기회가 오지 않으면 큰일이다 싶어 첫 번째로 찾아온 기회를 놓치지 않을 거야."

앤은 생각에 잠겼다.

"아마도. 그 애가 랠프와 결혼한다면, 제발 랠프는 형님인 빌리보다 좀 패기가 있었으면 좋겠는데."

길버트는 웃었다.

"이를테면 청혼 정도는 스스로 할 수 있기를 기대하자. 앤, 만일 빌리가 제인한테 대신 시키지 않고 직접 청혼했다면 당신은 빌리와 결혼했을까?"

"했을지도 몰라."

앤은 첫 프러포즈를 떠올리고 요란하게 웃음을 터뜨렸다.

"그런 일이 일어났다면 나는 순전히 그 충격으로 뭔가에 홀린 것 같은 상태가 돼서 그 정도로 경솔하고 바보 같은 짓을 저질렀을지도 몰라. 빌리가 대리인을 내세워 청혼한 것을 우린 고마워해야 해."

구석에서 책을 읽고 있던 레슬리가 말했다.

"어제 조지 무어에게서 편지가 왔어요."

"어머나, 조지는 어떻게 지낸대요?"

앤은 흥미를 느끼고 물었지만, 실은 모르는 사람의 일을 묻는 듯하여 현실감이 없었다.

"건강하게 잘 있지만 집이나 친지들이 완전히 변해 있어서 적응하기가 어렵대요. 그래서 봄이 되면 다시 배를 탈 거래요. 지금도 뱃사람의 피가 흐르고 있어서 바다가 그리워 견딜 수 없다고 하더라고요.

그리고 그 사람을 위해 기뻐할 일이 있어요. 조지는 '포시스터즈호'로 떠나기 전 고향에 있는 어떤 아가씨와 약혼했었대요. 몬트리올에서는 그 아가씨에 대해 나한테 아무 말 하지 않았는데, 어차피 그녀가 조지를 잊고 벌써 옛날에 누군가 다른 사람과 결혼했으리라 생각했기 때문이었대요. 조지에게는 약혼도 애정도 십여 년 전 마음 그대로일 텐데 얼마나 괴로웠을까요?

그런데 고향에 돌아가보니 그 아가씨가 결혼도 하지 않고 아직도 조지를 잊지 못하고 있더래요. 두 사람은 올가을에 결혼하기로 했대요. 조지에게 그 아가씨와 함께 이곳으로 찾아와달라는 편지를 쓸까 해요. 조지가 아무것도 모르는 채 그렇게 긴 세월을 살았던 장소를 한번쯤 보러 오고 싶다고 했거든요."

"정말 소박하고 애틋한 로맨스로군요."

낭만적인 것에 대한 앤의 애정은 영원히 꺼지지 않는 듯했다.

그런 뒤 앤은 자기를 나무라듯 한숨을 쉬며 덧붙였다.

"아, 한번 생각해봐요. 만일 내가 끝까지 고집을 부려 내 의견을 관철했다면, 조지 무어는 자신의 정체를 묻어버린 무덤에서 영영 되살아날 수 없었을 거예요. 길버트가 수술 얘기를 꺼냈을 때 그토록 격하게 반대한 걸 생각하면! 그래요, 나는 벌을 받았어요. 이제부턴 두 번 다시 길버트의 의견에 반대할 수 없게 되어버렸잖아요! 반대하려 하면 길버트는 조지 무어를 들고 나와 내 입을 막아버릴 테니까요!"

길버트가 놀렸다.

"그 정도 일로 여자의 입을 막을 수 있을 리가! 적어도 내 메아리만은 되지 말아줘, 앤. 약간의 반대는 삶에 있어 양념이 되니까. 항구 윗마을 존 매컬리스터 부인 같은 아내라면 사양하겠어. 존이 뭐라고 말하든 부인은 곧 그 무표정하고 맥 빠진 목소리로 말하지. '네, 그럼요, 존.'"

앤도 레슬리도 웃었다. 앤의 웃음은 은이었고 레슬리의 웃음은 금이어서 두 가지가 합쳐지자 완전한 화음을 이루어 울려 퍼지는 것 같았다.

그 웃음의 끝자락에 거실로 들어선 수전은 웃음소리에 지지 않을 만큼 큰 한숨을 내쉬었다.

길버트가 물었다.

"아니, 수전, 무슨 일이죠?"

소스라치게 놀라며 일어선 앤이 외쳤다.

"젬에게 무슨 일이 생긴 건 아니겠죠, 수전?"

"아니에요, 사모님. 안심하세요. 하기야 무슨 일이 생기긴 생겼지만요. 원, 참, 이번 주는 어떻게 된 게 하는 일마다 엉망진창이네요. 알다시피 빵을 형편없이 태워먹었지, 선생님의 가장 좋은 와이셔츠를 다리다 가슴에 탄 자국을 냈지, 게다가 큰 접시까지 깨뜨렸잖아요. 그런데 이번에는 엎친 데 덮친 격으로 언니 마틸다의 다리가 부러져서 저한테 잠시 도와주러 왔으면 좋겠다는 연락이 왔지 뭐예요?"

앤이 외쳤다.

"어머나, 어떡해요…… 언니한테 그런 사고가 있었다니."

"사모님, 사람은 정말 한탄하기 위해 만들어졌나 봐요. 마치 성경 말씀처럼 들리지만, 번스[2]라는 사람이 썼다더군요. '사람은 고생을 위하여 났으니 불꽃이 위로 날아 가는 것과 같으니라'[3]는 말씀은 틀림없는 사실이라는 생각이 들어요.

마틸다 언니가 도대체 어쩌다가 그랬는지 모르겠어요. 우리 집에서는 이제까지 다리 부러진 사람이 하나도 없었는데. 하지만 그래도 내 언니는 언니이니 사모님이 한 몇 주만 저 없이도 계실 수 있다고 하면 간호하러 가는 게 제 의무라고 생각해요, 사모님."

"물론이죠, 수전, 물론이에요. 수전이 없는 동안 누군가 다른 도와줄 사람을 찾을 수 있을 거예요."

"만일 그것이 여의치 않다면 난 가지 않겠어요, 사모님. 아무리 마틸다의 다리가 부러졌더라도 상관없어요. 다리를 몇 개를 부러뜨리든 사모님을 걱정시키거나, 그것 때문에 저 귀여운 도련님을 속상하게 만드는 일은 있을 수 없으니까요."

"말도 안 돼요, 수전. 어서 가보세요. 나는 후미에 있는 어촌에서 얼마 동안만 아이를 봐줄 여자애를 하나 구하면 돼요."

그때 레슬리가 얼른 큰 소리로 말했다.

"앤, 수전이 없는 동안 내가 와서 도와주면 안 될까요? 제발 그러게 해줘요. 내가 꼭 그렇게 하고 싶어요. 사실 앤이 나한테 자선을 베푸는 셈이에요. 저 커

---

2) 로버트 번스(1759~1796). 스코틀랜드 시인. 앞서 수전이 언급한 말은 번스의 시 〈인간은 애도하기 위해 만들어졌다 : 만가〉라는 시의 제목에서 따온 것.
3) 《구약성서》〈욥기〉 5장 7절.

다랗고 텅 빈 집에 혼자 있다 보면 너무 외롭거든요. 할 일도 거의 없고…… 더구나 밤이 되면 쓸쓸한 게 문제가 아니에요…… 문에 자물쇠를 다 채우고도 무서워서 벌벌 떨면서 자요. 이틀 전에는 웬 부랑자까지 서성이고 있는 거예요."

앤은 기꺼이 승낙했고, 다음 날 레슬리는 작은 꿈의 집에 동거인으로 들어갔다. 이 결정에 미스 코닐리아도 진심으로 찬성했다.

미스 코닐리아는 은밀히 앤에게만 말했다.

"마치 신께서 몰래 꾸미신 일 같지 않아요? 마틸다 클로에게는 안됐지만 어차피 부러질 다리였다면, 때를 기가 막히게 잘 맞췄지 뭐예요?

오언 포드가 포윈즈에 와있는 동안 레슬리는 이곳에 있을 테니, 글렌에 있는 입정 사나운 할망구들도 트집 잡을 건더기가 없어요. 레슬리가 혼자 살고 있는 곳으로 오언이 만나러 가봐요. 무슨 소리들을 할지 몰라요. 지금도 레슬리가 상복을 입지 않는다고 입방아를 찧고 빻고 있으니까요.

내가 그 가운데 한 사람에게 말해줬어요.

'혹시 레슬리가 조지 무어를 위해 상복을 입어야 한다고 말하는 거라면, 내가 볼 때 이 일은 조지의 장례식이라기보다 도리어 부활이라고 보는 게 마땅하다고 생각해요. 또 만약 딕을 말하는 거라면 무엇 때문에 13년이나 전에 죽었고, 그래서 외려 내 속이 다 후련한 남자를 위해 상복을 입어야 하는지 나로서는 도저히 모르겠군요!'

그리고 루이자 볼드윈 할멈이 나한테, 레슬리가 조지 무어를 보면서 자기 남편이 아니라는 의심을 전혀 하지 않았던 건 이상하다고 하길래 내가 말해줬죠.

'당신도 딕 무어가 아니라는 생각은 전혀 해 보지 않았잖아요. 딕이 태어났을 때부터 이웃에서 살았고, 게다가 당신은 레슬리보다 열 배나 의심이 많은 사람 아니었나요?'

하지만 도저히 입을 막을 수 없는 사람도 있으니까요, 앤. 그러니 오언이 드나드는 동안 레슬리가 앤네 집에 있게 된 건 정말 고마운 일이에요."

오언 포드가 그 작은 집에 찾아온 것은 8월의 어느 저녁으로, 레슬리와 앤이 아기를 어르느라 정신없을 때였다. 열린 거실문 앞에 서서, 오언은 방 안의 두 사람이 그를 미처 보지 못한 사이 그 아름다운 광경을 뚫어질 듯이 바라보았다. 레슬리는 아기를 무릎에 앉히고 바닥에 앉아 아기가 허공에 대고 흔들어대는 통통한 손을 황홀한 듯 만지작거리고 있었다.

"아, 요 귀엽고 사랑스럽고 소중한 아가야."

레슬리는 조그맣게 중얼거리며 작은 손을 잡아 뽀뽀를 퍼부었다.

앤은 앉아 있던 의자의 팔걸이에서 몸을 빼밀어 매혹된 눈길로 바라보며 낮은 목소리로 읊조리듯 말했다.

"이여케 이뿐 아기가 어디 있뜰까. 온 떼땅에 이여케 통통하고 이뿐 똔은 없뜰 거야. 그렇띠, 우리 머띤 왕다님."

젬이 태어나기 몇 달 전부터 앤은 참고가 될 만한 육아 서적을 몇 권이나 탐독했고 특히 오러클 경의 저서 《어린이 양육과 버릇 들이기》라는 책을 완전히 신뢰하고 있었다. 오러클 경은 무슨 일이 있어도 어린이에게 '아기 말'을 쓰지 않도록 부모들에게 호소하고 있었다. 젖먹이에게는 태어난 순간부터 고전적인 언어로 이야기해야 하고, 그러면 말하기 시작하는 초기부터 어린이는 아주 순수한 영어를 배울 수 있다는 것이었다.

'생각 없는 어머니가 우리의 훌륭한 언어를 우스꽝스러운 발음이나 비뚤어진 표현으로 훼손하여, 자기 손에 맡겨진, 스펀지처럼 모든 것을 흡수하는 아기에게 나날이 악영향을 주면서, 아무 저항도 할 수 없는 아기의 회색질을 그러한 언어에 익숙해지도록 만들어버린다면, 과연 그 아이가 바른 말을 배우기를 기대할 수 있을까? 늘 '이여케 이쁜 아기'라는 말을 듣던 어린이가 자아며 가능성이며 인생에 대해 제대로 된 관념을 형성할 수 있을까?'라고 오러클 경은 힐문하고 있었다.

앤은 이 책에 깊은 감명을 받아 어떠한 경우에도 자기 아이들에게는 결코 '아기 말'을 쓰지 않는 것을 꺾을 수 없는 규칙으로 삼을 작정이라고 길버트에게 누누이 말했다. 길버트도 찬성했고 두 사람은 이 문제에 대해 굳고 엄숙한 약속을 했다. 그러나 젬을 팔에 안은 순간 앤은 그 규칙을 서슴없이 깨뜨렸던 것이었다.

앤은 외쳤다.

"어머나, 귀엽고 닥은 우이 아기!"

그리하여 그 뒤로도 계속 깨뜨리고 있었다.

길버트가 놀리면 앤은 오히려 오러클 경을 비웃으며 말했다.

"오러클 경은 자기 아이를 키워본 일이 결코 없었던 거야, 길버트. 틀림없이 그럴 거야. 그렇지 않으면 그런 말도 안 되는 것을 쓸 리가 없어. 아기를 대할 때 아기 말을 하지 않는다는 건 있을 수 없는 일이야. 저절로 나오는걸. 또 그 편이 옳아.

이렇게 말랑말랑하고 보드랍고 조그마한 아기에게 다 큰 남자아이나 여자아이한테 하듯이 말하는 건 잔인한 일이야. 아기에게는 애정과 포옹과 한껏 부드러운 아기 말을 넘치도록 퍼부어줘야 하니까 난 젬에게 그렇게 하겠어. 그렇띠, 탁하고 탁한 우리 아기야."

그러자 길버트는 항의했다.

"하지만 당신은 좀 지나쳐."

어머니가 아니고 아버지에 지나지 않는 길버트로서는 오러클 경이 잘못되었다는 앤의 생각이 아직 완전히 납득되지 않았다.

"그 애에게 이야기할 때 당신이 쓰는 그런 말은 어디에서도 들은 일이 없어."

"그렇겠지. 저리 가. 저리 가버리라니까. 나는 11살도 되기 전에 해먼드네 쌍둥이를 세 쌍이나 키웠잖아? 당신과 오러클 경은 피도 눈물도 없는 이론가에 지나지 않아.

길버트, 잠깐 이 아이를 봐! 나를 보고 생글생글 웃고 있어. 우리가 무슨 이야기를 하는지 아는 거야. 그더치? 엄마 말이 맞띠? 이뿐 우리 아기 턴따!"

길버트는 어머니와 아들을 감싸안았다.

"아, 그대들 어머니시여! 어머니시여! 그대들을 창조하실 때 신께서는 당신이 무엇을 만들고 있는지 모두 알고 계셨을지니."

이리하여 아기 젬은 '아기 말'로 얼러지고 사랑받고 귀염받으며 꿈의 집 아기답게 쑥쑥 잘 자랐다. 젬 앞에서는 레슬리도 앤 못지않게 바보가 되었다. 두 사람은 집안일을 끝내고 방해되는 길버트도 나가고 나면 체면 따위는 다 내던진 채 젬에게 푹 빠져서 아기를 어르고 황홀한 듯 감탄하곤 했는데, 이런 때에 오언 포드가 예고도 없이 나타나 두 사람을 놀라게 했던 것이다.

오언을 먼저 알아본 것은 레슬리였다. 저물녘의 어스름 속에서도 그녀의 아름다운 얼굴이 갑자기 창백해지고 입술과 볼에서 핏기가 가시는 것을 앤이 알수 있을 정도였다.

오언은 조급한 마음으로 앞으로 걸어갔다. 그 순간 오언의 눈에 앤은 들어오지도 않았다.

"레슬리!"

그는 레슬리의 이름을 부르며 손을 내밀었다. 성이 아닌 레슬리의 이름을 부른 것은 그때가 처음이었다. 그러나 레슬리가 오언에게 내민 손은 차가웠다. 앤과 길버트와 오언이 밤새도록 떠들썩하게 웃으며 이야기하는 동안 레슬리는 내내 조용히 앉아 있었다. 오언이 아직 가기도 전에 레슬리는 핑계를 대고 2층으로 올라가버렸다. 오언의 넘치던 활기가 이내 사그라지더니 이윽고 그는 낙담한 모습으로 돌아갔다.

길버트가 앤을 지그시 보았다.

"앤, 당신 대체 무슨 일을 꾸미고 있는 거야? 내가 모르는 어떤 심상치 않은 일이 벌어지고 있어. 오늘 밤 이 집 안의 공기는 마치 어떤 전류가 흐르는 것 같았어. 레슬리는 비극의 여신 같은 모습으로 앉아 있었고, 오언은 겉으로는 농담도 하고 웃으면서도 마음의 눈으로는 줄곧 레슬리만 살피고 있었어. 당신은 무엇인가 흥분을 꾹 눌러둬서 금세라도 터져버릴 것만 같던걸. 자, 이제 모두 털어놓지그래. 당신의 남편에게 어떤 비밀을 숨기고 있는 거야?"

"바보 같은 소리 하지 마, 길버트."

이것이 남편에게 앤이 해줄 수 있는 대답이었다.

"레슬리도 그래, 정말 무례하게 굴었잖아. 내가 이층에 가서 그렇게 이야기해줘야겠어."

앤이 가보니 레슬리는 자기 방 창가에 있었다. 작은 방에는 천둥 같은 바다 소리가 리듬에 맞춰 울려 퍼지고 있었다. 레슬리는 어스레한 달빛을 받으며 두 손을 꼭 마주 잡고 앉아 있었다. 그 아름다운 모습은 온몸으로 원망을 쏟아내는 것 같았다.

레슬리는 나직한 목소리로 나무라듯 물었다.

"앤, 오언 포드가 포윈즈에 오는 걸 알고 있었어요?"

앤은 자못 뻔뻔스럽게 대답했다.

"알고 있었어요."

레슬리는 분개하여 외쳤다.

"왜 내게 얘기해주지 않았어요? 알았다면 어딘가로 가버렸을 텐데. 그 사람과 만나지 말았어야 했어요. 왜 내게 말해주지 않은 거예요? 너무해요, 앤……아, 너무해요!"

레슬리는 입술이 파르르 떨리고 온몸은 잔뜩 긴장되어 있었다. 그러나 앤은 참지 못하고 매정하게도 웃음을 터뜨리고 말았다. 몸을 구부려 비난을 담아 올려다보는 레슬리의 얼굴에 입을 맞추었다.

"레슬리는 정말 사랑스러운 바보예요. 오언 포드는 나를 보겠다고 불타는 마음을 품고 태평양에서 대서양으로 달려온 게 아니에요. 그렇다고 미스 코닐리아에 대해 무슨 격렬한 정열을 품은 것도 아니라고 생각해요. 사랑하는 레슬리, 이제 그 비극적인 태도는 어서 벗어던져 고이 개서 어디 안 보이는 데다가 치워버려요. 그런 것은 이제 필요하지 않으니까요.

당사자는 못 보는 것도 숫돌 구멍 하나만 나 있으면 그 틈으로 훤히 들여다볼 수 있는 사람이 있어요. 나는 예언자는 아니지만 대담하게 예언을 한번 해보죠. 레슬리의 쓰디쓴 인생은 이제 끝이 났어요. 앞으로는 행복한 여자로서 기쁨과 희망, 그리고 약간의 슬픔까지 맛보게 될 거예요.

금성의 그림자를 보면 좋은 일이 생길 거라는 말이 정말로 실현된 거예요, 레슬리. 1년 전에 그것을 본 레슬리에게 인생에서 가장 좋은 선물이 온 거예요. 바로 오언에 대한 레슬리의 사랑이죠. 자, 어서 침대에 들어가 푹 자도록 해요."

레슬리는 침대에 들어가라는 명령까지는 따랐지만 푹 잤는지 어떤지는 의문이었다. 그렇다고 뜬눈으로 꿈을 꿀 용기가 있었을지도 모르겠다. 가엾은 레슬리에게 인생은 너무나도 고달프고도 쓰라린 것이었고 걸어가야 했던 길은 끝도 없이 지루하게 똑바로 뻗어 있었기에 미래에 기다리고 있을지도 모를 희망을 자기 가슴에 품는 일조차 쉽게 할 수 없었다.

  그러나 짧은 여름밤을 장식하며 비추는 거대한 등댓불을 지그시 바라보고 있는 동안 레슬리의 눈은 다시 부드럽게 빛나고 젊음을 되찾고 있었다. 그리고 오언 포드가 이튿날 다시 찾아와 함께 바닷가에 가지 않겠느냐고 했을 때 레슬리는 거절하지 않았다.

뜻밖의 소식

나른한 오후, 미스 코닐리아가 작은 집에 찾아왔다. 세인트로렌스만은 뜨거운 8월 바다만의 바랜 듯한 연푸른빛을 띠었고 앤의 뜰 울타리문에 핀 참나리는 금을 녹인 듯한 8월 햇빛을 가득 채우기 위해 그 꽃송이를 위엄 있게 받쳐 들고 있었다. 미스 코닐리아가 물감을 푼 듯한 바다 빛깔이며 햇빛에 목마른 나리꽃에 무슨 특별한 관심이 있어서 찾아온 것은 아니었다. 제일 좋아하는 흔들의자에 앉더니 여느 때와 달리 아무것도 하지 않았다. 바느질도 하지 않고 이야기보따리를 풀어놓지도 않았다. 인류의 절반을 차지하는 어떤 일원을 깎아내리는 발언조차 일절 하지 않았다. 한마디로 말해 그날 미스 코닐리아의 이야기는 이상하게도 평상시처럼 신랄한 데가 없었다. 그래서 가려던 낚시마저 접고, 그 대신에 부푼 기대를 안고 집에 남아 그녀의 이야기를 듣던 길버트는 속았다는 기분마저 들었다.

미스 코닐리아가 오늘은 어떻게 된 게 아닐까? 그렇다고 딱히 낙심한 것 같지도 않고 걱정거리가 있는 눈치도 아니었다. 그렇기는커녕 무언가 기뻐서 가슴 설레어 하는 듯했다.

"레슬리는 어디 있죠?"

미스 코닐리아는 물었지만, 아무래도 상관없다는 듯한 말투였다.

앤이 대답했다.

"레슬리네 농장 뒤쪽 숲으로 오언과 함께 라즈베리를 따러 갔어요. 저녁때까지는 돌아오지 않을 거예요. 돌아온다 해도……."

길버트가 말했다.

"그 두 사람은 시계라는 게 있다는 것을 아예 모르는 것 같아요. 나 혼자 힘으로는 아무래도 진상을 파악할 수 없지만, 여기 계신 두 여성분들이 뒤에서 뭔가 연출하고 있는 게 틀림없어요. 아내의 본분을 다하지 않기로 한 앤은 도무지 내게 가르쳐주지 않습니다. 하지만 미스 코닐리아는 가르쳐주시겠죠?"

"아뇨, 가르쳐주지 않겠어요."

그러나 미스 코닐리아는 과감하게 해치우려고 굳게 마음먹은 사람처럼 덧붙였다.

"그 대신 다른 얘기를 해줄게요. 오늘은 그 얘기를 하러 일부러 왔으니까요. 나는 곧 결혼하게 되었어요."

앤도 길버트도 말이 없었다. 미스 코닐리아가 해협으로 투신자살하러 갈 작정이라고 말했다면 차라리 믿었을지도 모른다. 하지만 이 말은 믿어지지 않았다. 그래서 두 사람은 잠자코 기다리고 있었다. 미스 코닐리아가 뭔가 잘못 말한 거겠지. 농담이겠지.

미스 코닐리아는 재미있는 듯 눈을 반짝이며 말했다.

"아니, 둘 다 한 방 얻어맞은 표정이군요."

어색한 폭탄선언을 끝내버렸기에 여느 때의 미스 코닐리아로 되돌아가 있었다.

"결혼하기에 내가 너무 젊고 세상을 모르는 철부지라고 여기나요?"

길버트는 마음을 가라앉히려고 필사적으로 애쓰며 말을 꺼냈다.

"깜짝 놀라는 게 당연하지 않습니까? 나는 미스 코닐리아가 온 세상에서 최고의 남자라고 해도 결단코 결혼할 일은 없다고 말하는 걸 몇 번이나 들었으니까요."

미스 코닐리아가 응수했다.

"세상에서 가장 훌륭한 남자와 결혼하는 건 아니에요. 마셜 엘리엇은 최고와는 거리가 멀어도 한참 머니까요."

이 두 번째 타격으로 언어능력을 되찾은 앤이 외쳤다.

"마셜 엘리엇과 결혼하세요?"

"맞아요. 지난 20년 동안 내가 손가락 하나만 까딱해서 신호를 보냈으면 언제라도 그 사람이 내게 달려오게 할 수 있었지만, 아무려면 내가 그런 걸어다니는 마른풀 더미와 나란히 교회에 들어갈 것 같아요?"

"정말 기뻐요. 행복을 빌게요."

말하면서 앤은 스스로도 얼마나 무뚝뚝하고 성의 없는 말인가 생각했다. 이런 일과 마주칠 마음의 준비가 아직 되어 있지 않았던 터라 어쩔 수 없었다. 설마 미스 코닐리아에게 결혼을 축하한다는 말을 하게 되리라고는 상상도 못했다.

"고마워요. 그렇게 말해줄 거라고 생각했어요. 아는 사람들 가운데 가장 먼저 알린 거예요."

앤은 아쉬운 마음에 조금 울적하게 말했다.

"하지만 미스 코닐리아가 떠난다고 생각하니 슬퍼요."

"내가 가긴 어딜 가요."

미스 코닐리아는 조금도 감상에 젖지 않았다.

"설마 내가 저 매컬리스터며 엘리엇이며 크로퍼드 집안사람들이 득시글거리는 항구 윗마을로 가서 살거라고 생각하는 건 아니죠?

'주님, 부디 우리들을 엘리엇가의 자만심과 매컬리스터가의 자존심과 크로퍼드가의 허영심으로부터 구원하소서.'

마셜이 내 집으로 올 거예요. 나도 고용인 쓰는 데는 진절머리 났으니까요. 올여름 고용한 짐 헤이스팅스는 그 가운데에서도 최악이었어요. 그런 사람에게 학을 떼면 아마 누구라도 결혼이 하고 싶어질 거예요.

어제는 무슨 짓을 했는지 알아요? 글쎄, 크림 분리기를 뒤엎어서 뒤뜰 가득 크림을 엎지르지 않았겠어요. 그래놓고는 조금도 잘못했다는 생각이 없더라니까요! 그저 바보처럼 웃으며 크림을 주면 흙이 살찐다느니 하고 있고. 사내들이 하는 짓이 그렇죠, 뭐. 나는 뒤뜰에 크림을 거름으로 주지는 않는다고 말해 주었지요."

"그건 그렇고, 저도 물론 행복을 빌겠습니다, 미스 코닐리아. 하지만……."

앤이 눈짓으로 그만두라고 하는데도 불구하고 길버트는 미스 코닐리아를 놀려주고 싶은 유혹을 이기지 못해 진지하게 축하의 말을 한 뒤 곧 덧붙였다.

"이것으로 미스 코닐리아의 자립자존 시대는 끝난 듯싶군요. 마셜 엘리엇은 아주 의지가 강한 사람이니까요."

"나는 뭐든지 끝까지 해내는 사람을 좋아해요. 오래전 나를 쫓아다녔던 에이머스 그랜트는 그렇지 못했어요. 그렇듯 쉽게 마음이 변하는 사람은 처음 봤어요. 언젠가 빠져 죽으려고 연못에 뛰어든 일이 있었는데, 마음이 바뀌어 다시 헤엄쳐 나오고 말았을 정도니까요. 남자가 하는 짓이 그렇죠, 뭐. 마셜이라면 끝까지 버티다 제대로 물에 빠져 죽었을 거예요."

그러나 길버트는 끈질기게 물고 늘어졌다.

"그리고 그 사람은 좀 욱하는 성격이라고들 하던데요."

"그렇지 않다면 엘리엇 집안사람이 아니죠. 그 사람이 욱하는 성격이어서 다행이라고 여기고 있어요. 화를 돋우는 것이 정말 재미있을 테니까요. 그리고 욱하는 남자는 참회의 시간이 오면 잘 다룰 수 있지만, 언제나 차분하고 화를 쌓아만 두는 남자는 상대할 도리가 없다니까요."

"그 사람이 자유당인 건 아시죠, 미스 코닐리아?"

미스 코닐리아는 좀 슬픈 듯 인정했다.

"네, 그래요. 물론 보수당으로 만들 가망은 없어요. 하지만 적어도 그 사람은 장로교파니까요. 그것으로 만족하는 수밖에요."

"만일 감리교파였다 하더라도 그 사람과 결혼하셨을까요, 미스 코닐리아?"

"아뇨, 하지 않죠. 정치는 이 세상에서뿐이지만 종교는 이승과 저승 양쪽의 문제니까요."

"이러다 결국 질색하셨던 '미망인'이 될지도 모르겠는데요, 미스 코닐리아."

"천만에요! 마셜이 나보다 오래 살 테니까 그럴 리 없어요. 엘리엇 집안은 장수하는 집안이고 브라이언트 가문은 그렇지 못하답니다."

앤이 물었다.

"언제 결혼하세요?"

"한 달쯤 뒤에요. 결혼식 의상은 짙은 남색 비단 드레스를 입을 작정이에요. 그래서 묻고 싶은데 앤, 남색 드레스에 베일을 쓰면 이상하겠죠? 만일 결혼식을 올리는 일이 있게 되면 베일을 꼭 쓰고 싶다고 전부터 생각하고 있었거든요. 마셜은 내가 쓰고 싶으면 쓰라고 말하더군요. 남자가 할 만한 말이지 않아요?"

앤이 물었다.

"쓰고 싶다면 못 쓸 이유가 있나요?"

"남과 다르게 하고 싶지는 않거든요."

그러나 미스 코닐리아는 아무리 보아도 이 땅에 있는 어떤 사람과도 비슷한 데가 없었다.

"방금 말했듯 나는 베일을 좋아해요. 하지만 흰 드레스가 아니니까 쓰면 안 되겠죠? 앤, 제발 솔직하게 말해줘요. 앤의 의견대로 할 테니까요."

"나도 베일은 보통 흰 옷을 입을 때 말고는 쓰지 않는다고 생각하지만, 그것은 관습에 지나지 않잖아요? 나도 엘리엇 씨와 같은 의견이에요, 미스 코닐리아. 쓰고 싶다면 베일을 써서 안 될 까닭이 없다고 생각해요."

그러나 옥양목 실내복 차림으로 이웃집을 방문한 미스 코닐리아는 고개를 저었다.

"예절에 맞지 않는다면 그만두겠어요."

미스 코닐리아는 꿈을 이루지 못할 아쉬움에 한숨을 쉬었다.

길버트가 짐짓 점잔을 부리며 말했다.

"미스 코닐리아, 이왕 결혼할 생각이라고 하시니까 저희 어머니가 아버지와 결혼할 때 외할머니로부터 전수받은 훌륭한 남편 관리법을 가르쳐드리죠."

미스 코닐리아는 침착하게 대답했다.

"마셜 엘리엇 정도는 내 힘으로도 충분히 관리할 수 있다고 생각해요. 하지만 그 관리법이 어떤 건지 어디 한번 들어보죠."

"첫째로는 남자를 붙잡는 것입니다."

"이미 붙잡았어요. 그리고?"

"둘째로는 맛있는 것을 듬뿍 먹일 것."

"파이를 듬뿍 먹이도록 하지요. 그다음은?"

"세 번째와 네 번째는 눈을 떼지 마라."

미스 코닐리아는 힘주어 말했다.

"정말 맞는 말이에요."

빨강 장미

그해 8월, 작은 집 뜰은 철 늦은 장미로 새빨갛게 물들고 즐거운 꿀벌 떼가 윙윙 모여들었다. 작은 집 사람들은 거의 그 뜰에서 살다시피 했으며 해넘이 때면 시냇가 풀밭 한구석에서 소풍 온 듯이 저녁 식사를 즐겼다. 식사를 마친 뒤에도 커다란 밤나방이 벨벳 같은 저물녘 어스름을 가로지르며 날아다닐 때까지 앉아 있었다.

어느 날 저녁 오언이 그곳에 가보니 레슬리가 뜰에 혼자 앉아 있었다. 앤과 길버트는 외출했고 그날 밤 돌아올 예정인 수전은 아직 오지 않았다.

전나무 우듬지 위 북쪽 하늘은 호박색과 연초록빛을 띠고 있었다. 불어오는 바람은 찼다. 8월이라고는 하나 9월에 가까워지고 있는 계절이었다. 레슬리는 흰 원피스 위에 새빨간 스카프를 두르고 있었다. 두 사람은 길섶에 꽃들이 정겹게 가득 피어 있는 좁다란 오솔길을 말없이 거닐었다. 오언은 곧 떠나야만 했다. 휴가가 끝나가고 있었기 때문이다. 레슬리는 심장의 고동이 빨라지는 것을 느꼈다. 이 사랑스러운 뜰이 바로 두 사람이 마음속으로는 너무나 잘 알고 있지만 아직 말로는 하지 않은 것을 분명한 말로써 서로 확인하고 약속할 장소가 될 것을 레슬리는 알았다.

오언이 말문을 열었다.

"때때로 저녁이 되면 이 뜰에 환영(幻影)과도 같은 신비로운 향기가 풍길 때가 있습니다. 어느 꽃에서 풍기는 것인지 아직도 모르겠습니다. 의식하지 못할 만큼 은은하면서도 계속 맴도는 아주 달콤한 향기예요.

외할머니의 넋이 옛날에 아주 좋아했던 장소에 잠깐 들렀을 게 틀림없다고 나는 상상하곤 하지요. 이 작은 옛집에는 그리운 친구 같은 유령들이 많이 있을 겁니다."

"나는 이 집에 아직 한 달밖에 있지 않았지만, 태어났을 때부터 살아온 저 집에서는 느끼지 못했던 애착을 느끼고 있어요."

"이 집은 사랑으로 짓고 축성(祝聖)해서 그럴 겁니다. 이런 집은 그곳에 사는 사람들의 마음에도 확실히 영향을 줄 거예요.

그리고 이 뜰, 60년도 전에 만들어진 이 뜰 안에 심어진 꽃송이에는 숱한 희망과 기쁨의 역사가 씌어 있습니다. 그 가운데에는 실제로 학교 선생의 신부가 처음으로 심은 꽃도 있어요. 그 신부가 세상을 떠난 지 이미 30년이 지났는데도. 여름이 되면 어김없이 꽃이 핍니다.

저 빨강 장미를 봐요, 레슬리. 여왕처럼 다른 것들을 모두 거느리는 듯하지 않습니까!"

"나는 빨강 장미가 아주 좋아요. 앤은 핑크빛 장미를 가장 좋아하고 길버트는 흰 장미를 좋아해요. 하지만 내 선택은 진홍색 장미예요. 다른 꽃으로는 채울 수 없는 내 안에 있는 어떤 열망을 채워주거든요!"

"이 장미는 아주 늦게 피는 장미입니다. 다른 꽃들이 모두 지고 난 뒤에 피죠. 여름의 온기와 넋이 모두 결실을 맺어 함께 깃들어 있습니다."

오언은 이렇게 말한 뒤, 봉오리가 반쯤 벌어진 타는 듯이 붉은 장미 몇 송이를 꺾었다.

"장미는 사랑의 꽃, 세상은 몇 세기 동안이나 장미를 그렇게 찬양해왔어요. 핑크빛 장미는 희망과 기대에 찬 사랑, 흰 장미는 잊히고 버려진 사랑, 하지만 빨강 장미는…… 아, 레슬리, 빨강 장미는 어떤 사랑일까요?"

레슬리는 낮은 목소리로 수줍게 말했다.

"승리를 얻은 사랑."

"그렇습니다. 승리를 얻은 완전한 사랑입니다. 레슬리, 알고 있군요. 당신은 알고 있었어요. 나는 당신을 처음 만난 순간부터 당신을 사랑하고 있었습니다. 그리고 당신도 나를 사랑한다는 것을 알고 있습니다. 당신에게 물을 필요는 없어요. 하지만 당신이 그렇게 말하는 것을 내 두 귀로 똑똑히 듣고 싶습니다. 레슬리! 사랑스러운 레슬리!"

레슬리는 아주 낮고 떨리는 목소리로 무슨 말인가를 했다. 두 사람의 손과 입술이 서로 맞닿았다. 두 사람에게는 인생에서 가장 숭고한 순간이었고, 오랜 세월 동안 사랑과 기쁨, 슬픔과 영광을 거쳐온 해묵은 뜰에 서서 오언은 레슬리의 빛나는 머리에 승리를 얻은 사랑의 붉디붉은 장미꽃관을 장식한 것이다.

앤과 길버트는 얼마 뒤 짐 선장과 함께 돌아왔다. 도깨비불을 좋아하는 앤은 난로에다 유목 장작 서너 개비를 지폈고, 모두들 난롯불을 둘러싸고 즐거운 시간을 보냈다.

짐 선장이 말했다.

"유목 장작이 타는 것을 바라보고 앉아 있으면 어쩐지 다시 젊어진 것 같은 기분이 들어요."

오언이 물었다.

"불꽃을 보고 미래를 점칠 수 있습니까, 짐 선장님?"

짐 선장은 애정 어린 눈길로 모두의 얼굴을 죽 한번 둘러본 다음, 다시 레슬리의 생기 어린 어여쁜 얼굴과 빛나는 눈으로 되돌아갔다.

"여러분들의 미래를 읽는 데 불꽃은 필요 없소. 모두의 오롯한 행복이 보이니까요. 여러분 모두, 레슬리와 포드 씨도, 여기 계시는 의사 선생과 사모님도, 꼬마 젬도, 그리고 아직 태어나지 않았지만 이제부터 태어날 아이들까지도 말이죠.

여러분은 모두 행복할 겁니다. 하지만 고난도, 걱정도, 슬픔도 그림자처럼 따라올 것이오. 반드시 오게 되어 있어요. 으리으리한 궁전이든 작은 꿈의 집이든, 어떤 집이라도 그것을 가로막고 못 오게 할 수는 없어요. 하지만 여러분이 사랑과 신뢰를 가슴에 품은 채 함께 맞서면 그런 것에 쓰러질 일은 없을 겁니다. 이 두 가지를 나침반과 항해사로 삼으면 어떤 폭풍이라도 뚫고 나갈 수 있지요."

노선장은 갑자기 일어나서 한 손을 레슬리의 머리에, 또 한 손을 앤의 머리에 얹었다.

"두 분 다 선량하고 다정한 여성들입니다. 진실하고 충실하며 의지할 수 있는 두 분. 그대들의 남편은 성문에서 사람들에게 인정받을 것이며, 앞으로 그대들의 자식들은 일어나 그대들에게 감사할 것입니다.[1]"

이 별것 없어 보이는 장면에는 묘한 장엄함이 깃들어 있었다. 앤도 레슬리도 축복 기도를 받는 듯 머리를 수그렸다. 길버트는 갑자기 손으로 눈을 슬쩍 닦았다. 오언 포드는 환상을 보고 있는 것처럼 넋을 잃고 있었다. 잠시 모두들 말이 없었다. 작은 꿈의 집은 그 추억의 창고 속에 가슴에 사무치도록 잊을 수 없는 또 하나의 순간을 담아 넣었다.

---

[1] 《구약성서》〈잠언〉 31장 23절과 28절 참고.

"그럼, 이제 가봐야겠군요."

마침내 짐 선장은 느릿느릿 말하더니 모자를 집어들고 찬찬히 방을 둘러보았다.

"잘들 있어요, 여러분."

짐 선장은 인사를 남기고 나갔다.

그 작별 인사에 깃든, 여느 때는 없던 구슬픈 울림에 가슴이 저릿하는 느낌이 들었던 앤은 짐 선장을 문까지 뒤쫓아갔다.

"곧 또 오세요, 짐 선장님."

앤이 이 말을 던졌을 때 짐 선장은 두 그루 전나무 사이로 난 작은 울타리 문을 지나는 참이었다.

짐 선장은 명랑하게 대답했다.

"그럼요, 그럼요."

그러나 짐 선장이 꿈의 집 낡은 난롯가에 앉는 것은 그날이 마지막이 되었다.

앤은 무거운 발걸음으로 다른 사람들이 있는 곳으로 돌아갔다.

"저 쓸쓸한 곳으로 짐 선장님이 혼자 돌아가신다고 생각하니 너무너무 가슴이 아파요. 게다가 그곳에는 아무도 기다려주는 사람도 없는데."

오언이 말했다.

"짐 선장님은 함께 있으면 다른 이들을 무척 즐겁게 해주는 좋은 친구라, 혼자만 계실 때도 즐거울 거라는 생각이 들곤 합니다. 하지만 쓸쓸할 때가 자주 있겠죠. 오늘 밤 짐 선장님은 어딘지 예언자 같은 데가 있었어요. 마치 어떤 음성이 들려와 그 말씀을 전하는 것처럼 보였어요. 자, 나도 이제 돌아가야겠군요."

앤과 길버트는 눈치껏 자리를 피해주었다. 오언이 돌아간 뒤 앤이 돌아와보니 레슬리가 난롯가에 서 있었다.

앤이 레슬리를 꼭 껴안으며 말했다.

"아, 레슬리…… 나는 알고 있어요…… 축하해요."

레슬리도 속삭였다.

"앤, 나는 너무나 행복해서 무서워요. 너무 굉장해서 현실 같은 느낌이 들지 않아요. 입에 올리기도 두려워요. 생각하는 것조차 겁이 날 정도예요. 어쩐지 이것도 이 꿈의 집이 빚어낸 꿈에 지나지 않아 내가 이곳을 떠나면 사라져버리는 게 아닐까 하는 생각이 들어요."

"아니에요, 레슬리가 이곳을 떠나는 일은 없을 거예요. 오언이 데리러 올 때까지 말이에요. 그때까지 우리 집에 있어요. 내가 저 쓸쓸하고 슬픈 집으로 레슬리를 돌려보낼 것 같아요?"

"고마워요, 앤. 여기에 머무르게 해줄 수 있는지 물어보려던 참이었어요. 그곳으로는 정말 돌아가고 싶지 않아요. 돌아가면 다시 예전의 차갑고 침울한 삶으로 돌아가는 듯한 느낌이 들 것 같았어요.

앤, 당신은 어쩜 이렇게 좋은 친구인가요…… 선량하고 다정한 여성이자, 진실하고 충실하며 의지할 수 있는 사람이라고, 짐 선장님이 당신을 그렇게 잘 요약해서 표현했잖아요."

앤은 미소 지었다.

"짐 선장님은 '여성'이 아니라 '여성들'이라고 말했어요. 아마 짐 선장님은 우리에 대한 애정이라는 장밋빛 색안경을 통해 우리 두 사람을 보신 걸 테죠. 하지만 우리도 짐 선장님의 믿음에 보답할 수 있도록 노력해볼 수는 있겠죠."

레슬리가 생각에 잠긴 목소리로 말했다.

"앤, 내가 전에 한번—그러니까 바닷가에서 만난 그날 밤—나는 나의 아름다움이 싫다고 했던 말 기억해요? 그때는 정말 그랬어요…… 내가 못생겼다면 딕이 나를 탐내지 않았을 거라고 늘 생각했었으니까요.

내 외모 때문에 딕의 눈에 띄었다고 생각해서 나는 내 아름다움을 미워했지만, 지금은…… 아, 그 미모를 가진 게 너무 기뻐요. 오언에게 그것밖에 줄 것이 없거든요…… 아름다움을 찬미하는 오언의 예술가적 정신이 그것을 보며 즐거워하고 있어요. 그래서 내가 그 사람에게 아예 빈손으로 가는 것은 아니라는 느낌이 들어요."

"레슬리, 오언은 분명 레슬리의 아름다움을 사랑하고 있어요. 아니, 누군들 안 그러겠어요? 하지만 그 사람에게 줄 수 있는 게 그것뿐이라고 생각하다니 레슬리는 정말 바보예요. 왜 그런지는 그 사람이 레슬리에게 직접 말할 테죠. 굳이 내가 말할 필요도 없어요. 자, 나는 가서 문단속을 해야겠어요. 수전이 오늘 밤 돌아올 줄 알았는데 아직 오지 않는군요."

그때 수전이 불쑥 부엌에서 들어왔다.

"아뇨, 돌아왔어요, 사모님. 암탉처럼 숨을 헐떡이면서요! 글렌에서부터 여기까지 걸어오려니 꽤 머네요."

"어머 잘 돌아왔어요, 수전. 언니는 좀 어때요?"

"일어나 앉을 수 있게는 되었지만, 물론 아직 걷지는 못해요. 그렇지만 이제 내가 없더라도 충분히 해나갈 수 있게 되었답니다. 다행히 딸이 휴가를 얻어서 왔거든요.

저도 돌아올 수 있게 되어 한숨 돌렸어요, 사모님. 마틸다가 다리는 부러졌지만 혀는 멀쩡하거든요. 정말 넌더리가 날 만큼 떠들더라니까요.

자기 언니에 대해 이렇게 말하기는 좀 그렇지만, 마틸다의 수다는 옛날부터 유명했거든요. 그런데도 우리 집안에서 맨 먼저 시집을 갔어요. 사실은 제임스 클로와 별로 결혼하고 싶지 않았는데, 거절하기가 미안했나 봐요.

그렇다고 제임스가 나쁘다는 건 아니에요. 좋은 사람이기는 한데 딱 한 가지 마음에 안 드는 게 있어요. 식전 감사 기도를 드릴 때 반드시 먼저 목을 가다듬고 시작하는데, 글쎄, 사모님, 그때 정말 기분 나쁜 신음 소리 같은 걸 낸다니까요. 그 소리를 들으면 오싹해서 식욕이 싹 달아나요.

사모님, 결혼 말이 나왔으니 말인데, 코닐리아 브라이언트가 마셜 엘리엇과 결혼한다는 게 정말인가요?"

"정말이에요, 수전."

"세상에, 어떻게 그런 일이 있을 수 있죠? 좀 불공평한 것 같아요, 남자들 욕은 한 번도 한 적이 없는 나는 여태 결혼을 못 하고 있잖아요. 그런데도 입만 열었다 하면 인정사정없이 남자들을 깔아뭉개는 코닐리아 브라이언트는 손만 한번 뻗어서 원하는 남자를 골라 결혼을 한다니 말이에요. 이상한 세상이라니까요, 사모님."

"다른 세상도 있잖아요, 수전."

수전은 땅이 꺼지도록 한숨을 쉬었다.

"네. 하지만 사모님, 저세상에는 누구한테건 장가들고 시집가는 게 아예 없잖아요."

짐 선장의 출항

9월 끝 무렵, 마침내 오언 포드의 책이 출판되었다. 이제나저제나 책이 도착하기를 기다리며 짐 선장은 글렌에 있는 우체국을 하루도 거르지 않고 날마다 찾아갔다. 그러다 그날은 짐 선장이 오지 않아서 레슬리가 우체국에 갔다가 자기에게 온 책과 함께 앤의 책과 짐 선장의 책까지 받아 가지고 돌아왔다.

앤은 초등학생처럼 흥분하며 말했다.

"우리 오늘 저녁에 짐 선장님께 갖다드리기로 해요."

맑게 갠 저녁나절, 붉은 항구 길을 따라 곶으로 걸어가는 그날의 산책길은 아주 즐거웠다. 이윽고 해는 서녘 언덕 뒤로 뉘엿뉘엿 가라앉았다. 그 언덕 너머 골짜기에는 갈 곳 잃은 저녁놀들이 넘치고 있었으리라. 해가 짐과 동시에 곶의 흰 등대에서 커다란 등불이 깜박이기 시작했다.

레슬리가 말했다.

"짐 선장님은 1초도 늦은 적이 없어요."

앤도 레슬리도 책을—찬란한 모습으로 변신한 '짐 선장의' 책을—건넸을 때 짐 선장의 얼굴을 언제까지나 잊을 수 없었다. 요즘 들어 부쩍 핼쑥해졌던 볼에 갑자기 소년처럼 핏기가 돌고 눈에는 청춘의 불길이 타올랐다. 그러나 책을 펼치는 손은 떨리고 있었다.

《짐 선장의 인생록》이라는 담담한 제목이 붙어 있고, 속표지에는 공동 집필자로 오언 포드와 제임스 보이드의 이름이 인쇄되어 있었다. 첫 장에는 등대 입구에서 세인트로렌스만을 바라보며 서 있는 짐 선장의 사진이 실려 있었다. 책을 집필하고 있던 어느 날, 오언이 카메라로 슬쩍 찍은 것이었다. 짐 선장도 사진이 찍힌 것은 알고 있었지만 그 사진이 책에 실릴 줄은 꿈에도 몰랐다.

"생각해봐요. 이 늙은 뱃사람이 인쇄된 책 속에 이렇게 버젓이 들어 있잖소. 이토록 자랑스러운 날은 처음입니다. 가슴이 너무 벅차서 터져버릴 것만 같군요. 오늘 밤은 도저히 잠이 올 것 같지 않아요. 해가 뜨기 전에 다 읽어버려야겠어요."

앤이 말했다.

"그럼, 어서 책을 읽으시도록 우린 이만 돌아가야겠네요."

짐 선장은 거룩한 물건을 만지듯이 황홀하게 책을 쓰다듬다가 탁 덮어버리고는 옆에 내려놓았다.

"아니에요, 이 늙은이와 차도 한잔 안 마시고 돌아가선 안 됩니다. 안 되고말고요. 그렇잖니, '항해사'? 인생록이 썩거나 하지는 않을 테니까요. 어차피 몇 년이나 기다려왔는데, 벗들과 즐겁게 지내는 잠깐 동안은 얼마든지 더 기다릴 수 있습니다."

짐 선장은 주전자에 물을 끓이고 버터 바른 빵도 내놓으며 바삐 움직였다. 흥분했음도 불구하고 그 동작에는 전처럼 재바르지 않고 어딘가 느릿하고 자꾸만 멈칫거리는 데가 있었다. 그러나 앤과 레슬리는 일부러 돕겠다고 나서지 않았다. 짐 선장의 마음을 상하게 할 것을 알고 있었기 때문이었다.

"마침 날을 잘 골랐어요."

짐 선장은 찬장에서 케이크를 꺼냈다.

"조 녀석의 엄마가 오늘 큰 바구니 하나 가득 케이크와 파이를 보내주었거든요. 나는 '이 세상의 요리 잘하는 모든 사람들에게 축복을!'이라고 하지요.

이 예쁜 케이크를 좀 보시죠. 아이싱을 바르고 호두를 듬뿍 넣었어요. 내가 이렇게 멋지게 대접할 수 있는 일은 그리 흔치 않아요. 자, 어서들 앉아요, 앉아! '어디 간들 잊으리오 두터운 우리 정, 다시 만날 그날 위해 축배를 올리자.'[1]"

여자들은 탄성을 지르며 앉았다. 짐 선장은 원래도 차를 맛있게 끓이기로 정평이 나 있었지만 그날 밤의 차는 유달리 더 향기로웠다. 조의 어머니가 구운 케이크 또한 더없이 맛있었다. 짐 선장은 흠잡을 데 없이 예의 바른 주인으로서 녹색 표지에 금박으로 꾸며진 인생록이 놓인 구석 쪽으로는 눈길도 주지 않았다.

그러나 앤과 레슬리는 짐 선장이 마침내 두 사람을 배웅하고 문을 닫자마자 곧바로 책이 있는 곳으로 달려갔다는 것을 알고 있었다. 그들은 짐 선장의 모습을 상상하면서 집으로 돌아갔다. 가슴 두근거리며 펼친 책장에서 매력과 색채로 넘치는 자신의 인생을 현실과 똑같이 생생하게 담아낸 인쇄된 글줄을 정신없이 읽어내려가며 기뻐할 늙은 선장의 모습이 눈에 선했다.

레슬리가 말했다.

"짐 선장님이 결말을 어떻게 생각할까요…… 그 결말은 내가 제안한 것이었는데."

끝내 그것을 알 수는 없었다. 이튿날 아침 일찍 앤이 눈을 떠보니 나갈 채비를 다 마친 길버트가 허리를 굽히고 근심 어린 표정으로 앤을 들여다보고 있

---

[1] 오래전부터 전해진 스코틀랜드의 전통 민요의 곡조에 스코틀랜드 시인 로버트 번스가 1788년에 가사를 붙여 만든 노래인 〈석별의 정(Auld Lang Syne)〉의 후렴구. 여기에 실은 가사는 강소천이 번역한 한국어판. 영미권에서는 묵은해를 보내고 새해를 맞으면서 부르는 축가로 여전히 많이 쓰임.

었다.

앤은 졸린 듯 물었다.

"누가 왕진 와달래?"

"아니, 앤. 아무래도 곶에 무슨 사고가 생긴 게 아닌가 싶어. 해가 떠오른 지 한 시간이나 지났는데 아직도 등댓불이 켜져 있어. 당신도 알다시피 해가 진 순간 등불을 켜고 해가 떠오른 순간 끄는 게 짐 선장님에게는 반드시 지키는 자부심 같은 거잖아."

앤은 깜짝 놀라 일어났다. 푸르스름한 새벽하늘에 희끄무레하게 반짝이고 있는 등댓불이 창문으로 보였다.

앤은 걱정스러운 얼굴로 말했다.

"어쩌면 《인생록》을 읽다가 깜빡 잠들어버리신 게 아닐까. 아니면 책에 너무나 열중해서 불 끄는 걸 까맣게 잊어버리셨든가."

길버트는 고개를 저었다.

"그것은 짐 선장님답지 않아. 어쨌든 가보고 올게."

"잠깐 기다려. 나도 같이 갈래. 그렇게 하지 않으면 조마조마해서 안 되겠어. 젬은 앞으로 한 시간쯤 더 잠들어 있을 테니까, 수전에게 부탁해 놓을게. 만일 짐 선장님이 어디가 아프신 거면 여자의 손이 필요할 거야."

무르익기도 하고 섬세하기도 한 빛깔과 소리로 가득 찬 멋진 아침이었다. 항구에는 소녀의 보조개처럼 옴폭옴폭 들어간 잔물결과 반짝이는 윤슬이 일고 있었다. 흰 갈매기가 모래 언덕 위로 유유히 날아오르고 모래톱 너머에는 멋진 바다가 빛나고 있었다. 바닷가를 따라서 가로누운 길쭉한 들판은 이슬에 젖은 채, 하루 중 가장 여리고 맑은 아침 햇살에 물들어 싱그러운 빛을 띠고 있었다. 춤추고 휘파람 불며 해협을 건너온 바람이 아름다운 고요를 더더욱 아름다운 음악으로 채워 놓았다. 흰 탑에 켜진 불길한 등불만 없었다면 이 이른 아침 산책은 앤과 길버트에게 더없이 즐거운 것이 되었으리라. 그러나 두 사람은 불안을 안고 말없이 걸어갔다.

문을 두드려도 대답이 없어 두 사람은 문을 열고 안으로 들어갔다.

낡은 방은 아주 적막했다. 식탁에는 지난밤 작은 연회의 흔적이 그대로 남아 있었다. 모퉁이 탁자에 놓인 등불에는 아직 불이 켜져 있고, '일등항해사'는 소파 옆 네모진 양지에 자리 잡고 잠들어 있었다.

짐 선장은 마지막 페이지가 펼쳐진 《인생록》을 가슴에 얹고 그 위에 깍지 낀 손을 올린 채 소파에 누워 있었다. 눈은 감겨 있었고 얼굴에는 더없이 평온하고 행복한 표정이 떠올라 있었다. 오랫동안 찾아 헤매던 것을 마침내 발견한 사람의 표정이었다.

앤은 떨리는 목소리로 속삭였다.

"주무시고 계신 걸까?"

길버트는 소파 쪽으로 가서 잠시 짐 선장 위로 몸을 구부리고 있다가 다시 일으켰다.

길버트는 차분히 대답했다.

"그래. 주무시고 계셔…… 아주 편안하게. 앤, 짐 선장님은 모래톱을 건너서 떠나셨어."

짐 선장이 죽은 정확한 시각은 알 수 없었지만, 앤은 짐 선장이 소원대로 세인트로렌스만에 아침 해가 떠올랐을 때 항해를 떠난 게 틀림없다고 늘 생각했다. 저 빛나는 물결을 타고 짐 선장의 영혼은 진줏빛과 은빛으로 물든 아침 바다를 넘어, 풍랑도 일지 않고 바람도 맞는 일 없는 항구로, 사라진 마거릿이 기다리고 있는 그곳에 닿았을 것이다.

꿈의 집이여, 안녕

짐 선장은 항구 윗마을 작은 공동묘지 안에 앤의 어린 딸이 잠들어 있는 곳 가까이에 묻혔다. 선장의 친척들은 엄청나게 비싸고 무척 보기 흉한 '기념비'를 세웠다. 살아 있었다면 짐 선장이 슬며시 놀림거리로 삼았을 만한 묘비였다. 그러나 짐 선장의 진정한 기념비는 그를 아는 사람들의 가슴속과 대대로 살아남을 그의 책 속에 있었다.

짐 선장이 살아 있어 그 책의 놀랄 만한 성공을 볼 수 없음을 레슬리는 안타까워했다.

"비평을 읽었다면 얼마나 기뻐하셨을까요…… 대부분 호의적인 평밖에 없어요. 게다가 《인생록》이 베스트셀러 1위를 차지했는데…… 아, 그것을 볼 때까지만이라도 살아 계셨더라면, 앤."

그러나 앤은 슬픔에 잠겨 있으면서도 레슬리보다 현명했다.

"짐 선장님이 바라셨던 것은 책 그 자체였어요, 레슬리. 책이 어떤 평가를 받을지에 대해서는 조금도 관심을 두지 않았는걸요. 그리고 마침내 그 바람을 이루었어요. 그 책을 끝까지 다 읽으셨으니까. 마지막 밤은 짐 선장님에게 가장 행복했든가, 그렇지 않더라도 손에 꼽을 만큼 행복한 밤이었을 게 틀림없어요. 그리고 아침이 됐을 땐 바라던 대로 고통 없이 한순간에 잠든 것처럼 떠나셨어요. 나는 오언과 레슬리를 생각하면 책이 이렇듯 성공을 거둔 것을 기쁘게 생각해요. 하지만 짐 선장님도 이미 만족하셨어요. 나는 알아요."

등대의 별은 지금도 밤마다 불침번을 서고 있었다. 짐 선장을 대신할 임시 등대지기가 곳으로 파견되었기 때문이었다. 머잖아 현명한 정부가 많은 지원자 가운데 누가 가장 적격자인지, 또는 누구에게 가장 강력한 연줄이 있는지에 따라 결정할 것이었다.

'일등항해사'는 작은 집에 와서 내 집처럼 편안히 적응해 살면서 앤과 길버트와 레슬리로부터 많은 귀염을 받았고, 고양이를 그리 좋아하지 않는 수전은 그런대로 묵인하고 있었다.

"내가 짐 선장님을 봐서 그 고양이를 참아주긴 할게요, 사모님. 돌아가신 어르신을 좋아했으니까요. 녀석에게 먹을 것을 챙겨주고 쥐덫에 걸린 쥐도 몽땅 주겠지만, 그 이상은 바라지는 마세요. 누가 뭐래도 고양이는 고양이니까요. 제 말씀을 잘 새겨들으셔야 해요.

그리고 사모님, 적어도 고양이 녀석이 우리 귀여운 도련님에게만은 가까이 가지 못하게 해주세요. 만일 도련님이 잠든 동안 도련님의 숨을 훅 빨아들이기라도 하면 얼마나 무서울지 생각해보세요."

길버트가 말했다.

"그랬다가는 정말 '고얀 고양'이겠는걸요."

"제 말을 듣고 선생님은 농담이 나오는지 모르겠지만, 전 웃을 일이 아니라고 생각해요."

"고양이는 갓난아기의 숨을 빨아들이거나 하지 않아요. 그것은 낡은 미신에 지나지 않아요, 수전."

"미신일지도 모르고 미신이 아닐지도 몰라요, 선생님. 내가 알고 있는 것은 그런 일이 있었다는 사실뿐이에요. 우리 형부의 조카며느리가 기르는 고양이가 그 집 아기가 자는 새 숨을 빨아들여서, 모두들 아이를 보러 갔을 때에는 가엾게도 아기가 거의 죽게 되었대요. 그러니까 미신이든 아니든 저 노란 털북숭이 짐승이 도련님 옆으로 살금살금 가기라도 한다면 나는 부젓가락으로 후려칠 테니 그리 아세요, 사모님."

마셜 엘리엇 부부는 초록색 집에서 편안하고 사이좋게 살고 있었다. 레슬리는 바느질하느라 바빴다. 오언과 크리스마스에 결혼식을 올리기로 되어 있었기 때문이다. 앤은 레슬리가 가고 나면 어쩌나 걱정이 들었다.

앤은 한숨을 내쉬며 말했다.

"모든 것이 자꾸자꾸 변해가. 겨우 한 가지 일이 잘 자리를 잡거나 마무리되었다 싶어 마음을 놓으면, 금세 또 다른 일이 닥쳐."

길버트가 느닷없이 말을 꺼냈다.

"글렌에 있는 낡은 모건 저택을 팔려고 내놓았다더라."

앤은 무심하게 되물었다.

"그래?"

"응. 모건 씨가 돌아가셔서 부인이 밴쿠버에 있는 자식들한테 가서 살고 싶어 하신다더라고. 집을 싸게 내놓은 모양이야. 글렌처럼 작은 마을에서는 그런 큰 저택을 처분하는 게 쉽지 않을 테니까."

"하지만 그렇게 아름다운 저택이니 살 사람이 나서겠지."

건성으로 대답하며, 앤은 마음속으로 젬의 '유아복'을 헴스티치[1]로 마무리할지 페더스티치[2]로 자수를 놓을지 궁리하고 있었다. 젬은 다음 주면 벌써 배

---

1) 천의 씨실을 풀고 날실을 몇 가닥씩 묶어서 만드는 가장자리 장식.
2) 프랑스 자수에서, 풀·줄기·잎사귀·꽃잎 따위를 수놓을 때 쓰는 자수 방법의 하나.

내옷을 졸업하고 좀 더 큰 아기들이 입는 유아복으로 갈아입어야 할 참이라, 앤은 그 생각을 하면 울고 싶은 기분이었다.

길버트가 조용히 물었다.

"우리가 사면 어떨까?"

앤은 바느질감을 떨어뜨리고 물끄러미 길버트를 쳐다보았다.

"농담이지, 길버트?"

"진담이야, 앤."

"그렇다면 이 정다운 집을…… 우리의 꿈의 집을 떠나자는 거야?"

앤은 믿어지지 않는 듯했다.

"오, 길버트, 그런…… 그런 일은 생각도 할 수 없어."

"내 말을 잘 들어봐, 앤. 당신이 어떤 기분일지는 잘 알아. 나도 마찬가지니까. 하지만 언젠가는 우리가 다른 곳으로 옮겨야 한다는 것은 전부터 알고 있었잖아."

"하지만 이토록 빨리는 아니야, 길버트. 아직은 안 돼."

"우리는 두 번 다시 이런 기회를 만날 수 없을지도 몰라. 우리가 모건 저택을 사지 않는다면 누군가 다른 사람이 사버릴 테고, 그 밖에는 우리한테 탐나는 집이 글렌에 없을 뿐 아니라 집을 지을 만한 좋은 장소도 없어.

이 작은 집은…… 그래, 이제까지 우리들에게 다른 어떤 집과도 비교할 수 없는 소중한 집이었어. 그 사실은 앞으로도 변하지 않을 거야. 그건 인정하지만, 당신도 알다시피 이곳은 의사에게는 너무 외진 곳이야. 지금껏 할 수 있는 한 잘 꾸려오기는 했지만 꽤 오랫동안 불편을 느끼고 있다는 건 당신도 알잖아. 게다가 지금에 와서는 너무 비좁아졌어. 아마 앞으로 2, 3년 지나 젬에게 방이라도 필요하게 된다면 엄청 좁을 거야."

"알아…… 나도 알고 있어."

앤의 눈에 눈물이 글썽거렸다.

"단점은 모두 알고 있어. 하지만 나는 이 집이 너무 좋은걸…… 게다가 이토록 아름다운데."

"레슬리가 떠나고 나면 이곳도 몹시 쓸쓸해질 거야…… 짐 선장님도 안 계시고. 모건 저택도 아름다우니까 시간이 지나면 좋아질 거야. 당신은 언제나 그 저택에 감탄하곤 했잖아, 앤."

"하지만 너무나 갑작스러워, 길버트. 머리가 핑핑 도는 것만 같아. 10분 전까지 나는 이 정든 집을 떠나는 일 같은 건 생각지도 못했는걸. 봄이 되면 이 집을 어떻게 꾸밀지…… 뜰을 어떻게 가꾸면 좋을지 그런 계획을 세우고 있었는데.

그리고 우리가 이곳을 나가면 어떤 사람이 들어올까? 당신 말처럼 외딴곳이어서 생활력 없이 떠돌아다니는 가난한 가족이 빌리게 되면 어떡해? 그러다 엉망으로 만들어버리면? 아, 그런 것은 이 집을 모독하는 일이야. 그렇게 되면 너무 마음이 아플 거야."

"그 마음 알지. 하지만 그런 이유로 우리의 미래를 희생할 수는 없어, 앤 아가씨. 모건 저택은 어느 모로 보나 우리에게 딱 알맞은 집이야…… 이런 기회를 놓칠 수는 없어.

장대한 고목이 서 있는 넓은 잔디밭을 생각해봐. 그 뒤에 있는 멋들어진 떡갈나무숲도…… 12에이커(약 14700평)나 되는 숲이야. 우리 아이들에게 더없이 좋은 놀이터가 되지 않겠어?

훌륭한 과수원도 있어. 당신은 전부터 그 집 뜰을 둘러싸고 있는 쪽문 달린 높은 벽돌담에 감탄했었잖아. 마치 이야기책 속에 나오는 뜰 같다면서. 그리고 모건 저택도 이곳 못지않게 항구며 모래 언덕을 바라볼 수 있어 전망이 좋아."

"하지만 거기에서는 등대의 불빛이 보이지 않아."

"아니, 다락방 창문에서 보여. 아! 또 하나 좋은 점이 그거네, 앤 아가씨⋯⋯ 당신은 늘 커다란 다락방을 좋아했잖아."

"뜰에 시냇물이 흐르지 않아."

"아쉽게도 그건 그래. 하지만 단풍나무숲을 지나 글렌 못으로 흘러 들어가는 시냇물이 있어. 그 못도 그리 멀지 않아. 당신만의 '반짝이는 윤슬의 호수'가 또 하나 생겼다고 상상할 수 있잖아."

"부탁이야, 이제 더 이상 아무 말 하지 말아줘, 길버트. 생각할 여유를 줘⋯⋯ 그 계획에 익숙해질 시간이 좀 필요해."

"그렇게 해. 아주 급할 건 없으니까. 다만 사기로 한다면 겨울이 오기 전에 옮겨서 자리를 잡는 편이 좋을 거야."

길버트는 나가고 앤은 떨리는 손으로 젬의 유아복을 잠시 치워두었다. 그날은 도저히 바느질할 마음이 들지 않았다. 눈물 젖은 눈으로 앤은 그토록 행복한 여왕으로 군림했던 작은 영토를 걸어다녔다. 모건 저택은 길버트의 말대로였다. 집이 서 있는 터도 아름답고, 집 자체는 위엄과 평안함과 전통이 느껴질 만큼 고풍스러울 뿐 아니라, 그러면서도 생활에 편의를 누릴 수 있을 만큼 퍽 현대적이었다. 앤도 전부터 멋진 집이라고 감탄했다. 그러나 감탄이 곧 사랑으로 이어지는 것은 아니었다.

그리고 앤은 이 작은 꿈의 집을 깊이 사랑하고 있었다. 이 집과 연관된 모든 것을 사랑했다. 자기가 가꾸었고 또 앤에 앞서 몇 명의 여인들이 가꾸어온 뜰, 그 한 모퉁이를 장난스레 가로지르며 흐르는 반짝반짝 빛나는 시냇물, 두 그루 전나무 사이에 걸려 있는 삐걱거리는 울타리문, 세월의 흔적이 느껴지는 붉은 사암 층계, 당당하게 서 있는 양버들, 거실의 벽난로 위에 올라앉아 있는 고풍스러운 분위기의 유리문 달린 두 개의 작은 그릇 선반, 부엌 식료품 저장실의 뒤틀린 문, 2층에 있는 재미난 두 개의 지붕 밑 돌출창, 층계에 있는 작은 올록볼록한 요철(凹凸). 아, 어디 하나 앤의 손길이 닿지 않은 곳이 없는 정든 곳이다. 그런 이 집을 어떻게 두고 떠날 수 있단 말인가?

또 이전에 사랑과 기쁨으로 축성되었던 이 작은 집은 앤의 희로애락에 의해 더욱 신성해졌다! 여기서 앤은 일생에 한 번뿐인 밀월(蜜月)을 보냈다. 이곳은 작디작은 그녀의 조이스가 단 하루의 짧은 생애를 보낸 곳이다. 그리고 젬이 태어나면서 앤은 다시 어머니로서의 황홀한 기쁨을 맛보았다. 더욱이 귀여운 아기의 옹알거리는 웃음소리가 만들어낸 오묘한 음악을 들었다. 앤의 난롯가에 사랑하는 친구들이 둘러앉았었다. 기쁨과 슬픔, 탄생과 죽음이 이 꿈의 집을 영원히 신성한 것으로 만들었던 것이다.

그런데 그 집을 이제 떠나야만 한다. 앤은 알고 있었다. 길버트에게 반대하는 순간에도 앤은 그것을 알고 있었다. 작은 집은 비좁아졌다. 길버트를 위해서도 바꿀 필요가 있다. 길버트는 일에서 성공을 거두고 있었지만 외진 집의 위치가 걸림돌이 되고 있기는 했다. 앤은 사랑하는 이 집에서 꾸려온 삶이 끝날 때가 다가왔으며, 그 사실을 용감히 받아들여야 한다는 것을 알고 있었다. 그러나 가슴이 찢어질 것만 같았다!

앤은 흐느끼며 말했다.

"내 삶에서 무언가를 잡아 뜯는 듯한 기분이야. 아, 하다못해 누군가 좋은 사람들이 이 집에 들어온다면 좋으련만. 아니면 차라리 비워두는 게 나아. 그편이 꿈나라의 지도도 모르고 이 집에 영혼과 개성을 준 역사에 대해 아무것도 모르는 사람들에게 짓밟히는 것보다 나아.

만일 그런 사람들이 이곳에 온다면 이 집은 금세 황폐해지고 말 거야. 옛집이란 정성 들여 가꾸지 않으면 금방 못쓰게 되니까. 그런 사람들은 우리의 뜰을 엉망진창으로 만들어버리겠지. 양버들이 더부룩이 자라는 대로 내버려둘 것이고, 나무 울타리는 이가 반이나 빠져버린 할아버지 입처럼 될 테고, 지붕에는 물이 새고, 회반죽은 떨어져 나가고, 깨진 창문은 베개나 누더기로 틀어막아 모든 게 누추해지고 말 거야."

앤의 상상력은 소중한 작은 집에 찾아올 거칠어지고 메마른 모습을 너무도 생생히 그려내서, 마치 그것이 이미 일어난 사실이기라도 한 듯 그녀의 마음이 미어지게 했다. 앤은 층계에 앉아 오랫동안 흐느꼈다. 수전이 그것을 발견하고 몹시 걱정스러워하며 무슨 일이냐고 물었다.

"혹시 선생님과 부부 싸움이라도 하셨나요, 사모님? 만일 그렇다면 걱정하실 필요 없어요. 부부 사이에는 자주 일어나는 일이니까요. 하기야 나는 아직 직접 겪어본 적은 없지만, 그렇다고 들었어요. 선생님이 잘못했다고 뉘우칠 테니 곧 화해할 수 있을 거예요."

"아니에요, 수전, 싸운 게 아니에요. 길버트가 모건 저택을 살 작정이어서 우리는 글렌으로 이사해야만 돼요. 그래서 가슴이 아파 견딜 수가 없어요."

수전은 앤의 마음을 조금도 알아주지 않았다. 오히려 글렌에서 살 수 있다고 생각하자 뛸 듯이 기뻤다. 이 작은 집에서 일하는 데 있어 단 한 가지 불만이 바로 외딴곳이라는 점이었기 때문이다.

"어머나, 사모님, 잘된 일 아니에요? 모건 저택은 정말 근사하고 커다란걸요."

"나는 큰 집이 싫어요."

수전은 아주 태연하게 말했다.

"무슨 말씀을! 나중에 사모님에게 아이들이 다섯 명쯤 생겨보세요, 싫다는 소리가 안 나올걸요. 사실 이 집은 지금도 너무 작아요. 무어 부인이 와 있어서 손님용 침실조차 하나도 없는 형편이잖아요. 게다가 식료품 저장실만 해도 제 평생 그렇게 형편없는 곳에서 일하기는 처음이에요. 어느 쪽으로 돌아서도 벽에 코를 박을 지경인걸요. 게다가 여기는 세상의 끝이에요. 경치 말고는 아무것도 없어요."

앤은 간신히 미소를 지어 보였다.

"아마 수전이 머물러 있는 세상에서는 끝일지 모르지만 내가 딛고 선 세상에서는 아니에요."

"무슨 말씀을 하는지 도무지 모르겠군요, 사모님. 선생님이 모건 저택을 사겠다고 하셨다면 그건 옳은 일이에요. 사모님도 선생님을 믿잖아요. 거기에는 물도 있고, 식료품 저장실과 벽장도 훌륭하고, 프린스에드워드섬을 다 뒤져봐도 그런 지하실은 없다고 하더군요. 그런데 이곳 지하실은, 사모님도 알다시피 어떻게 손을 대볼 수가 없는 곳이잖아요."

앤은 외따로 버려진 기분이었다.

"아, 저리 가요, 수전. 저리 가버려요. 지하실이니 식료품 저장실이니 벽장이니 하는 게 우리 집의 전부가 아니에요. 내가 슬퍼하는데 수전은 어째서 함께 울어주지 않죠?"

"글쎄요, 사모님, 전 우는 일에는 도무지 서툴러서요. 그리고 저는 함께 부둥켜안고 울기보다 기운을 북돋워주는 편이죠. 자, 자, 그만 우세요. 예쁜 눈이 퉁퉁 붓잖아요. 이 집은 괜찮은 집이고 사모님께 쓸모가 있었지만, 이제는 좀 더 좋은 집으로 갈 때가 됐어요."

수전의 의견은 대부분 사람들의 의견이기도 했다. 앤의 심정을 이해하고 공감해 준 것은 오직 레슬리뿐으로, 이사 소식을 듣자 그녀도 하염없이 울었다.

그리고 둘은 눈물을 닦고 이사 준비를 시작했다.

가엾은 앤은 씁쓰레한 체념의 심정으로 말했다.

"꼭 가야만 된다면 시간 끌어서 더 오래 마음 아파하지 말고 차라리 빨리 가버려야겠어요."

레슬리가 위로했다.

"글렌에 있는 그 오래된 훌륭한 저택에 그리운 추억이 씨실과 날실처럼 엮이다 보면 앤도 그곳이 좋아질 거예요. 여기에서처럼 그곳에도 멋진 친구들이 모여들 거고, 당신을 위해 그 집도 행복으로 빛나겠죠. 지금의 앤에게는 한낱 껍데기뿐인 집에 지나지 않지만, 몇 년 지나는 사이 마음으로 품을 집이 될 거예요."

그다음 주 젬에게 배내옷을 벗기고 유아복으로 갈아입힐 때 앤과 레슬리는 또 한바탕 울었다. 앤은 그 비극을 저녁때까지 느끼고 있었으나, 긴 잠옷으로 갈아입히니 젬은 다시 귀여운 아기로 돌아갔다.

"하지만 이다음은 롬퍼스[3]를 입을 때가 올 거고, 그러다 바지를 입게 되고, 어느새 어른이 되어 있겠지."

앤은 한숨을 쉬었다.

수전이 말했다.

"설마 젬 도련님이 언제까지나 아기였으면 좋겠다는 말씀은 아니겠죠, 사모님? 보세요. 저 짧은 옷 아래로 귀여운 발이 쏙 나와 있는 모습이 얼마나 깜찍해요? 게다가 다림질도 한결 쉬워질 것을 생각해보세요, 사모님."

레슬리가 밝은 얼굴로 방으로 들어왔다.

---

3) 아이들의 내리닫이 옷.

"앤, 방금 오언한테서 편지가 왔는데, 아주 좋은 소식이 있어요. 오언이 이 집을 교회 관리위원회한테서 사들여 여름휴가를 보낼 별장으로 쓰겠대요. 앤, 기쁘지 않아요?"

"아, 레슬리, '기쁜' 정도가 아니에요! 생각지도 못한 일이라 믿기지가 않아요. 이제 이 소중한 집의 가치를 모르는 사람들에 의해 집이 마구잡이로 짓밟히거나 버려진 채로 황폐할 대로 황폐해져 무너질 일 같은 건 없다고 생각하니 괴로움이 반으로 줄었어요. 정말 다행이에요! 정말로, 정말로!"

10월 어느 날 아침, 눈을 뜬 앤은 이 작은 집 지붕 아래에서 잠들고 깨는 건 그날이 마지막이었음을 깨달았다. 하루 종일 바빠서 한탄할 틈도 없었고 저녁때에는 짐이 모조리 실려 나가 집만 덩그러니 남았다. 집에 작별을 고하기 위해 앤과 길버트만 뒤에 남았다. 레슬리와 수전과 젬은 마지막 가구를 실은 이삿짐과 함께 먼저 글렌으로 향했다. 커튼을 뗀 창문을 통해 저물녘의 햇빛이 비쳐 들었다.

"집이 비탄에 잠겨 우리를 나무라고 있는 것 같지 않아? 아, 오늘 밤 나는 글렌에서 향수병에 시달릴 거야."

"우리는 여기서 무척 행복했지, 앤?"

이렇게 묻는 길버트의 목소리에는 깊은 그리움이 배어 있었다.

앤은 너무 목이 메어 대답할 수도 없었다. 길버트는 두 그루 전나무 사이의 울타리문에서 기다리고, 앤은 집 안을 구석구석 둘러보며 방 하나하나마다 작별을 고했다.

앤은 지금 이곳을 떠나려 하고 있다. 하지만 이 낡은 집은 언제까지나 이 자리에 서서 예스러운 매력 가득한 창문으로 바다를 굽어보리라. 소슬바람은 슬픈 듯 집 주위로 불어대고, 잿빛 빗방울은 후드득 지붕에 와서 부딪치며, 하얀 안개는 바다에서 밀려 올라와 이 집을 감싸리라. 그리고 달빛이 쏟아져 학교 선생님과 그 신부가 걸었던 저 오솔길을 밝게 비추어주리라. 저 오랜 항구 기슭에는 옛이야기가 간직한 매력이 서성이리라. 바람은 변함없이 마음을 유혹하는 휘파람 소리를 내며 은빛 모래 언덕 위로 불어오리라. 파도는 물굽이를 감싼 붉은 바위 해안에서 언제까지나 손짓하고 있으리라.

"하지만 우리는 가버리고 없겠지."

하염없이 흐르는 눈물이 앞을 가렸다.

앤은 집을 나와 문을 닫고 자물쇠를 채웠다. 길버트가 미소 지으며 기다리고 있었다. 등대의 불빛이 북쪽에서 별처럼 빛나고 있었다. 지금은 금잔화밖에 피어 있지 않은 작은 뜰은 이미 어둠 속에 싸여 있었다.

앤은 무릎을 꿇고 새 신부로서 밟았던 낡은 층계에 입 맞추었다.

"안녕, 정들었던 우리의 작은 꿈의 집이여."